文春文庫

神は銃弾

ボストン・テラン
田口俊樹訳

文藝春秋

父と母に

ひとりは始まりのまえに亡くなり
ひとりは中途で倒れた
私は常に私たちだ

アステカ族の神話によれば、日々の始まりに、闇を――月と星を――追いやったのは太陽の神、ウィツィロポチトリのなせる業で、彼は闇との戦いに勝つための強さを得るのに人間の血という滋養を必要としたという。

――〈アーケオロジー・トゥデイ〉誌

血と家族
闇と死
完全な堕落
四四口径
（サムの息子からジミー・ブレスリンに宛てられた手紙の封筒の裏に書かれていたことば）

神と悪魔。彼らと政府やマクドナルドがどれほどちがう？　どちらも地元の人間が依存できるものを何かしら提供することで金を得てる、ただのフランチャイズじゃないか。

――エドワード・コンスタンザ
（〈ロスアンジェルス・ヘラルド・エグザミナー〉紙読者投書欄より。一九八四年）

目次

神は銃弾

神は銃弾

主な登場人物

ケイス・ハーディン……………更生した麻薬中毒者　カルト教団〈左手の小径〉の元メンバー
ボブ・ハイタワー………………カリフォルニア州クレイ保安官事務所刑事
サイラス…………………………〈左手の小径〉教祖
ガター……………………………〈左手の小径〉メンバー
グラニー・ボーイ………………同右
ウッド……………………………同右
リーナ……………………………同右　ケイスの元恋人
エロール・グレイ………………麻薬密売業者
ギャビ……………………………ボブの娘
サラ………………………………ボブの離婚した妻
サム………………………………サラの再婚相手
アーサー・ネイシ………………サラの父　クレイの建設・不動産業者
ジョン・リー・ベイコン………クレイ保安官事務所の長
モーリーン………………………ジョン・リーの妻　アーサーの共同経営者
フェリーマン……………………タトゥー師　銃器密売業者
ハンナ……………………………サイラスの育ての親　二十五年前に殺害される

真珠

1

——一九七〇年、秋

日曜日、午前七時二十三分、女が殺されているという通報がカリフォルニア州クレイの保安官事務所にはいる。通報者は少年で、高速道路入口近くの公衆電話からかけている。グートバイクが十フィートほど離れた路肩に、少年が倒したまま横たえられている。まだ回転しているタイヤのスポークの合間に、風が砂を投げ込んでいる。通り過ぎる車の音越しに警察官の質問を聞き取らなければならず、少年は片方の耳を手で覆っている。そうして恐怖の光景を語りおえると、受話器を置いて地面に坐り込み、そこでようやく泣きだす。

二台のパトカーはスピードを上げた。一三八号線——パームデイル・ブールヴァード——から一五号線にはいると、北東をめざし、サイレンを鳴らすこともなくバーストウの市街を抜け、高速道路の北にある、羽目板とブリキだけの鉱山のゴーストタウン、キャリコの近くをフルスピードで走り過ぎた。

一台に巡査がふたり、もう一台に巡査部長がひとり。ともに黒い沈黙の中にいる。結局のところ、ここはチャールズ・マンソンや狂信的カルト〈プロセス〉やサンセット・ブールヴァード妖術の祖国なのだから。〝汝、殺すべし〟や〝ヘルター・スケルター〟ということばを生み出した国なのだから。

彼らはキャリコ・ロードの出口で少年とダートバイクを見つける。十二歳にしても幼く見える少年で、巡査部長にしがみつくようにしてパトカーまで連れられ、そこでパラダイス・スプリングズ・ロードに沿って北を指し示し、問題の場所を彼らに教える。

風が激しくなっている。その風がイニョー郡とチャイナレイクのほうから、有毒なアルカリ塩化物と炭酸塩を運んでいる。彼らはモハーヴェ砂漠を北に向かう。キャリコ古代遺跡――北アメリカのわれらが父祖の最も古い遺物が点在するコヨーテ乾燥湖の畔《ほとり》を走り抜ける。キャリコ古代遺跡は学術的発掘の人里離れたメッカで、原始的な石器、矢、化石化した矢羽根、土器の謎めいた一部、交易や戦《いくさ》に用いられた原始的な装飾品が数多く出土している。

パトカーは中央道を離れ、キャリコ山地とパラダイス山脈のあいだに広がる、忘れられたプラーヤ（雨季には浅い湖になる砂漠の窪地）をよぎる荒れた道を進む。馬力の要る重たい砂丘を越えるたびに車体が跳ね、大きく揺れる。

少年がまた手を上げて一点を指差す。足を座席の上に引き上げ、胎児のような恰好をしている。女が住んでいる古ぼけた銀のトレーラーが前方で光っている。ジョン・リー・ベイコン巡査部長の眼にもそれが土埃の紗幕越しにとらえられる。彼らはパトカーをそのトレーラーのまえに停めて車を降りると、ホルスターの留め具をはずした。

風に舞う砂がガラスのように彼らの肌を突き刺す。セメントの石筍《せきじゅん》に墁を突き刺したオブジェ、錆びた車のシャシー、古色蒼然たる椅子、女が治療薬と毒薬をつくるために植えたウチワサボテンとメキシコハマビシとシソの迷路、その迷路に立てられた穴だらけの道路標識。そんなものに囲まれ、トレーラーが鎮座している。

ジョン・リー・ベイコン巡査部長はまだ二十四歳。しかし、その斧のように細い顔には勤続疲労の初期徴候がすでに現れている。彼は巡査のひとりにトレーラーの裏にまわるように命じ、もうひとりを自分のうしろにつかせた。

彼らは女のことをほとんど知らない。ダートバイクでプラーヤを横切って時折女を訪ね、ソーダをせしめている少年から聞き出せたことと、無線で伝えられた情報。それしかわからない。女は、女を知っている者からはハンナと呼ばれているが、誰も苗字は知らない。車の免許も持っていない。ただ、みんなの記憶にあるかぎり、かなり古くからそこに住んでいる。肌の色は濃い蜂蜜のような黒。髪は真っ白で、それをぞんざいに太く束ねて腰まで垂らしている。蛇を恐れず、歌を歌いながら岩だらけの砂漠を歩きまわることで知られ、ある者には狂人と、いくらか心やさしい者には人畜無害の変人と呼ばれている。町の教会に姿を現し、ビールをらっぱ飲みし、地元の人々に意味もなく笑いかけることも時折あった。

ジョン・リーは網戸に近づく。吊るされたモビールの触れ合う音が遠くに聞こえる。場ちがいな金属と石のたそがれのコーラス。親指と撃鉄のあいだに汗が忍び込む。

慎重に中にはいる。窓も天井の換気口も開けられ、すり切れた家具と使われたままの食器のまわりを砂が舞っている。不毛の地にはいり込み、女のカメラの標的になった通行人のスナップショットが壁に貼られ、そのへりを風がめくっている。何世代にもさかのぼる顔のカオス。

雑誌や料理本、詩とユーモアのページから切り抜かれた顔もまた風になぶられている。風はそれらの切り抜きの何枚かを壁から破り取ってもいて、その切れ端が宙を舞っている。が、警官たちを何より圧倒したのは悪臭だった。

「巡査部長？」

ジョン・リーは巡査を見やる。巡査は床を指差している。そこまで歩き、膝をつく。動脈血。安物のワインのような色をした乾いた血痕が、シーツを垂らしただけの寝室の戸口までほぼトレーラーの長さいっぱい続いている。シーツが風に煽られ、幽霊のように現れたり消えたりしている。それでも、風に舞う砂越しにも、百合と薔薇の紋章らしきものがシーツに描かれているのがわかる。

ジョン・リーは立ち上がると、寝室に向かう。巡査もそのうしろにつく。床が低くなったところに血だまりができており、ふたりはそれをよけて進む。

そして、シーツを持ち上げる。寝室は貝と化石に埋まっている。空気が蠅に汚され、腐りかけた肉の強烈な異臭にふたりは鼻が焼けたようになる。女はベッドの裾に横たわっていた。

その一瞬に、ジョン・リーの夢は永遠に汚される。彼はその断片をその後何度も何度も瞼に甦らせることになる。ガスがたまってふくらんだ腹。開いた傷口には白い蛆が湧き、ピンク色をした筋肉に食いついている。側頭部の銃創。広げた鳥の羽根のように壁に飛び散って付着した血まみれの骨片と脳髄。銃弾を受けた衝撃で眼窩から飛び出した眼球。ナイフが刻んだ背中と胸の傷。そこから流れた血が白いシーマンズ・セーターに描く山形模様。何やら儀式めいた紋様が表れているように見える皮膚。粗末な衣服のひだにおさまっているひとつの真珠。

それらがすべて彼の意識下に沈み、終生消えない光景となる。


その夜、殺人課と鑑識課は証拠探しに一晩をかけた。が、砂がすべてを痛めつけ、痕跡にしろ、指紋にしろ、なんらかの手がかりが残されていたにしても、何もかもを覆い隠してしまっていた。

曲がりなりにも手がかりと言えたのはただひとつ、サイラスという名前の〝息子〟だった。ハンナはフォート・ディクスン・ロードに捨てられていた子供の面倒をみていた。大きな手と、何やら企んでいそうな黄緑の眼をした、背の高い少年で、長じて彼女の侍者となり、麻薬の不法所持と暴行傷害で、二度ロスアンジェルスの少年更生施設の厄介になっていた。が、その少年も、結局のところ、手がかりにはならない。三年前、十七歳のときに行方をくらまし、それ以降、少年の姿を見た者は誰もいなかった。

朝までには、どこからか聞きつけたマスコミがジープや四駆に乗って、プラーヤに殺到する。彼らはみな物語に飢えており、毒々しい見出しがつくれそうな悪臭がこの事件からは芬々《ふんぷん》と立ち昇っている。

そんな中、プラーヤを歩きまわっていたひとりの記者が、トレーラーから数百ヤード離れた水無し川《クリーク》の川床に、トーテムポールらしきものを見つける。花崗岩《かこうがん》と石灰岩をひとつひとつ積み重ねた、原始的なかまど《ファーニス》のような代物で、岩に有史以前のしるしが彫られている。鳥と牛と木。土と空気、火と水の象徴。さらにそれらに囲まれて、自らを貪り食っている蛇――ウロボロスがいる。その蛇の絵柄は、司法解剖の結果、ハンナの肩にも彫られていることがわかる。マスコミは、みすぼらしいディテイルを寄せ集めてはこぞって物語をつくった。そして、事件は〝ファーニス・クリーク・カルト殺人〟と命名された。

審判

2

——一九九五年十一月

ケイスの叫び声が彼女自身の骨を砕き、リハビリテーション・センターの彼女の小部屋の外の廊下を破壊する。彼女はバスルームの床に——便器のそばにうずくまっている。まだ二十九歳だというのに、一日二百ドルかかる習慣のせいで、幽霊のように痩せ細り、その肌は黄ばみ、腕には青黒い痣ができている。薬を断って二日。三日目はいつもブラックホールだ。復活のまえの地獄のひととき。

胃が痙攣を起こしている。息を吸うたびに咽喉《のど》がぜいぜい音をたてる。身の毛もよだつ彼女の叫び声に震え、隣りの部屋の女がアンを呼んでいる。

物置きのような暗いラウンジを抜け、アンが光のすじを頼りにやってくる。そして、ケイスが床に爪を立てているのを——嚙み跡のある爪で、タイルの目地を穿《うが》とうとしているのを見る。アンは坐って、ケイスを抱え起こそうとする。ケイスは苛立たしげに頭を起こす。

彼女はまだ少女だった。十歳にも満たない。小さな胸がふくらみかけた家出少女。裸にされ、ローマ神話のかまどの女神、ウェスタに仕え、永遠の貞節を誓った処女さながら、彼らの中の四人に担がれ、皮を剝いだ牛の胴体の中に押し込められる。いたるところに血が飛び散っている。牛のあばら骨という甘くねばつく砂時計が、彼女のあばら骨に押しつけられるのがわかる。その重さに息ができなくなる。窒息しそうになって、彼女は喘ぐ。

そして、便器にたどり着くまえに吐いてしまう。痙攣を抑えるために、アンはケイスにロバクシンの二十ミリグラム錠を握らせようとする。ケイスはそれを叩き落とし、錠剤はタイルの上をころころと転がる。

「あたしはこれを全部やるんだよ」

「ええ？」

「あたしはこれを全部……」

「どうして？　どうして薬を飲まないの？」

ケイスはまえにうしろに体を揺する。「〝あたしが悪いんじゃないの〟とか〝誰にもあたしを責めることなんかできない〟とか〝ヘロイン中毒以外、あたしは何になれた？〟とか〝そんなに悪いものでもないよ〟とかいったたわごとを言うつもりはないってことだ、あたしには。あたしは苦しみたいんだ」彼女はまた喘ぐ。「苦痛を自分のものにしたいんだよ。そういうことさ。すべてを感じたいんだ。血を流したいんだ。そうすれば、あたしにもよくわかるだろうから……」

アンは驚き顔でケイスを見ている。ケイスはそんなアンの顔をつかみ、ドレッドロックに編んだ彼女の髪に指を入れる。「ずたずたに切り裂かれたいんだよ。そうすれば、いくらなんでもわかるはずだよ、あたしにだって」

サイラスは彼女の膣に指を入れて性器を片手でつかみ、もう一方の手を尻にまわして牛の屠体の中から彼女を引きずり出した。彼女はそんな彼の腕にしがみつく。彼の手は床を覆っている血で濡れている。彼は手についたその血を自分の唇と舌になすりつけ、彼女にキスをし、彼女の咽喉がつまるほど舌を彼女の口の中に押し入れる。彼女は吐きそうになる。彼はそんな彼女の髪をつかんで言った。「これでおまえは生まれ変わる」

死。彼女はそのことばに胃がちぢこまる思いがし、力なく妄念の業火に焼かれる。〝これでおまえは生まれ変わる〟。鮮やかな一瞬、遠くに三つの人影が見える。ガター、リーナ、グラニー・ボーイ。フラッシュのような一瞬。不吉で扇情的な悲劇。ユングがつくったようなＭＴＶビデオの悪夢の断片。セピア絵のフェラチオ、逆光線の中に現れるトラック・サーヴィスエリアでのあらゆるファック。勤め人と、中流のヤク中主婦の汗にまみれた手の下で、淡いブルーの光の中で、成熟する乳房。逆さにした十字架、悪魔のしるしのまえでの一回いくら《ペイ・パー》のファック。〝これでおまえは生まれ変わる〟。スプレーで書かれた〈左手の小径〉のスローガンにひれ伏し、ほんとうにただひとりかどうか疑わしい彼の息子に仕える。月のない真っ暗な駐車場で、売人をナイフで刺してヘロインを奪い、ほんの数ドルのために、あるいはただの気ばらしに、ネオンのともるガソリンスタンドを襲う。店主がただキリスト信仰を口にしたというだけの理由で――それがたまたまサイラスの耳にはいったのだ――ただそれだけのために、その店主を半殺しにする。

〝これでおまえは生まれ変わる〟。

彼女は洗面台を支えている支柱を握る。檻をつくる二本のバー。それとも、寺院を破壊しようと、サムソンが押し分けた二本の柱か。いや、それはありえない。

〝これでおまえは生まれ変わり、〈左手の小径〉に向けて歩きはじめる〟。

今、ほんの少しでもヘロがあれば……ほんの少しでも……

〝これでおまえは生まれ……〟。

サイラスと別れるとき、彼女は最後の打擲《ちょうちゃく》に耐えることを自分に強いた。ブーツで蹴られ、胸骨が折れ、頭蓋骨が陥没し、血の味が口の中に……

彼女はまた自分がばらばらになっていくような感覚に襲われる。

「あたしは壊れない……」

彼女はマッハ1を生き抜いている。占い師が一巻の予言書に添えて器に盛った骨のように、食いしばった歯がかたかたと鳴る。治療中のジャンキーに眠りはない。決して訪れない。あるのは無遠慮で落ち着きのない吐き気と、冷たい汗と、もつれる舌だけだ。

「あたしは壊れない……」

アンがラックからタオルを取ってケイスの黒い髪を拭く。その髪は短く刈り込まれ、脂汗で固くとがっている。アンは鼻先と顎から垂れている汗も拭いてやる。

昔の憤りが狼の牙を生やした仮面をつける。床のタイルが自分の亡骸を待つ白い墓石に見えてくる。ケイスは胎児の姿勢を取る。濡れたTシャツが背中にはりつき、タイルの冷たさが彼女を震わせる。

アンは寝室にはいり、毛布を取ってくると、それでケイスをやさしく包む。

「あたしは壊れない……あたしは絶対……あたしは……絶対……絶対。サイラスのくそ野郎……あたしは壊れない……」

唾液が伸びて彼女の口から床まで垂れる。ハリウッド大通りからサイレンが聞こえ、やがてウェスタン・アヴェニューのほうへ消えていき、彼女は泣きだす。全存在を賭して泣く。置き去りにされるために生まれてきた少女のために、いつまでも泣きつづける。

3

――一九九五年、クリスマス・ウィーク

未舗装のドライヴウェイの入口に置かれた郵便箱の上に、木でできた小さな風車がのっている。ドライヴウェイそのものは、曲がりくねって丘をのぼり、石ころだらけのてっぺんまで延びて、五〇年代風ランチハウスのまえで終わっている。反り返った風車の羽根が軋り、黒土から呼び出された魔女のように、藪から五つの人影が現れる。

ジーンズと革のパッチワーク。平底のブーツ、みすぼらしいTシャツの上に鎖のついたヴェスト。ガターという名の若い男は下唇に安全ピンのピアスをしている。リーナという名の若い女は、虹色に染めた髪をグリースで固めてうしろにやっている。ふたりとも顔にも腕にもアナーキズムを意味するタトゥーをしている。銃とナイフをベルトとブーツに差している。彼らはすぐにまた闇に消え、黙示録後のロックンロールの亡霊となる。

サイラスはランチハウスの手前五十ヤードほどのところでふたりを止めると、あたりを見まわした。玄関脇の灌木が玄関のクリスマス用の照明を受け、幽霊のように光り、風になびいている。道路のほうを振り返る。物音ひとつ聞こえない漆黒の小径――〈ヴィア・プリンセッサ〉が丘をめぐり、高速道路まで延びている。サイラスは耳をそばだてて待った。五感すべてを研ぎすまし、すべてを徐々に取り込む。錆びついた風車のスポークが不変の軸のまわりをまわる音しか聞こえない。彼はショットガンの銃身を乱暴に振って、無言で命令を下す。

グラニー・ボーイとウッドにはドライヴウェイを横切らせ、ランチハウスの背後の峡谷まで進ませ、少女が馬を飼っている畜舎へ行かせる。リーナには、アンテロープ・フリーウェイに面してランチハウスの脇に生えている杉の木立ちを歩かせる。居間からプールに出られるパティオのガラスドアを調べるのが彼女の役目だ。ガターは〈ヴィア・プリンセッサ〉を通ってドライヴウェイに車がやってこないかどうか、見張りに立つ。ガターがランチハウスに向かうのは、サイラスが殺戮を宣してからだ。

ギャビは、窓辺の椅子に坐って、高速道路を走る車のヘッドライトを眺めながら、CDを聞いている。闇を満たし、峡谷に向けて溶けていく、洪水のようなヘッドライト——その向こうにある人生。それら隠された人生のことを漫然と考えている。世界には愉しい約束がある——ただ、彼女にはない。十四歳にして、彼女はそんな考えにとらわれている。子供の体内に閉じ込められた意志と夢そのものに化してしまっている。

彼女の寝室のドアは、彼女の母親と継父のくぐもった言い争いが聞こえるよう、少しだけ開けられている。

立ち上がり、部屋を横切り、そっと廊下に出て角までいくと、暗い居間の向こうにキッチンが見える。そこから見える視野に彼女の母親が現れる。右手で左手を、次に左手で右手をこすっている。それはギャビが知りすぎるほどよく知っている母親の癖で、今から泣きだすか、癇癪を爆発させるか、そのどちらかを、ときにはその両方を、示している。

居間が巨大な低音スピーカーになって、彼らのことばを廊下まで運んでくる。

「話して、サム」

「何を?」

「とぼけないで」

「とぼけてなんかいないよ」

継父の声音には意思疎通をはかろうとする心がない。ギャビはそんな彼の声音をこのところよく耳にする。

母親の姿が視界から消え、舞台は白いキッチン・キャビネットの背景幕だけになる。

「サム、あなたって人は、そういうしゃべり方をすればするほど馬脚を露《あらわ》すのよ。そんなこともわかってないの?」

「サラ、ほんとだ。なんにもないんだから……」

「お願いだからもうやめてくれない?」とサラはぴしゃりと言う。「自分の感情のドアを閉めるのは。わたしには我慢できない。ボブと別れたのはまさにそのためよ。それがあなたにはわからないの?」

父親の名前がそんなふうに出され——拒絶のサンプルのように出され、ギャビは不快感と怒りを覚える。それに孤独を。それが一番性質《たち》が悪い。自分自身を誰か別な人間の片割れのように感じることほど辛いこともない。

聞いていると、胸が痛くなる。ギャビは部屋に戻り、彼らをさえぎるようにドアを閉める。彼女の犬がすでに温かい場所――彼女がそれまで坐っていた窓辺――を見つけて、気持ちよさそうに横たわっている。彼女は犬の脇に勢いよく坐り、足を犬の腹の下にすべり込ませる。

「ちょっとどいてよ、ポンチョ」

ポンチョはコッカースパニエルと何かの雑種だ。垂れた大きな耳と、いつも泣いているような眼は、いかにもコッカースパニエルだが、ボクサーのような短い毛とひょろ長い肢《あし》をしている。父親からの誕生日プレゼントで、父娘をつなぎとめている絆のひとつだ。

窓の外に眼をやると、夜の自分が見える。みすぼらしく彼女を見返している。夏の陽射しに黄色く焼けた肌、面長の顔、窪《くぼ》んだ眼。それぞれが頼りなくガラスに浮かんでいる。が、見落とすわけがない。彼女は日に日に母親に似てきている。しかし、どれほど母親を愛していようと、母親からのその影響の大きさのために彼女は母親を憎んでいる。

振り向いて、ベッド脇の時計を見る。そろそろ十時半になろうとしている。

父親の勤めが遅番の火曜日と木曜日、父娘はふたりだけの儀式をおこなう。父は高速道路をパトカーでパトロール中、スピードをゆるめて非常灯を回転させ、娘は部屋の明かりを点滅させる。それがふたりの秘密のおやすみなのだ。

斜面の端にからまり合って生えているツツジの灌木越しに、黒人が磁器のように白い妻と言い争いをしているのが見える。サイラスはそれを見て思う――生命《いのち》の書がそろそろ閉じられようとしていることがこいつらにもわかりさえしたら。

リーナが丈の高い草に身をひそませ、畝《うね》伝いに家のほうから戻ってくる。そして、サイラスのうしろに身をすべり込ませると、彼にもたれる。

ネンブタールとヘロインの歳月に、彼女の顔は生死をさまよう顔に変わってしまっている。家のほうを示す指の一本一本に、彼女が関わった〝命日〟のタトゥーが彫られている。

「ドアは玄関とパティオにひとつずつ。それにもうひとつあって、そのドアが通用口みたい。そこからキッチンの裏部屋にはいれる。あそこ、あのあたり。防犯装置があるかないかはわからなかった」

「くろんぼとそのつれあいがいただけか？」

彼女はうなずいて言う。「部屋まで接近して、見えたのはそれだけ。犬がいるけど、こっちの歯が丈夫なら簡単に始末できそうな犬だよ」

「注射をよこせ」

彼女は注射器を入れた黒いケースをズボンの尻のポケットから取り出して、サイラスに差し出し、サイラスはそれを開ける。一本の注射器と透明の液体のはいったガラス瓶。充分すぎる量だ。彼はケースの蓋を閉め、鹿革のコートのポケットにしまう。

「よし。羊《シープ》（善良なキリスト教徒）どもにメリー・クリスマスって言いにいこうぜ」

「どうしてあなたはわたしに性的魅力を覚えなくなったの？」

答に窮し、サムはガスレンジにもたれる。サラは、ミキサーの形をしたマグネットで冷蔵庫のドアに貼られているスナップショットの中から一枚をつかみ取る。そして、部屋を横切り、それをかざしてサムに見せる。

「今のわたしたちってこういうことなの？」

サムは、バーベキュー・パーティでギャビが撮ったモーリーンとジョンの写真を見る。完璧なミスマッチ・カップルがピクニック・テーブルに並んで坐っている。モーリーンはすでに酔っぱらいすぎて、夫のジョン・リーが彼女に示す嫌悪にさえ頓着していないように見える。サムは何も言わない。が、サラが何枚もの写真の中からその一枚を選んだことにひそかに驚いている。いつから彼女にはそんな霊感が働くようになったのか。

「何が言いたいのか、おれにはさっぱりわからない」

「わたしたちって彼らに似てない？　わたしたちの結婚ってここまで落ちぶれちゃったの？　これってひどい詐欺じゃない？　自分たちの欲しいものを手に入れるために頑張っていたら、まったく別のものが手にはいってしまった。そういうものならもう要《い》らないってことなの？……そう、それは脇に取っておいて、次に来るものを待つということなの？……わたしたちってそんな売買をしたり、物々交換をするところまでなり下がっちゃったの？」

サムは罪悪感に頭痛を覚える。「ほんとうになんの話をしてるのか、おれには見当もつかないんだがね」

サラはキッチンのドアを乱暴に音をたてて閉める。「そんな言い方はわたしにはしないで。この家では絶対に」

サムは手を上げ、降参のポーズを取る。

「夫婦の契り《コミットメント》とはなんなのか、あなたにはほんとうにわかってるの？」

「いい加減に……サラ……」

「それはただの思いつきでもパートタイムの仕事でもない。人生そのものに深く関わってくるものよ」彼女は写真をキッチンテーブルに放ると、胸のまえで組んだ腕越しにサムを睨みつけて言う。「あなた、浮気をしてるの？」

だしぬけにそう言って、彼女は仔細に夫を観察する。彼が腹立たしげに彼女のすぐそばをすり抜け、冷蔵庫まで歩き、冷蔵庫のドアの把手に手をかけ、ビールを取り出し、キャップをひねって開けるのをじっと見つめる。ぎこちない所作で、いかにも退屈そうにやるのを眺める。

彼はキッチンテーブルの椅子に坐る。外ではギャビの馬が囲い柵の中を走りはじめ、いないている。鋭く、甲高い声だ。

高速道路を見張っていたギャビは、照明を受けたプールサイドのタイルの上を何やら物影がよぎったのに気づく。それを確認するため、眼を手のひらで囲って、窓ガラスに顔を近づける。草が揺れ、身をくねらせている。コヨーテか野犬か。鹿かもしれない。たまに自分たちの縄張りであるエンジェルズ国有林を出て、ここまで降りてくることがある。なんて素敵なの、クリスマス・ウィークに鹿が降りてくるなんて……しかし、そこで鋼《はがね》のように光を放つものが木々のあいだに見える。それが一度はっきりと光る。もう一度。まるで星の破片のように。そして、そのうち見えなくなる。

ギャビは少し不安になる。知らない人が丘をのぼってきたことは以前にもあった。しかし……

ギャビは廊下に出る。キッチンのドアは閉まっている。それでも、母親と継父が言い争っている声がまだ聞こえる。

居間に向かう彼女のあとをポンチョが追う。

クリスマスツリーのイルミネーションが天井に星屑をばら撒いている以外、明かりはない。彼女は居間の中央に立ち、窓から窓へ眼を移す。彼女が身につけているのはTシャツとショーツだけだが、それにしてもやけに寒い。パティオのドアを見る。少しだけ開いている。ほんの数インチのことだが、それだけでも夜気を室内に呼び込むには充分だ。普段そのドアは閉められている。たぶんママとサムが外に出て、戻ってきたときに閉め忘れたのだろう。

ギャビはドアを閉めようとまえに出る。そのとき、彼女の背後で何かが形を現す。それまでの姿から新たな姿に変容する。その影が天井に映る。

ギャビは一度だけ叫ぶことができた。ただ一度だけ。そのあと彼女の声は大きな手にさえぎられる。そして、すべてが一度に起こる。キッチンのドアが勢いよく開き、壁にぶつかる。ギャビは体を宙に浮かされ、足で空を蹴った。サラの叫び声が聞こえた。クリスマスツリーが倒れ、大鎌を振るったように光が飛ぶ。ギャビは口に押しつけられた手に爪を立てた。その途端、顔をねじられ、不気味な眼に出会う。相手の頰には血のしたたる稲妻が描かれている。叫び声がもう一度聞こえ、ショットガンの銃声がして、家全体がその音に反響し、揺れ、異臭のある煙がどこからか洩れてきた。

ボブ・ハイタワーは、アンテロープ・フリーウェイを流しながら、失意のクリスマス・リストを作成していた。彼にとって、クリスマスはギャビもサラもいない孤独な休息のためのただの一日にすぎない。彼の人生——三十八歳で、悪い思い出ばかりが詰まった頭を抱え、最後の命綱である仕事にしがみついている。それが彼の人生のすべてだ。

クリスマスが来ても、朝、眼を覚まし、髭を剃り、スーツに着替え、教会に行ったあとはアーサーの家でも、ジョンとモーリーンの家でも、場ちがいな男を演じ、正しいターキー・ディナーを食べ、おざなりのプレゼント交換をし、正しいことを言い合い、暗くなるのを待って家に帰り、居間でただひとり——クリスマスツリーすらない居間でただひとり酔いつぶれ、泣くだけのことだ。

バックミラーに映る自分を見て、彼は自分が何者か推し量る。その像の中に、かつてはきらめくような楽天主義を胸に抱いていた男を探す。顔に変わりはなかった。変わり果てたのは希望だ。飽和状態からの後退だ。

義父の軍門にくだるなど自分に許すべきではなかった。いや、〝自分に許した〟というのは適切なことばとは言えない。〝屈服した〟というほうが真実に近い。ジョン・リーを操り、ボブをデスクワークに就かせるというのがアーサーの計画だった。その計画に屈服したのだ。身の安全と社交界における地位と将来の出世を願って。すべてはサラのためだった。サラを警察官の未亡人にさせないためだった。しかし、ほんとうに彼女のためだったのか。彼は身の安全と社交界における地位と将来の出世のために屈服することを厭わなかった自分を探して、バックミラーを見る。今のおれには何がある？　警察本部の当座の場つなぎ。補欠の夜勤。肝心のサラさえもういないのだ。

信仰だけはまだ捨てていないが。そして、信仰とは、近頃は奇跡がとんと見られなくなった疲弊した土地に転がる、ひとつの岩みたいなものだが。

前方に——丘と丘の黒い輪郭のあいだに、〈ヴィア・プリンセッサ〉が見える。彼はスピードを落として回転灯をつける。車の屋根から赤い光の細流があたりを走り、彼はその家が建つ砂利の多い丘を見上げる。

明かりが見えない。家は空漠とした静寂を抱え、月影に洗われた峡谷の背にぽつねんと建っている。彼の心と同じくらい寒々として見える。彼はパトカーを路肩に寄せる。夕食を食べに出たのだろうか。あるいは、もう眠ってしまったか。

しかし、ただ明かりが点滅されないなどという、些細きわまりないことがどうしてこれほど心にこたえるのか。彼は待つ。回転灯の燐光は運転席の中にも血のように赤く流れ込んでいる。

4

〈シャドウ・レンジ〉の岩と灌木だけの突端。ジョン・リー・ベイコンは岩の塊に腰かけ、待っている。彼のブーツと、ヒップフラスクを差したズボンの尻のポケットのまわりには、すでに灰皿ひとつぶんほどの煙草の吸い殻が散らばっている。寒さに抗して飲むうち、気づくといくらか酔っていた。それでも、努めて身のまわりのすべてを見落とすまいとしている。そして、尻のポケットからヒップフラスクを抜き取り、バーボンを呷《あお》ると、苛立たしげに悪態をつく。

幾重にも連なるシャドウ山脈の向こうに、ヘッドライトが上下して移動しているのが見えた。彼は立ち上がり、道路に近づく。旧式の白いヴァンが姿を現し、勾配を下り、数ヤード離れたところに停まる。ドアが開き、サイラスが三人を従え、降りてくる。そして、ヘッドライトに照らされた中を横切り、ジョン・リーに近づく。ブーツに付けられた拍車が、ヘッドライトに照らされた地面を打つ音がする。夥《おびただ》しい土埃が舞い上がる。

「砂漠が生み出したものを見てみろよ」

「よけいな話はなしだ」とジョン・リーは吐き捨てるように言う。「報告だけしてくれれば

「……」

「あいつは死んだ」

終焉の一瞬が過ぎる。

ジョン・リーはうなずき、尻のポケットから皺になった封筒を取り出してサイラスに放る。

「これで終わりだ」

「いや、このことに終わりなんてものはない」

ジョン・リーは怪訝な顔でサイラスを見る。「どういうことだ?」

サイラスはただ封筒の中の札束を数えるだけで、何も答えない。

ジョン・リーはほかの三人に眼を移す。ガターはヘッドライトの脇にしゃがみ込んでいる。リーナはその横に、車のバンパーに坐り、煙草を吸っている。グラニー・ボーイは覚醒剤がまだ覚めず、殺戮のまえから興奮していた。今はあたりを歩きまわり、ひとりごとを言っている。

「どういうことだ?」とジョン・リーは繰り返す。

グラニー・ボーイがその声音を真似る。「どういうことだ? どういうことだ?」

ジョン・リーはグラニー・ボーイを睨《ね》めつける。が、グラニー・ボーイは破れた手袋をはめた指を広げて手を上げる。「そんな顔して見ないでくれ、署長さん。血のにおいを嗅いで興奮してるだけさ。まだ何発でも撃てるくらい」

ジョン・リーは顔をそらす。グラニー・ボーイに一本取ったと思わせないようわざとゆっくりとそらし、サイラスを見て言う。「くろんぼは苦しんだか?」

「自分でやる度胸があればおまえがやってただろうことは全部やった」

「おまえはヤク中だった頃のほうがまだ品があった」

サイラスはジョン・リーの顔のまえに自分の顔を差し出して言う。「それはおれがまだケツを宙に突き出してた、おまえの使い走りだった頃の話だろ？　〝はい、旦那さま〟〝いいえ、旦那さま〟って言ってた頃のことだろ？　そういう時代はもうとっくに終わってんだよ」

運転席のウッドが窓から顔を出して言う。「おれにそのクソ野郎のケツの穴に手を突っ込ませてくれないか？　そうやって握手させてくれ」

ジョン・リーは動かない。が、ガターが血のついたハンティング・ナイフを抜いたのが眼の隅に見える。ガターはナイフで砂地を撫でて血を拭いはじめる。ジョン・リーはコートの内側に――リヴォルヴァーに手を伸ばす。

「ついでにあいつの白人の女房もやってやった」

ジョン・リーは、あたかもガターのナイフに背中を刺されたかのような顔をして訊き返す。「嘘だろ？　冗談だろ、今のは？」

「彼女はよく逃げたけど、ちょっと逃げ足りなかった」とグラニー・ボーイが言う。

ジョン・リーは順繰りにみんなの顔を見る。みんな人をからかうような顔をしている。人の気持ちを滅入らせるような。

サイラスが彼のうしろにまわり、耳元で囁く。「それだけじゃない。あのぴかぴかの娘をいただいた」

ジョン・リーはパニックに陥る。「ギャビを？」

「名前はまだ訊いてない」

グラニー・ボーイが節《ふし》をつけて言う。「そいつは興奮しやすいやつで、ギャビを中学校のダンスパーティに連れ出した……」

ジョン・リーはヴァンのドアを開ける。ギャビが横たわっている。気を失っている。猿ぐつわをされ、ショーツを穿いているだけで、着ていたTシャツは頭に巻かれている。ジョン・リーはドアを閉め、喘ぎ、うしろによろめく。

「どうしてこんなことをした！」

「……十年経って、ホームを出たが……そいつは興奮しやすいやつだった……」

ジョン・リーは全員に取り囲まれているのに気づく。

「どうしてなんだ？　こんなことをしたら何もかも……」

「おまえはずっと自分が指揮してるんだと思ってた」とサイラスは言う。

「……そいつは彼女の墓を掘り、彼女の骨で籠を編む……そいつは興奮しやすいやつだった……」

「だけど、ほんとはただ、おまえは担当してただけのことだ。わかるか、このらがい？」とサイラスはことばを歯で裂くようにして言う。「だいたい今度のことのほんとうの意味がおまえにはわかってるのかな。今度のことはおまえの嘘の暮らしを暴くために始まったってことが」

「……そいつは興奮しやすいやつだった！」

「また〝ファーニス・クリーク〟が始まったんだよ、署長さん」

ジョン・リーの顔が恐怖に紅潮するのを見て、サイラスはさらに口をジョン・リーの耳に近づけて言う。「自分がどれほどひどいことをしちまったのかも、おまえにはまるでわかってないんだな、署長さんよ」

「こんなことを誰が——」

「何年もおまえの使い走りをして、おれはいったい何を考えてたと思う、署長さん？」とサイラスはジョン・リーの顔にことばを叩きつけるように言い、奴隷のことばづかいでつけ加える。「はい、旦那さま、旦那さまが押収したヘロはすぐに売りさばきますです。はい、旦那さま、手製のエロ映画でお仲間のスケベ爺たちと愉しめるよう、可愛い少年を調達しますでございます。もちろんでございますだ。ちょっとばかしヘロがいただけりゃ。ええ、ええ、そりゃもうほんのちょっとでいいんでございます」

ジョン・リーのまわりで怪物どもの笑い声が起こり、下卑たジョークが彼にぶつけられる。

サイラスの仲間はジョン・リーが怯えるのを見るのが愉しくてならない。

「おれは頃合いを見計らってたんだよ、署長さん。復讐の。懲罰の。報復の。血の復讐のな。今のことばでキンタマがちぢみ上がったか、包茎の署長さん？　おれが禁断症状を起こしてるとき、おまえはおれに何をしたか、忘れたのか、署長さん？　おれにケツを出させて、あんたの仲間におれを賞味させたことなんかもう忘れちまったのかい？

ヤクから自由になったあともおれが何年もおまえの言うことを聞いてたのは、なんでだと思う？　それが〝小径〟だったからだ、包茎の署長さん。だけど、狙いはずっと忘れなかった。おまえがおれに仕事を頼みにくる日を待ってたんだ。そして、結局のところ、それがおまえとあのでぶ公の命取りになるのをな。おれがこれからおまえらの人生にあけようとしてる穴は、おまえらがこれまでに貯め込んだ金を全部注ぎ込んだって埋められないだろうな」

サイラスはそう言うと、ジョン・リーから受け取ったばかりの金を掲げてから、地面に放った。

ガターがそこまで歩いて唾をかける。グラニー・ボーイは革のズボンのジッパーをおろし、その金に小便をかける。

「あのメス犬は血まみれのままクリスマス用に包装して家に置いてきた」とサイラスは続けた。「ぴかぴか娘のほうは連れてきた。これからたっぷり愉しませてもらおうと思ってな。注射をいっぱい打ってやって。ここにいる若いやつらに、彼女のプッシーを使ったゲームをあれこれ考えさせてやろうとも思ってる。犯して、ビデオを撮って……そうだ、ビデオができたら、おまえとでぶ公にひとつコピーして送ってやろう」

ウッドがヴァンの側面に手をつき、その地獄行きの列車を発車させたくて待ちきれないような仕種をする。ジョン・リーは思わず顔をそむけて言う。

「望みはなんだ？」

サイラスは何も答えない。

ジョン・リーは半狂乱になって繰り返す。「望みはなんなんだ！」

サイラスはロックのクラシックを数小節口ずさむ。「おれたちゃ世界が欲しいのさ、おれたちゃそれが欲しいのさ……」ため息をつくように最後のことばを引き延ばす。「そう……おまえとでぶ公が重なり合って転げ落ちていく図はさぞ見物《みもの》だろうな。彼にもわかるときが来るのを待つことにするよ。おまえのほうは、今すぐ家に帰って、今夜のうちに咽喉でも搔っ切ったほうがいいんじゃないか？

ぴかぴか娘のほうはいずれ袋に詰めて送り返すかもしれない。あるいは、ドッグフードの缶に入れて、ＦＢＩに送りつけるのも悪くない。話はおまえから聞くようにってメモをあの子のクリちゃんに付けてな。どうだね、包茎の署長さん？　自殺への道のほうが愉しそうに見えないか？それとも、ここで今すぐ料理してやろうか？」

コートの内側に伸ばしたジョン・リーの手が傍目《はため》にも明らかなほど震えている。

「嘘だよ、署長さん。殺す気なら、こんな与太なんか飛ばしてないで、とっくにやってる」

ジョン・リーの手は宙に浮いたままになる。

サイラスはまえに出てくると、ジョン・リーの股に手を差し入れ、いっときジョン・リーのペニスの上にやってから、コートの中に這わせ、リヴォルヴァーをベルトから抜き取る。そして、安全装置をはずし、弾倉を出し、弾丸《たま》をひとつひとつ地面に落とす。

ジョン・リーはその場に佇み、闇からひねり出された異形のひとつひとつを見つめる。一発を残し、すべての弾丸《たま》が落とされる。サイラスはその最後の弾丸《たま》を指でつまむと、ジョン・リーの顔のまえに突き出してから、放り上げ、口に入れ、呑み込んだ。

「おれは獣の胃袋なんだよ、署長さん。つまり、おまえはもう呑み込まれちまったってことさ。そう思うことだ」

5

道路脇に手書きの表示板が立っている――〈キリストの最初の教会及びクリスチャン・コミュニティ・センター復興計画〉。その下にも仰々しいブルーのメタリック塗料で書かれている――〈クレイでキリスト教徒が動き出す！〉。

ブルドーザーが廃棄物を古い教会のほうに押しやり、粉塵が舞い上がらないよう、日雇い労働者が粉々になったスレート片や、漆喰や、取り壊された尖塔にホースで水をかけている。

古い教会は、地震前の名残として――ほとんど使用不能の一エーカーとして――これまで放置されてきた。駐車場にも、リクリエーション室にも、カウンセリング室にも、聖書学級の教室にも、反世俗主義のための募金活動のスペースにも事欠くようでは、ただ放置される以外、宗教にできることは何もない。それが今、死の恐怖に圧倒されたある罪人によって――自らの名を冠した教会の再建こそ来世における掛け値なしの賄賂と見なしたある罪人によって、隣接する二エーカーの土地と信託基金が提供され、復興計画が立てられ、着工の運びとなったのだった。

その結果、すべての采配がアーサー・ネイシに委託され、クレイ随一のこの辣腕建設業者は、ナポレオンにも似た効率のよさでその任にあたっていた。しかし、それは彼にとっては、長い奉仕活動の歴史のほんのひとこまにすぎない。自らをロスアンジェルスの片隅に住むキリストの歩兵と見なし、ブルドーザーと礎石と十字架であらゆる困難と戦おうとしている彼にとっては。

今、彼はステーションワゴンにもたれ、まわりに集まった三人の土木技師を叱りつけている。そこへボブがピックアップ・トラックに乗ってやってくる。ボブは車を降りると、アーサーの仕事が一段落するのを待つ。アーサーは、ボンネットに広げた地質学者用の地図に拳を振り下ろしたところでボブに気づき、攻撃を早目に切り上げると、地図をまるめて土木技師に放り、きびきびと注意を与え、まるで彼らが乞食ででもあるかのように手を振って追い払う。

そして頭を振り振り、ボブに近づくと言う。「身内まで監視しなきゃならんとはな。あの馬鹿たれども。私に何も言わず、基礎造りの教科書を書き換えるような真似をしてくれた。百フィートも砂を撒いたんだ。まったく。身内も信用ならない。きみもよく覚えておくことだ」

「ああ」

アーサーはボブのその声音に何かを感じる。「どうした、何かあったのか?」

「何かあったというのでもないんだが。ただ、朝からずっとギャビに電話してるのに、通じないんだ。今日は一緒に昼を食べて、プレゼントを渡すことになってるんだが。ずっと話し中なんだ」

「なんといっても、あの家にはギャビと私の娘がいるわけだからね。私は別に驚かんが」

「いや、そうじゃない。確かめたところ、どうやら電話が使用不能になってるみたいなんだ」

「受話器がはずれてるんじゃないのか。犬が電話にぶつかりでもして……」

「アーサー、ギャビが今日おれと昼を食べることを忘れたりするわけがない。それに、どこへ行きたいか、七時までにあの子のほうから電話することになってたんだ。実際には、そのあと気持ちが変わって、九時までにまた電話がかかってきて、別なところを選ぶ。たぶんそういうことになってたはずだ。あいつはそういうやつでね。だから……そう、ちょっと気になるんだ」

ボブの口調にアーサーもいささか心配になる。「サムにはもう電話したのか？」

「ああ」

「職場のほうに？」

「いなかった」

「ほう」

「まだ出勤してなかった。欠勤届けの電話もない」

アーサーはしばらく考え込む。彼の背後で、ブルドーザーのキャタピラーの向きが変わる。時計を見る。もう午《ひる》近い。彼はこうした状況が惹き起こす、不完全に芝居がかった表情になるのを努めて避けて、新しい教会が建てられるまで保管しておくため、六人の男が十字架をトラックの荷台に運ぶのを眺める。そんなアーサーをボブはじっと見つめる。十字架はダンプトラックの車輪が巻き起こした土埃の中をゆっくりと移動している。

「どうしたらいいと思う？」

ボブは肩をすくめる。「ひとりで行ってもいいんだけれど、それで何もなかったら、おれがいきなり現れたことをサラはどう受け取るか。わかるだろ？」

アーサーは悪い状態が玉突き現象を惹き起こすさまを見たかのように顔をしかめる。「離婚なんてそもそもするもんじゃないんだ。とにかく様子を見にいこう、私の胃潰瘍が騒ぎ出すまえに」

午《ひる》すぎ、彼らはドライヴウェイに車を乗り入れる。十二月にしては暖かい。家のまわりの木々が光のプールに突き刺さっている。完璧なまでの静寂。

「誰もいないようだが」とアーサーが言う。

ボブは何も答えない。が、ドライヴウェイのカーヴを曲がったところで、サラの車もサムの車もカーポートに停まっているのが見える。彼の内なる警察官が彼に可能性を試算させはじめる。アーサーをさきに車から降ろし、彼はグラヴ・コンパートメントに手を伸ばしてセミオートマティックを取り出す。

そこで、いかにも自分が愚かに思われ、なんでもないのに、と自分に言い聞かせる。内なる父親と内なる警察官が心の中で格闘をしている。感情と理性。一方の勝利はもう一方の敗北を意味する。彼は銃をズボンのベルトに差し、勘がはずれたときのために、シャツの裾をズボンから出して銃を隠す。

玄関まで歩いて、アーサーが呼び鈴を鳴らす。

応答がない。

もう一度鳴らす。

やはり何もなし。

そこで囲い柵の中がからっぽなのにボブは気づく。ギャビの馬はどこへ行ったのか。

アーサーがみたび呼び鈴を鳴らす。

何もなし。

「どうしてポンチョの鳴き声が聞こえないんだ?」

アーサーはチューリップの花壇の中にはいり、窓から玄関の中をのぞき見ようとする。が、網戸のせいではっきりとは見えない。

「裏にまわってみよう」とボブが言う。

ふたりはカーポートのまえを通り、そこでアーサーも車が二台とも停まっているのに気づいて驚く。「ガス中毒とか?」

ボブはアーサーの肩に手を置いて口を閉じさせると、洗濯室に通じるドアを指差す。半分ほど開いたままになっている。

ふたりはコンクリートの階段を二段昇り、洗濯機と乾燥機のまえを伝ってキッチンまで延びている光の中に立つ。

ボブが呼ばわる。「ギャビ?　サラ?　サム?」

応答なし。

次にアーサーが試す。「ギャビ?　サラ?　サム?」

やはり何も返ってこない。静寂が白いキッチンの戸棚を覆い、その奥の戸口の暗がりまで包み込んでいる。

ボブはセミオートマティックをベルトから抜いて言う。「ここで待っててくれ」

「おい、まさか……」

「落ち着いて」とボブは囁く。「いいね？」

アーサーは黙ってうなずき、ボブがキッチンに、さらにダイニングルームに向かうのを見送る。ボブは倒された椅子の脇を通る。アーサーは祈りのことばをつぶやいている自分の声を聞く。手が震え、胃に不快感がある。待っていられない。気づいたときにはもうキッチンにはいっている。

ボブは廊下を歩きながらかすかに火薬のにおいを嗅いだ。眼のまえにギャビのバスルームのドアがある。閉まっている。彼は銃身でそのドアを開ける。視野が広がり、便器に汚れたモップが突き刺してあるのが眼にはいる。ウッドは向かってきた犬の首をつかんだ。犬は爪で宙を掻いた。そして、便器の中に押し込め——

眼のまえの光景の意味が理解されるまえに、ささくれた叫び声が聞こえてくる。ボブは廊下を走り、居間にはいる。クリスマスツリーが倒れており、血痕がパティオのほうへ点々と続いている。彼は客間を抜け、叫び声がしたほうにさらに廊下を走った。壁に掛けられた写真に肩がぶつかり、額が揺れ、床に落ち、ガラスが割れる。アーサーが居間の戸口で四つん這いになっている。病に襲われた牛のように食べたものと胆汁を吐いている。ボブは嘔吐物を半ばまたぐようにして、戸口を抜ける。そこでいきなりサムに出くわす。

死がボブを立ち止まらせる。サムは裸にされ、壁にもたれて坐っている。豚のように手足を縛られ、腸《はらわた》を抜かれて。切られた舌の残りが口からはみ出している。その舌にレターオープナーが貫通している。それがつっぱりの役目を果たし、舌は外にはみ出たままになっている。ボブは最初の一歩を——圧倒的な恐怖と自分とを切り離すために必要な一歩を踏み出す。肺が石のようになる。アーサーが何か言っているのが聞こえ、そこで彼もようやく気づく。血まみれですぐにはわからない。が、トランプのカードのようなものがサムの胸にピンでとめられている。

6

ケイスはハリウッド大通りをぶらぶらと歩いている。薬を断って以来、夜はたいていそんなふうにして過ごす。ジャンキーは眠れない。努めて元ジャンキーになろうとしているときには特に。現実の世界に夜の帳《とばり》が降りると、ジャンキーはまともな人生の狂気と倦怠に真正面から向かい合わなければならなくなる。

ケイスはそうした狂気と倦怠がもたらす不快感を焼き尽くすために、ウェスタン・アヴェニューとラ・ブレア・アヴェニューのあいだを何マイルも歩いている。公衆電話を壊して金を盗もうとしたり、チェロキー・ロードのはずれのレストランのゴミ箱を漁ったりしている家出人がいる。ただでフェラチオをさせるために娼婦を捕まえているお巡りがいる。顔のない手に金をすられたり、たった一ドルのために、乱暴な裸足のジャマイカ人に殴られたりしながら、中華街をぶらついているミスター・クリーン・アイオワやミセス・キッチン・ケンタッキー。あらゆる信条、あらゆる肌の色、あらゆる階層のジャンキーたちのみすぼらしい顔。そんな顔にただひとつ共通しているのは、一回の注射を一途に希求する眼だ。文化という皮をかぶった中毒のテーマパーク。

彼女はそのテーマパークで狂気と倦怠を呑み込む。それはどんな味がするものなのか試しに。それがうまく胃袋におさまってくれることを願って。しかし、そこで彼女は思う、腕に注射針の跡を残すことなく、そのテーマパークのめだたない一部になることが自分にはほんとうにできるのだろうか。ブロックのひとつひとつが彼女には試練となり、ハリウッド大通りの歩道に埋められた星のひとつひとつが成果となる。歩く先に何が待ち受けているにしろ。彼女は彼女に言い寄る誰とも口を利かない。店のウィンドウにも眼をくれない。どういう顔が自分を見返してくるか、まだ心の準備ができていないからだ。ただ、今夜はまばゆすぎる通りの光が彼女の思いを取り込んでいる。誘拐されたクレイの女の子。その女の子のことを手紙に書いて警察に知らせるべきかどうか。彼女は今もまだ葛藤している。


リハビリテーション・センターの彼女の自室の窓のないキチネット。ケイスはフォーマイカのテーブルについて坐っている。懐中電灯の細い明かりで、剝げかけた天井の渦巻き模様を、レンジの上の油染みた壁を、照らしている。光の輪が刑務所のサーチライトのように移動し、冷蔵庫を照らしたところで、いっときその動きが止まる。冷蔵庫のドアには、彼女がふざけて〈ピック・アンド・セイヴ〉で買ってきた騎士と乙女のレプリカのマグネットで、自立に関する何かの記事の切り抜きと、彼女がしがみついている哲学的概念のエッセンス——いくつかのアフォリズムを書いた紙切れがとめられている。

彼女はこれまでリハビリに三度挑んで、二度敗退している。三度目の正直。この一発で、馬《ヘロイン》を安楽死させるのだ。この馬の静脈はあと十年の試練には耐えられない。

両切りの煙草を口にくわえ、彼女はまえ屈みになって、テーブルを照らす。闇の中に白と黒の見出しが浮かび上がる——**クレイでカルト殺人……夫婦が惨殺……娘が誘拐……チャールズ・マンソン以来最悪の事件、と地方検事……**

新聞とはなんと臨床的でおぞましいものなのだろう、と彼女は思う。社会的に受け入れられる焼畑農業の押しつけ。人を惹きつけるためのたわごとの裏にある、無自覚で、完璧なまでの無関心。

誰かがドアをノックする。

「開いてるよ」とケイスは答える。

アンがはいってくる。が、居間に明かりはなく、ブラインドも下ろされているので、何も見えない。その場に立ち止まり、声をあげる。「ケイス?」

ケイスは懐中電灯の光を向けて、アンを導く。家具の向こうにアンの姿が見える。アンはキチネットにはいると、あたりを見まわし、テーブルの近くの壁にもたれて言う。

「どうして明かりをつけないの?」

「考えごとをしてたんだ」

「考えごとって何を?」

ケイスはそれまで見ていた新聞の見出しに光を向ける。

「ああ、それね。わたしも読んだわ。でも、だからって、どうしてこんなふうにしてるの?」

ケイスは頭を壁にもたれさせる。「暗がりのほうが息がしやすいんだよ。どうしてかわからないけど。でも、そう。不安のせいだね、きっと。そのこと、まえに言わなかったっけ？」

「いいえ」

「だったら、今言っとくよ。こうやって暗がりの中で懐中電灯を持ってると、闇をコントロールしてる気分になれるんだ」

ケイスは深々と煙草を一服して、また視線を見出しに戻す。それから、光を壁に向け、次いで剝げた天井の空を照らす。

「まだほんの子供みたいね、その女の子」とアンが言う。

「そう、まだほんの子供だ」そのことばには、これまでケイスが失ったものすべてを吐露するような響きがある。

「ケイス？」

「何？」

「あなたは……その……女の子はまだ生きてると思う？」

ケイスは自分の顔に光をあてる。顎の下からの光に下顎と眼が不気味に光る。

「生きてるかもしれない」とケイスは言う。「うん、生きてるかもしれない。だけどさ、アン、生きてたら、彼女が経験してることは、クレイの〝シープども〟には想像すらできないことだ。彼女の家族は、あたしたちが〝戦争パーティ〟って呼んでたものの餌食になったんだよ。悪魔のための血の狩り。そう、血を狩るんだよ、血を。めちゃめちゃ《ヘルター・スケルター》プラス・アルノァってわけ」

ケイスは懐中電灯を消してテーブルに置き、黙々と煙草を吸いつづける。そして、何事か言いかけたかのように頭を動かすが、結局、何も言わない。

「階下《した》に来ない？　子供のいる人たちが何人かでこれからクリスマス・イヴをお祝いしようとしてるのよ。ひとりがラルフの店まで行って、クッキーを買ってきたの。ねえ、クリスマス・キャロルを聞きながら、甘いものをたくさん食べるって、あなたにはいいことだと思うけど」

ケイスは人差し指と親指に煙草をはさんでひねる。「一九九二年、サンディエゴにいたときのことだけど——そう、薬をやめようって思ったのはそのときが二度目で、更生プログラムの先生はリズっていうメキシコ系の女だった——その頃、ジャーマン・シェパードが次々に殺されるって事件があった。なんかの儀式みたいに。吊るされて、腸《はらわた》をくり抜かれて、血を搾り取られるってやつ……」

声がそこでか細くなる。どこか遠くへ行ってしまったみたいになる。その話は彼女の人生の中でまだ息づいている。

「その事件についてお巡りがあたしのところに話を聞きにきた。リズの差し金だよ。だけど、最初のうちお巡りはまるであたしを信用してなかった。結局のところ、あたしはタトゥーだらけのジャンキーで、カルトの元メンバー。あたしを見る彼らの眼を見りゃ、彼らがあたしをどう思ってるか、考えるまでもなかった」

ケイスは煙草を深々と吸う。闇に火先が赤く光る。「でも、あたしにはよくわかった。体の切れ端も血も全部食べものになるんだよ。わかる？　血を飲むんだ。それで魔法の力が与えられるってことで。あたし自身何度もやったことだ。あんた、信じられる？」

「ケイス……」

「でも、お巡りにはわからなかった。まるで想像もできなかった。で、あたしは一日かけて、犯人が犬をどこから調達してるか自分で調べた。一日あればわかった。動物保護センターを訪ねてまわったんだ。歩いて。誰にも何も話さず。ただ犬を探すふりをして、従業員をチェックしたんだ。何を探せばいいかちゃんとわかってたから」

　彼女は自分の腕を示す。肩から手首までタトゥーが彫られている。「〈左手の小径〉のメンバーにはしるしがあるからね。だから、それを探さなきゃ駄目なんだよ」

　アンはじっとケイスを見つめる。手が震えだし、ケイスは煙草の火を消す。

「で、ちょっとばかりお巡りを助けてやったってわけ。あたしはずっとヤク中で、ずっと人間のクズだったけどさ。憐れむべき人間に対する憐れみなんて持ち合わせてないけど。でも、愛と戦争じゃすべてが許されるっていうだろ？」

　アンはケイスの手を取る。

「自分が当時やってたことすべてがはっきりと見えたね。薬と縁を切ったあと、犬を見たら、何をしてたのかよくわかった。その犬は木に吊るされてたんだけど、まだ生きてた。死にそうだったけどね。眼なんかもう……」

　咽喉がからからになり、ケイスにはさきを続けることができない。暗闇の中、彼女の白眼が絶望に光って見える。

「自分の殻に閉じこもらないで。階下《した》に行きましょうよ」

「三度目の正直」

　ケイスは指をこめかみに押しつける。自分の命の細胞のどこからか皮が切られているような音が聞こえる。アンを見上げて彼女は言う。「クレイの保安官事務所に手紙を書こうかって思うんだけど」

7

　クリスマスの二日後。カメラマンたちは、ミニヴァンの屋根にのぼり、ブーケ峡谷墓地のへりを区切る木立ちに邪魔されないよう、丘陵に広がる敷地の一画にズームレンズの焦点を合わせる。今まさに、サラとサムの遺体が埋葬されようとしている。

　ボブは棺越しにそうしたヴァンの列を見る。人が磔《はりつけ》にあい、復活するのに要する平均的な日数は三日。われわれが報道の自由と呼ぶ劇場で、ひと握りの命が破壊され、蒸留されたことばでまた書き直されるのには、それだけあれば充分事足りる。

〈ヴァレー・ニューズ〉は次のように伝えていた──クレイ保安官事務所のトップ、ジョン・リー・ベイコンは、アーサー・ネイシの財力と、きわめて緻密に計画された犯行である事実を考え合わせると、誘拐事件と考えるのが妥当だという見解を示した。誘拐が計画どおりにいかなかったために、カルト殺人に見せかけたのだろう。

　黒人向けケーブル・チャンネル、ＢＥＴＡは次のような論説を展開した──この事件の背後には人種的動機がひそんでいる可能性がある。まず第一になんといっても、〝色が黒ければ数のうちにはいらない〟という十字軍精神の最後の砦のようなノーザン・ヴァレーで起きた事件なのだから。寛大な白人クリスチャンからなる陪審員が、ロドニー・キングを叩きのめした警官たちに無罪の評決を与えたシミ・ヴァレーは、ノーザン・ヴァレーの西たった三十マイルのところに位置している。さらに、この事件は、アメリカの聖像とも言えるO・J・シンプソンを無罪にした――これはノーザン・ヴァレーの南三十マイルでのことだ――キリスト教精神をより深く体現したクリスチャンの陪審員に対する報復という様相も呈してはいないだろうか。

〈ロスアンジェルス・タイムズ〉と〈ナショナル・インクワイアラー〉は、ともに同じ路線を追っていた。真偽のほどは定かではないものの、匿名の通報から、ボブ・ハイタワーに対する復讐が殺人の動機である可能性をほのめかし、当然のことながら、両紙とも彼の経歴については厳しい見方を示していた。彼は犯罪者を刑務所に放り込んだことに対する代価を払わされている善玉警官なのか。それとも、ほかの多くの警官同様、機会があればいつでも汚くなれる悪徳警官で、今回の事件は彼のひそかな悪行に対する警告なのか。

カメラマンは彼の家の裏手にも隠れており、カメラの放列と戦わずにはドライヴウェイを横切ることさえできない。

が、匿名の通報は悲しいまでに誤った情報だった。そのことはすぐに判明する。ボブ・ハイタワーはしがないデスクワーカーにすぎなかった。形ばかりのボール紙警官。お巡りの粗悪な代用品。誰かが欠勤したときに夜勤にまわる補欠警官。

マスコミは彼を〝囲われ〟警官とさえ命名し、彼が警察に残れた理由をふたつ挙げた。まずひとつ、彼の元義父のアーサー・ネイシは署長のジョン・リー・ベイコンと昵懇《じっこん》の間柄だから。

もうひとつ、ジョン・リー・ベイコンの妻、モーリーンが卓越したビジネスウーマンであり、アーサー・ネイシの不動産会社の共同経営者であり、失踪した少女の教母だから。すべては国民的見世物の一部だった。新たなプライヴァシーの、新たな悲しみの、救いのない共有だった。

ボブは頌徳のことばを述べはじめたアーサーを見る。その声はしゃがれている。咽喉からしぼり出すようなゆっくりとした声で、五十三という歳よりずっと老けて聞こえる。沈み込んだそんなアーサーの両脇に、ジョン・リーとモーリーンが立っている。ジョン・リーは手を組み、モーリーンはアーサーの肘にやさしく手を触れている。友情と悲しみの三つ折り画像。陽の光を背後から受け、顔は見えず、ただ彼らの影がこれから地中に入れられようとしているマホガニーの棺に落ちている。

ボブは掘られた穴をじっと見つめる。そのうち、嗚咽をこらえることができなくなる。

葬儀のあと、親戚と友人たちはみなアーサーの家に集まった。峡谷に闇が深まり、中上流階級の人々の住む〈パラダイス・ヒルズ〉にも夜の帳が降りる。料理が出され、モーリーンがホーム・バーを仕切る。何人かがジョン・リーのまわりに集まり、事件について尋ねる。ジョン・リーはそれに対し、保安官事務所とFBIしか知らない事実があるので、詳細を語るわけにはいかないと答える。それは言うまでもない。それでも、質問に適宜答えるうち、実際に何もわかっていないことが明らかにされる。まだ何もわかっていないことが。しかし、いずれ……と彼は真摯に答える。生まれながらの正直さからにしろ、嘘で塗り固めた人生から学んだ教訓からにしろ。

アーサーは吐き気を覚え、書斎で横になっている。ボブはそんな彼に枕を持っていき、ブラインドをおろし、カーテンを閉める。アーサーがボブの手を取って言う。「こういうときこそ互いに協力し合わなきゃいけない」

「ああ、そうだ」

「自分は自分でしかないんだから」

「ああ」

「なんとしてもあの子を見つけなきゃいけない」

「もちろんだ。でも、今は少し休むといい」

「絶対に見つけるんだ。見つけてやる」

「ああ」

「でも、怖くてならない」

「まさかあんたはあの子がもう……」

「そのことは絶対に口にしないでくれ。絶対に……」

ボブはひとりで外に出る。そして、地平線に向け、家々が整然と中腹に並んでいる丘の稜線を眺める。キッチンや居間の明かりがすでにともっている。それが岩だらけの荒れ地で焚かれた遠いかがり火のように見える。その向こうを走るフリーウェイから、モハーヴェ砂漠に――無色のサルビアのようなネヴァダとアリゾナの夜の砂漠に――向かう車の音がかすかに聞こえる。世界が突然、遠近法を失った果てしないものに見える。とらえどころのないものに。純然たる地球の力があらゆる思い出を押し流す波のように感じられる。あらゆる記憶を消し去る波に。その奇妙な感覚に彼は自ら驚く。

そして、プールのそばまで歩いて、腰をおろす。ゆるやかな水の動きの向こう側に射している一日の最後の陽の光が流れる血のように見え、血の海に浮かんでいたサラを見つけたときの記憶が甦り、彼ははっと息を呑む……

「飲みものを持ってきたわ」モーリーンの声がする。

振り返った彼の顔は青白く、唇が苦痛にゆがんでいる。

「調子は？」

「よくない」

彼はスコッチを注いだグラスを受け取る。

彼女は椅子をひっぱってきて彼の横に坐る。「何かわたしにできることは？」

「時計を五年前に戻してくれ」

「できることなら」と彼女は悲しそうに言う。「わたしはそれよりもっとまえに戻りたい」

ボブはあいまいにうなずく。ジョン・リーが取り仕切っている居間のほうを見やって、彼女は言う。「彼という男が一緒に暮らすにはどれほどいやな男か、あの人たちに少しでもわかっていたら」

「今夜はそういう話はやめてくれ」

「そうね。ごめんなさい」

ふたりはしばらく押し黙る。ただ、モーリーンのほうは隙を見て、時折、ボブを盗み見る。ボブがハンサムであることに気づく者は少ないかもしれない。が、モーリーンはひそかに彼の容姿に惹かれている。

遅い午後の薄明かりの中、モーリーンはベッドのへりに坐っている。幹線道路からはずれたこの〈ラモーナ〉というモーテルは、州有地のそばの土地の下見にランカスターまで出かけたときに、彼女が見つけたモーテルだった。漆喰仕上げで、玄関窓のある四〇年代風バンガロー・スタイルのモーテル。ほかにはただガソリンスタンドと食堂しかなかった、町とは名ばかりの頃から、シエラ・ハイウェイのはずれに建っている。部屋について言えるのは、すべてがそろっていることと、掃除がなされていること、少なくとも消毒はされていること。それぐらいのものだ。

彼女はマリファナに火をつけ、今の自分を恥じることができたらと思う。が、それは人の歓びすべてに顔を出し、やめることを強いる良心の棘のためではなく、恥そのものが歓びになってしまっているからだ。いかにもキリスト教的なささやかな恥は行為をより刺激的なものにしてくれる。シャワーの音がやみ、サムがバスルームから出てきた。そして、裸のまま彼女のすぐそばに立ち、坐っている彼女の肩に脚を押しつけてきた。

「ちょっと話しておきたいことがあるの」とモーリーンはボブに言う。

ボブの心はあちこちをさまよっている。それでも、グラスから顔だけは上げる。

「これはアーサーと長いこと話し合って、ふたりとももう合意したことよ。こんなときに言うことじゃないかもしれないけど、でも……わたしたちはあなたにわたしたちの仕事を手伝ってもらいたいと思ってる」

　彼は疲れすぎて、驚くこともできない。何事にも。だから、その申し出の意味もすぐには理解できない。

「考えてみて。あとで話し合いましょう。あなただっていつまでも……」

「〝ボール紙警官〟をやってなきゃならない道理はない。タブロイド新聞じゃおれはそう呼ばれてる」

「どこの三流新聞がどんな見出しをでっち上げようと、そんなのは関係ないことよ。そのために言った申し出じゃない。そんな記事は――」

「真実だ」とボブはにべもなく言い返す。「そうとも。それはきみだってよく知ってるはずだ、モーリーン。アーサーはジョン・リーに頼み込んだ、デスクの陰でできる楽な仕事におれを就かせるように。おれはそれを止めなかった。以来、そのデスクの陰で楽な仕事をしてるというわけだ」

「いいえ、それはちがうわ」

「やめてくれ。これまでの実績も訓練もすべて水の泡になっちまった……つい甘い夢を見たがために。自分という人間をおれは過大評価してたのさ」

「あなたはサラのことを気づかった。ただそれだけのことよ」

「ボブ・ハイタワーはちょっとばかり自分本位に考えすぎたのさ」そこで彼はことばを切って首を振る。まるで何年もまえに聞きたかったことばを今初めて聞いたかのように。「だから、離婚したらすぐに頼む――いや、要求すべきだったんだ、ジョン・リーに、すぐに現場に戻してくれと。なのに、おれは堕落しつづけた、自棄《やけ》になってたんだ。そう、自己嫌悪に駆られて、堕落するのを自分から食い止めようとしなかった。

だから、モーリーン、悪いけど、さっきの申し出は辞退させてもらう。気をつかってくれてありがとう。ほんとうに。でも、引き受けるわけにはいかない。もちろん、警察からもどこからもお払い箱になってしまったら、話は別だが。まあ、しばらくは黙って見ててくれ」

彼女は身を乗り出して彼の膝にやさしく手を置く。「その気になったら、いつでも言って。仕事を変えるというのもあなたにはいいんじゃないかと思ったのよ」

いつのまにか、ジョン・リーがそんなボブとモーリーンの様子を窓辺から眺めている。彼女の手を見ている。しかし、親密さを人に示す彼女のそうした態度に彼が気づいたのは、それが初めてではない。

8

　クリスマスが終わり、新年も公現祭も過ぎ、ヴァレンタイン・デイを迎えても、保安官事務所の捜査にもＦＢＩの捜査にも、なんの進展も見られず、ボブのカレンダーは静かな絶望のうちにめくられ、そもそも貧弱な手がかりは砂漠の表土のように消えていく。

　ジョン・リーは人前では強がり、おだやかな脇役を演じながらも、捜査会議でサイラスの名が挙がりそうになるたび、内心兢々としている。

　ボブは毎朝教会に足を運び、祈った。そして、出勤しては毎日、まだあらわになっていない新事実を求めて書類の山と格闘し、週末は南カリフォルニアのあちこちに飛んで、科学捜査の専門家や殺人課刑事の意見を求めた。それで彼の車はファイルと写真とメモですぐにいっぱいになる。夜は、かつてギャビとサラとともに住んだ家のキッチンで、どれほどくだらなく無意味な通報やファックスや手紙であれ、すべてに丹念に目を通した。それでキッチンはビールの缶と煙草の吸い殻ですぐにいっぱいになる。

　あまつさえ、彼を取り巻く世界は、献身的な者と職務怠慢な者とが描く、おぞましい幾何学模様の世界になる。偏執狂と策士の世界に。噂ばかりの手がかりをホームページに掲載するコンピューター・マニアと、同情の手紙とともに自分の写真を同封し、彼に結婚を申し込んでくる女たちの世界に。

インターネット上には非公式の〝ギャビ・サイト〟が次々にできあがり、この事件を道徳律を失った国家の堕落の象徴と見たキリスト教徒からのファックスも少なくない。マスコミとポルノと麻薬が悪いのだと訴える手紙も多かった。中には、捜査活動にボランティア参加したいという奇特な申し出まである。もっとも、それは誰かが呼びにきてくれるか、少なくとも、ロスアンジェルスまでのバス代を保証してもらえるなら、という条件付きだったが。

今やそれらがキッチンテーブルにも、ボール箱にも、ファイリング・キャビネットにもあふれ、紙の石筍が床から塔のように立ち上がり、壁にピンで留めた情報の断片やら覚え書きやらを覆い隠すまでになっている。

彼の家のキッチンは、まさに彼が感じたものすべてが錯綜する巣窟と化す。秩序の回復などもう二度と望めないカオスと。

真夜中になると、彼はひとり酔い痴れ、ブーツを履いて、家の裏手にある丘の峰を歩いた。剝き出しの狂気に駆られ、重い足を引きずり、枯れ葉の残る最後の冬の枝に顔をなぶられながら。

二月も半ばになると、彼の捜査は、もはやクズとしか思えないようなものまで調べざるをえないところまできてしまう。それでも、彼は、ある受刑者がこんなことを言っていたという長期服役者からの手紙が来れば、それを読まずにはいられない。ほんの数ドルでも得られるならなんでもしそうな犯罪常習者からの手紙も。あんたの娘は同じ病棟にいる人殺しがベッドの下に置いている小型トランクの中に入れられている、という精神病院の入院患者からの手紙さえ。

彼がケイスの手紙に出会ったのは、まさにそんな頃だった。

9

二月二十七日の夕べ、エレヴェーターに近い部屋にいる鎮痛剤中毒の元尼僧が、ケイスの部屋のドアをノックする。そして、電話だとケイスに告げる。

ケイスは共同電話が置かれた廊下の壁にもたれ、ボブが自己紹介するのを聞く。その声は低くざらざらとして、その質問は直接的でまぎれがない。ボブが彼女の手紙について話すのを、ケイスは廊下のつきあたりにある非常階段に坐っている十代の母親を眺めながら聞く。膝に幼い娘をのせた、見るからにもろそうな母親。鉄製の踊り場に坐り、ふたりは夜が紫のすじを描く空を眺めている。

ケイスは、こんなにも時間が経ってからボブが電話をしてきたことに驚いている。彼は彼女の経歴について尋ね、彼女がそれに答えると、しばらく押し黙る。電話を切るつもりなのかと彼女は思う。が、見せたい資料と写真があるので、明日の夜、会いにいってもいいだろうかと彼は訊いてくる。

あたしなんかのところまで来るというのはよほどのことなのだろう、とケイスは思い、受話器を置いたあとも、深まる背景の暗さに母と子の輪郭がぼやけていくのを眺めながら、ボブと彼の子供のことを考える。残されたものが廊下の端の裸電球の明かりと、鋼色《はがねいろ》の夜と雨の気配だけになるまで、彼女は考えつづける。

二十八日、雨。風をともなう激しい雨だ。暗くなってから、ボブはロスアンジェルスに向かって車を走らせる。山麓を這うフリーウェイは、ぼんやりとした三角の明かりをめざす車の襤褸《らんる》の列となる。

道ゆきは沈黙の一時間。窓を伝う雨がすじを描く青白い空間。その中にただひとり彼がいる。市《まち》のかぼそい蜃気楼が見えはじめ、ボブはケイス・ハーディンとは何者なのか考える。サンディエゴ警察からある程度の知識は得ていたが。

ゴウワー・ストリートまでハリウッド・フリーウェイを走り、そこからはフランクリン・アヴェニューをガーフィールドまで西に向かう。ガーフィールドの一七〇〇ブロックはフランクリン・アヴェニューとハリウッド大通りのあいだにある。低家賃のアパート、テラスのある化粧漆喰の二階家、かつては備えていたなけなしの趣きまで剝げ落ちた、別な時代から引き継がれた気息奄々《きそくえんえん》たる施設。それらのあり合わせ料理のような一帯。アルメニア語で書かれた〝貸し室あり〟の看板が散見される。

そのリハビリテーション・センターは、ハリウッド大通りから五軒ほどその一帯にはいったところにあった。この二十年というものずっと喘ぎつづけ、どうにか生き延びてきたような代物だ。

ケイスは彼女の小さな居間の薄暗い窓辺に坐り、通りを眺めている。どことなく気づかわしげに煙草を吸っている。車が一台スピードをゆるめ、番地を確かめながら進む速度になったのを見て、彼だろうかと思う。その車はUターンをすると、ドライヴウェイにはいり、閂がされ、羽目板が打ちつけられた食料品店のまえに駐車スポットを見つける。

彼女は窓に顔を近づける。暗い窓ガラスの中にまず自分の眼と神経質な煙草の火だけが見え、そのあと、ガラスの向こうに、フードのある黒いオイルスキンのレインコートを着た男が木々の陰から姿を現す。茶色の革の鞄を抱えて歩道を歩いている。ブーツが歩道にたまった雨を散らしている。

彼にちがいない。

彼女は自分に打ち勝とうとする。「もうここまで来たんだから……もう」とダイエット・コークの缶で煙草の火をもみ消しながら自分に語りかける。「もうここまで来たんだから」と同じことばを繰り返す。

建物のロビーは受付と待合所として使われており、安っぽいスティール製の机と、長年の酷使にたわんでしまった模造皮革のソファが置かれている。顎鬚を生やした警備員が机について番をしている。それまで見ていたテレビの連続コメディから眼を起こすと、腕を組み、椅子の背にもたれる、〝やれるならやってみろ〟と言わんばかりに。「はい、どういうご用件でしょう?」〝どういう〟というところにやけに力が込められている。

「ケイス・ハーディンと話がしたくてきたんだ。約束はしてある」

「お名前は?」

「警察の……」と言いかけてボブは言い直す。「いや、ボブ・ハイタワー」

〝警察の〟ということばに、待合所のソファのまわりに屯《たむろ》していた女の患者たちが何人か顔を向け、ボブをじっと見つめる。彼女らが最悪の事態を思ったことがボブには容易に想像できる。戦時下のパルチザンのように、彼女らは即座に同盟を結ぶ。

彼の背後から女が言う。「ミスター・ハイタワーのお世話はわたしがするわ」

その声に彼は振り向く。オフィスからアンが出てきて、手を差し出す。「アン・ドローヴです。患者さんの世話係です」

アンは握手を交わすと、手で示す。「どうぞ。あそこにエレヴェーターがありますから」

ふたりはすり切れたカーペットが敷かれた廊下を無言で歩く。ボブはドアが開いている部屋のまえに来ると、それとなく中を盗み見る。その時間をボブの人物評定に充《あ》てて、アンが言う。

「こんなところでなんですが、あなたのまえの奥さまとお子さんの身に起きたこと、はんとうにことばもありません。心からお悔やみ申し上げます」

ボブはただストイックにうなずく。

エレヴェーターのまえまで来ると、アンはボタンを押し、ボブは廊下を振り返る。待合所にいた女のひとりが受付デスクのそばに立って、彼のほうを見ている。

「ここにいる女の人は全員リハビリ中なんですか？」

アンはボブのその声音にこれまでに聞いたことのある調子を聞き取る。好奇心を装った〝審判〟の声音だ。

「ここは暴力を受けた女性の避難所にもなっています。それで、受付に警備員がいるんです」

「ちょっと気になったものだから」

彼は重い革の鞄を持ち替え、血行をよくしようと、鞄をもっていないほうの手を開いたり閉じたりする。「患者の世話をしているということは、あなたは何かのセラピストなんですね？」

アンは苦笑して言う。「ええ、何かのね」

「この女性についていくつか質問をしてもかまいませんか？」

〃この女性〃と言ったところにさきほどの〃審判〃の声音がまた現れる。

「質問は彼女本人に直接なさったら？」

「さきに言っておきたいことがあります。今度の殺人事件のことでは、これまでにいろんな人たちに会ってきたけれど、その多くが……なんというか、希望を与えようとしてくれた人だった。でも、調べてみると、その情報の多くが根も葉もないことで、大いに失望させられた。しかし、そのことで文句を言おうとは思わない。ここへは警官として来たわけじゃないし。それでも、これまでに会った人のうちの何人かは……」

この眼のまえの女とケイスはどんな関係なのか、わからなかったので、どうやって言いたいことを正確に伝えればいいか、ボブはいっときためらう。

「ここにも何人かはいます」とアンはボブが言いよどんだところから始める。「信用のできない人も。潜在的に危険な人も。あなたが持ってるその鞄の中にはさぞ重要な書類がはいってるんでしょうね」

「どうもうまく言えなかったようだ。でも、ほかに言いようがなくて……」

「あなたはまだ何も言ってないわ」

咽喉にかたまりができたのがボブにはわかる。「最初から嫌われるようなことは言いたくなかったんだが――」

「だったら、自分で確かめてください。まえもって〝審判〟するまえに。広い心で。ツイスのことはサンディエゴの警察にも問い合わせたんでしょ？」

彼は眉をおざなりに吊り上げて、驚いたふうを装う。

「彼女は十七年もカルトのメンバーだった。そして、ヘロイン中毒患者で、今はその治療中。それが彼女よ」

「彼女は信用できる人間なんだろうか？」

「彼女は聖人じゃない。でも、政治家でもないわね」

エレヴェーターが降りてくる。アンはくたびれた鉄のドアを開けて言う。「二三三号室です。エレヴェーターを降りたら、右に行ってください。廊下を戻る恰好で。通りに面した左手の一番奥の部屋です。幸運を祈るわ、ミスター・ハイタワー」

「そいつはカルトにいた女なんだろ？」とジョン・リーは言った。そう言って、サンディエゴの警察から送られてきたファイルをボブの机から取り上げ、自分のことばに句読点をつけるようにそれを振りまわしながら続けた。「ナイフによる傷害罪。ヘロインの密売謀議で六ヵ月服役。きみはこんな女が信用できると思うのか？」

「ただいくつか質問するだけのことだ」

「質問したい。なるほど。結構だ。だったら、しょっぴけ」

「彼女はロスアンジェルスのリハビリテーション・センターにはいってるんだよ」

「だったら、タクシー代は出してやれ」

「彼女のような状態にいる人間はこういうところでは気持ちよく話してくれない。おれはただ試してみようと言ってるだけだ……」

「そりゃそうだろうとも、そういうやつらがこういうところで気持ちよくなれるわけがない」

「彼女のほうから接触してきたんだ」

「だから、私としてはそのわけが知りたいのさ。その女の望みはなんなのか。いいから、しょっぴけ。取調室にヤク漬けのケツをしっかり据えさせて、ふたりで尋問しようじゃないか」

「捜査はまるで進展してない。もう六週間にもなるというのに。今このときにもギャビがどんな思いをしてるかと思うと……それもまだ生きてるとしての話だ」

そのことばはあまりに重すぎた。ふたりの男は互いに現実を見つめ合った。

「確かに、この女はカルトにいた。そして、ヤク中だ。でも――いや、だからこそ、何かを知ってるかもしれない。彼女自身にプロファイリングをやらせれば、何か有益な情報が――」

「ボブ、ちょっと待て。ちょっと待てよ」

ボブは椅子の背にもたれて黙った。言いたいことはまだ言えていなかった。それでも言われたとおりにした。

「きみに資料を渡し、どんなものであれ、手がかりを調べる許可を与えたのは、それはどっちみちやらなければならない仕事だったからだ。それと……私がきみの立場なら、自分でやりたくなると思ったからだ。

しかし、こいつはちがう。この女はカルトにいたヤク中なんだぞ。この女には何か魂胆があるんだよ。リハビリ中だかなんだか知らんが、メタドンでもやりながら、思いついたんじゃないのか、自分の得になることを。あとで誰かに売ることのできる情報をきみから聞き出せるんじゃないかとか。こういうやつらの頭の中身なんて誰にわかる？　これで、きみがこういう手合いをこれまで何度も相手にしてきて、この手のことに精通したお巡りなら、また話はちがってくるかもしれない。でも、きみはデスク・カウボーイだ。そのことを忘れないように」

ボブはただ黙って聞いていた、おまえは無能な警官なんだ、ときっぱりと言われながらも。少なくとも、彼にはそう聞こえた。

「尋問をしたいのなら、出頭させることだ。その女がそれを拒んだら、その女のことなんかもう忘れて、その女の名前だけＦＢＩに知らせることだ。わかったか？」

「ああ、わかった」

エレヴェーターを降りて、ボブはためらう。ジョン・リーには嘘をついたことになる。しかし、そんなことよりもっと気になるのは、果たして自分はギャビのためにこういうことをしているのか、それとも、自分の存在証明がしたくてしているのか、判然としないことだ。

プライドのため？　レンジの上で何かを焦がしたようなにおいがする。笑い声。ドアは閉められている。また笑い声がする。かぼそく甲高く、すぐに消える。

そう、プライドだ。一番奥のドアが開き、明かりがひとりの女の姿を照らし出す。遠くからだとまるで少女のように見える。針金のように痩せていて、海兵隊の兵士ほどにも髪を短く刈り込んでいる。色褪せたジーンズに黒いブーツ。

廊下に出て女は言う。「ハイタワー？　ミスター・ハイタワー？」森の地面に落ちた枯れ葉のように乾いた声だ。

「そうだ」

彼は廊下を進む。すぐにふたりは向かい合う。

「ケイス・ハーディンだね？」

「うん、そう」

彼女は袖なしのTシャツを着ており、腕がタトゥーで覆われているのが一目でわかる。手首から肩までインクが熱を放っている。

「中で話す？」

「そうだね」

「ここはすぐにわかった？」

「ああ、すぐにわかった」

彼女はぎこちなくうしろにさがる。それに合わせて、彼は中にはいる。脇にどいて彼を通し、彼女は言う。

「キッチンがいいね。テーブルがあるから、坐って話せる」

彼は革の鞄をカウチに置いて、オイルスキンのレインコートを脱ぐ。彼女は鞄を見て、その中に彼の人生の恐怖が収められているのだと思う。

「最初に言っておきたいんだけど、ほんとになんて言ったらいいか、テレビでずっと見てたんだけどさ……ひどいことだよ、ほんとに……あんたの奥さん……まえの奥さん……素敵な

――」

ボブはぎこちなく彼女のことばをさえぎるように言う。「どうも」

「――人だったのに……」

ありがとう。

ボブは脱いだレインコートを手に持って言う。「これはどこに掛ければいい？」

「その辺に置いといて」

「でも、濡れてる」

「かまわない」

「でも……」ボブはクロゼットを指差す。

彼女には、クロゼットまで歩き、ハンガーを取り出し、そのハンガーにコートを掛けるという仕事が、それだけの行為が、なぜか無性に神経に触る重労働に思える。

「そこに置いといて。ここは〈ラマダ・イン〉じゃないんだから」

そう言って彼女は笑みを浮かべる。彼は見るからにぐらつきそうな木の机の脇に置かれている椅子の背に丁寧に掛ける。

彼女は、鞄をもう一度見て、視線を彼に戻す。ニュースで見て想像したより背が高い。鞄を抱え、みすぼらしい室内を見まわしながら、彼は無言で彼女についてキッチンにはいる。

「坐って。コーヒーでもどう？　あたし、どっちみち飲むから」

「いいね。ありがとう。実は今朝の六時からずっと飲みっぱなしなんだ」

「ビールを勧めてあげたいところだけど、あたしはこのさき四十年から五十年は素面でいなくちゃならなくってさ」

ケイスはコーヒーを入れたビニールの小さな袋を歯で破ると、彼のほうを振り向いて言う。

「全然おいしくないけど。これ、試供品なんだよ」

「コーヒーでありさえすればなんでもいいクチだ。気にしないでくれ」

「煙草を吸うんなら、どうぞ。灰皿はなんでも使って」

ボブは煙草を吸いながら、彼女がコーヒーをいれるのを見守る。しばらくふたりは押し黙る。彼女の手が震えている。彼女の所作には堅苦しさと気だるさが同居している。スピードを上げようとしているのに、見えない縄に縛られているかのように見える。そして、その顔はさびしいやさしさをたたえている。ひいでた額。小鳥のか細い背骨の隆起にも似た顎の線。黒い眼。真っ黒と言ってもいい。白い肌にその眼がことさら黒く見える。


ふたりは坐って話しはじめる。ボブは鞄を開けて黄色い法律用箋を取り出し、ケイスの過去、カルトにいた頃のこと、サンディエゴで服役していたときのこと、麻薬に溺れていた頃のことを尋ねる。時々、彼女がこれまでに犯した不法行為、現在の心境などに関する質問もはさみながら。彼の眼はケイスとメモとのあいだを行ったり来たりする。彼女は彼のどんな質問にも答える。煙草を吸い、片手でもう一方の手をつかんで。しかし、尋問の毒にやがて彼女の体がこわばりはじめる。

「ひとつ訊いてもいい？」

彼は顔を上げる。

「あんたはあたしを全然信用してない。ちがう？」

「どういう意味だね？」

「あんたはまるでナチみたいにあたしを天火にかけてるだけだよ。くだらない質問ばかりしてさ。あたしが使ってるタンポンのサイズと、タンポンを使うのは好きかどうかってことまではまだ訊かれてないけど。いったい、あんたは人のことをなんだと……」

ボブは驚いた様子など少しも見せずにメモを置く。ケイスは椅子の背にもたれると、ブーツを履いた足をテーブルのへりにのせる。

「もしおれが、クレイまで、保安官事務所まで来てくれと頼んでたら、きみは来たか？」

彼女は長いこと彼を見つめる。顎に力が込められ、頬がゆがんで見える。椅子の背にかけた両腕がまるでこれから飛び立とうとする、あるいは、戦おうとする鷲の翼のように見える。

「あんたのことは新聞で読んだよ、警部補。それとも、部長刑事？　それとも、長官？　ボス？　そうでなければ……デスク・ボーイ？」

ボブは怒りに駆られ、革の鞄にメモ帳を放り込むと、鞄を閉めて立ち上がる。そして、何も言わず、彼女のほうを見向きもせず、キッチンを出る。そんな彼の背中に向けて、彼女は中指を突き立てる。

彼は、しかし、玄関のドアのところまで来ると、ふと立ち止まる。雨が屋根を打ち、錆びついた樋を伝って流れ落ちている。そのざらついて忙《せわ》しない音が聞こえる。ケイスはキッチンの戸口越しに彼を見ている。彼はなじみのない暗い舞台で台詞を忘れた役者のような気分になる。暗い部屋の端から端まで届かせるには、彼の声はあまりにか細い。が、その声とゆっくりとした息づかいに含まれる悲しみはケイスにもはっきりと聞こえる。「おれは女房を失った。娘も失った。娘は生きているのか死んでいるのかさえわからない。見つけられるとしても、どうやって見つければいいのかわからない。文字どおり、藁をもつかむ思いなんだ。もう何もかもあきらめようかとさえ思う。でも、きみに会いにきた。おれの話のしかたが悪かったのなら、謝るが……少しでもいい。助けてくれないか？」

ケイスは上体を傾げ、テーブルに肘を突き、親指で瞼をマッサージしながら言う。

「あたしはヤク中だよ。ヤク中なんかにこらえ性を求めないで。もうひとつの現実に戻りたい誘惑を常に感じてる人間なんだから。ずっとあたしは自分自身と戦ってるんだよ。寝ることもできず、始終震えながら。見るものすべてがむかつくんだよ。でも、さっきのことばは言うべきじゃなかった。わたしは自分の唇に〝大馬鹿野郎〟ってタトゥーを入れるべきだった」

彼女は戸口越しに彼を見る。「それでいい？　よかったら、戻ってきてちょうだい」

ボブはマニラ紙のフォルダーの束をテーブルに置き、ケイスを見る。「きみは自分のことを悪魔信仰のエキスパートだと思うか？」

上のふたつのフォルダーには写真が何枚も収められている。「そんなものにエキスパートなんていやしない。ただ、生き延びた人間がいるだけだよ」

彼は彼女のそのことばをしばらく考えてから、一番上のフォルダーを指で叩きながら言う。

「なるほど。生き延びた人間か」

ケイスは彼の手首にインディアンのビーズのブレスレットが巻かれているのに気づく。不似合いなブレスレットだ。あまりに繊細すぎる。しかし……

「これはカルト殺人だと思う」と彼は言う。「ただの誘拐でも、誘拐未遂でも、物盗りの犯行でもない。新聞に書かれてることも、〝内部事情に詳しい〟連中の談話とやらもすべてでたらめだ。犯行があった夜の写真を持ってきた。きみにはその写真が見られるか？　見て、感想を言ってもらえるだろうか？」

彼女はテーブルの上に置かれたフォルダーをじっと見ている。そのフォルダーは途方もない忌まわしさをかもし出している。手紙など書くんじゃなかった、と彼女は思う。胸がむかつく。が、ひるむことなく、真っ赤に燃えさかる石炭の炎の中に手を差し入れるかのように、彼女はフォルダーに手を伸ばす。

「あたしなら大丈夫」

「今ここでおれがしてることに対して」と彼は言う。「おれにはなんの権限もない」

「ええ？」

「きみにはおれの立場がわかるだろうか？」

彼女は彼のことばを人間の弱さの光に照らして考え、訊き返す。「だったら、こういうことはすべきじゃないいんじゃないの？」

彼がフォルダーを引っ込めるかどうか、彼女は様子をうかがう。が、彼は坐ったままの姿勢を崩さない。胸のポケットから煙草のパックを取り出し、煙草に火をつける。坐ったまま、深く息を吸い、彼女を見ている。その眼には厳然さと非情さが宿っている。

彼女はフォルダーの束を引き寄せ、一番上のフォルダーを開く。それには家族の写真が詰まっている。サラとサムのスナップショット、囲いの柵の外で裸馬に乗ったギャビ。家の裏口の階段の上で骨をくわえたポンチョ。ケイスはそれらの写真をテーブルの上に広げる。装飾付きの中流階級のコラージュ。そんな中に、ケイスはギャビがボブと同じようなインディアンのビーズのブレスレットをしている写真を見つける。

「いくつか質問をしてもいい？」

「もちろん」

「ギャビは麻薬をやってた？」

「いや、とんでもない」

「軽いやつも？」

「いや」

「それは確か？」

「もちろん」

「だったら、麻薬をやってるような連中とつきあってたなんてことも？」

「ない」

「彼女の友達の誰かが悪魔崇拝のカルトにはいってたなんてこともない？」

「見てくれ、その写真を。よく見てくれ」彼は一枚、さらにもう一枚ケイスのほうへ押しやる。「これがドラッグをやってる女の子に見えるか？　ドラッグ仲間がいるような女の子に見えるか？　なあ、自分の娘のことぐらいわかってる。彼らがいるところはクリスチャンの家族の多い、いたって家庭的な地域社会だ。おかしな連中がうろついてるような……」

彼はそこでことばを止める。

「いいよ、気にしないで」と彼女は言う。「あたしたちはみんなそういう家庭的な地域社会の出だよ。多かれ少なかれ。このあたしでさえ」

彼女は次のファイルを開く。事件当夜の残骸が眼のまえに現れる。

サラはつまずいた。何かにつまずいたと思った。ショットガンの銃弾が肩から首にかけての静脈を炸裂させたなどとは思いもよらなかった。一瞬にして廊下が暗いトンネルに――珍獣の吠え声に満ちた動物園と化した。

彼女は空気を求めた。そして、娘の叫び声がしたほうへ向かおうとした。煙が見え、さらに砂利を撒いたように銃弾が飛んできた。頭を剃り、頭の真ん中に鶏冠《とさか》のような金属のスパイクを突き立てた男が、死者のあることを告げるアイルランドの女妖精《バンシー》のような叫び声を上げて、彼女に飛びかかってきた。

パティオのガラスドア。月の眼。プール沿いに瞬く明かり。それらが泳ぎ出し、混じり合い、その奇妙なイメージに彼女は呑み込まれ、パティオのドアを出たところで、さらに飛んできた銃弾に背中の中心をとらえられた。

ケイスはプールに浮かぶサラの写真を見てから、表を伏せてテーブルに置くと、ボブを見やった。ボブは怒りの壁と化している。

椅子の肘かけに肘を突いて立ち上がり、顔をそむけたまま、彼はカウンターのそばに佇《たたず》み、流しの上の棚に手を置いて、褪せた黄色のタイルを見つめる。

ケイスは次々に写真を見る。撃ち殺され、便器に押し込まれた犬の写真。浴槽とタイルに血が飛び散っている。厩舎の床に横たわる馬の写真。眼球が刳《く》り抜かれ、生殖器が切り取られ、股間が黒く濡れて光っている。

ケイスはかつては男の顔だった物体の写真も見る。

サイラスはサムの腹に膝をめり込ませ、豚のようにサムの指をワイヤで縛ると、サムの体を壁に叩きつけた。そして、片手でサムのペニスをつかみ、もう一方の手に持ったレターオープナーをサムの歯に押しあてた。「おまえというのは、持っていっちゃいけないところにこの舌を持っていって、この黒マラをおっ立てるのが何より好きな男だ。ちがうか?」

そう言って、サイラスはサムの白い臼歯をレターオープナーで抉り出し、さらにサムの耳元で囁いた。「黒マラさんよ、おまえは今夜おっ死ぬことになる。ゆっくりとな。おまえの死にざまは、それはもうのろくさいトリプルX級の死にざまってことになるだろうな」

ケイスは死者の眼に溺れ、自分を見失う。おぞましさの大群が下腹部から這い上がってくる。ヤク中の魔女が亡霊を甦らせる。腸《はらわた》を抉り出す銀の刃。血の褒賞。命が盗まれる瞬間の使徒のゆがんだぶざまな叫び。あらゆるヘッドライトが彼女の記憶を煌々と照らし出す。

次の写真は解剖台にのせられたサムの死体の写真だ。眼を半眼にした、いくらかはきれいに処置されたあとの写真。そのあとは創傷のひとつひとつを写した写真。それらは右腕に収斂《しゅうれん》される。少しずつ少しずつ、右の二の腕の静脈に。サムの右腕には注射の痕と思われる痣が広範囲にできている。

「サムはジャンキーだった?」

ボブは振り向いて答える。「いや」

「でも、これは注射の痕じゃないか」

「ほう？」

その訊き方からケイスは思う、ボブは知っているのに、あたしに答を出させようとしているのではないか、と。

「注射の痕はあたしの得意科目だよ。彼はヤク中だったの？」

ボブは何も答えない。

ケイスは写真を脇に置く。彼女は試されている。それが今はっきりする。次の写真を見てケイスは稲妻に打たれたようになる。死後、現場に放置されたままのサムの写真。それが十枚ばかり続く。

咽喉に苦い毒のかたまりができる。死体を見るのは初めてではないのに。彼女自身リイラスが捕まえた犬をいたぶって殺したことがあるのに。そのような体験すべてを合わせても、サムが受けたあからさまな傷のひとつひとつは途方もない怒りを喚起する。サムは切り刻まれ、焼き印を押され、それほど見事に切開されている。

彼女は指で写真を一枚一枚そっと脇にやる。視野がぼやける。手が痙攣したように震えて、煙草の灰が床に落ちる。

彼女の表情の変化に気づいてボブが言う。「どうした？」

彼女は混乱した頭をぎこちなく振る。

「どうした？」とボブはまえに出てきて繰り返す。

彼女は彼を見て、サムの胸の写真に眼を落とす。サムの胸にはトランプのカードが一枚血にまみれ、錐のように細い短剣でとめられている。少なくとも、その写真ではトランプのカードのように見える。

「このカードがもっと大きく写ってる写真はないのかい？」

「どうして？」

「あるの？」

彼女は、ナイフがヤッピーのくそ歯医者――白いＢＭＷ、白い化粧漆喰の家、白いゴルフシューズ、白い義歯――の胸に突き刺さり、胸骨を半分に切断するのを見つめた。ナイフはさらに歯医者の胸に突き刺さり、動脈を切った。そのたび、何かがこすれるような音がして、すさまじい血が飛び散った。歯医者が着ていたゴルフシャツには、もうほんの少ししか白い部分は残っていない。それを見て――どう考えても倒錯した連想ながら――ケイスは赤いガウンにつけられた白い蘭を思い描いた。胸の傷のひとつから歯医者の最期の息が洩れると、サイラスはカードを手に持って、光の消えかかった歯医者の眼のまえにかざした。

「あんたはまだあたしの質問に答えてないけど」

「きみも答えてない」

「最後の審判……」

「なんだって？」

「タロット・カードの二十番目の謎。天使がしるしを送るんだよ……」

「最後の審判の……？」ボブは片手で椅子の背をつかみ、片手を写真に伸ばし、ケイスを包み込むような体勢を取って言う。

「どうしてこの写真でやめた？」

彼女の眼はサムの腕を写した写真を探している。

ボブの声音が冷酷なお巡りのそれに変わる。「どうしてこの写真でやめた？」

サイラスはポケットから注射セットを取り出すと、その中から注意深く注射針を出して、その感触をいっとき愉しんだ。廊下伝いに銃声が聞こえ、続いてポンチョの吠え声がした。グラニー・ボーイが四つん這いになって、ワイヤで縛られているサムの脇までやってきた。そして、ギャビの写真を掲げて見せ、これからギャビにどんな猥褻なことをしようと思っているか、サムに話して聞かせた。サイラスが注射器に透明な液体を満たすと、サムはしわがれた叫び声をあげた。サイラスは、注射針の先をサムの眼のまえに持っていき、その銀色の針から拷問の悦楽を滴らせた。

「あいにくだな、プロメテウスさんよ、ここには身を隠す岩がない」

ケイスは蜘蛛のように指を這わせて、サムの腕を写した写真を一枚見つける。「この人が打たれたのは体を麻痺させる注射だった？」

ボブはケイスに顔を近づける。

「ねえ、そうだったのかい？」

彼は彼女の腕をつかんで言う。「きみはさっきから妙な質問ばかりしてる」

「そういう注射だったのかって訊いてるんだけど」

「きみは何を知ってる？」

彼女はすさまじい形相で、ひび割れ、しみだらけになっているリノリウムの床を見つめている。彼女の肩が震えているのが彼にはわかる。

「もう帰って」と彼女は言う。

「それは答になってない」

「帰って」

「頼む……」

「できない……今は……無理だ……」

「きみは何を知ってるんだ？」

「わからない」

「だったら、こっちは、わかるまできみにしゃべらせることもできなくはないんだぞ」

彼女は彼の手を振りほどくと、テーブルに手をつき、自分をうしろに押し出すようにして立ち上がる。その拍子に写真がテーブルから何枚か床に落ちる。ボブは写真をまたいで彼女の肩をもう一度つかんで言う。

「なんでもない？　そう言いたいのか？　なんでもないと？」

彼女は彼の手から逃れ、さらにもう一歩うしろにさがる。

「何を知ってる？　言ってくれ！　何を隠してるんだ？」

彼女は彼を睨む。

「何を隠してる？」

「考える時間が要る」と彼女は言った。「だから、今日はもう帰って！」

彼は一歩まえに出る。彼女は傷だらけの醜い悲鳴をあげる。「言っただろ！　出てって！

少し考えさせてくれ！　少しだけ……ひとりにして、考えさせてくれ！」

別れの儀式

10

彼女は屋根の笠木のへりに坐っている。雨の中、両手をシャツの中に入れ、身をちぢこまらせて、ボブの車が冷たい夜に排気ガスの白いすじを引きずり、ヘッドライトが薄暗い通りを照らすのを見ている。施設のまえに差しかかると、車の速度が落ちる。彼女は身を反らせ、灰色の靄をまとい、眼下のフロントガラスをのぞき込む。このあと足繁く彼女を訪ねてくるにちがいない、困惑した暗い顔が見える。

雨がタールを塗った黒い屋根をやみくもに伝い、錆びついた樋を伝って落ちている。それでも雨は何も流しはしない。流したためしがない。われわれが住んでいる水たまりは途方もなく広い。

フェリーマン（渡し守《もり》）は義手の鉤爪にマリファナ煙草をはさんで坐っていた。サイラスがケイスを渾身の力で蹴るのをいかにもつまらなさそうに見ていた。古いトレーラーを改造し、小割り板とサイドボードを張りつけ、部屋を五つこしらえた小屋。その小屋に取り付けられたキャンヴァス地の雨よけの下、蚤だらけのコーデュロイの寝椅子に坐って見ていた。

ケイスは立とうとしていた。が、そこでまたサイラスの蹴りが彼女の腹をとらえた。「おれに逆らうのか、ええ？　おれに逆らうのか？」

リーナは雨よけがつくる陰のへりからそのさまを見ていて、サイラスがケイスを蹴るたびに顔をしかめていた。ケイスは叫んでいた。何やら言おうとしていた。が、息ができず、自分の息に逆に呑み込まれていた。風にあおられ、雨よけの防水シートが合戦の幟《のぼり》のようにうるさい音を立てている。

フェリーマンの犬――その一団が吠え、暴力のとばっちりを受けないぎりぎりの線に沿って、円を描いて歩いている。

ケイスは四つん這いになっている。しかし、サイラスに怒鳴られても、中指を突き立てる仕種は忘れなかった。

サイラスは、今度は彼女の顔に蹴りを入れた。それもまた見事に命中し、安物のカップのように彼女の歯がかけ、鼻孔からは鼻血があふれた。

ケイスはうしろに倒れた。

「もう一回やってみろ、このトチ女《あま》……」

彼女はほとんど意識を失いそうになりながら、ヒトデの触手のように不自然な角度で腕を伸ばし、横たわっている。

「もう一発蹴られたいか」

彼女は砂の上を蟹のように横に這った。犬たちはそんな彼女の体のにおいを嗅いでは吠えた。攻撃を加えるのに有利な位置を争って、互いに歯を剝き、感情を昂ぶらせている。

野石の転がる中、ガターは蓋の取れた年代物のウェッジウッドのストーヴに寄りかかって、スティール・ドラムを叩くストリート・ミュージシャンさながら、白い貝殻を打ちつけて歌っている。「自由なんてありふれたことば……」

リーナはそんな彼のところへ走りよると、爪を立て、泥をぶつけて白い貝殻をつかみ取る。そして、唾を吐き、ガターを蹴った。それでも、ガターは歌うのをやめない。グリム童話に出てくるベビーフェイスの殺人者。それがガターだ。

フェリーマンは動かない。銀色の金属の指にマリファナ煙草をはさんで坐っている。やがてサイラスは革のヴェストの背中をつかむと、ケイスを地面が漂白されて見えるところまで、塌と捨てられた板が小山をつくっているところまで、引きずっていった。リーナがそのあとを追いかける。すすり泣き、恋人の命乞いをしながら。そんなリーナのうしろに犬たちが続く。それで処刑場へ向かううろくでもないパレードができあがる。

フェリーマンがようやく動く。いいほうの脚に重心をかけて立ち上がると、義足を引きずりながら、家の壁ぎわに置いた収納箱のところまで日陰を歩いた。彼はその収納箱に武器の部品をしまっており、一番上の引き出しには、ビジャンがデザインしたコルト三八口径が収められていた。それはヘロイン半キロ分の代金の一部だ。

リーナは苛立ったサイラスにその苛立ちの矛先を向けられるところまで、サイラスのあとを追った。サイラスはケイスをなおも宙に浮かせてつかんだまま、リーナの尻をブーツで蹴った。リーナは七面鳥のような声をあげ、犬の群れの中に倒れ込んだ。

サイラスはケイスを立たせると、ケイスの意識がはっきりと戻るまで待った。彼女は少しよろめきはしたものの、徐々に眼の焦点が合うと、血と唾を吐いた。

サイラスが彼女を小突いて言う。「歩け……」

彼女の胸が一度盛り上がり、またもとに戻る。

サイラスはさらにもう一度小突いた。「歩け！　行くんだ！」

犬たちはすでにふたりがいるところまでやってきて、彼女のブーツのそばに集まり、血が垂れて黒くなって見える地面を舐めている。

フェリーマンが三発、銃を撃った。その銃声が平地に何度もこだました。

サイラスはフェリーマンのほうを見やった。が、雨よけの陰になって、そのアフリカ系アメリカ人の表情を読むことはできない。

「犬がうるさくて。黙らせたんだ」とフェリーマンは言った。

サイラスはそれでも顔色ひとつ変えなかった。フェリーマンは動かない。それまでいたところに坐り、マリファナを手に持ち、時間に句読点を打つように時々口に運んでいる。

サイラスはケイスを引き寄せた。血と汗で、顔に泥がこびりつき、まるでアボリジニーの土の人形のような顔をしている。「狂気を選ぶんだな」とサイラスは言った。「狂犬に捕まりたくなけりゃ」

11

新しい季節になって初めての暖かい夜。黒い空を背景に、雪のように白い、装飾品のような月が、荒れた高地に位置する新しい一画に向かって移動している。

フェリーマンは前庭に坐っている。リーナの脇に義足を伸ばして坐っている。ハロゲン・ランプが照らす中にうずくまり、細かい針仕事で、リーナの薬指に新しい日付を刻んでいる——12／21／95。

殺戮のあと、日付を記録するのはこれが初めてではない。

リーナは安楽椅子に坐り、ぼろをまるめたものに頭を休めている。ヘロインの酔いに陶然となっている。とろんとした眼が小刻みに揺れている。

小屋の軒下に吊るしたいくつかのスピーカーから音楽が荒野に流れている。ガターは小屋の中にいて、クラック・パイプを片手に『スタートレック』の再放送に見入っている。ウッドは完全にスピードでラリっており、興奮し、焦点の定まらない眼をしたヘロドトスさながら、殺人現場を再現している——あの夜の出来事を再現して、フェリーマンに聞かせている。

「おまえにも見せたかったぜ……サイラスが連れてってくれたんだ、あのヤッピーのくそクリスチャンの家に……でもって、おれたちはやつらの食いものを食った……やつらの飲みものを飲んだ……やつらの女どもをレイプした……それから……」彼は頭の中で便器に銃を向けて撃つ。小さなむく犬が必死に生きようとする姿が彼の眼には今でもはっきりと焼きついている。「〈小径〉のためのこれまたひとつの礎石だ。そうとも……おれたちはあの家をジャングルにしてやったんだ。血まみれ、毛まみれにな……」眼に炎を宿らせ、彼は両手の指を組む。「おれたちはそんなふうだったんだ……わかるだろ……」彼は両手をねじれた祈りのポーズで押し合わせる。「バンバンバンバンバンバン……そりゃもう調和が取れてたな。ガターは弾丸《たま》を込めててさ、グラニー・ボーイはあのメス豚に襲いかかっててさ……」

ヴァンの中からギャビの泣き声が聞こえ、ウッドのささやかな自慢話はその泣き声にさえぎられる。大声で泣いているわけではない。とぎれとぎれの哀れなすすり泣きだ。高まってはすぐにまたくぐもったように低くなる。

ウッドはヴァンを見やって言う。「何かに魔法でもかけてんのかな」

フェリーマンは泣き声にもウッドにも興味がない。日付入りの指の出来具合を丹念に吟味し、上体を屈め、リーナの手の甲を舐めて言う。「終わった」

リーナは瞼を震わせ、自分の指に見入る。恍惚としたシスターのプライド。かすかにうなずいて、満足の意をフェリーマンに伝える。

フェリーマンは針とインクを片づける。リーナの頭に煙と音楽があふれる。女が魂の暗い夜を歌っている。

「ケイスが恋しい」とリーナは言う。

フェリーマンは暗がりに身を引く。

「あのヴァンの荷台で一緒に寝たことが懐かしい。薬を打った腕を互いに舐め合ったことも」

リーナはもうすでにさまよっている。「あたしが亀で、彼女が鳥だった。それがあたしたちの関係のすべてだった」

フェリーマンは何も言わない。

「彼女は今どこにいるの？　どこかのリハビリ・センターだね、きっと。そこで自由になれるまであれこれ白状しまくってるんだよ」声が薄くなる。「もしまだ生きてるなら」眼がもう飛んでいる。「彼女が恋しい。あんたは？」

「おれは誰も恋しくなんかないね」

リーナは月を見上げる。開け放たれたドアから射すかすかな光のような月だ。

「おれは生きるってことを弄んでるだけさ」

「くそシープなんかと一緒にいないでいてくれたらいいんだけど」とリーナはぽつりとつぶやく。

ヴァンからまた女の子の泣き声が聞こえだす。

真夜中、サイラスはフェリーマンの小屋の北側を走る稜線に沿って歩いている。風にポンチョをはためかせ、刻々と形を変える黒い陰から陰へと渡っている。キャリコ山地とパワダイス山脈のあいだにプラーヤが横たわっている。若き日々の忘れられた地。老婆ハンナが彼をイメージと見せかけの中で育てようとした地だ。

すべりやすい岩の累壁を伝って谷底に降りる。緩慢な夜の移動。ごつごつとした地肌に足跡はほとんど残らない。やがて乾いた川床にたどり着く。川の向こう側では、砂の海から姿を現した鯨のひれのように、花崗岩が空に向かって鎌首をもたげている。

昔のことが甦る。殺して別れたあの日。マッチをすって、岩肌に近づける。ハンナが描いた絵がまだそこに残っている。土と空気、火と水。自らを食べる蛇、ウロボロス。目一杯牙を剝いて口を開いた緑の頭がオレンジ色のしっぽを呑み込んでいる。

その蛇の頭にハンナの眼が見える。異教徒の美と知の宝石。彼女は彼の心を正しい小径に導こうとして、自分の眼をそう呼んだ。あの年老いたメス犬は飲みもしたが。魔法のジュースを飲みながら話すのだ。あれほどのだぼらの名人はふたりといない。

彼はマッチの炎を消す。岩のあいだにはさまっている砂利に指を伸ばし、石灰岩の小さな塊を岩のひれから探り取って呑み込む。そうやって世界を腹に収める。


プラーヤをさらに歩く。ハンナのトレーラーの残骸がまだ残っている。シンダーブロックの破片。ガラスの石筍のような庭の塀。

〈ヴィア・プリンセッサ〉で実現された彼の意志によって、彼の人生はついに完全な円となる。彼はキャリコ山地に舞う砂のように自分のまわりに年月をめぐらし、自らの人生の章を再訪する。

あの日の暑さが今もまだ感じられる。母親と、兵士だった母親の恋人が乗る車から放り出され、孤児となったあの日からもうすでに、彼の名はまわりの人々のブラックリストに載ったのだった。基地の精神科医は彼を社会病質者であると、将来の犯罪者であると診断した。基地を渡り歩く売春婦の母親が、バスルームで足の指のあいだに注射針を刺しているあいだに。ジョーイ軍曹が、軍人専用バーでジャック・ダニエルを浴びるように飲みながら、朝鮮戦争で殺した朝鮮人の話をしているあいだに。

　どいつもこいつも……詐欺師どもの永遠のファンタジー。それが人生であることがサイラスにはその頃からわかっていた。だから、真に恐れなければならない恐ろしい悪魔は、良心的な衣裳をまとった人間たちだ。ジョン・リーとでぶ公がその何よりの生き証人ではないか。

　古びて腐りかけたエアストリーム（長距離旅行用トレーラー）に砂塵が吹きつけている。ハンナもまたなかなかのタマだった。プッシーのような口から泥臭い知恵を吐き出す、時《とき》の祖母。しかし、彼はすべてに耐えた。わずかばかりのパンと水のために。騙せるもの、盗めるもののために。ジョン・リーの取引きの下働きなどという馬鹿な真似もした。しかし、歳月は彼に報いてくれた――おれは〈ヴィア・プリンセッサ〉が抱く多くの夢を霞に変えた。そのことはいずれおれのシスティーナ大聖堂となるだろう。

　彼は、〈小径〉が自らの強さの梁を補強してくれるまえの影のような年月を甦らせる。幼児施設の管区から少年時代のヘロイン・ロードの裏道まで。その間、ずっと彼は、彼らが自分たちの〈パラダイス〉を築くのを見てきた。尺八をやりながら。黒い咽喉を掻っ切りながら。彼の意思を奪ったヤク中を痛めつけながら。

　そして、その頃、そのトレーラーの中に見いだしたのだ、禁断症状と戦いながら、現代社会の真の造物主を。サムの息子やヘルター・スケルターやジョゼフ・ゲッベルスやアンクル・サムやローマ法王やクー・クラックス・クランや資本制度やサイレント・マジョリティーの背後にひそむ、真の実在を。ただひとりの〝人の子〟を。それはイエスなどという名のマスかき野郎ではなかった。その男こそ、腐敗しきったゼロサム・ゲームを見越した造物主だった。完全なるカオスの洗礼を受けて、血に美しさを見いだした男だった。恐怖に準じて礼儀作法などという終身刑に服するより、危険のきわみに君臨するほうがどれほどかいいと理解した男だった。その恐怖。その恐怖とは、人生の近道を求めて裏取引きをしないかぎり、われわれは人生のゴールに何も見いだすことができないという恐怖だ。

夜の風に膨張した砂漠の海。サイラスは、殺戮の日をともにした古代戦士のように、若い狼の群れとともに坐り、彼らを誉め讃える。たわごとだらけの社会との戦いにおける、手飼いの番犬としての彼らの立場を彼らに思い出させる。偉大な呪いの使者としての立場を。彼は説く――〈ヴィア・プリンセッサ〉の殺戮で頂点をきわめたわれらが蛮行は、すでに豊潤な歴史と化している。それは忌まわしい悪霊に憑かれた歴史ではある。感傷主義者が頭をしぼって解き明かさねばならない謎でもある。しかし、いずれは認知され、理想化されるものなのだ。

彼ら――これら〈左手の小径〉の歩兵たち――の多くがヘロインや、ヤク入りコーヒー《バッテリー・アシッド》や、テキーラをチェイサーにしたコカインに酔う中毒者だったが、今は殺戮に酔っている。あの丘の上の家で覚えた血の怒りを心に甦らせている。サイラスは、血の気の多い映像作家の凶暴な感覚で、出来事を神話として復活させる。完璧な侮蔑、完璧な不服従、完璧な犠牲、完璧な自由、完璧な歓喜……完璧な奉仕がもたらす行為として、殺戮に彩色を施す。あれこそ咎められた光の天国における不変の醜行だった——と彼は言う——おまえたちの名は、おまえたちの神にとって、いずれこのうえなく大切なものとなるだろう、聖徒たちの名が豚男キリストにとって大切であるのと同じように。

　彼らはみな自らをサイラスに見ている。そして、今回が初めての狩りだったウッドの〈死の一撃〉幹部会への入会式が、その夜のクライマックスとなる。ガターは鼻に通した安全ピン、リーナは指に彫った殺しの日付というふうに、一族の人間は誰もがそれぞれしるしを持っており、サイラスはウッドに赤い布を授ける。その布にはいずれ、彼らの完璧な意味のしるしである、アナーキストの〝A〟が白で描かれることになる。それをどこに、とウッドはサイラスに尋ねる。サイラスは、存在の最も大切な小径——血脈の上に、と答える。

12

二日間、ボブはケイスに電話で連絡を取ろうとした。が、電話に出た相手に繰り返し言われただけだった——〝彼女はここにはいません〟〝見つけられません〟〝ノックしても応答がないんです〟と。アンも彼の役には立てない。あるいは、役に立とうとしない。

夕食をとりながら、ボブはそのことをアーサーに説明する。アーサーは、〝彼の〟ギャビに関して、ボブにわからず、ケイスのような女にわかることがあるという考え自体に尻込みをする。ふたりの夕食は無言のうちに過ぎる。アーサーは、会話を続けようとするボブの非力な努力を拒み、ただ料理を見つめつづける。

アンは机について坐り、ケイスの身を案じている。「誰かにアドヴァイスを与えることと、自分から出かけて女の子を探そうということとはまったく別のことよ……」

ケイスは窓ぎわに立ち、カーテン越しに街灯がつくる光のプールを眺めている。

「あなたがもっと強ければ。もっと……」

「あたしにはこれ以上なんてものはもうないんだよ……それに、あたしが充分強くなるのを待つことなんてあの女の子にはできやしない」

「彼がその子を連れ去ったのだとしたらね」

「彼が連れ去ったんだよ」

「あなただって断言はできないと思うけど」

ケイスは振り向く。その眼は荒涼とした確信に満ちている。

「あなただって断言はできないでしょ？」とアンは繰り返す。

「仲間だった連中の血のしるしぐらいまだわかるよ」

「なんの話？」

「卑しくても汚くても真実の話」

「彼女がまだ生きてるかどうかもわからないのに」

風にそっと撫でられたカーテンが揺らぐ。

「連中のしるしをあたしは読み取ったってことだね」とケイスは繰り返す。

「いったいなんの話をしてるの？」

「いいかい」とケイスは言う。「あたしは現場写真を見たんだよ。このハイタワーとかいうお巡りに見せられたんだ。死んだ包皮野郎は胸にタロット・カードをとめられてた……審判のカード……タロット・カードの二十番目の謎のカードだ。それってサイラスのゲームなんだよ。それが彼の署名なのさ。自分こそ死をもたらし、命を奪う者だっていう。カードを使った嘲りなんだよ。

まちがいないよ、アン。もっと言うと、あれは最大級の報復だった。最大級のファック・ユーだった」

ケイスは机を見る。そこには、追い払われたあと、ボブが〝それとなく〟ドアの下の隙間から差し込んでいったギャビの写真が置かれている。ケイスは机まで歩くと、その写真を手に取る。「サイラスがよく言ってた。たわごとをすべて取り除くと、そこに着手すべきことが残るって」

アンはケイスの腕にさりげなく眼をやる。注射針のせいで疱疹のようになっていた皮膚が治りかけ、黒ずんだ拇指紋のようになっている。

「贖罪はいくつもの顔を持ってる」とアンは言う。「だから、あなたもひとつの方法だけにこだわらないで……」

ケイスの顔が急に険しくなる。「そんな話はもう聞きたくないね。このことをねじ曲げたりしないでくれ。あたしの頭によけいな考えを吹き込まないでくれよ。贖罪とかそんなことじゃないんだから。山上の垂訓みたいな真似はやめてくれ。サイラスがあたしたちに吹き込んだ〈左手の小径〉に関する説教より性質《たち》が悪い。あたしは腕に打つものが必要だったから、彼には同意したけど、あんたの説教にはそれさえないんだから」

「だったら、どうして？　どうしてなの？」

ケイスは机の上に身を乗り出して言う。「あの女の子が今後どうなるか、あんたには想像がつく？」

ケイスの心にはいったいどんな記憶が残っているのだろう、とアンは懸命に考える。

「そりゃあたしなんかもう何回もやらされたことだもの。サイラスはあの子をヤク漬けにしたあと、彼のシンパのヤク中たちのクラック・ハウスで、彼女を四つん這いにさせて、写真を撮るだろうね。たぶんビデオも。そして、彼女に彼女の写真を見せながら、フェフをさせるんだよ。そのあとはビデオが終わるまで、ファックする。クレジットが出たら、彼女を裸にして、逆さにして、クリトリスから何から切り取って食べはじめる……」

ケイスはそこでことばを切る。アンはものも言えないほど動揺している。

「あんたが訊いたんだよ」とケイスは言う。「もしかしたら、そう、あたしは血が恋しいのかもしれない。仕返しがしたいのかもしれない。そろそろ潮時なのかも」

アンは椅子の背にもたれ、精神科医の魔法の鞄の中に答を探す。が、今は精神科の教科書には載っていない根源的な正直さが求められているのを悟る。

「警察には彼女は見つけられないだろうね」とケイスは囁くように言う。「絶対。あたしなら見つけられるかもしれない。近づけるかもしれない。ひれ伏す方法さえ知ってれば、近づくことはさほどむずかしくないんだよ。で、近づけたら、彼女を取り戻せるかもしれない。取り戻せなくても、あたしが近づけば、女の子を早く殺してくれるかもしれない。少なくとも、それだけは言えるんじゃないかな」

13

ソールダッド・キャニオン・ロードを離れると、〈パラダイス・ヒルズ〉の道路標識がすぐにケイスの眼に飛び込んできた。道路の両脇に模造の石柱が立っていて、その石柱に埋め込まれたブロンズの文字が青い光に照らされている。

ふざけた名前だ、とケイスは思う。子供がふたりいる、腹をすかした家族にはなんとも魅力的な名前だと。

ボブの家のある通りを走る。こうした丘陵の開発地区に来ると、いつも何かに——土地の意識に業者が刻した病的な痕跡に——神経を逆撫でされる。ケイスはまえもって電話をしていなかったので、家に着いてもボブはいない。彼女はトラックのステップに腰かけ、煙草を吸いながら待つ。ラブラドル犬を連れた若いカップルが通り過ぎる。髪を青く染めたランニング・スーツ姿の年配の女も通り過ぎる。どちらも無言だった。が、それぞれの家族の物差しで彼女を見ていた。

角を曲がったボブの眼にまず飛び込んできたのは、ドライヴウェイに停められたピックアップ・トラックだった。事件以来、普段と異なること、不審なことに対して、彼はことさら敏感になっている。銃がはいっているグラヴ・コンパートメントに、そっと手を伸ばす。

そして、ヘッドライトの明かりがトラックのうしろの窓から中に射し込むように角度をつけ、車をゆっくりと走らせ、何かが、誰かが動くのを待つ。家のまえをざっと見まわして、エンジンを切る。これで彼と静寂とヘッドライトの光だけになる。心臓が早鐘を打ちはじめたのがわかる。

ややあって、トラックのシートのヘッドレストに手がまわされたのが見える。さらにそのあとすぐ、ぼろのバックスキンの上着が見え、顔が動く。ケイスだ。火のついていない煙草を口にくわえている。手を傘にして、ヘッドライトに逆らって眼を凝らしている。

そこでボブの期待は一気に高まる。希望のソナーがみぞおちのあたりでかすかな音を立てはじめる。しかし、彼は動かない。

ケイスのほうが車を降り、彼の車の運転席までやってくる。そして、身を屈めて言う。「ハイ」そこで彼の膝に銃がのっているのに気づく。「できれば撃たないでほしいんだけど」

「きみのトラックだとは知らなかったんでね。それと、事件以来、どうしても……」

「話がしたいんだけど」

ボブは仔細に彼女を見る。そして、彼女の荒々しい黒い瞳には鋭敏さも宿っていることにそのとき初めて気づく。彼は車を降り、銃を上着のポケットにしまい、通りの反対側を眺める。

キッチンのカーテンが閉められている。

「けっこう長いこと待ってたんだね？」

「ご近所があれこれ噂話をしはじめるくらいには長くいたね」

彼はドライヴウェイを歩く。「はいってくれ。コーヒーをいれる」

「ううん、要らない」

彼は立ち止まり、振り返る。彼女はどことなく居心地が悪そうに立ったまま、家とは反対方向を指差して言う。「歩こう」


ボブとケイスは道路を横切る。ボブの家は開発地の奥、道路のいきどまりにある。丘の斜面がくだりはじめるところに。その向こうはエンジェルズ国有林で、灌木の丘が連なっている。

「ここに住んでどれくらいになる？」とケイスは尋ねる。

「結婚してからずっと。ギャビもここで生まれた。義父が開発した土地だ。義父にあれこれ助けられて買ったんだ」

ふたりは道路が曲がって終わっているところまでやってくる。そのさきは広々とした原っぱで、そこからは開発地全体が見渡せる。「離婚したら、サラはここに住みたがらなかった。一方、こっちのほうはここを離れるだけの心の準備ができてなかった。たぶんそういうことなんだろう」

遠くに開発地の入口が見える。ふたつの青い光がそこから彼らを見返している。

ボブは足を止める。「どうして来た？」

ケイスは煙草をつけるマッチを探しながら答える。「これはあたしとしても楽なことじゃない。わかる？」

　ボブはうなずき、ポケットにマッチを見つけて火をつける。

「全然まるっきり楽じゃない」彼女は上体を屈めて、煙草に火をつけ、深々と一服する。「あんたに言いにきたことをあんたの眼を見て言うことも、あたしにとっては全然楽なことじゃない」

　ボブはいくらか不安を覚える。「わかった」

「あの写真を見て……あの男が……拷問された写真を見て」彼女はそこで半身になる。「あの写真を見て思ったんだよ、誰があんたの娘を連れ去ったか、あたしにはわかるって」

　ボブは黙ったままブーツで砂地を突つく。

　ケイスは続ける。「もしそのとおりなら……まずまちがいないと思うんだけど……彼女は生きてる」

　ボブは長い息をつく。質問が洪水のように心にあふれている。が、彼は自分を抑え、彼女のまえにまわって言う。「きみはあの写真に何を見たんだ？」

「特別なものなんて何も。あたしが見たのは、彼の腕に残ってた注射針の痕だよ。それでわかることは、彼はヤク中だったのか、それとも麻酔注射をされたのかってこと。あとのほうだった場合は、つまり彼を苦しめる必要があったってことだね。それに、胸にナイノでとめられてたあのカード。信じたくなければ、信じなくてもいいけど――」

「きみが言ったことは両方とも正しかった」

　彼女は小鼻をふくらませる。

「今日はお互い腹を割って話そう。いいね？」と彼は言う。

「うん、いいよ」

「きみは誰がギャビを連れ去ったと思うんだ？」

「あたしのファミリー。血族っていったほうがより正確かもしれない」

「どうしてそうだとわかる？」

「サイラスは首尾一貫してるからって言えばいいかな」

「サイラス？」

「そう。彼が一族の祖なんだ。一族を導く狼。持ち株会社のワンマン社長。悪の守護神。霊能師の先生。なんとでも好きに呼べばいい」

「苗字は？」

「知らない」

「どうしてサイラスだと思う？」

「どうして？　それはもう言ったはずだけど……」

「首尾一貫してるから、ときみは言った。それはどういう意味だ？」

「ああいう殺し方をまえにもしたことがあるんだよ」

ボブの眼が容赦のない細い針のようになる。「どうしてそのことを知ってる？」

ケイスは手のひらで唇をこすっただけで、なんとも答えない。ボブは彼女の答を想像する。そして、どんなにささやかな希望でも買いたければ、自分もいくらか真実を売らなければならないと思う。

「今夜のおれは」と彼は言う。「原っぱに立ってるただの父親だ。娘を探して、見知らぬ相手と話をしてるただの……」

彼女は彼の意を汲んで言う。「それはあたしもその殺人現場にいたからだ」

ボブは重心を踵にかけて、上体を揺らす。あまりの静けさに、ヨルトカゲが岩を走る音が聞こえたような気さえする。

「どうして娘はまだ生きてると思う？」

「彼はたまたまあの家を襲ったわけじゃない。たまたま彼らを殺したのでもない。あの事件は血を流させるのが目的だった。つまり復讐だ。たぶんサムは何かで取引きをした。そして、サイラスに近い誰かを騙した。あるいは、サムをやるようサイラスは誰かに雇われたか」彼女はためらう。「あるいは、あんたのまえの奥さんをやるように。けど、女の子を連れ去ったのはそれとはちがうと思う。それは誰かまた別な人間に対する仕返しだったんじゃないかな。たとえばあんたとか」

彼女のことばのひとつひとつが彼には重すぎる。煙草の火を皮膚に押しつけられているような気分になる。

「そのきみの仲間とやらは全部で何人ぐらいいるんだ？」

「今は何人になってるか、それはあたしにはわからない。四人かもしれない。七人かもしれない」

「彼らとのつきあいは長かったのか？」

「そう、わたしが十歳のときからのつきあいだからね」

十歳、とボブは思った。十歳でいったい彼女は何をしていたのか。

「彼らと最後に会ったのは？」

「二年前」彼女の顔が曇る。「そのうちのひとりとは……一年ほどまえだね」

彼は煙草を取り出し、火をつけ、顎に力を込めて荒々しく煙を吸い込む。ケイスには彼の憤りが手に取るようによくわかる。できることなら、あたしをもっと締め上げたいと思ってることだろう――だったら、きみにもいくらかは責任があるんじゃないのか、とかなんとか。

「彼ら全員の人相風体を教えてくれないか？」

「それがお望みなら。でも、ロスアンジェルスのお巡りやＦＢＩを使って、彼らを捕まえようと思ってるのなら、忘れることだね」

「忘れる？」

「あんたはサイラスという男を知らないから、そんなことを言うんだよ。〈左手の小径〉の求道者。それが彼だ。悪魔の世界――なんて言うと、馬鹿みたいに聞こえるかもしれないけど、とにかくそういう方法で彼を捕まえようなんて思わないことだね。確かにそれで捕まるかもしれない、何年かまえにＦＢＩが捕まえたテキサスの宗教フリークみたいに。だけど、その場合、ひとつだけはっきりと言えることがある。それは、捕まるまえに彼は絶対あんたの娘を殺すってことだ。愉しみだけのために彼が以前どんなことをしてたか知ってるかい？　ＳＷＡＴチームのリーダーの家を見つけて、夜、はいり込み、そのリーダーと奥さんが寝てるベッドまで忍び寄るんだ。それって、彼にとっては練習なんだよ。そういうことはチャールズ・マンソンもよくやってたけど。それに、彼にはお巡りに知り合いがいる。彼のヤクのお得意さん。悪魔に魂を売り渡した連中。青い制服を着た化けもの。だから、子供を取り戻したいのなら、そういう方法は考えないことだ。自分でやらなくちゃ。ボーイ・スカウト抜きで」

「わかった。だったら、そうするとして、実際の話、どうすればそいつらを見つけられる？」

「風を追うのさ」

「それだけじゃわからない。娘がまだ生きてるとして、どこから始めればいい？　全部署手配にしないで何ができる？」

「ただ始めりゃいいのさ」

「ええ？」

「五千ドルは要るね。少なくとも、それぐらいは。そして、しばらく旅に出る。車で、銃を持って。銃は足がつかないやつ。それだけの準備ができたら、電話して」

彼は怪訝な顔でケイスをまじまじと見つめる。彼女はそんな彼を無視して、道路に引き返し、トラックのほうに戻りかける。

「待ってくれ。よくわからないんだが――」

彼女は何も答えず、歩きつづける。

「ちょっと待ってくれ」

彼女は立ち止まる。

「どういうことなんだ？」

「あんたとあたしで。ふたりで彼女を取り戻す旅に出るってことだ」

「きみとふたりで？」

「そう。あたしとふたりで。パンツの中の自分のちんぽこも見つけられないほど馬鹿か、腐りきった重い腰の怠け者か、どっちにしろ、そういうやつらに任せたくないならね。そうしたいのなら、どうぞ。あたしにはなんの文句もないよ。これでおしまいにしてくれてあたしは全然かまわない」

「しかし、どうしてきみとじゃなきゃいけないんだ?」

「これは分譲住宅がきれいに並んでるアメリカとは、また別な世界のことだからだよ。冷えきった世界の話だからだ。ドラッグと血と精液と愛液の世界のことだからだ。それはもう悪すぎてさ、あんたなんかには想像もつかないと思う。ほんとに。ハリウッド大通りの本屋に立ち寄って、オカルト本を探すのとはわけがちがうからだよ。普通の人を……あんたのまえの女房とか、彼女の新しい旦那とかを殺すことで、オーガズムを覚えるような連中が相手だからだ」

ボブはその彼女のことばを吟味し、計る。彼女はたたみかけるようにつけ加える。「それから、悪く思わないでほしいんだけど、あんたひとりじゃ無理だからさ。あたしとしたって――もうつくづく自分にはうんざりしてるけど――狼狩りに羊《シープ》を遣《や》るわけにはいかないだろ?」

14

「どれぐらいの期間になるかはわからない。でも、休暇届けはもう書いた。ダイニング・テーブルの上だ」

アーサーは、ボブが髭剃り道具一式を薬戸棚から取り出し、旅行鞄に詰めながらそう言うのを聞かされる。バスルームのドアの脇柱にもたれ、彼は言う。

「なあ、もう一度考え直してくれないか」

ボブは薬戸棚の扉を閉める。鏡に彼の背後に立っているアーサーが映る。見るからに心配そうな顔をしている。ボブは視線を自分に戻す。見てくれをいくらか変え、胡散臭さを出そうと伸ばしかけた口髭を吟味する。自分は何者なのか、ほんとうの自分とはなんなのか。そのことを彼に思い出させる力が鏡にあるかのように、自分の顔をしばらくじっと見つめる。

「無謀だよ、ボブ、危険すぎる」

ボブはアーサーの脇をすり抜け、廊下を歩く。「悪いけど、ジョン・リーにはうまく言っておいてくれないか。すでにおれがしてしまったことを彼は快くは思わないだろう。そして、彼もまた思いとどまらせようとするだろう。職務命令さえ出すかもしれない。この女に会いにいったことについては、おれは彼に嘘をついた。そのことがわかったら、馘になるかもしれない」

「そういうことは心配しないでいい。ジョン・リーのことなら私が……」

「いや、そういう心配ももう要らない。アーサー、ほんとに。自分で決めたことだ。どういう結果になっても、その責任は自分で取る」

ボブは居間を横切る。アーサーはボブの一歩あとを歩く。

ボブは机のまえで足を止めると言う。「できるかぎり電話するよ」

アーサーはボブの脇に立って、窓の外を見る。ドライヴウェイに停めたピックアップ・トラックの側面にもたれてケイスが立っている。どこを見るともなく煙草を吸っている。サングラスをかけ、破れたジーンズを穿き、袖を断ち落としたシャツを着ている。タトゥーは彼女の腕だけでなく、腹にも背中にも彫られ、自己主張していることが、アーサーには見なくてもわかる。

「もし万一のことがきみの身に起きたら……」

「大丈夫だ」

「ほんとうに？」

「このままじっとはしていられない。はっきりしてるのはそのことだ」

「確かにそれはそうだが」アーサーは自分たちの前途に待ちかまえているものを思い描いて、みじめに首を振り、繰り返す。「それはそうだが」

ボブは机の引き出しを開け、ふたつのマニラ紙の封筒とマネーベルトを取り出し、封筒を開ける。封筒の中には三千五百ドルの紙幣がはいっている。札束にまだ帯がかかっている。彼はその帯を破り、札を何枚かずつまとめ、マネーベルトの布のポケットの中に小分けして入れる。

アーサーはまだケイスを見ている。ケイスは煙草の灰をトラックの荷台に落とし、一瞬サングラスをかけた眼をアーサーのほうに向ける。「あんないかれた女と行動をともにするなんて。どう見てもまるで信用できそうにない女じゃないか」

「おれも百パーセント信用してるわけじゃない」

「だったら、どうして……」

「もうその話はしただろうが」ボブは苛立ちを覚える。さまざまな感情が錯綜している。それを整理するのに、アーサーとのやりとりはなんの役にも立たない。が、同時に、こんな形でアーサーに出発を告げるのも、耐えなければならない試練のひとつだと思う。

「ギャビはもう死んでるのだとすれば……」とボブは言う。

「そんなことは言わないでくれ。そういうことばは聞きたくない」

「もしそうなら、われわれとしてはそれを知らなければならない。でも、ケイスが言うように、まだ生きていてくれるのなら、そして、ケイスには誰がギャビを連れ去ったかわかるというのなら、おれはなんとしてもギャビを取り戻したい」

「きみはほんとうにあの女の言うことを信じてるのか？」

「おれが信じてるのは神だ。彼女とはただ一緒に旅するだけの話だ」

「しかし、こんなことをして彼女にはいったいなんの得があるんだ？」

ボブは手を止めると、窓の外を見る。それは彼自身、家の裏手の原っぱを彼女と一緒に歩いて以来、ずっと自らに問いかけている疑問だった。

「いくらか金をよこせとはまだ言ってきてないのか?」

「そんな話は一切出てない」

「きみは気にならないのか?」

ボブはもうひとつの封筒を開ける。その封筒にも最初の封筒同様、三千五百ドル入れられている。「それはいずれはっきりする。だろ、アーサー?」

「そんな呑気なことを。あの女がきみをそのおかしな連中に売らないという保証がどこにある?」

「どこにもない」

「そんな女のことばなど信用できるわけが……」

ボブはアーサーのことばをさえぎり、苛立ちをあらわにして言う。「ああ、ないよ」そう言って、またマネーベルトに金を入れる作業に戻る。

「自分がどういうことに首を突っ込もうとしてるのか、それはわからない。それは認めるよ。それでも、おれは行く。行こうと思う。なぜなら、おれはもう内側から死にかけてるからだ。わかるかい、アーサー? おれは死にかけてるんだよ。毎日毎日少しずつ。自分の娘がそこにはいるかもしれないんだ。苦しんでるのか、それとも……」

彼の声がそこで割れる。彼はマネーベルトを置いて言う。「今の自分なんてもうどうでもいいんだよ。探そうとしたために、たとえ死ぬことになったとしても、そのほうがずっといい」

ボブの一切の動きがそこで止まる。熱心なふたつの手を待つあやつり人形のように。アーサーがボブにかわって、金を小分けしてマネーベルトに入れ、最後にはボブの意思に従ったことを態度で示す。

「死ぬなんてことはもう口にしないでくれ。もう二度と。私にはもうこれ以上は耐えられない」

ボブは黙ってうなずき、机の引き出しを閉めようとして、自分とサラの結婚写真に気づき、いささか虚を衝かれた思いになる。家を出ると彼に告げた夜、サラがそこにしまったのだが、あれからずっとそのままになっていたのだ。

彼女の笑みがときを超えて瞼に浮かぶ。彼女の笑みには彼が人生に求めたもののすべてがあった。その写真を見るたび、彼女こそ自分の人生の礎《いしずえ》と思ったものだ。しかし、今はもう……古い小切手帳や、何通かの手紙や、糊の乾いた切手とともに雑然と引き出しに収められた、ただ像がプリントされただけの一枚の紙切れにすぎなくなってしまっている。それでも、彼にはすぐに引き出しを閉めることができなかった。

ケイスは寒々とした不安を抱いている。すると、玄関のドアが開く。アーサーが出てきて、彼女に鋭い視線を投げかける。ボブが彼女のほうにやってくる。大きな鞄ふたつとキャンヴァス地のコートを持っていて、それらをピックアップ・トラックの荷台にのせる。そして、じっと待っていたケイスを荷台越しに見やる。

ふたりは、意外性のないお定まり仕事の岩棚から飛び降りて、未知の大海に向かわなければならない時間にどうにか間に合いながら、ともに居心地がよさそうにも、準備万端整っているようにも見えない。

「いいかな?」と彼は尋ねる。

彼女は黙ってうなずく。

ボブは助手席側にまわる。そこにはアーサーが立っている。アーサーが腕を差し伸べ、ふたりは抱き合う。生真面目な長い抱擁。アーサーの眼に涙が浮かぶ。彼は赤ん坊を寝かしつけるように、ボブの肩をやさしく叩く。

ケイスは運転席側にまわり、ふたりの様子をじっと見つめる。首すじに太陽の熱が感じられる。通りを走る子供の自転車の音が聞こえる。アーサーとボブの抱擁を見ても、ケイスの心に湧き起こるのは、寂寥と孤独だけだ。こういう場面に耐えるにはどうしても薬が要る。運転席側のドアを開けると、アーサーが彼女を呼び止める。

「待ってくれ」

アーサーはトラックのまわりをまわってやってくると言う。「これだけはよく頭に叩き込んでおいてほしい。私はきみのことなどこれっぽっちも信用してない。それはきみの体がこれまで吸い込んできたものの恐ろしさをよく知ってるからだ。だから、もし私の義理の息子にもしものことが……もしものことが……あったら……きみのせいだろうと、彼自身のせいだろうと、誰のせいでもなかろうと、私はそれを神の思し召しだなどとは金輪際思わない。つまり私にはどんな言いわけも通用しないということだ。わかったか?」

ケイスは何も答えない。ただ、アーサーの肩越しにボブを見やる。ボブにもアーサーの言ったことは全部聞こえたはずだ。が、彼も何も言わず、ただ助手席に乗り込む。ケイスは舌の先を上唇に押しつける。そして、むっつりと佇むアーサーの脇をすり抜けようとする。

アーサーは彼女のまえにもう一度立ちはだかって言う。「わかったね？」

ケイスは顔をそらすと、はずしたサングラスでアーサーの胸を突いてうしろに下がらせる。そして、すばやく彼の横を通り、運転席に乗り込むと、振り向き、ドア枠にもたれ、サングラスをかけて無表情にアーサーを見返して言う。

「圧倒されたよ。ほんとに。今のことばにはじんときた。実際のところ、感動のあまり、あそこが濡れちゃったくらいだよ」

15

ボブは区画整理された高台の開発地をくだる車から外を眺めている。

「さっきあんたは何も言わなかったけど、実際のところ、どう思ってるんだ?」

ボブは彼女のほうを見て言う。「忘れてくれ」

「忘れてくれ?」

「手を貸そうとしてくれてるのはきみだ。そのことに関しては何も判断をくだしたくない」

「そう?」

「そうだ」

沈黙ができる。ショートパンツ姿の男が薔薇に殺虫剤を撒いている。女が子供にスカートをつかまれ、ミニヴァンの荷台から食料雑貨店の買物袋を降ろしている。ドライヴウェイで犬が寝ている。夢の中で狩りでもしているのだろう、筋肉がぴくぴくと動いている。日常のディテイルが堂々としたスローモーションで過ぎていく。離れていく。それが彼にはわかる。

鋭い視線を向けて、彼女が言う。「それは答えたくないってこと? こっちとしては知りたいんだけど」

「わかった、わかった。だったら、言おう。精神的な強さというものがきみにあったら、過去にきみの身に起きたようなことは決して起きてなかっただろう」

彼は、できるだけ彼女を傷つけまいとして、こういう会話そのものすら不快に思っていることも伝えまいとして、ことばを選んで言う。「真実が知りたいというから言ったまでだ。今言ったのがおれの本音だ」

ケイスは運転席の中で体をもぞもぞとうごめかせて言う。その声音にはいくらかボブを小馬鹿にしたような響きがある。「わかった。けど、弁解すれば、あたしが望んだのは真実で、致死量の毒薬じゃなかったんだけどね」

ケイスにはそこがなんという町かもわからなかった。テキサスのどこか、〝商売〟をするためのただのひとつの場所にすぎなかった。多すぎる太陽、多すぎる土埃、多すぎる空間。まともなトイレに行くためには何マイルも移動しなければならない。それが彼女のテキサスだった。

そのとき、彼女はまだ十二歳にもなっていなかっただろう。それでも、演習はしっかりこなしていた。サイラスは連れ込みモーテルの一室を用意していた。彼女はシャワーを浴び、少しばかり香水をつけ、少しばかり口紅も塗って、窓を開けた。暑い日だったが、消毒薬のライソルと燻煙剤のにおいがたまらなかったのだ。スプーンを熱し、注射ももう打っていた。彼女は淑女のようにしとやかに待った。

国境に近い、グリースとビールとイエスが専門のカソリックの田舎町。そこではすべてが、すべての土台となっているシンダーブロックのようにリアルだった。

彼女は裸になってベッドのへりに坐っている。シーツはざらざらした肌ざわりの安物だった。ドアの隙間の向こうに、金が手から手に移るところが見えた。ハイウェイの雑音と日中の鋭い陽射し。中年のトラック運転手とその恋人が部屋にはいってきた。

くそ白人のくそ標本。ぶくぶくと肥った、バギー・ジーンズにフランネルのシャツ。眼のまわりのたるんだ肉。彼らはケイスをつぶさに観察した。

ケイスは彼らの体臭を嗅いだ。そして、ナイトテーブルに置かれている灰皿に手を伸ばし、注射器とスプーンの脇に置かれた煙草のパックを手で探り、深々と一服して、鼻から煙を吐いた。彼女の腕にはすでに走行距離計が刻み込まれ、相当遠くまで旅をしていることが一目でわかる。彼女はコケティッシュな笑みを試し、テレビに女性タレントが出てくるたびに、その物真似をしてみせた。

「三十分だ」とサイラスは言った。「終わったら、もとどおりのきれいな体で返してくれよな」

女がうなずき、ベッドに腰かけた。しなびた乳房のようにベッドがたわんだ。サイラスはドアをうしろ手に閉めて、出ていった。ケイスのほうはヘロインのせいで、もうすでにあちこちをさまよっていた。

女が言った。「きれいな白い肌だね、ベビー・ドール」

彼女の恋人のトラック運転手は、ジョン・ウェイン風ステットスン帽を取ると、つばにすじをつけ、いかにも大事そうにテーブルに置いて、ベルトをはずしはじめた。大きな金の鷲のバックルが光り、はずすとき、それが大きな音を立てた。

女が粗野な赤い指をケイスの脚のあいだにすべらせてきた。ケイスは股を開いた。太腿がざらざらとしたシーツをこする音がした。女が言った。「ママとパパはずっと自分の子供が欲しかったんだよ」

　ケイスはバックミラーに映る自分の顔に眼をやる。肌がぴんと張って、普段より白く見える。左の頬に一セント銅貨ほどの大きさの星印。どうしてテキサスでのことなど思い出したりしたのだろう。どうして今このときに？　薬が抜けると、そういう自分の軌跡をよくたどりたくなるものにしろ。それはときにせっぱつまった思いに駆られた仕事に——くたびれきった働きアリが巣から巣へ女王アリを探しまわるような仕事にもなり、ときに……ときに謎を追い、膣をたどってすべての根源まで戻り着きたいと思う衝動に駆られた仕事にもなる。

　あいまいな答しか返ってこなくても、金だけは喜んで払ってくれる客と車に乗っているような、また淫売をしているときのような気分になっているからか？　何も判断をくだしたくない？　上等だ。

　それだ、おそらく。たぶんあの子のせいだ。自分の深い過去を見ることは、予見しうる彼の娘の未来を思い描くことだからだ。そのように思い描けば、怒りつづけ、憎しみつづけることができる。さらに、その病的な憎しみを利用することができる。悪魔の鼻をへし折るのに必要な狂気の力を得ることが。

　たぶんそれだ。そうであってほしい。

「あんたは敬虔なクリスチャンなのかい、ハイタワー？」

　ボブはポケットに入れた煙草に手を伸ばす。

「そうなのかい？」

彼は煙草のパックをダッシュボードに打ちつけて一本取り出す。「たぶん」

「たぶん？　あたしには敬虔なクリスチャンには見えないけど」

〝敬虔なクリスチャン〟という物言いに棘がある。

「何が言いたい？」とボブは尋ねる。

「別に。でも、そうなのなら、ミスター・クリスチャン、そのことを神さまにうんと感謝しなきゃいけない」

「そうなのか？」

「そうだよ。性格に欠陥がなけりゃ、あたしだって昔いたところにはいなかったよ。こんなにあれこれ経験してなかったよ。あんなにやりまくったりしてなかったよ。今こんなところにもいやしなかった。あんたを助けたいなんて思いもしなかっただろう。あんたはどう思う、そういう運命のめぐり合わせって？」

彼は煙草に火をつける。それは彼には答えられない質問だった。〝謝る〟というのが最も簡潔な答だったかもしれない。が、そういうカードは彼の手持ちにはなかった。

変貌の儀式

16

ふたりを乗せたダコタのピックアップ・トラックは、一三八号線からパームデイル・ブールヴァードへ、さらに鋭角に一五号線にはいり、バーストウ方面に向かう。

「どこへ行くんだ？」

「砂漠。あんたをパーティ向けにドレスアップしてくれる男のところ。でも、あたしたちが何をしてるか、そいつにはなんにも言っちゃ駄目だ」

「何も……」

「そう、何も。話は全部あたしに任せて。そいつもサイラスを知ってるから」

彼女のダコタはでこぼこの貝殻をパテでつないだようなポンコツに見えたが、そのエンジンは明らかに退屈している。豊かな筋肉をもてあましている。ボブにはそれが音でわかる。ケイスがアクセルを踏み込むと、ダコタは車体を毅然と奮い立たせて突進した、堂々たるハーフバックのように。

「いい車だ」

「そう、あたしもいつかこういうのが欲しい」

ボブが見やると、ケイスはかすかに笑みを浮かべている。

「まさかきみは……？」

「嘘だよ、もちろん、ミスター・ハイタワー。盗《ホット》んだんじゃないよ。ちょっとはあったかいかもしれないけど、ホットな車じゃない」

キャリコ・ロードの出口。鉱山跡が丘の背に沿って防風壁を形成している。太陽に逆らってへこまされた、茶色の一次元の世界。そこからさらにパラダイス・スプリングズ・ロードを走る。何かの小屋や、シンダーブロックでできた小さな酒場が点在している。広告掲示板、放置されているゴミの大きな缶。地面にはコヨーテの足跡とダートバイクの車輪の跡が見える。今ではただの山形の白いプラスティックにすぎないネオンの残骸が、支柱にのせられ、何かが建つはずだった用地に、誰かの骨折り仕事と思われるセメントブロックの土台だけが語り部《べ》として残されている。

「鴉がいる」とケイスが言う。

それまで窓の外を通り過ぎるすべてを見ていたボブは彼女に顔を向ける。彼女は顎でゴミの大きな缶を示す。

ゴミの缶のへりに沿って、鳥の集落が器用に形成されている。乾いてぼやけた午後の空気の中、あたりを見張っている鴉たちは、何やらそこに黒と紫の絵の具で描かれた図案のように見える。

「インディアンに関する本を読んだんだけど」とケイスが言う。「西部の多くの族の神話では、鴉が世界を創ったことになってるんだって。それがほんとなら、面白い生きものだよ、鴉って。創造者でもあり、ペテン師でもあるんだから。けど、このペテン師は曲者の神さまにちょっと似てる。ユーモアのセンスがあってさ。そのときそのとき思いのままなんでもする。本には、人は簡単に刺すことができるんで、鴉は蚊も創ったって書いてあった。それはまさにそのとおりだね。でも、そういうことなら、蚊に刺された痒さも何もかも感じなくしてくれるデメロール（麻薬性鎮痛薬の商品名）も鴉が創ったんだろうか。

ヤクをやめてから、いっぱい本を読むようになってさ。気がまぎれるから。どういうことかわかる？　頭の中で燃えてる火から逃れられるってこと。その本だと、鴉は最初、岩から人を創ったんだけど、ちょっと頑丈すぎた。それで、鴉はひょいと別なところを見て、塵から人を創った。なんてやつなの、鴉ってさ。

神話を信じてるわけじゃないけど、その塵のところは……」

彼は何も言わない。ゴミの缶のへりに音符のように並んだ鴉をただ見ている。が、心の中ではこう思っている――われわれは塵よりは壊れにくくならなければならない。

ダコタは砂丘をスループ帆船のように走る。タイヤが、名ばかりの道路の上で砂の回転花火を打ち上げる。やがて砂の波のひとつの上に、辺境に立つはかない門柱が――〝フェリーマン〟の住み処を示す門柱が見えてくる。

「非《アン》アメリカン航空の当機は時間どおり目的地に到着しました」とケイスが言う。

ボブは座席の中で体を起こして前方を見る。道路脇に捨てられた何千というがらくたの中から持ってきた、小割り板とブリキとシンダーブロックの集合体が見える。光って見えるトレーラーのまわりに築かれたかまぼこ型プレハブ住宅。錬金術師のスクラップと残滓《ざんし》の王国。

ダコタは弧を描くように、そのフェリーマンの王国の前庭にタイヤを乗り入れる。サボテンとぼろのソファのあいだから、フェリーマンの犬が飛び出してくる。犬たちはダコタに突進し、タイヤに向かって吠え、うなる。そして、車が停まると、前肢をかけ、ドアを引っ掻き、窓に湿った白い歯を立てる。ボブは思わず窓から離れる。が、ケイスは逆に窓に顔を近づけるようにして、犬を一匹一匹名前で呼ぶ。

ダコタの背後から犬をなだめる声がして、ボブは振り向く。

雨よけの防水シートの陰から、フェリーマンが陽射しの中に姿を現す。グレーの縞のぼろ布でつくったカフタン、ジーンズのショートパンツ、それにカウボーイ・ブーツ。ブーツは白い鰐皮で、藪を歩いてできた疵がついている。フェリーマンの肌が陽射しを浴びてチョコレート色に光って見える。犬たちに取り巻かれ、義足と義手を器用に動かして歩いてくる彼の姿は、何やら生物工学上の物体のようにも思われる。

「おとなしくしてるんだよ、いい？」とケイスはボブに言う。

「自分の役どころはわかってる」

「それでいい」

ケイスはダコタから勢いよく降りる。「フェリーマン」

「よお、嬢ちゃん」

フェリーマンは鉤爪と腕でケイスを抱き、鉤爪を彼女の尻まで這わせる。ふたりはキスをし、彼の舌がケイスの口の中でいくらか動く。フェリーマンはそのあと一歩うしろに下がって、ケイスの腕を見る。

「どうにかまともになったんだ、ええ？」

「これからはリトル・ミス・サンシャインって呼んでよ」

「人生の盛りを迎える準備はもうできたってわけだ」

「そう思ってくれてかまわない」

彼女はまわりを見まわして言う。「改造したんだね」

「この世に人がいて、この世にゴミがあるかぎり、おれは食いっぱぐれることがない」

ふたりは互いにしばらく探り合う。通り一遍の昔話が交わされる。それから、フェリーマンがボブのことを尋ねる。それまではただの背景でしかなかったかのように。

「なんて名だ？」

「名前は……ボブ。苗字は新しい身分証明書になんて書かれるかによるから、今はなんとでも」

「よお、ボブ・ワットエヴァー」

ボブはようやくそこでまえに出てくる。「ハイ」そう言って手を差し出す。しかし、フェリーマンは見向きもしない。

「鎧をいくつか都合してもらえる？」とケイスが尋ねる。

「自分で選べばいい。いくらかストックがある」

「まえと同じ場所？」

彼は黙ってうなずく。

ケイスはトレーラーの側面に体を押しつけるようにして、物陰に置かれている松材の収納箱のところまで歩きかける。

「彼の身分証明書は？」

「転写をしてやって」彼女は指を自分の腕に這わせて示す。「本物のやつを。そこらの店でやってるようなのじゃなくて」

ケイスがなんの話をしているのか、ボブにもようやく呑み込めてくる。それは車の中では話題にならなかったことだった。フェリーマンが雨よけの下の隅に引っ込むのを見て、何をしているのか見届けようと、ボブはまえに出る。フェリーマンは車輪付きワゴンを安楽椅子のところまで押していく。そのワゴンには刺青師の道具一式がのっている。

フェリーマンはボブを吟味して言う。「いいWASPの皮膚をしてる、ボブ・ワットエヴァー。このインクが極上のキスをしてくれるだろうよ」

ボブには思いもよらないことだ。彼はタトゥーをどんな階級にも属さない、見苦しいものと思っている。生涯の汚辱と思っている。彼はケイスのところまで歩く。彼女は収納箱を開け、一番上の引き出しに並べられた、何挺ものセミオートマティックとリヴォルヴァーを吟味している。

「話がある」

「何？」

「ここへはただ銃を調達しにきたんじゃないのか」

彼女は並べられた銃を指差して言う。「これは銃じゃないって言うの？」

ボブはフェリーマンには声が聞こえないところまで数歩彼女を歩かせ、小声で言う。「タトゥーをするというのはどういうことなんだ？　おれはそこらのヤク中とは――」

「そこが肝心なところじゃないか」

彼が抗弁しかけたのをさえぎって、彼女は続ける。「いいから、聞きなよ。たとえば日曜日、あたしがちっちゃくて可愛い〈パラダイス・ヒルズ〉の教会へあんたと一緒に行ったとする。そして、このままの恰好であんたの横に坐ったとする。ただもうそれだけで何人かがあたしを見ると思わないか？　それでスペースシャトル並みの速さで決断が下ると思わないか？　あたしがあんたのソーシャル・クラブで生き延びられる確率というのは、かぎりなくゼロに近いんじゃないのかい？　今はあんたが別な教会に足を踏み入れようとしてるんだよ。その教会も頑迷ってことじゃ、あんたの教会と変わらない。それでも、見てくれが悪くなけりゃどうにかなる。あんたは今、あたしと一緒にいてもおかしくないような見てくれはまるでしてない。フェリーマンは何もあんたを歩く芸術品にしようっていうんじゃないよ。だけど、あんたとしても見せるところは見せなきゃ」

ボブは深々と乾いた息を吸う。フェリーマンはもう店開きをしている。

「どうしてここへ来るまえにまえもって言ってくれなかった？」

「こういうことに関しては、議論は一度でたくさんだからさ」

「おれは驚かされるのは好きじゃない」

「だったら、驚かないことだね」

「こんなふうにおれを二度とコケにするな」

彼はケイスのそばを離れる。ケイスは膝をついて、銃を点検する。そこで不意に禁断症状に襲われる。腸《はらわた》を裂かれるような気分になる。心が長さ九ヤードの腸を伝って落下していく。液体アンフェタミンが腕を伝ってのぼってくる感覚が皮膚に甦り、実際にそのぬくもりが感じられる。針から発せられる熱のにおいがして、腕に至上の鳥肌が立ち、感覚が麻痺する。

彼女は収納箱につかまり、銃を見、その銃がもたらす血のことを考えることで自分を支える。腐った不安がどこからともなくやってくる。どこからともなく……くそ！

ただ息をすることだ。このボブ・ワットエヴァーと南に行けば——くそ溜め村に向かったら、そこではいったい何が自分を待ち受けてるかなんて、そんな否定的なことは考えないことだ。ただ息をすることだ。

17

その朝、ジョン・リーは北と西に位置する谷《ヴァレー》の町からやってきた警察幹部とともに過ごした。彼らが一堂に会したのは、シミ・ヴァレーのランディ・アダムズ署長を応援していることをアピールする記者会見のためだった。

アダムズ署長は、先週の市議会で、シミ・ヴァレーにおける銃砲購買規制の強化を訴えていた。精神テストを受け、指紋の採取に応じ、百万ドルの生命保険に加入することを購買者に義務づける法改正を議会に求めていた。全米ライフル協会に後押しされている議員たちは、当然、ブーイングの嵐を起こし、そのアンチ・アメリカ精神に対して荒っぽい野次を飛ばした。結局のところ、ここは『鹿殺し（フェニモア・クーパーの短篇小説）』とダーウィニズムとディズニーのデイヴィー・クロケットの国なのだ。

いずれにしろ、これらの発端は、サンディ・ウェッブという、銃砲規制に反対するシミ・ヴァレーの市議会議員が、市民が容易に自衛できる法案を可決させようと熱心にロビー活動を始めたことにあった。

連続して起きる凶悪事件は、それまでは小さな静かなベッドタウンだった地域社会にとって、悪夢以外の何物でもなく、ミズ・ウェッブが、ロスアンゼルスに行くときには必ず銃を持っていき、ワシントンでは、銃砲規制に関する議論の席上、フェインスタイン上院議員に丁重に中指を突き立てたことで知られる議員であっても、もはやそんなことはなんの障害にもならないところまできていた。

いつもながら、ジョン・リーのスピーチはいたってひかえめで、かぼそい声のレクチャーだった。銃砲規制に関するお定まりの頑固な路線――アメリカじゅうの署長、保安官が口にする法の厳正な適用による厳罰主義だった。が、そのあと記者たちは彼を質疑応答にひっぱり込むのに成功し、ヴィア・プリンセッサ殺人事件に関する質問が一斉に浴びせられた。

中でも、新たなコメントを六時のニュースに間に合わせたいテレビ記者たちは、かなりのところまで彼を追い込んだのだが、結局のところ、得られたのはくずコメントだけだった。一方、ジョン・リーのほうは、車で自宅に向かうまえにトイレに飛び込み、誰もいないのを見届けてから、嘔吐した。真実を呑み込むのは、さほどむずかしいことではない。が、それをいつまでも腹におさめておくのは至難の業だ。

彼が自宅で二杯目のグレイハウンドを飲んでいると、アーサーがやってきた。

「積極思考とは言えないが」とジョン・リーは言う。「ちょうどあんたに電話しようと思っていたところだ。酔いたい気分でね。飲まないか？」

「いや、結構だ」

ジョン・リーはほろ酔い加減で居間のほうへ歩く。「そう言わんでくれ。つきあってくれよ」

ジョン・リーはすぐに頑なになる男だ。それはプライドの問題ではない。しかし、今は……

「頼むよ。一杯だけでも。人間、ただひとりだけ肝臓を悪くしちまうほどいやなこともない、ちがうか？」

「きみがそういう言い方をするときには、誰にも断れない」

ジョン・リーについて、アーサーも居間の奥に設《しつら》えられているホーム・バーのところまで歩く。その途中、寝室に通じる長い廊下と、キッチンに通じる短い廊下を見やり、ジョン・リーに尋ねる。「モーリーンは？」

「いない、ありがたいことに。今夜はメイドのいない夜だ。つまらんジョークだな」

ジョン・リーはカウンターの中にはいると、次の死体を抱く死神のように手を伸ばして言う。

「何を差し上げましょう、旦那さま？」

アーサーは手を上げ、親指と人差し指の間隔を二インチばかり離して示す。

「ご立派な選択です、旦那さま」

ジョン・リーはジガーで三杯分のスコッチをグラスに注いで、角氷をひとつ加え、氷に向かって言う。「さあ、思いきり泳ぐんだ」

ふたつのグラスが合わせられ、ひとつの澄んだ音がする。

「友情に」とジョン・リーは言う。

「友情に」

「それこそわれわれふたりをずっとつないできたものだ」とジョン・リーは言ってから、まるで失意のどん底に放り込まれでもしたかのようにつけ加える。「ほんとうに」

「ああ」とアーサーは答え、スコッチを一口飲み、あとから思いついたように言う。「それと家族に」

「家族に」ジョン・リーの唇がグラスの内側に向かってゆがめられる。「われわれは、しかし、テレビの『愉快なブレイディー一家』のことを言ってるのか、はたまたチャールズ・マンソン・ファミリーのことを言ってるのか」

そう言って彼は笑う。しかし、グラスを握る指が震えている。

「まったく、きみは酔うといつもこうだな」

「誰が酔ってる？」ジョン・リーは自分の手を見下ろして言う。「おれの手がスコッチにつまずいてるからか？　おれはパーキンソン病の初期でね。ただそれだけのことだ」

「ジョン・リー……」

「ほんとうに」

アーサーは首を振る。彼がジョン・リーを訪ねたわけは、愚かなことに気持ちを乱されたからだった。しかし、ジョン・リーの様子を見て、真実をぶつけるほかないと判断を下す。上着の内ポケットに手を入れると、ボブに預けられた封筒を取り出し、カウンターの上をすべらせる。

「読んでくれ」

ジョン・リーはカクテルを置く。「なんだ、これは？　〝親愛なるジョン〟で始まる手紙か。こんなに長いこと連れ添ってきたのに、おれとはもう一緒にいられなくなったってか」

「いいから、読んでくれ」

アーサーはジョン・リーが封筒を取り上げるのを待ち、見守る。しかし、彼の心の眼はジョン・リーだけでなく、自分自身をも見ている。

ここにふたりの男がいる。ともに同じ世界を歩いてきた。同じ年月を過ごしてきた。同じ儀式で血も流してきた。同じ不面目を笑い飛ばしてきた。気の滅入る体験も充分に積んできた。同じ犯罪を共有してもきた。取るに足りない犯罪もそうでない犯罪も。七〇年代と八〇年代には、ファストフードのようなお手軽な社交界にも耐え抜いた。しかし、今、彼は苦痛とともに思う。なんのしがらみもなくジョン・リーと会っていたら——バーで出くわし、今のようにただ酒を酌《く》み交わしただけだったら、お互い共通するものを何かひとつでも持ちえただろうか？お互いに船を舫《もや》い合うようなことになっていただろうか？　そんなことはなかっただろう、たぶん。ジョン・リーはすでに過去の人間だ、あれ以来……

「あんたは止めなかったのか！」

「止められなかったんだ」とアーサーは答える。

「止められなかったのか、止めなかったのか？」

「止められなかった」

「それは信じられない」

「止めようとしたさ、そりゃ私も。私が何も言わず、ただ黙って見てたなんて、そんなことを思ってるなら、それは——」

「うるさい！」とジョン・リーは怒鳴る。怒り狂っている。手紙を睨みつけている。「彼女は以前カルトにいた女性で……確かな情報を持っているらしく……ギャビはまだ生きていると

ない。

「……」ジョン・リーはその女の名前がどこかに書かれていないか調べる。どこにも書かれていない。

「その女の名前は？」

「さあ」

「どんな女だった？」

「ヤク中だ」

「どんな風体だったかと訊いてるんだ」

「背は中くらい。痩せてて、眼が大きくて、髪は短かった。いくら身ぎれいにしたって、しみついたヤクは決して――」

「すばらしい！」酔いもいっぺんに醒め、ジョン・リーはサイラスと一緒にいた女の顔を思い浮かべている。算盤を弾く指のようにすばやく醒めた頭を回転させている。事件のあった夜、サイラスと一緒にいた女ではない。それだけは言える。

彼はカクテルを長々と飲む。芽生えかけた恐怖がアルコールに食い殺されるのを願って呷る。

アーサーはそんなジョン・リーの様子を見て、ボブを止められなかったことを今さらながら悔やむ。

「すばらしい」

「彼を縄で縛りつければよかったのか、ええ？」

「おれに電話するぐらいはできただろうが」

「それはもちろん考えた。しかし、万にひとつでもギャビが帰ってくる可能性があるとすれば……それがどんな些細な可能性であっても、ないよりは……」

「何を言ってる、アーサー。あんたには自分のしたことの愚かさ加減がまるでわかってない。その女はまずまちがいなくボブが寝てるところを狙うだろう。そして、ボブの咽喉を掻っ切って、どこかの洞穴に死体を放り込む。でも、ボブの死体はどこかの馬鹿なハイカーがボブの頭蓋骨につまずくまで見つからないということに……」

「わかった、もうたくさんだ。きみの言うとおりだ。私のミスだ」

18

フェリーマンはタトゥーのモチーフにする神話を山ほど用意しており、その中から、ノートルダムのせむし男に似せて擬人化されたビデオカメラが、ボブの二の腕に彫られることになる。そのカメラのレンズからは、壊れた照明を伝って煙が出ていて、それは翼のように、あるいは屍衣のように、彼の肩から胸の一部にまで及び、その先端が七つ、鉤爪のように飛び出している。

そして、その翼——あるいは屍衣の中から、忌まわしい顔がいくつも突き出している。さらに、せむしの鐘突きの頭上には破れたふたつの旗がはためき、そのひとつには〝ひとつの愛〟と、もうひとつには〝ヘルター・スケルター〟と書かれている。

「全部黒でやる」とフェリーマンはボブに説明する。「おまえさんの皮膚は黒にうってつけだ」

ボブは相槌を打とうともせず、ただじっと坐っている。

「フラッシュマン（ジョージ・マクドナルド・フレーザーの冒険小説のシリーズ・キャラクターで、ヴィクトリア朝時代の兵士）、フラ・アンジェリコ（一四〇〇～一四五五。フィレンツェの画家）に出会うってな感じの絵柄になるはずだ。あんた、フラッシュマンのシリーズを読んだことはあるか？」

「いや」

「それじゃしょうがないな。おれがなんの話をしてるかわからんか。けど、あの本には真のスタイルってものがある。次はフラ・アンジェリコだが、彼の絵を見たことは？　画集かなんかでも？」

「いや」

「これまたしょうがないな。おれたちにはどうやら今日は共通の話題がないようだ」

眼に嘲りの光を宿らせ、フェリーマンは針をボブの腕にあてる。ボブの腕の筋肉が反射的にこわばる。フェリーマンはガラガラヘビの頭の骨でつくった灰皿から、鉤爪でマリファナ煙草を取り上げる。

「偉大なタトゥー芸術というのは、街のくだらない店のウィンドウで見かけるような、シールとはわけがちがう。そりゃもちろんタトゥーは紙の上でも見られなくはない。しかし、真に偉大な作品はちゃんと彫られなきゃならない。そして、それはすべて腕と眼にかかってる……パイロットみたいにな。それにヴィジョンだ。アートにはヴィジョンがなきゃいけない」

フェリーマンはマリファナ煙草に火をつけ直し、胸いっぱいにざらざらとした竜の煙を吸い込む。そして、ボブにも勧める。が、ボブは吸おうとはしない。

「皮膚とも合ってなきゃいけない。肉に合い、そのうち肉そのものになる。肉のほうもタトゥーになる。生命を持つのはそういう真の芸術だけだ。で、すべての真の芸術がそうであるように、それが死ねば、あんたも死ぬ。そういう限定がなされてる。それは肉体にも芸術にも限界があるからだ。このふたつは結婚してるようなものだ。わかるか？」

そう言いながら、フェリーマンはボブをわざと苛立たせる。ボブは鋭い渋面を灰色の丘々に向ける。すでにぴんと張っている二の腕の筋肉が僧帽筋に回転力を与える。

フェリーマンは電気針を指示棒がわりに使って言う。「おまえさんは大きな怒りを抱えてる。ボブ・ワットエヴァー、リラックスしなきゃ、ボディアートはその力を発揮できない。わかるか？」

そんなことはボブにはどうでもいいことだ。そこへケイスが拳銃を二挺、ベルトに差し、片手にショットガンを持って、戻ってくる。

彼女はボブをちらりと見て言う。「彼のおしゃべりがうるさくて、死にそうになってんじゃない？」

「仕事はちゃんとしてくれてる」

「入り用なものは見つかったかい、嬢ちゃん？」

「まだ選んでるところだよ」

犬がいつのまにか彼女のあとについてまわっている。彼女は拳銃とショットガンをピクニック・テーブルに置いて言う。

「予備の武器も選ばせてよ」そう言ってトレーラーのほうに眼をやる。「トイレを貸してほしいんだけど、中にはいってもいいかな？」

フェリーマンはすでに仕事に取りかかっていて、ただ黙ってうなずく。

彼女は網戸を開け、中にはいり、ばねで網戸が閉まると、中から外のフェリーマンとボブの様子を見やってから、みすぼらしい、明かりのない穴のような部屋を横切る。つまらない置物を入れた籠が床とテーブルの上に、ところ狭しと並べられている。五〇年代の郊外族の家からそのまま持ってきたような食器棚が部屋の隅に置かれている。時速五十マイルで走っていた〈ベキンズ（運送及び倉庫会社）〉のトラックから転がり落ちでもしたかのように。

彼女はその食器棚に眼を走らせると、タトゥーを誰かに施すたびにフェリーマンが記録しているノートがどこかにないか、さらにあたりを見まわす。

あった。錆びついた鳥籠の脇に積み重ねられ、そこに陽が射している。ケイスは窓の外を見て、フェリーマンがまだボブの肩にタトゥーを彫っているのを確かめ、窓の外から見られないよう体を屈め、一番上に積まれている一冊を手に取り、調べる。

唇を噛み、指で追う。どのページにもスナップショットが貼ってある。クリトリスの近くに蜘蛛や、どてを乗り越えようとしている龍を彫った貧相な女たち。血まみれのドレスをくわえた、ディランという名の闘犬を上腕に彫ったハワイ人。太腿にインディアンの酋長、シッティング・ブルを彫った禿げ頭のバイカー。胸にエイリアンのヒップホップ・ヴァージョンのようなものを彫った白人の子供数人。尻に真っ赤なタコを彫ったパンク。

しかし、ケイスが探しているのはそういう見世物ではない。次のノートを開いて彼女は〝スキン・サーフ〟をする。が、そこにもない。窓の外を見る。フェリーマンはまだ一心に仕事をしている。トレーラーの中にはいり、すでに時間が経っている。彼女は三冊目をつかむ。が、それもはずれだ。

フェリーマンに嘘は通用しない。それは彼女にもわかっている。あの男はちゃんと時間を計っている。そういう食えない男なのだ。だから、彼女はどっちみち彼とは正面切って話し合うつもりだった。それでも、彼を釣るための金を無駄にしたくない。なんらかの保証が欲しい。

四冊目のスクラップブックを半分ほど開いたところで、めあてのものが見つかる。ケイスにはそれを心おだやかに見ることができない。まだ糊づけされていないリーナの何枚ものスナップショット。陶然とした顔で、あるいは、心ここにあらずといった顔で、リーナは安楽椅子に坐って、婚約指輪を見せびらかすように、カメラに向けて指を差し出している。

そこに答がある。彼女の薬指に。サインされ、日付が入れられ、公証されている。12／21／95。

正しくあること、それは悲しみ以外の何物でもない。そして、悲しみそのものがもはや彼女には邪悪なものになっている。だから、意識しないことだ。ただやってみることだ。それこそわれわれが人生と呼ぶ暗い創造物のすべてではないか。死をもって正せない正しさなどありはしない。

椅子に坐る。窓から射し込む光が眼のまえで燃えている。すべてに黴《かび》と砂漠のにおいがしみついている。数分が過ぎる。それでも、彼女は陽の光に漂白されたように見えるスペースを凝視しつづけている。不正直になるための言いわけが何千と頭の中で渦巻いている。しかし、それらにできるのは彼女を泣かせることだけだ。

ケイスは何事もなかったかのように、食べものを盛った皿を手に、また外に出る。

「冷蔵庫から盗んじゃった」

「なんでそんなに時間がかかってるのかって、ちょっと気になりかけてたところだ」

歩きながら、彼女はフェリーマンの声音にどこかひっかかるものはないかどうか、疑念を抱いた節はないかどうか、吟味する。見るかぎり、心はひとえにタトゥーに向かっているように見える。戴冠式に臨む王子の支度をしている従者にも、共同墓地に埋葬する死体の準備を整えている墓掘り人夫にも見える。

ケイスはフェリーマンが易経を取り出しており、ボブが片手で三つの易占いのコインを弄んでいるのに気づいて、ボブにトレーラーの中から持ち出した食べものを勧める。が、ボブはビールに固執して、それを断る。

「もうひとつ放ってくれ、ボブ・ワットエヴァー」とフェリーマンがボブに言う。

ボブはコインを放る。ケイスは銃を置いたピクニック・テーブルのところまで歩く。食べものにおいを嗅ぎつけた犬たちがまた彼女のそばにやってくる。「哀れなろくでなしにコインを投げさせるなんて」とケイスは言う。

フェリーマンは、正しい六芒星形としるしのための線の組み合わせが見つかるまで、ボブにコインを放らせつづけ、ようやく翼にしろ屍衣にしろ、その先端の模様をボブの皮膚に描きはじめる。

ケイスはフェリーマンがなんとも答えないので、続けて言う。「占いなんてくだらない」

「うるさい嬢ちゃんだな。おれは何もしてない。彼がコインを投げてるだけだ。運命を決めるのはこのご仁だ。おれはただ事実を報告する。ただそれだけだ」

「占いなんてくだらない」

「いい仕事をしてくれって言ったのはおまえだぜ。それに……」

「わかってる。あとどれぐらいかかる？」

フェリーマンはもう一本マリファナ煙草に火をつける。ケイスには彼がすっかりラリっているのがわかる。こうなると、彼はどこまでも行く。肉体を燃やし尽くしてしまうまで突き進む。

「うるさいんだよ、嬢ちゃん」とフェリーマンははっきりしない声でもごもご言う。

ケイスはテーブルの端に腰かけ、哀れなスパイスチキンをパンにはさみ、ラリった男が仕事に精を出す姿を見守りながら、少しでもそのサンドウィッチを呑み込むことを自分に強いる。彼女のポケットには持ち出してきたリーナの写真がはいっている。一瞬、彼女は幻覚を見る。彼女のまわりで虚空を嚙むように吠えている犬たちが、彼女のジーンズにこぼれ落ちたパンくずに群がる、六つの頭を持つ一匹の獣に見える。

ケイスは皿を置いて、銃の最後の点検をする。ボブはそれを眺める。彼女はまずリヴォルヴァーを手に取る。銃に詳しいボブには一目見て、ルガーとわかる。おそらく一〇〇だろう。グリップに細工がしてあり、一部が欠けているように見える。

耐久性に加味されるリヴォルヴァーの美しさは、扱いの簡単さにある。彼女はシリンダーを回転させる。引き金も撃鉄もスムーズに動いているのがボブのところからもわかる。

が、何よりボブの眼にとまったのは彼女の手と指だ。リヴォルヴァーの美しささえ色褪せそうなほど、銃に触れる彼女の手つきは優雅で見事だ。顔にも緊張はうかがえない。筋肉も張りつめていない。まるで禅道場から出てきたばかりの人のように落ち着き払っている。

ケイスはリヴォルヴァーを置いて、小型のオートマティックを取り上げる。スミス&ウェッスンか、ファイアースターか。ワルサーの三八口径かもしれない。どれにしろ、彼女は馬鹿ではない。どちらも優秀な銃だ。

　彼女はポケットから革製のマガジン入れを取り出し、予備のマガジンをその中に入れ、ベルトにぶら下げる。そして、オートマティックを手に取って、マガジンを装塡し直す。ボブはその彼女の所作をつぶさに観察する。手のひらでフロア・プレートを押しつけ、伸ばした人差し指でマガジン入れを抑え、銃の本体に親指をからめる。なんという女だ――実に手ぎわがいい。ぶっきらぼうながら、器用に人差し指がマガジンの一番上の弾丸《たま》をなだめている。銃を利き手に持ち替え、親指でマガジン・リリースのボタンを押し下げる――彼女は兵士のようにすばやく正しい再装塡をしている。これが元ジャンキーの指の動きだろうか。彼女は銃を見てもいない。まるで盲目の州警察官だ。手のひらをスライドの上に置いて、うしろに引く。それで誰でも撃てる準備ができる。

　彼女の動きにはある種の生々しさがある。手と武器の機械的な動きがいつのまにか詩的な舞踏のように見えてくる。太陽に照らされ、彼女は汗をかいている。腋の下に汗をかいている。彼女の汗に銃までいつしか濡れているかのように見えはじめる。ボブには何もかも免疫のないことだ。〝立入禁止〟と書かれたドアが一瞬開き、またすぐ閉じるまえにその中の何かを見て、何かを感じたような……そんな気がする。

　オートマティックをリヴォルヴァーの横に置くと、彼女は鶏肉を口にくわえ、しゃがみ込み、疥癬にかかった汚らしい犬と向かい合い、その犬に自分の口から鶏肉を嚙み取らせる。

　そして、立ち上がると、拳銃を両手に一挺ずつ持ってボブのほうにやってきて、二挺とも掲げて言う。「ボブ・ワットエヴァー、あんたはどっちがいい？」

そこで、オートマティックが軽量のコルト45であることがボブにはわかる。彼はリヴォルヴァーをちらっと見る。

「それはルガーか？」

「そう」

「それがいい」

「そう言うと思った」

彼女の手の中で銃がくるっと半回転する。彼女はグリップを向けてボブにリヴォルヴァーを手渡す。

「両方とも昔からよく使われてきた銃だ」

「パンツの中に隠せなけりゃ、その銃にはちんぽこほどの値打ちもないんだよ」

ケイスはフェリーマンの注意を惹いて尋ねる。「あとどれくらいかかる？」

フェリーマンは六つ目の易占いのしるしのある鉤爪を彫っている。「あと一個だ」

ケイスはオートマティックをベルトに差し、ボブのシャツのポケットに手を伸ばして煙草を一本抜き取る。そして、火をつけ、銃が入れられている収納箱のほうを見て言う。「占いなんてくだらない」

フェリーマンは言い返す。「コインを転がすのはボブ・ワットエヴァーだ。おれは何も尋ねない。何も答えない。それはおれのかわりに、ときがやってくれる。おれたちみんなのかわりに」

そう言って、何やら秘密を打ち明けるかのように身を乗り出す。が、結局、何も言わない。

鉤爪をホルダーがわりにして、短くなったマリファナ煙草を吸い、煙を吐きながら鼻をこすり、荒々しく鼻を鳴らす。「最後で邪魔がはいったな、ええ、ボブ・ワットエヴァー?」

「早いところすませてくれ」

「いいとも、ボブ・ワットエヴァー」

ケイスは収納箱のへりに腰かけ、四五口径の弾丸《たま》を探して箱の中をまさぐる。そして、弾丸《たま》を予備のマガジンに詰めて繰り返す。「占いなんてくだらない」

「ユングはそうは言ってないぜ、嬢ちゃん。全然そんなことは言ってない。彼は占いのテクニックが不可解で愚かなゲームのように見られることはちゃんと知ってた。でも、彼にとってはそこに重要な関連があった。実際、彼は占いは健全な〝共時性《シンクロニシティ》(ふたつ以上の出来事が発生し、互いに関連があるように見えながら、因果関係が判明しないこと)〟の原理に基づいてると言ってる」

ケイスは装填を終えて言う。「たわごとだよ、そんなの。あんたは頭が煙だらけだからそんなことを思うんだよ」

フェリーマンは冷ややかにケイスを見て言う。「じゃあ、例を挙げてやろう。たとえばおまえさんたちだ――ちょっとした買いもののために、モールズヴィルから車で来て、また去っていく巡礼のカップルが、何を探してるのか誰にわかる? 何を見つけたのか誰にわかる? ここへはたまたま寄ったのかどうか誰にわかる?」

ケイスはそこではっきりと理解する。フェリーマンは頭脳ゲームを愉しんでいるのだ。彼の知らないところでは何事も起こらないことを彼女とボブに伝えているのだ。それはボブにもわかる。彼はまえ屈みになって言う。

「もうこれでいい」

「いいかどうかはもう一回コインを投げれば、はっきりする」

立ち上がって、ケイスも言う。「もうそれでいいよ」

「このままにしておくなんて、それは誰にもできないことだ。ほんとだ。それぐらいわからないかな」ボブはフェリーマンの腕を振り払う。フェリーマンは調子の狂った美学のように体をねじらせ、針で空を撫でる。「砲火の中を飛んでも落ちないヘリコプターなんてものは、別に珍しくはない。そんなものはいやというほど見てきた。それでも、落ちるやつは落ちる……で、おれはいつも思ってた、運ってものが作用する確率ってのはどれぐらいのものなんだろうってな。だけど、それもほんとうはどうでもいいことだ。ヘリコプターなんぞ何台でもあって、砲火もいくらでもあるからだ」彼はボブ・ディランの曲の一節を口ずさむ。「〝川の流れを眺めながら、ただここに坐ってる〟」

ケイスが近づいてきて、フェリーマンから針をつかみ取り、フェリーマンとしばらく睨み合う。風が雨よけをはためかせ、蛇がやわらかな地面を這うときのような乾いた音がする。

ケイスは立ち上がりかけたボブを止め、彼の膝の上にまたがる。

「なんの真似だ？」

「仕上げのひと彫り」

彼女は電気針を彼の顔に近づける。彼はその手をつかみ、眼のまえから遠ざけて言う。

「顔は駄目だ」

「いいじゃないの、パパ、これであたしたちはとても気の合う二人組になれるんだから。あたしの恋人はみんなこういうタトゥーをしなくちゃいけないんだよ」

ボブはひとりダコタの助手席に坐り、アルコールを湿らせたハンカチで頬を押さえながら、バックミラーをのぞき込む。左眼の下に、ケイスが彫った四分の三インチほどの長さの波線が二本。ナイル川、エジプトの神の象徴、水瓶座のしるし。それがケイスの生まれ月で、彼女のしるしなのだ。ちょっとだけ変化を持たせた上が黒で、下が赤の波線。

ケイスがやってきてドアにもたれて言う。「お金の時間だ」

ボブはマネーベルトを隠した座席の下に手を伸ばし、二千ドル数えはじめる。

「三千要る」

「おれの〝身分証明〟と、拳銃が二挺、ショットガンが二挺、それにほかの武器……それで二千。そういう取引きだったんじゃないのか」

「そうだよ」ケイスは窓から頭を差し入れ、フェリーマンのほうを見やる。フェリーマンは犬を連れ、のろのろと歩いている。フェリーマンの壜を引っかけ、ビジャンの拳銃をもう一方の手に持って。太陽が彼の背後で弧を描きながら地平線に沈みかけている。あたりを血のように赤く染めている。フェリーマンはテキーラを飲むと、遠くに向けて銃を撃ちはじめる。その音に犬たちが狂ったように吠え、跳ね、砂を蹴散らす。

「なんてやつらだ」とボブは言い、ケイスの顔を見る。「どうして二千ドルじゃいけないんだ？」

「彼は知ってるから」

座席の上でボブは身を固くし、車から降りかける。ケイスはボブの胸を押し、それを止めて言う。

「あんたはちょっと散歩でもしてて。彼とはあたしが話をつけるから。いい？」

「彼が話に乗ってこなかったら？」

「彼の片腕と片脚をもぎ取る。それから一匹ずつ犬を殺す。そうすれば、彼もわかってくれるんじゃないかな」


「よかろう」とフェリーマンは言う。「無駄話はやめて、きちんと整理しよう。おまえさんはあのシープとここで何をしてる？」

ケイスはフェリーマンの脇に立ち、ファーニス・クリークを見ている。サイラスが育ったトレーラーの残骸のそばをボブが歩いているのが見える。石でできた煙突のほうに向かっているのが。弱まる光の中、すべてが半分隠されたもののように見える。闇に隠された大きな岬の一部が偶然見えているかのように。ケイスは百ドル札を二十枚まるめたものを取り出して掲げる。フェリーマンはテキーラの壜を脇に抱え、鉤爪で金を受け取る。

「どうしてあのシープと一緒にいるんだ？　おまえは何かを企んでる。これにはどう考えたってクソ共時性がある、だろ？　おれのトレーラーで何を探してた？」

「あたしの算数の答は合ってるのかどうか、それを確かめたかったんだ」彼女はポケットに手を入れ、ヴィア・プリンセッサ殺人事件に関する新聞の切り抜きを取り出し、風に逆らって広げ、フェリーマンに見せて言う。「1」別なポケットからリーナの写真を取り出して掲げる。

「プラス1……イコール・サイラス」

「何を言ってるんだ、嬢ちゃん」

「12……21……95。答はあんたのタトゥーにあった」

「鏡の中に落ちてしまったか、アリス」

「鏡の向こうを見てるんだよ。それと悪い知らせを。彼らは両方のウサギ穴のところで、うら淋しい物語をハミングしてる。あたしとしては彼らを見つけなきゃならない」

フェリーマンは金をポケットに入れると、鉤爪でケイスの腕をつかむ。「どうなろうとおれの知ったことじゃない。おまえがどうなろうとな。サイラスがどうなろうと。世界がどうなろうと。けど、おまえはまともな暮らしを始めようと思ったんじゃないのか。なのに死にたいのか？　あんなシープのことなんかほっとけ。サイラスのことも。サイラスもシープの一種に変わりはないんだから。やっと別れたときに、そういうことはもう解決したんじゃなかったのか？　今度のことは……おまえの手に負えるようなことじゃない」

ケイスはズボンの尻のポケットに手を入れ、もうひとつ千ドルの札束を取り出す。

ボブは丘をのぼり、ケイスとフェリーマンのほうへ向かっている。フェリーマンは判断を迫られているのに気づく。金を優雅に受け取らなければ、状況は優雅とはほど遠いものになる。

彼は金を受け取る。

「彼はどこ？」

「ラット・パトロールに出た」

「女の子は？　彼女も一緒？」

「二週間前にはまだ生きてた。すこぶる健康とはいかないが。あのシープは……ボブ・ワットエヴァーは何者なんだ？」

「関心を抱いてる第三者」

「関心？」

「血と骨に。それにベビー・ドールに。全部が全部死ぬときを迎えてるってわけ」

フェリーマンはケイスのことばの意味を解釈しようとする。ボブはそのあいだに丘をのぼりきる。フェリーマンが金をポケットに入れたのが見える。ボブが近づくまで、ケイスとフェリーマンのあいだに奇妙な沈黙が流れる。

「どうした？」

「哲学の話をしてたのさ」とフェリーマンが答え、ケイスを見やる。「自己中心的でいることが生き延びるための鍵だと思うんだが」――ボブに――「ボブ・ワットエヴァー、おまえさんはどう思う？」

どう切り返すか、ケイスはボブを見守る。

「おれの考えなんかどうでもいいんじゃないのか」とボブは答え、ケイスに尋ねる。「仕事の話はもうついたのか？」

「ついた」

フェリーマンはふたりに背を向けると、丘の峰のほうへ歩きかける。

「それで？」とボブはケイスに尋ねる。

「二週間前はまだ生きてた」

ボブの顔が緊張にひきつる。

「ゲームはまだ続けられてると思う、ボブ・ワットエヴァー」

「やはりサイラスだったのか？」

「サイラスだった」

ボブはすぐにダコタのほうに行きかける。ケイスがそれを止め、トレーラーの残骸を指差して言う。「サイラスはあそこで育ったんだよ」

ボブは谷をのぞき込む。わずかな明かりにちょっとした低木地が見える。そのほかの土地はもうすでに昨日になっている。

「ファーニス・クリーク殺人事件のことは聞いたことがある？」と彼女はボブに尋ねる。

ふたりが最後に見たとき、フェリーマンは崖っぷちに立っていた。素っ裸になり、テキーラの壜を振りまわし、空の心臓めがけて銃を撃っていた。風の船に乗った奇妙な渡し守《フェリーマン》。彼が撃つたび、義足と義手が狂ったように震えていた。

19

「フェリーマンが言ってた〝ラット・パトロール〟というのはどういう意味なんだ？」

「昔のテレビにそんなのがあったんじゃない？」とケイスは言う。「サイラスはよく国境まで行くんだよ。カレキシコとユマのあいだの砂漠まで。そこで仲介をやる。メキシコ人の運び屋が運んできたヤクを受け取るんだ。そして、戦争ごっこをする。ハイテクの暗視ゴーグルなんかつけて。仕事の終わった運び屋たちを〝スペ公の天国〟って彼が呼んでるところへ遣《や》るんだ。彼らをすぐ殺しちゃうこともあるけど……ゲームをすることもある。あのあたりにいる連中が彼の餌食になることもある。農夫とか山師とかハンターとかが。まさに必殺の場だね。擂《す》り砕かれ、缶詰にされ、運送されるんだから」

「おれたちは今そこに向かってるのか？　カレキシコか、ユマに？」

「最初はエスコンディード。そこに砂漠で仕事をするときにサイラスが滞在する家があってさ。彼があれこれ道具を仕入れる相手もいるんだよ。そこがはずれなら、ソルトン湖沿いのボンベイ・ビーチをあたる」

ふたりはひんやりとして暗い砂漠のフリーウェイを南にひた走る。一五号線沿いのどことなく不安を感じさせる路傍の明かり――レストランやガソリンスタンドの明かりがフロントガラスから射し込んでは、リアウィンドウの彼方に去っていく。過ぎ去った明かりはまるで燃えているマッチ棒のように見える。

ヴィクターヴィル、アップル・ヴァレー、カホンと過ぎる。酒場と自動車部品屋。西部の男、ロイ・ロジャーズの博物館と剝製にされた彼のポニー、トリガー号を誇示するかのような広告板。二流のものへの貢ぎもの。

「フェリーマンはギャビのことをなんて言ってた?」

「どういう意味?」

ボブは囁くように言う。「どういう意味かわかってるはずだ」

「何も。彼らがあそこに来たときにはまだ生きてた。それだけだよ」

「それだけ?」

ケイスは眼を道路から離さない。「それだけ」

嘘をついているのだろうか、とボブは思う。そして、もしそうならそのことをむしろ感謝したいと思う。

途中、コーヒーを飲み、ガソリンを補給しながら、さらに二時間をかけてサンディエゴ郡を走破する。ダコタのステレオの底を流れる道路とタイヤの音が子守り歌のように聞こえる。が、それもエスコンディードの出口の標識が見えると、一変する。

ケイスがラジオを消して言う。「あと二、三マイルってところだね」

ボブはベルトからルガーを抜いて、弾丸《たま》を調べる。すでに十一時近くなっている。雑草の生い茂る空き地と平べったい家といった一帯を走る。エル・ノルテ・パークウェイのつきあたり、灌木が点在するところにトレーラー・パークがある。糸杉とオークの木にまばらに囲まれている。

ふたりはそこから四分の一マイルほど離れた原っぱにダコタを停める。そして、狩りをする部族民のように、腰までの高さの草の中を木立ちに向けてそっと歩く。外は肌寒い。それでも、ふたりとも汗をかいている。ケイスは胃に不快感を覚え、吐きそうになる。恐怖がまとわりついてくる。魔法使いもシャーマンもセラピストも役に立たない。ちゃんとやりたいのなら、こんなふうにやるんだよ、と囁いてくれる者は誰もいない……

ふたりは木の幹の陰に身をひそめる。三十ヤードほど前方に、数ブロック分のトレーラーが並んでいる。チャンネルが次々に替えられているテレビの音がする。何かを炒めているにおいがする。窓からの明かりが点々と砂利道に落ちている。大型トレーラーと肩を寄せ合うようにして停まっている車の上にも。

ケイスが指を差して言う。「あそこ。シンダーブロックの上に乗っかってるポーチ付きの大型トレーラー。あれがサイラスの別荘のひとつだ」

ボブは彼女が指差すほうを見る。茶色のカーテンの下から明かりが洩れている。

「全員がここに？　ギャビも？」

「かもしれない」

「そんな危険を冒すだろうか？」

「彼には危険なんてことばはないんだよ。恐れるから、危険を冒すことになる。恐れなければ、危険なんて屁でもない。ただそれだけの理由からでも、彼はなんでもやるだろうね」

　ボブは首すじの汗を拭く。「きみがここへ来たのはずっとまえのことだ」

「そうだね」

「だったら、トレーラーの持ち主が変わってるということも考えられる」

「それはすぐにわかる」

　問題のトレーラーに一番近いトレーラーのうしろのドアが開く。ゆったりとしたワンピースを着た、妻とは名ばかりのような、むさ苦しい女がゴミを持って出てくる。それと同時に、その女の犬らしいジャーマン・シェパードが光の中に飛び出し、女の足元をすり抜け、小便をする場所を選んで地面を嗅ぎまわる。

　ケイスとボブは木の根が盛り上がったうしろに身を隠す。が、犬は彼らのにおいを嗅ぎ取り、吠えはじめる。頭をあちこちにすばやく向ける。女が犬の名を呼ぶ。しかし、犬は聞かない。止まらない。女は煙草をくわえて、その場にしばらく佇む。

　長年のカクテルと不摂生にたたられた女の顔が見える。見るからに一筋縄ではいかなそうな女だ。犬だけでなく、女もあたりを見まわしている。

　ケイスとボブはほとんど息まで止めて、じっと動かずにいる。そのうち、女が犬の名を呼び、犬はそれに従い、ドアが閉まり、女と犬は黄色い部屋の中に姿を消す。

　立ち上がりかけたケイスをボブが制して言う。

「もう少し様子を見よう。あの女は中から外を見てるかもしれない。そういうタイプの女だ。嘘じゃない。ああいうタイプにいやというほど呼ばれた経験がおれにはある」

ケイスは黙ってうなずくと、またしゃがみ込む。

ふたりはそうやってほぼ一時間近く様子を見て、女の眼が退屈するのを待つ。そして、その間、このあとの役割分担を話し合い、ケイスが赤頭巾ちゃんを演じ、ドアを叩き、狼が中で牙を研いでいないかどうか確かめるという手筈が決まる。卑屈なヤク中を演ずることで中にはいることができ、サイラスが中にいて、ギャビもまたいた場合――あるいは、いることが察知できた場合――彼女のほうからボブにサインを送る。いなかったら、別なサインを送る。ボブはどのサインにも従って動く。血の結束に従って動く。

サイラスもギャビもいなければ――サイラスの一味の下っ端が隠れ家の番をしているだけなら、そのときはまた話がちがってくる。のんびり待つように、というサインをボブは受けることになる。

ケイスは大型トレーラーのサンデッキに沿って歩く。その姿がまるでグリーンのシンダーブロックに溶け込んだかのように見える。窓のまえを通る。引かれたカーテンから、銀色の光が洩れ、ぼろぼろのカーテンのへりから、中がいくらかうかがえる。が、これといったものは何も見えない。声はなし。ただ音楽だけが聞こえている。重いリズムで、ゆったりとしたテンポの音楽が玄関から聞こえている。ケイスはひとつ深呼吸をしてから、ドアをノックする。

ボブは木の枝でできた洞穴のようなところから見ている。返事はなし。ケイスは振り返り、彼のほうを見る。彼女がもう一度ドアをノックするまで、息が詰まるような一瞬が過ぎる。

筋肉が首すじまでこわばっているのがボブにはわかる。以前にも同じ経験をしている。〈ヴィア・プリンセッサ〉で。帰ってこない応答を待つという経験だ。

ふと眼をやると、さきほどの女が自分のトレーラーの窓辺に姿を現し、外を見ている。いかにも教会フリークといった顔で、問題のトレーラーの玄関を過たず見ている。

「おとなしく引っ込んでろ、この……」

ケイスは死んだように静かなまがいものの木のドアをまだ見つめている。礼儀をわきまえたわごとで武装して。ドアノブに手を伸ばす。腹から尻の穴まで、体がすべてゼリーになってしまったような感覚に襲われる。

しくじったら、と彼女は思う。下水カクテルにされて下水溝を抜け、海まで流されることになるのだろう。そして、ある静かな日曜日の朝、エンチニータスの海岸に打ち寄せる波の中で、人畜無害の水泳者とご対面ということにでもなるのだろう。

ドアが開いたのがボブのところからも見える。彼はすばやく、キッチンの窓から外を見ている、神経質なそばかす顔に視線を戻して囁く。

「中止だ、ケイス！」彼女に手を振って合図しようとする。「さっきの女が見てる！」

彼は立ち上がり、ケイスの注意を惹こうとする。が、その刹那、彼女はトレーラーの中にはいってしまう。ハート型の顔をしたさっきの女はなおも緑のトレーラーを見ている。それから振り向き、電話を見やる。

囁くような音を立てて、ボブの肺から空気が抜ける。やめろ、今はやめてくれ。〝不審に思った市民〟など今は要らない。今は。

女が電話への一歩を踏み出したのがわかる。

ボブは心の中で悪態をつく……くそ電話には触るな……絶対に……

女は受話器を取り上げる。

ボブはショックを受ける。

女はボタンを押しはじめる。ギャビのためだ、この女が犠牲になればいい、とボブは思う。たとえば、そこで心臓発作を起こしてくれるとか。それほど深刻なものではなく、電話をかけることを思いとどまる程度の発作でいい。

そんな奇跡は起こらない。


居間にはただ家具だけが置かれている。彼女はここで一定の服務期間を過ごしたことがあり、悪臭を放つ記憶が甦る。壁と思われる闇にもたれ、耳をすます。奥の部屋から音楽が聞こえている。

音のするほうへゆっくりと歩きだす。ジーンズに押し込み、シャツの裾をかぶせて隠した銃を握り、電気スタンドの明かりを頼りに、さらにその向こうの暗がりに向かう。

音楽のするほうへ、短い廊下の迷路のほうへ。スピーカーから流れる低音が床板を伝って振動している。誰と出くわそうと、はったりとまやかしの準備はもうできている。角を曲がり、かつては彼女の寝室だった部屋にはいる。コーデュロイを張ったカウチに裸の男が寝ている。歳は二十《はたち》から二十五といったところか。皮膚の芸術家の魔法に全身が覆われている。人工的な赤毛、乳首にリング、ペニスの先端にも穴があけられ、ピンクの亀頭に埋められたダイアモンドが光っている。眠っているのか、眼を閉じている。

サイラスもいなければ、リーナもいない。昔の面々も。新しい男がただひとりいるだけだ。カウチの脇のカーペットの上には、ハッシシ用パイプに注射針、気持ちよくなるために必要な薬が乱雑に置かれている。

彼女としてはその男にあたるしかない。以前彼女がよく十五分の〝ショート〟で相手した若い客。いかにもそんなタイプに見える。

女の子がいることを示唆するものはないか――それがどんなものなのかもわからないまま――ケイスはあたりを見まわす。

「おれは死んだのか？」

振り向くと、男が半分眼を開けている。「さあ」とケイスは答える。「でも、あんたは死んでもあそこをおっ立てられるわけ？」

男は身じろぎをする。「もし死んじまったのなら、おまえはおれのエンジェルってことだから、おれとしちゃエンジェルとファックがしたいな。だけど、死んでないんだとしたら……」

ケイスは何かを企むような眼で男を見て言う。「まだあんたに残されてるものとファックすればいい、ちがう？　そう、ヒントをあげようか？　おしゃべりはその元気なちんぽこに任せなってことさ」

ボブは時間を計っている。五分が二十分にも思われる。そして今、あの女のトレーラーのほうへ一台のパトカーが亀のようにゆっくりと近づいている。彼は選択肢を考える。ケイスを連れ戻しにトレーラーに向かうか、それとも、このまましばらく様子を見て、パトカーの相手は自分がするか。

例の女はトレーラーから出るなり、さえずりはじめる。典型的なお節介屋。緊急事態フリーク。世のお巡りみんなの頭痛の種だが、職務怠慢で訴えられたくないお巡りは誰しもその対応を心得ている。

緑の大型トレーラーにお巡りが向かいかけたときにはもう、ボブは丈の高い草を薙ぎ倒す勢いでダコタまで走っている。そして、マネーベルトをはずして、まえの座席の下に隠すと、ショットガンと弾丸《たま》を取り、光がたまって見えるトレーラー・パークにすぐさま引き返す。

例の女のトレーラーの裏に置かれたゴミの缶の脇を抜け、身を隠せる暗がりを探し、野生の茂みの背後に、お巡りたちの動きがよく見える後方の特等席を見つける。

明らかにそれとわかる激しくドアを叩く音。中から応答があったのだろう。お巡りのひとりが何やら答えている。食いちがいとタイミングの悪さの衝突劇。

まぬけづらをした赤毛の若者がうしろの窓から飛び出してくる。割れた窓ガラスの破片を彗星のように引きずりながら。黒の革製品以外何も身につけていない。例の女は道の真ん中でもうすでにパニックを起こしている。警官のひとりがトレーラーの正面のドアから強引に中にはいろうとしはじめたのがわかると、口のかわりに大型ラジカセを備えたこの痩せこけた女は、ただやみくもに走り出す。もうひとりのお巡りはサンデッキの手すりを飛び越え、すべりやすい土の庭に着地する。割れた窓から寝室が見える。ケイスが慌てて自分の服を掻き集めて着ようとしている。銃を手に取ろうとしている。いったい彼女は素っ裸になって何をしていたのか。

おなじみの遁走劇。「動くな！」というお巡りの叫び声が聞こえ、そのあとすぐに威嚇射撃の銃声が続く。その音に、例の女は、新興宗教のテント集会に出席した、取るに足りない罪人のように地面にひれ伏す。トレーラーの正面のドアに青い制服が体あたりを食らわしている。ギャビを取り戻すためのボブの計画のすべてが掃き溜めの芥《あくた》となろうとしている。

背に腹は替えられない。

すじがきを書き換える用意はできていた。ふたりの警官にはへたをうってもらわなければならない。お定まりの攻撃ながら、ふたりはまだこの手の訓練は受けていないはずだ。それだけは断言できる。

ボブはショットガンを構え、パトカーの鼻面《はなづら》を狙って撃った。ラジエーターが破壊され、大動脈が切れたように、冷却液が二十フィートの高さまで跳ね上がる。お巡りはふたりともその場に凍りついたように動きを止め、いったい何が起きたのか、まず事態を把握しようとする。しかし、考えれば考えただけ、ただ時間を無駄にするだけのことだ。ほかからも悲鳴があがり、犬が吠えはじめる。赤ん坊が泣きはじめる。ボブはパトカーを狙い、もう一発ショットガンをぶっ放す。壊れたびっくり箱の蓋のようにボンネットが開いて跳ねる。

その刹那、ケイスがトレーラーの裏口から飛び出し、トレーラー・パークの奥の闇に身を隠したのが確認できた。ボブは息を整え、自分もお巡りから見えないところまで闇に身を引く。お巡りはふたりとも、黒いボンネットが首切り役人の斧のように地面に突き刺さっているところへ向かっている。

ボブは走った。ダコタを停めたところまで。全速力で。彼らに捕まったら、あとはもう生ける屍をどこに送り込むかというだけの問題になる。何よりよくわかっているのはそのことだ。

運転席に着くなり、ヘッドライトをつけずに車を出し、草むらを走る。糸杉の倒木の上に人影が見える。と思うまもなく、すぐまた消える。それでも、彼は急ブレーキをかけてダコタを止める。助手席側のドアが勢いよく開き、ケイスが飛び乗ってくる。眼の上の傷から血が頬に垂れている。まだ坐ってもいないうちから彼女は叫んだ。「ぶっ飛ばせ!」

20

　ギャビは裸身を半透明の卵のように輝かせ、夜の砂の上にまるまって横たわっている。蝕まれた丘から音を立てて流れてくる砂に背中を刺され、体を焼かれ、砂の波に乗って、ゆっくりと彼女は手足を動かす。

　むっつりとした空を眺め、力なく押し黙ったまま、起き上がろうとする。彼女のまわりの世界は、風に煽られた、ほんの十フィートばかりの黄色い砂の世界だ。左の乳房が痛い。夥しい歯形が縫い目のように走り、紫色に腫れている。左腕にも血管に無理やり刺された注射針の痛みがある。ヘロインのせいで、体を動かすことさえ億劫で、前後左右の感覚もあいまいになっている。悪夢に疲労困憊しながら、どんな夢を見たのかも、どんな人生を生きてきたのかも、何もかもが混沌としている。不確かな野生の中でただひとり、頭が混乱しすぎて、内側からふくらみつづける恐怖さえ理解できない。

　エーテルのようにもろい楕円の思考で、いくつかのことばをおぼろげに思い出す……スペイン語……メキシコにはいる……サイラスと呼ばれている男の果てしないおしゃべり……泣き声……ガラスの割れた音……銃声もしたんだっけ？

生まれ落ちて自分がひとりであることを知った獣のように、最後に彼女も立ち上がろうとする。警戒しながら、よろめきながら、眼に手をかざして風をよけながら。そして、父親を呼び、パニックになり、よろけ、動き、迷う。が、何かに導かれ、不安をたどり、焦げた跡のある黄色い岩の合間を抜ける。

風にさらされ、眼を開けているのが辛くなっても、眼を開けつづけ、岩に沿って進み、転び、泣き、そこで人影を見つけ、萎えた脚に力を込めて、立とうとする。足を導いてくれる意思を自らに求めようとする。

しかし、その人影はただの輪郭でしかない。風が弱くなっている岩の上に見える案山子《かかし》のような姿でしかない。その横に黒っぽいジープのような車が一台停まっている。サイラスではない。彼らのひとりでもない。その車は彼女がレイプされたヴァンではない。

彼女はその人影に呼びかける。が、返事はない。彼女は子供の指で岩をつかみ、指を滑り止めにして、自らを持ち上げ、叫ぶ。

その人影がその声に彼女のほうを向きかける。

彼女はさらに叫び、相手の注意を惹こうとする。しかし、風の音に負けてしまう。相手が動いたのが、かすかに動いたのがわかる。うなずいたのだろうか。相手もこっちに気づいている、と何かが彼女に告げる。

相手に近づきたければ、崖を這っていかなければならない。蟹のように岩くずの上に体を持ち上げ、一フィートずつ前進する。そのたびに、丘のてっぺんの位置が変わって見える。「お願い。ありがとう。助かった。どうか……」単語だけがただ羅列される。「助けて、お願い……」

誰かの手が突如、彼女の体を持ち上げる。その激しさに肺から息が洩れる。そこで、いきなり痩せたサイラスの顔が現れる。風をさえぎり、彼女を横目で見ている。しかし、顔の上半分は、双眼鏡が取り付けられた兜のようなものをかぶっているので見えない。兜には迷彩色が施されている。黒い双眼鏡のレンズがいかにも冷たく見える。

サイラスは舞台の中央に立った興行師さながら腕を振る。何度も。しかし、彼の関心は、今は彼女に向けられてはいない。彼女が下から見た人影に向けられている。

それは男だ、いや、男だった。その茶色の顔に年月が刻まれている。その男も裸だ。丈の高いサボテンにくくりつけられ、ナイフとガラス壜の破片で皮を剝がれた跡が体じゅうにできている。唇がひどく腫れて、錐で舌を刺してとめられた口の両脇が黒く変色している。

「おれの等身大の彫像だ。気に入ったか、嬢ちゃん？」

その途端、彼女の頭の中で、イメージが嵐のように吹き荒れ、さっき耳にした出来事が映像となって再現される。泣き声とサイラスの果てしないおしゃべり。腕に刺される焼けるように熱い針。そして、あのメキシコ人——世界が黒く変色し、また風にさらされた色になって戻ってくるあいだじゅう、ずっと叫んでいたメキシコ人。そのメキシコ人が何度も何度も切り刻まれるあいだ、世界の膜の中に閉じこもりたくて、彼女は砂の中に隠れたのだった。

記憶が甦り、彼女は嘔吐する。

メキシコ人は縫い合わされた口で懇願している。かつては決して自分には訪れないことを祈った死を願っている。

サイラスはギャビの頭をつかむと、無理やりそのさまを見せる。彼女の口から胆汁が垂れて、回復不能なほど殴打されたボクサーのように頭が揺れる。「よく覚えておくことだ、ドロシー」と彼は言う。「それはな、黄色い煉瓦の道を歩くのにも学ばなきゃならない教訓はあるってことだ」

ウッドとグラニー・ボーイがヴァンを隠した峰の陰から戻ってくる。ウッドは二ガロンはいるブリキ缶を二缶持っている。

「そうとも、世の中には教訓ってものがある、教訓ってものがな」とサイラスは双眼鏡をギャビの眼に押しつけて言う。「だから、ある三文文士もこんなことを言っている、あらゆる自然の変化に倫理的見解が現れるって。わかるか？　存在、事物、行動、出来事、くそ人生の探求、それらが立ってる基盤はすべて、永遠と呼ばれる一瞬の巨大な輝きというわけだ」

ウッドはメキシコ人のジープの下にもぐり込むと、ガソリンタンクに穴をあける。ブリキ缶にガソリンが流れ落ちる。

サイラスは暗視双眼鏡越しにメキシコ人を見上げる。メキシコ人の頭の上のサボテンには、黒い羽根を休めようと、棘の岸にたどり着いた鳥たちの骨が突き刺してある。

「だから」とサイラスは続ける。「だから、人を破壊するのはカメラアイを持った神じゃない。彼じゃない。それは絶対にない。絶対にな。人を破壊するのは近所の悪たれだ。だけど、そいつの破壊のしかたはな、実にうまい。ケンタッキー・フライド・チキンよりうまい。そいつがこれからすばらしい自画像を描くところをおまえに見せてやる」巨大なカマキリが鎌をもたげたようにサイラスは腕を上げる。そして、あたかも祈りを捧げるかのように膝に肘をつく。

ウッドはガソリンが満たされた最初の缶をジープの下から押し出し、グラニー・ボーイに渡す。

「なあ、カウボーイ《バケロ》」とサイラスはメキシコ人に呼びかける。「おまえはこの嬢ちゃんのためによきサマリア人を演じてみせた。そんな至高の十五分間がおまえにはあった。おまえの神がそれを見てくれてたことを祈ってやるよ。なぜなら、おまえはもう終わってるからだ《クロッシング・オーヴァー》」

グラニー・ボーイがメキシコ人を濡らしはじめる。メキシコ人はそぼ濡れながらも残されたなけなしの力で、縛られているワイヤに最後の抵抗を示す。ウッドがもうひとつのブリキ缶もガソリンで満たして、ジープの下から姿を現す。

そして、ブリキ缶を脇に置くと、自分の両の手のひらをメキシコ人の眼のまえに持っていく。ウッドの手のひらの皮膚にはそれぞれ赤い布が縫い込まれ、その赤い布にはアナーキストを示す〝A〟という白い文字が丸で囲んで書かれている。

「おまえはイエスに賭けちまった、イエスなんかにな。死に馬なんかに」

ギャビはサイラスのブーツのそばに、顔をそむけることもできずに横たわっている。

メキシコ人の眼はあちこちを泳いでいる。しかし、混乱した懇願は、ただ口をゆがめさせ、傷口からよけいに血を噴出させることにしかならない。

グラニー・ボーイが歌いだす。「サイラスがグラニー・ボーイに言った。〝息子よ、おれを殺してくれ〟。グラニーは言った、〝冗談はやめてくれ〟。サイラスは言った、〝いや、冗談じゃない〟。グラニーは言った、〝なんだって？〟。サイラスは言った、〝おまえにはしたいことがなんでもできる、グラニー、だけど、この次おれがやってくるのを見かけたら、すぐさまとんずら決め込むことだ……〟」

サイラスは立ち上がり、ライターを取り出す。

「グラニーは言った、〝その殺しはどこでやる?〟。サイラスは言った、〝そりゃもうハイウェイ61さ〟」

その瞬間、哀れな人間の足が砂地を蹴ったのがギャビにもわかる。ぬめって見える脚が避けられぬものに対してこわばっている。火花が風に舞い、続いて小さな炎が起こる。サイラスがライターを放り、彼の眼もまた炎に包まれる。一瞬、瞳孔が白く開き、黒い眼が光る。

21

　最初の数分間――ボブはトレーラー・パーク内をフルスピードで走った。ケイスはバックミラーを見て、ガラスの破片で切った眼の上の傷から垂れる血を拭いた。ボブは無表情のまま乱暴にギヤチェンジをする。

「いったいどういうことだったんだよ？」

「あの女だ」とボブは答える。

「どうして自分から撃ったりした？」

　エル・ノルテ・ハイウェイを離れ、ブロードウェイにはいったところで、ボブはスピードを落とし、ゆるやかな往来の波の中にダコタをもぐり込ませる。

「どうして自分からぶっ放したりしたって訊いてんだけど」

　ボブはギヤを荒っぽく替えると、遅い車を追い越す。

「何してんだよ？　まったく。あんたはミスター・セーフ&クリーンじゃないのかい？」

　彼が言い返しかけたところで、〈バーガー・キング〉の駐車場から二台のパトカーが飛び出してくる。反射的に彼はスピードを落とし、バックミラーを見やり、ケイスは座席の上で上体を沈める。

「あんたがなんであんな真似をしたのか、あたしにはさっぱりわからないんだけど」

「きみをあそこからすぐに出させたかったからだ」

パトカーのサイレンが鳴り、非常灯の赤い光が背後からダコタの車内を浸す。パトカーは追い越し車線を走り、彼らを追い越すと、そこでスピードをゆるめる。ダコタの車内の温度が一気に下がり、解剖室のそれになる。

ふたりは二台のパトカーを凝視している。非常灯の赤い光が彗星のように尾を引いて、ダコタの屋根の内側を照らしている。二台のパトカーは気むずかし屋の二人組のようにしばらく彼らのまえにとどまってから、猟犬のように尻を振って、リンカーン・ブールヴァードに出ていく。

ボブとケイスはここ数分で初めて心底ほっとできるため息を洩らす。ふたりともひとつだけ確信できる。少なくとも、今のところは大丈夫だ、と。ダコタと特定した目撃者はトレーラー・パークにはいなかったようだ、と。

上体を起こし、ボブからいくぶん顔をそむけるようにしてケイスが言う。「あんな真似してくれなくても、充分出られたよ」

「ほう、そうか」

「うん」

彼はギヤをロウに入れる。

ケイスは彼に命じる。「もうひとつさきの通りまで行ってよ。そこからドス・ディオス・ハイウェイを西に行く」

ボブは彼女に命じ返す。「サンヴァイザーを横の窓のほうに向けろ。きみが血を拭いてるところを誰かに見られて、よけいな心配をされるまえに――」

ケイスはヴァイザーを横にやる。「あんたの助けがなくても充分出られた」

「おれが見たかぎりじゃ、きみのあの赤毛の友達は、きみを自転車のサドルがわりにしてたようだった。そういう場合、きみにどれだけのことができるか、おれとしてはなんとも――」

「このクソ野郎」

「きみがあそこからすぐに出られるような状況をおれがつくらなかったら、どういうことになってたのかわからないのか？」

「どうなってたっていうの、千里眼のパパ？」

「きみは逮捕されてた」

「へえ、それは知らなかった」

「あの女にずっと見られてたんだ。まさに絵に描いたような不法侵入だ」

「不法侵入？　あたしもお巡りが警棒で寝室のドアをぶっ壊すところは見たかったな」

ボブはため息混じりに冷笑する。「くそジャンキー」

ケイスは彼のほうを向き、クサリヘビのように口をすぼめて言う。「今、なんて言った？」

Y字路になり、ボブはアクセルを踏み、ドス・ディオス・ハイウェイのほうにダコタをすべらせる。

「今なんて言ったって訊いてんだけど」

ダコタはスピードを上げる。ドス・ディオス・ハイウェイは丘陵の麓までどこまでも黒く延びている。

「中でどういうことがあったのか知りもしないくせに！」

ボブは彼女を見る。一度拭いた血がまた彼女の眼の上から垂れている。

「血が出てる」

彼女は血を拭いて繰り返す。「知りもしないくせに」

「いい加減にしろ。おれはちゃんと見てたんだ。きみがトレーラーにはいるところをあの女が見てるのを見てたんだ。だけど、きみからはなんのサインもなかった。何も、何も。おれはあの女が電話をするところまで見届けた。それでも、サインはなし。何も、何もなかった。

放っておけば、あのあとどういうことになるかはわかりすぎるぐらいよくわかった。いずれお巡りが現れ、何が起ころうと、あの女はお巡りをあのトレーラーに行かせる。選択肢はそういくらもなかった。お巡りがどういう態度に出るか、きみがどういう応対をするか、そこまではわからなかったけれど、思案してたら、ほんとうにお巡りがやってきた。きみが、その……最中とは知らなかったのさ。おれのほうからそっちへ行って、きみを連れ出すべきなのかどうかも判断できなかった。応援すべきなのか……それがわからなかった。だけど、あの赤毛がいきなり窓から飛び出してきた。一方、きみはと言えば……」

ボブはまるでコカインでラリっているかのようにかすかに震えている。ダッシュボードの上に置いた煙草に手を伸ばすと、彼は備え付けのライターのボタンを押して言う。

「なあ、おれはきみが逮捕されることを望んでたとでも言いたいのか、ええ？」

「いい？　あたしは自分でも充分対応できたって言ってるだけだよ」

「わかった。ありがとう。この次からはもっと分別を持つことにするよ」

彼女は座席の背にもたれ、眼を閉じる。「あたしのことをそこまで信頼してくれてたとはね。なんとも嬉しいかぎりだけど、これだけは覚えときな。最前線に置かれてたのはあたしのケツ《マイ・アス・オン・ザ・ファイアリング・ライン》だってことだけは」

「近頃はそんな言い方をするのか？　それこそ最前線を離れて、そういうことに疎くなってしまってるみたいだ。昔はヤク中もそこまで下品な言い方はしなかった」

彼女は死の収容所のような眼を開き、車の内装の汚れた布地を見つめる。「あたしはこう思ってる、あたしたちの人生の契約書にはどんな契約書にも死の条項があるって。だから、言おうと思えば、あんたをどれほどずたずたに切り裂けるか、そのことがあんたにもわかるようなことばぐらいあたしにはいくらだって言える、今ここで。いいかい、あたしにはあんたなんか細切れにだって、ぶつ切りにだってできるんだよ」

ボブは口にくわえた煙草にライターを押しつけ、火がつくと、ケイスを見やる。彼女を試すような眼で。

彼女も彼を見返す。互いに侮蔑され、憮然とした顔をしている。

「あたしにはあんたなんか細切れにもぶつ切りにもできる。細切れにもぶつ切りにも、ボブ・ワットエヴァー。あんたがプライドを呑み込むまえに」

「聞いただけでわくわくする」

彼女は体を起こす。

「あたしはあんたのことをほとんど知らない。でも、ボブ・ワットエヴァー、あんたのやり口はよくわかる。だから、あんたの……まえの女房がなんであんたを捨てたのか、その理由のリストだって作れる」

ボブは何かに集中するような、何かを計算するような眼つきになる。「そうなんだろ、ちがうの、カウボーイ？　ええ？　あんたは女房に捨てられたんだろ？　ボブ・ワットエヴァーとひとつ屋根の下に住むのはもううんざりだって、飽きられちゃったんだろ、ちがうの？……で、あんたの女房は話のできる黒い男を見つけた」

ねじられたような感覚がボブの体の一方、心臓のあるほうに走る。その感覚が増して、彼の頭が左に回転する、まるで体のそちら半分の筋肉が歪みはじめたかのように。

ケイスは唇を上品にゆがめ、逆に質問を求めるように繰り返す。「そうなんだろ、ボブ・ワットエヴァー？」

前方のカーヴに沿って、ヘッドライトの洪水が迫っている。ふたりはしばらく恐れ、押し黙り、ただエンジンがぐずる声を聞く。一台のヴァンが、生温かい空気をダコタの開けた窓越しに送り込むほど近くを通り過ぎていく。

ケイスもボブも消耗戦に疲れ、退却をする。そして、しばらく互いにひとことも口を利かない。

ホッジズ湖を過ぎ、さらに西に向かう。湖の対岸上空を飛ぶヘリコプターのサーチライトが、丘のぎざぎざの稜線を照らしている。距離があり、その音までは聞こえないが、ヘリコプターはギリシア神話に出てくる単眼の巨人《サイクロプス》のように旋回を繰り返し、時折、ライトが湖にトる未舗装路に沿った青いポケットのような空間をつくり出す。

「あれは警察のヘリ？」とケイスが尋ねる。

ボブはヘリコプターの動きを確かめようと、ダコタのスピードを落とす。ヘリコプターは低空を旋回し、湖を渡りかけたところだった。疾走する月のようなライトに照らされた湖面に、ヘリコプターの羽根に促された青黒い波が立っているのがわかる。

「もしかしたら、水難事故があったのかもしれない」とボブは答える。「そんなふうに見える」

「あのヘリがあたしたちの車を探してるなんてことは？」

「ありえなくはないが、ただおれたちだけのためにヘリが出動したりすることはまずないだろう」

ヘリコプターは大きな弧を描く。それにともない、サイクロプスも遠ざかる。いっとき丘の襞にライトがあたり、峡谷の岩肌が照らし出される。

「あと十分ぐらいだと思う」とケイスが言う。「サンディエゴ湖のそばにモーテルがあるから。安モーテルだけど、でも……」

「わかった」とボブは答えた。

22

ジョー&ジョー・モーテルは、道路から五十ヤードほど離れて建っており、サンディエゴ湖へも歩いていける、室数十二ばかりの小さなモーテルだ。建物は木造で、化粧漆喰が施されていたが、あちこちが剝げ落ちたまま、修理がなされていない。看板が、うらぶれたガソリンスタンドと、自動車五十年の歴史を記念してフェンスで囲ってつくった自動車墓地の脇に――シンダーブロックの台の上にのっている。白地に赤で〝JO〟、青で〝JOE〟と書かれた、見るからに愛国精神あふれる看板だ。

ダコタから降りると、ケイスが言う。「空襲で焼け出されたアメリカ人家族って感じのところ。じゃない?」

ボブは聞いていない。やってきた方向を振り返り、夜の湿気に、地平線に靄がかかって見える丘を見ている。

「デル・マーぐらいまでは行きたかった?」とケイスは尋ねる。「行って、交通渋滞に巻き込まれたかった?」

ボブは振り向き、彼女の言ったことを考える。が、思ったことは口に出さない。彼女とふたりでこのダコタに乗って移動するのは、あと一マイルでさえ願い下げだった。少なくとも、今夜はもう。あるいは、もう金輪際。

暗がりの中で、熱い湯を顔いっぱいに受け、彼はシャワーを浴びる。そのあと、悪臭のこもる修道院の一室のような部屋のベッドに腰かけ、緑がかった色の壁を見つめる。最初に塗られたのは何色だったのか。今は汚れ、色が落ちている。

明かりをひとつだけつけ、煙草を吸う。何か悪い病気にでもかかったような不快感がある。他人を思いやる気持ちがかけらも残っていない。最初から今まで、すべて誤ったことばかりしてきたような気がする。時間を数日前に戻し、殺人現場に立ち合ったお巡りなら誰でもやるように、記録をつける。もっとも、この場合、記録とは自分自身に、自分の性格に関わることだが。あらゆる詳細を頭の中の手帳に順に記す――ジョン・リーについた最初の嘘から、アーサー経由で提出した休暇届け、ショットガンによる今夜の陽動作戦まで。

通りで見知らぬ人を見るように鏡の中の自分を見る。自分がそんな見知らぬひとりなのかどうかはわからなくても、それでも、自分のことはよくわかる。ただ、今はもう自分は自分ではないというだけで。消耗感ばかりたらふく詰め込んだ、肩に不快なタトゥーをした裸の男。それが今の自分だ。それに、眼の下のしるし。すべてはあっというまの出来事だった。

ベッドにじっと坐り、自己憐憫の波に身を任せるうち、こうした感覚を覚えるのは今が初めてではないことに気づく。自分に対する、自分の人生に対する、自分が人生と思うものに対する自信が揺らいだのは、以前にもあったことだ。

それは自宅の居間でのことだった。ギャビは守られ、無邪気に眠っていた。それでも、サラは引き出しを開けると、貝殻細工を施した銀のフレームに入れた結婚写真をその中にしまったのだ。

彼は何も言わなかった。が、引き出しを閉めたときのサラの体重のかけ方と、しみじみとついたため息から容易に理解できた。彼女の様子からも。謝罪のかけらもない表情からも。いたって平静で、決定的な表情からも。ふたりの結婚が失敗に終わったことがはっきりしたのは、そんな静けさの中のことだった。

今夜の出来事のせいで心が震えている。信念の正常な軌道というものが見えなくなっている。それが怖くてならない。

ドレッサーの上に置いた札入れに手を伸ばし、新しい身分証明書の下に忍ばせたギャビの写真を取り出す。それはボブ・ワットエヴァーの過去の人生の名残のすべてだ。が、ギャビはもう守られてはおらず、無邪気に眠ってもいない。その写真はそのことを改めて彼に思い出させる。

ボブとサラは夏空のもと、絵に描いたような湖で泳いでいる。湖の向こう岸には、小さな入り江があり、岸に生えている柳がすばらしい演技のあとのバレリーナのようにお辞儀をしている。ボブもサラも裸で、魔法の雲に乗った、偉大で怠惰な天使のように浮かんでいる。ギャビをこの世に送り出す臨月まであと二ヵ月。すべての夢が託された夜明けの淡いピンクの太陽のようなサラの大きな腹が、水面から高く盛り上がっている。ボブはそんな彼女の腹に耳を寄せ、まだ名もない子供の声に耳をすます。サラの腹の皮膚はぴんと張って、温かく、彼女は夫の砂色の髪を指で梳きながら囁く。「少し歩きましょう」

ふたりは水から上がり、裸のまま森を歩く。手をつないで。

「家を見にいきましょう」とサラが言う。

すると前方に空間が開け、森が終わる。ブルドーザーやトラックが見え、道が上り勾配になったかと思うと、あたりが〈パラダイス・ヒルズ〉に変わる。そこで彼は自分の置かれている世界ににわかに気づく。

「さあ」とサラは言う。

「でも、服を置いてきてしまった……」

「服なんて要らない」と彼女は微笑む。その声には人を安心させる何かがあって、彼は彼女についていく。

長い未舗装路を歩く。現場監督や建築士、コンクリートの板を重ねて最初の家をつくっている土木作業員がいる。そうした働く人々の列がどこまでも連なっている。みな汗をかき、コーヒーを飲んだり、下げ振りで垂直度を確かめたり、竿尺で奥行きや距離を計ったりしている。

いつしかふたりは太陽が燦々と降り注ぐ中にいる。光がダンプトラックのクロームの排気管を照らし、溶接トーチの炎のように輝き、巨大な車輪がふたりのそばを転がり過ぎ、ふたりの足跡に沿って轍《わだち》をつくる。

なおもふたりは歩きつづける。しかし、サラは生き生きとして、見るからに幸せそうなのに、彼のほうは、男たちが振り向いて彼のほうを見るので恥ずかしくてならない。彼らは彼の裸を見ている。サラの裸も。彼はサラの純粋さとまともに向かい合い、そのうち人間の罪というものが痛いほど意識されるようになる。

やがて、ふたりは開発地の奥まで歩き、ロープが張られた砂地の空き地にたどり着く。その地面に突き刺して立てられた杭に札が打ちつけられており、その札にはアーサーの筆跡で〝ボブ&サラ・ハイタワー〟と書かれている。

ふたりは自分たちの家が建つ地所を眺める。彼女が振り向き、彼に話しかける。そのときの彼女の顔は可能な物語に満ちて、温かく若々しいピンク色をしている。また、彼女が生きてきた人生が眼と肌に表れ、エーテルのような彼女の一挙一動が彼を希望にあふれる夢へ誘《いざな》う。昼の乾いて冷たい土埃の中、彼女は血を吐く。

そこで眼が覚めた。現世は暗く、モーテルの悪臭が彼を取り巻いている。ジーンズを穿き、裸足のまま外に出る。シンダーブロックの塀に腰かけ、煙草を吸う。頭の上に赤い〝ジョー〟がいる。サラの悪夢が屍衣のようにまとわりついている。

どれだけそこに坐っていただろう。砂利が軋む音がして、ケイスがやってきて、彼の横に坐る。すでに三缶なくなっているビールの六缶パックを持っている。

「眠れない？」

彼は答えない。

「あたしも」と彼女は言う。「ジャンキーの当然の報いってやつだよ、たぶん。飲む？」

彼は受け取ろうとしない。それでも、彼女は和平協定のしるしに彼に押しつける。

「さあ、受け取って。チェックインしたあと、ここの支配人から買ったんだよ。マリファナ好きの支配人で、エスコンディードに住んでた頃は、よくここで彼から調達したんだ。だけど、彼も田舎暮らしが長くなるうち、変わったね。すっかりいい人になってた。だから、今は……そう、健康維持のためにちょっと育ててるだけみたい。あたしのことはすぐには思い出せなかったようだけど、昔話をするうち思い出してくれた。あんたはマリファナなんかやらないと思うけど……」

ボブは写真のようにそこにじっと坐り、道路を見ている。眼が焼けるように熱い。悪夢を洗い流すのにビールは役に立つかもしれない。しかし、彼女からはもらいたくない。とはいえ……長い眼で見れば、些細なことだ。彼は素直な気持ちに従う。

パックからまずひと缶を引き抜き、ケイスを見る。彼女は脚をたたんで坐り、煙草を持った手を膝からクエスチョン・マークのように垂らしている。

「きみは？」

「まさか。戒律第一条、ジャンキーはジャンクをやるべからず。戒律第二条、ジャンキーは酒を飲むべからず。テキーラからビールまで。飲んでいいのはライムジュースぐらいなもんだよ。シュナップスがはいってるくそチョコレートだって駄目なんだから。昔はそれを箱ごと食べてたんだけど。すべて過去の話だ」

彼女は青いジョーにもたれ、飲みたいという気持ちを星を数えることでまぎらわせる。「あたしってすごく不自然な消費衝動の持ち主なんだよ」

ボブは五、六回続けて嚥下《えんげ》し、ようやく息をつく。

「部屋の壁がコンドームより薄くない?」と彼女は言う。「なんでも聞こえる、だろ?」

彼女は彼が彼女のほうを見ていないことに、これから見ようとも思っていないことに気づく。ビールは受け取ったものの、眼はまだ彼女を避けている。ふたりは道路を見つづける。彼女のほうは居心地が悪そうに唇を嚙んでいる。

「あんたが外に出たとき、あたしはベッドに坐ってた。考えてたんだ。そう、考えてたんだよ」――彼女はためらう――「今夜のことであんたを責めたりして、あたしっていやな女だって」

ボブは思わず彼女の顔を見る。

「あたしはジャンキーなのに。ジャンキーってことだけで責められて当然なのに。あれは失敗だった。ジャンキーは何か起きると、いつも誰かのせいにしなきゃ気がすまないんだよ。誰かを責めるってことが仕事なんだ」

彼女の顔は冷ややかな判事のように超然としている。「自分が人間関係をうまく築けないのは、五つのときに、父さんがちんぽこを口の中に入れてきたりしたからだなんて言ってさ。それとも、何か失敗したとき、母さんにやさしく抱かれるかわりに、こっぴどく叱られたからだなんて言って。マクドナルドのフレンチフライ・ガールよりいい仕事に就けないのは、世の中が悪いからだなんて言って。自分のことを特別だともスターだとも思ってくれないのは、みんな世の中の人間が悪いんだなんてね。欲しいものが手にはいらないのはみんな運命が悪くて、手にはいると、もっと手にはいらないのは、それも運命のせいだなんて」彼女は煙草を指示棒のように突き立てる。「気持ちが落ち着きゃ落ち着いたで、それは煙草のせいだって言ったりする」

　彼女は少しだけ体を揺する。見たままの真実が彼女の眼のまえにある。額に皺ができている。

「トレーラーにはいったらさ、あの赤毛の大男が奥の寝室でひとりラリってたんだよ。でも、眼を覚ましたんでちょっと話をしたら、薬のせいですごくやりたがったんだ。だから、ちょっとだけつきあってやったんだ、サイラスの女のひとりのふりをしてさ。そう、ちょっとばかりのマリファナと、寝るところと、家庭料理が恋しくなって、舞い戻ってきた女のふりをね。サイラスのこともよく知ってるふりをした。もっとも、それは実際そうなわけだけど」

　ボブは一心に彼女を見ている。彼女の眼の中心から黒い雲が広がり、それが顔全体を覆うのが見える。不穏な日蝕のように。「いつもびっくりするんだけど、こっちから喜んでらんぽこを舐め舐めしてやると、男って、どうしてこうも簡単になんでも話すんだろうね。それだけでも人生なんてあんまり意味のないものだってことがよくわかる。人間ってみんな多かれ少なかれジャンキーなんじゃないかってあたしは思う」

　声がそこで底が見えないほど悲しげになる。「とにかく、あたしの失敗だった。もっとよく考えるべきだった。もっとよく考えてたら……あんなことにはならなかった。あの女がいようといまいと……けど……」

　彼女はまるで秘密を分かち合うときのようにゆっくりと首を彼のほうにめぐらせる。「でも、あたしたちは手ぶらであのトレーラー・パークから出てきたわけじゃない」

「というと？」

「つまり……赤毛の坊やはよくしゃべったってこと」

「サイラスのことを？」

「そう……サイラスがあそこにいたことはまちがいなかった。一週間前には。で、そのあと国境へ向かった。あたしの知ってるメンバーの大半と一緒に。ひとりは女で……」彼女はそこでことばにつまずく。リーナについて、〃女〃などという顔の見えない呼び方をしたことが心に強くひっかかる。「だいたいあたしの知ってるやつらだった」

気づくと、ボブは彼女の腕をつかんでいる。「ギャビも一緒なのか？」

「放してよ。そんなこと、あんな男に訊いてどうするの？　どうやって訊くの？　ちょっといいですか、赤毛のお兄さん、サイラスは誘拐した人質も連れていきましたか？　十四歳の女の子なんですけど……」

ボブは彼女の腕を放して言う。「ああ、そのとおりだ」

「あの赤毛はただの留守番だよ。家を暖めとくための。伝言を受けたりするだけの」

「そうだ、きみの言うとおりだ。いったいおれは何を考えてるのか」

「だけど、あたしが話しおえるまで結論は出さないでくれる？　サイラスが誰と国境で仕事をしようとしてるのかはわかったんだから」

「なんだって？」

「エロール・グレイってやつ。調べたんだ」

「どうやって？」

「留守電があったんだ。それで……赤毛坊やにフェラちゃんをやってやって……気持ちよくさせてやって……足で蹴ったら〃たまたま〃留守電のスウィッチがはいったってわけ。赤毛坊やはそれを止めたりなんかしなかった。途中だったもんね。ミスター・エロール・グレイは……ミスター・いかさま野郎、おれの椅子を運べ野郎、おれは決してプリーズもサンキューも言わないぞ野郎のエロール・グレイは、ちょっと心配してた。〝どこにいるんだ？〟とか〝話し合いたい〟とか言ってて、何回もかけてきてた」

「きみにはどこを探せばいいのかわかるのか？」

「そういうこと。あたし自身、エロールにはいっぱいへロを打たれたんだから」とケイスは苦々しげに言う。「もっとも、こっちにもそういう男に惹かれちまう破滅願望があったわけだけど」

ボブはケイスが予想したとおりの質問を次々に投げかけてくる。ケイスはそれをおとなしく聞く。が、その間ずっと、いや、質問を受けるたびにますますひとつの考えに、ひとつの欲求にとらわれる。ささやかでもいい、彼女は自分がしたことに対するねぎらいのことばを彼の口から聞きたかった。自分のしたことは危なっかしく、愚かでさえあるかもしれない。それでも。

ボブのほうは、次に来ることの次には何が来るか、それしか頭にない。

彼女はまるでタレ込み屋にでもなったかのような気がしてくる。時代が必要とする病理のひとつにでもなったかのような。たとえ一時的なものにしろ、ボスに見事な逮捕劇を演じさせるために、たった数ドルのために、すべてを捨て去る、死んだ眼の人間を彼女は今までに何人も見てきた。悪臭芬々たる封筒に入れられた数ドルがテーブルの下で渡され、もう帰ってよし、と手を振られる。ユダがその数ドルをポケットに入れるまえから。そして、そのあとは、辛辣なくすくす笑いから始まるお巡り同士のくぐもった会話が交わされるのだ。

自分たちがわざわざ金を出して得た情報なのに、とケイスは思う。でも、好きにこきおろせばいい。好きに店卸《たなおろ》しすればいい。自分たちには厄介な疑問は投げかけないで。どうして自分たちの力では手に入れられなかったのか、それはお互い尋ね合わないことにして。

もちろん、彼女にもわかっている、これは自分の中のジャンキーが元ジャンキーに嚙みつこうとしているだけのことだ。自分の中の善良な意思を切り刻もうとしているだけのことだ。ボブ・ワットエヴァーの短所に最後までつきあわなければならないものと、何も決まったわけでもない。彼女は恨めしさを捨てて、選ばなければならない大動脈を探す。実際、小さな棘にすぎない、その昔、ピンク・フロイドが言ったように。〝不安の街《アングザイアティ・ロウ》〟も今はおねむの時間だ。

それでも……

ふたりは、ぼろをまとった路上のふたりの勇敢な兵士のように、互いに人生のパズルにとらわれたまま、しばらくそこから動かなかった。

23

モーリーンはコンパクトの鏡を見つめ、口元と顎の皺が深くなっているのに気づくと、半ばあきらめたように自分につぶやく。「つまり、これはマティーニの食餌療法とコラーゲンを欠かしちゃいけないってことね」

コンパクトを閉じ、くの字に折れた居間の端にあるホーム・バーのカウンターについて坐る。彼女は小柄な女だ。ボンベイ・ジンとシェイカーに、マニキュアを塗ったばかりの指を伸ばすと、飲みものの三番打者と四番打者づくりに取りかかる。

居間の西側一面に並ぶガラス窓の外を見る。〈パラダイス・ヒルズ〉の一戸建ての家並みが、まだピンクにはなっていない太陽に道を譲っている。彼女は軽口を叩く。「あなたがダウンするまえにこっちがさきにダウンしそうよ、ミスター・サン」

電話が鳴る。仕事の電話。そんなものはくそくらえだ。彼女の指は、受話器を取り上げるかわりに、壁に取り付けたコンソールを探り、お気に入りの六〇年代の音楽をやっている局を探しあて、ジンと氷を何回か掻き混ぜ、味見して、かぎりなくドライになったことを確かめる。

それから、いっときホーム・バーを眺める。そこは彼女にとって常に皮膚が剝けたように眼をひりひりさせる場所だ。金《きん》の木の葉模様か、赤のような激しい色。そのどちらかを散らした白が彼女の好みで、彼女はスタイルの三銃士――装飾的な素材、装飾的なカーペット、装飾的な値段――の信奉者だった。だから、彼女が買い、支払うものはどんなものもフィレンツェとロココの香りをあからさまにかもしている。

悪趣味にはちがいない。が、彼女はそれを愉しんでいた。誇りも持っていた。そんな趣味でも人は彼女に注意を向ける。彼女を選んでくれる。それが彼女の生き甲斐だった。最も確かな存在証明――人に悪く思われようと一向にかまわないという自信――を彼女に与えてくれる。そして、それはまた何より必要なものを彼女に思い出させてもくれる。お金――お金があれば、自分は自分の人生の主人でいられる。

しかし、そのホーム・バーはジョン・リーの誇りと喜びだった。黒っぽい木を彫って、錬鉄の枠をはめた代物。図体のでかいまがいもののアンティーク。ストゥールまで黒い模造皮革という、念の入った安づくり。その模造皮革の塗料が時々薄い色のスカートやスラックスにつくことがある。さらに、カウンターの中央にはコンキスタドール（十六世紀にメキシコ及びペルーを征服したスペイン人）の兜がでんと置かれている。それはそれとセットになっているコンキスタドールの肖像に因んだもので、肖像のほうはカウンターの中に、彼女が〝殺人者打線《マーダラーズ・ロウ》〟と名づけた酒壜の棚の上に、掛けられている。

うちのホーム・バーは古風な雰囲気がよく出ている――とジョン・リーはよく言う。まるでコロナード（一五一〇～一五五四。アメリカ南西部を探検したスペインの探検家）その人――あるいは、ジョン・リーの自慢の警部補――

が酔った勢いで、ひと握りのダブロン金貨をカウンターに置いて、部下たちに一杯おごりでもしたかのように。しかし、ロング・ドリンクを二、三杯飲んだあとは、部下などみんな何もできないインディアンの土地に送り込み、何年も何年も辛い射撃練習をさせればいいんだ、という愚痴が始まる。

三番バッターがバッターボックスに立つ頃には、彼女はほろ酔い加減になり、音楽に乗って心の散歩を始める。初めてのデイトのときのドレス、ダンスのときのドレス、ウェディング・ドレスを選ぶときのように慎重に記憶を探る……古いビーチ・ボーイズの歌……女の子のグループが歌った『ウィル・ユー・ラヴ・ミー・トゥモロウ』……『避暑地の出来事』のテーマ、パーシー・フェイスの『夏の日の恋』に乗って。

彼女にとってそれらの曲は永遠のときを意味している。世界が揺るぎなかった時代を。単純明快だった頃を。あの頃は、と彼女は思う。われわれアメリカ人はみな同じ皿から食べていた。同じ空気を吸っていた。同じ澄んだ空を見上げていた。そして、自分たちを神のイメージどおりの人間と見なし、慈愛をもってわれわれを見下ろす同じ神を見上げていた。

もちろん、それはあらかじめ包装された記憶だ。それぐらい彼女にもわかっている。それでも、ひとり居間にいて、いくらか酔い、いくらか涙目になって、ギャビとサムとサラの写真を見ていると、考えずにはいられない。そうした思いがどうしても去らず、写真もまたどうしてもしまえなくなる。

しかし、それらの行き場はどこにもない。ほかのすべてに反発し、屹立している。自由市場では傷ついた心の値打ちなどいかほどのものか。彼女はよく知っている。ここ何年もそれを売ろう売ろうとしてきたのだから。しかし、だからといって、彼女の心象風景が書き直されることはない。あの音楽も――あの曲もまた最も大切な部分では血を流している。そのことが彼女に力を与えてくれる。すべては賢明に偽装された寓話で、それを押しつけられただけのことにしろ。その事実を知ってしまったことがどれほど恨めしくても。すべての現実の中心は幻想なのだから。

三番バッターをほぼ飲み干したところで、ジョン・リーのキャディラックがドライヴウェイにはいってきた音がする。彼がドアを抜けて居間にはいってくる頃には、彼女は三番バッターをヒットでホームに返し、四番バッターを注いでいる。

ジョン・リーは玄関ホールのテーブルに鍵を放る。小さなゴミ袋をたたんで持っている。その中にはおそらくビデオテープが二つか三つはいっている。くの字に折れた居間の戸口で、彼は立ち止まり、サインを読む。ホーム・バーに妻。ガラガラヘビのしっぽのような音を立てているグラス。それは近づくなという警告のサインだ。おざなりのことばをかけ、彼は書斎に向かう。

モーリーンはモーリーンで、彼が小脇に抱えた包みに気づいて失笑し、スモッグが鮮やかな夕陽をより鮮やかに見せている外を眺める。ジョン・リーは居間に戻ってくると、カウンターの中にはいり、スコッチをなみなみと注ぐ。

「今日アーサーと話したわ」とモーリーンは言う。

ジョン・リーは、スコッチをひとくち飲んで、鷹揚に〝だから？〟という顔をしてみせる。

「ボブからはこれでもう一週間も連絡がないそうよ」

「ボブは救いようのない大馬鹿野郎だ」

モーリーンは唇の裏側を舌で舐めて言う。「そうなの？」

「そうとも」

「それは誰の定義？」

彼女がそんなふうに──つんと顎を突き出して、首を横に曲げ──じっと坐っているのを見るたびに、ジョン・リーは、撃たれて剝製にされた鹿を思い出す。

「不動産の仕事を手伝わないかとおまえが彼に言ったというのはほんとうなのか？」

「それはまた古いニュースね」

「ということはほんとうなんだな？」

「ええ。言わないではいられなかった。だって離婚して……彼はこのままじゃ駄目になっちゃう。そう思ったのよ、ジョン。だから、仕事を変えるのも悪くないってね。アーサーも同じ考えだった」

「おれには相談しないで」

「あなたに相談する？」

「彼はおれの部下だ。彼に楽な仕事をあれこれ与えてきたのはこのおれだ。なのに、コケにされるとはな」

「シェイカーとジンを取って。親しい友達が心に何人か必要な気分になってきた」

「自分で勝手につくれ」

「わかった」

彼女は立ち上がると、カウンターの中にはいる。ふたりは、少しでも触れ合うと取り返しのつかない感染をしてしまうかのように、互いにできるだけ距離を取る。

「ジョン・リー、旧石器時代にあなたと初めて会ったとき、わたしはあなたをほんのちょっぴり魅力的で、弱い人だと思った。でも、安っぽい靴に塗った靴墨みたいに、あなたのそのひかえめな魅力はすっかり剝げて、今はあなたの地の部分が剝き出しになってしまってる。弱さについては」彼女の声音に悪意が混じる。「若い頃にはわたしはあまり気にならなかった。むしろその弱さには、従順でやさしいという側面もあった。もちろん、あの頃はわたしも若かったから、制服姿のあなたに誤った印象を抱いてしまったのね。そのため、ときにはあなたのことを繊細な人だなんて思いもした、ほんとうに。考えてもみてほしいんだけど……でも、昼間のあなたの弱さはわたしから母性を引き出し、夜のあなたの弱さはわたしに騎乗位の機会をふんだんに与えてくれた」

「今夜はまたやけに威勢がいいじゃないか」

「四番のために三番を打ってるだけよ」

彼女が多すぎる——彼女自身、彼女の家具、彼女の音楽。彼はコンソールのまえまで行って、ラジオを消す。

「聞いてたんだけど」

「今夜はことばに気をつけることだ。おれはそういう気分じゃないんだよ」

「あなたとはすぐにも離婚したいところだけど、ジョン・リー、そんなことをしたら、汗水垂らして稼いだお金を半分あなたに持っていかれた上に、少しずつあなたの腸《はらわた》を臼にかけて挽く愉しみがなくなっちゃうのよ」

　彼は酒を飲み干す。アルコールが直接胸にしみる。

　モーリーンはまだ言いおえていない。「わたしたちはこれまでにいったい何回パーティやら結婚式やら、くだらなくても一緒に出ないわけにいかない社交的な集まりに出た？　わかる？どれぐらいか。そう、教会も忘れちゃいけない。特に教会よ！　特に教会。会衆席に坐って、聖体拝領を見ながら、わたしがどれほど多くのパターンを今でも考えてるかわかる？　あなたがガンにかかってどうやって死んでくれるか、どれほど多くのパターンを考えてるか」

　ジョン・リーの眼はギャビとサムとサラの写真に向けられている。そして、当然のことながら、サムに釘付けになっている。恐ろしい叫び声がいつまでも尾を引く廊下を歩いているような気分になる。その生意気な笑みももう見せられなくなったな、サミー・ボーイ、と彼は思う。恐怖と共謀のやましさと危惧の念がもたらす途方もない不快感を覚えながらも、ジョン・リーという人間の白い核には、血をたっぷりと吸った部分がある。ミスター・生意気の死にざまは言語に絶するひどいものだった。ジョン・リーのいたずらな道徳心はそれを知っている。サムの舌にレターオープナーを突き刺す現場に自分も居合わせることができたら、と想像するだけで、彼は歪んだ病的な歓びを覚える。サムの耳にそっと囁くのだ、これでもうクリちゃんを舐め舐めすることはできなくなったな、その口じゃな、と。

　血が彼の舌を活性化する。彼はグラスをモーリーンに向けて言う。「なんでも言いたけりゃ言ってりゃいいが、ただひとつ言っておくと、おまえにはもうおれをコケにすることはできない。サミー・ボーイと仲よく手に手を取って、おれをコケにするなんてことはもう」

一瞬、モーリーンは虚を衝かれた恰好になる。ジョン・リーの口調には確かに皮肉が込められている。怒りながらも、どこか余裕がある。

「おまえが男を漁る道具に商売を利用してるのをおれが知らないとでも思ってたか、ええ？　いや、どうもそう思ってたようだな。去年はメキシコ野郎、今年は白人。ボブはまだ予定にはいってないようだが」

ジョン・リーの声音に脅迫の響きが混じる。「まあ、自分は運がいい女だと思うことだ」

「それはどういう意味？」

「それはどういう意味？」とジョン・リーはからかってモーリーンの声色を真似る。

「聞こえたと思うけど」

「つまりこういう意味だ、モーリーン、おまえはいつかは自分の子飼いの切り裂きジャックにそのたるんだ咽喉《のど》を掻っ切られて、おっ死ぬかもしれないってことだ」

「この下衆《げす》野郎！」

ジョン・リーも叫び返し、声がかすれる。「いい気になるな、このクソ女《あま》！」

「早く書斎に引っ込んで、自分でヌイたら？」と彼女はぴりぴりした声で言う。しかし、それで終わらせるつもりはない。「今、わたしが言った意味、わかるでしょ？　つまり、わたしは少なくともセックス・フレンドを茶色の紙袋に入れて、家に連れ込んだりはしてないってことよ。可愛い男の子が口に何かをくわえるところを見て興奮したりはしてないって――」

彼は彼女につかみかかる。愚かなことに。白い拳が黒い髪に襲いかかる。彼女の腕がカウンターの上に投げ出され、シェイカーと氷が宙に飛ぶ。彼女は彼の手から逃れ、走ろうとし、転び、倒れた足からハイヒールの片方が撥ねる。

彼はすばやく彼女に馬乗りになると、手を彼女の顔にめり込ませる。「利口ぶりやがって。さあ、もっと言ってみろ、おれをもっとコケにしてみろ、さあ、やってみろ！」

自由になった彼の片手が彼女の顔に飛ぶ。彼女の顎が弾け、彼女の歯と歯が激しくぶつかり合う音がする。

彼女は殴打を避けようと、顔をそむける。壁に張られた鏡に映る自分が見える。塩のように白い顔に血が飛び散っている。彼女は血の混じる唾を彼に吐きかけようとする。が、うまく命中しない。彼の拳がまた飛んでくる。

彼女はどうにか四つん這いになると、這って逃げようとする。が、彼はそんな彼女の背骨を膝で押さえつける。喘ぎ、彼女は顔を隠そうとする。彼は彼女を引きずり戻し、横面《よこづら》を平手打ちする。草刈り鎌のように彼の腕が動き、まさに肉の塊と化すまで痛めつけられたひとつの顔が彼の脳裏に浮かぶ。あのときの光景が甦る……

ガスがたまってふくらんだあの女の顔。もう誰とも見分けがつかない。裂かれて剝き出しになった、茶色がかったピンクの肉塊に蛆虫がたかり、うごめいている。側頭部に銃創があり、そこから血とゼリー状の脳髄が壁にまで飛び散って、鳥が翼を広げたような形のしみができている。

意識下に沈みながらも、決して消すことのできないその光景は、彼を毒し、それまで抱いたこともない想念を焦がし、良心の泉を侵す。そういうものがそもそも彼にあったとしての話にしろ。

腕の動きがやむ。彼は黙って立ち上がる。彼女は横たわっている。意識はあるが、動こうとはしない。何かを言いかけ、唇が動く。彼を見上げる。彼は彼女の上で揺れている。その揺れを彼女の眼はしっかりととらえている。

24

朝になると、ボブとケイスはサンディエゴに向けて、神経組織のように入り組んだアスファルトを走った。海岸線には赤潮が点在し、フリーウェイに面した最後の湿地帯の上空ではスモッグが勢いを得ようとしている。まだ春なのに。今年の夏は険悪な夏になりそうだ。

ふたりはまだ青い制服に神経をとがらせている。コンテナ・サイズのカップに入れたコーヒーを飲みながら、ボブが言う。「サイラスのことを話してくれ」

ケイスは助手席に坐り、疲れたトラック運転手のように腕を窓から外にだらりと出している。

「カオス」

それ以上は何も言わない。「それだけか？」とボブは訊き返す。

「それでもう充分じゃない？」

ボブが疑問を呈するような声を出しかけると、彼女はそれをさえぎって言う。「あんたの言いたいことはわかるよ。あいつの内面に関する、よくあるたわごとだろ？　そういうのが聞きたいんだろ？」

「どういう人間なのか。サイラスのイメージをもっとはっきりさせておきたいんだ。ただそれだけだ」

「だったら、教えてあげる。彼がやるように。彼が身にまとってる麗々しいサイコな詩はあたしにはつくれないけど。いいよ、教えてあげる……」

彼女はドア枠に頭を休めて、風を顔に受ける。

「教えてあげる」と彼女は繰り返したが、その声には不本意なポジションを与えられたプレイヤーの覚めた調子が混じっている。

「われらがサイラスはジャンキーだった。それからポン引きでもあり、殺し屋でもあり、男娼でもあった。けちな稚児さん探しの手先でもあった。そういう子を見つけちゃ、売るんだよ。そして、下男みたいに客にへこへこするのさ。

彼の本のどこかにはきっと書いてあるんだろうけど——どこの章か、どこの節かは知らないけど……だって、彼につかまったとき、あたしはまだ初潮も迎えてなかったんだからね。彼のほうもまだ二十六か、二十七？　だけど、あたしを見つけるまえに、彼はどこかでもう〈左手の小径〉を見つけてた。そう呼んでるんだよ、〈左手の小径〉って。

何が彼に起こったにしろ、どんなふうに起こったにしろ——まともな頭の人間には誰にもわからないことだけど——彼は自分の頭の中にたっぷりオーヴン・クリーナーを流し込んだ。それで、憂鬱の師であることに終止符が打たれ、即、ラディカリストが出来上がった。

彼なりに目的はあったんだろうね。焦点みたいなものが。黒っぽい禅の思想みたいな。澄んだ光を見たんだよ。あたし、今、ちょっと馬鹿にして言ってるみたいだけど、でも……」

彼女はシャツのポケットから煙草を取り出す。起きて二時間半で、もうすでに半パック吸っている。

「でも、それで彼はヤク漬けじゃなくなったんだ。あたしはその場にいたわけじゃないけど、いたやつを何人か知ってる。フェリーマンもそのひとり……見たって言ってた。あたしがこないだあんたに教えたあの壊れたトレーラーに、サイラスはこもったんだって。フェリーマンのトレーラーの裏にあっただろ？　丘の反対側に」

ボブはうなずき、陽の光を受けて光る赤潮をしばらく眺める。ゆうべの夢に現れた血の記憶が甦る。

「サイラスはあのトレーラーにひとりで閉じこもった」とケイスは繰り返す。「トレーラーはインディアンのスチームバスみたいだった。それをサイラスは冷やしたってみんなは言ってる。一陣の風で。あの壊れた薄気味悪いトレーラーを。薬は全然使わなかった。メタドンもロバクシンも何も。彼の頭の中に何が居坐ってたにしろ、それが彼をトレーラーの中にいさせつづけた」

赤潮を眺めるうち、ボブは不安になる。サラのことを考え、いったいあの夢は何を意味していたのだろうと思う。

「でも、考えてみると、何が彼の頭にあったのか、あたしにはわかる気がする。憎しみだよ。憎しみこそ頭の中身をきれいにして、よく仕事をしてくれる強力なオーヴン・クリーナーなんだよ」

「それは彼のことを言ってるのか、それとも、自分のことを言ってるのか？」

彼女は首を傾げて言う。「さあ。時々、どこから自分の話になって、どこから彼の話でなくなるのか、わからなくなることがある」

彼女は座席の背にもたれ、自らの意識の核を探る。何マイルも走りつづける車の中に彼女を押しとどめておいてくれる、哀れな小さな部分を探す。すると、サイラスのことを話しながら、自分たちはどれほどの相手に立ち向かおうとして車を走らせているのか、そのことが突然眼のまえに明かされる。彼女はいくらか不安になる。頭がぼうっとして、声が震える。その震えの波に憤りが押し出される。「くそサイラス。彼は日蝕みたいに真昼に現れる闇だ、ボブ・ワットエヴァー」歪められた唇に歯が押しつけられている。「彼はあんたの咽喉を掻っ切る静かな剃刀の叫びだ」と彼女はつけ加える。「彼は暴動を起こしたがってるのさ。人が犬を繁殖させるみたいに、彼は堕落を繁殖させることを信奉してるんだ、魔術をつかって。汚辱とか。家族が苦しむのを見ることとか。彼の頭の中にはそういうことしかないんだよ。人類は堕落しなきゃいけない。世界は難破して燃えるくそ中産階級のくそタイタニックで、彼はそんな世界のケツに突っ込まれるための棒、すりこぎ大将なんだよ。だから危険なんだ、あいつは。彼にしてみれば、死ほどよく見えるものもない。死は褒美の一部なんだ、彼にとっては。そこのところはキリストを見つけるキリスト・フリークと変わらない」

ボブはその喩えに苦笑する。

ケイスはさらに言う。「彼をいわゆるサイコのカプセルの中に閉じ込めようとしてるのなら、それはシャツの襟をちんぽこの皮にするようなものだ」

彼はまた苦笑する。

「狂ってることにまちがいはないけど、彼にも動機はある。だからあたしは思うんだよ、彼があの家にはいったのには何かわけがあるって。何もなくてあんたの……その、子供をわざわざ連れてったりはしないはずだって。彼は精神異常者じゃない。そんなふうに見ると、まちがっちゃう。彼の宗教は、すべての宗教がそうであるように、とても政治的なものさ」

「政治的？」

「あたしが欲しいもの対あんたが欲しいものという政治の力学」

「そんなのは政治じゃない」とボブは言う。「宗教でもない。そんなものとは何も関係ない。昔ながらの虐殺。それが実際に起きたことだ」

ボブの肩に描かれた片目のせむしのカメラが怒れる筋肉とともに盛り上がり、彼は力強くギヤチェンジをする。「それから、あの家にはおれの女房……別れた女房もいたんだ。それを忘れないでくれ。妙な喩えはやめてもらい……」

ケイスは苛立たしげに言う。「訊いたのはあんただよ。あたしはあんたの質問に答えてるだけなんじゃないの？」

「大した答だ。きみの物言いはサイラスの言い分を代弁してる弁護士みたいだ」

「うまいこと言うね」

その彼女の声音にはユーモアのかけらもない。ボブはさらに彼女を追及する。「きみのそういうしゃべり方はいわば時代の病気みたいなもんだな。宗教を魔術に喩えるとはね。まさにこの世は世俗的な比喩の悪夢だ。

宗教というのはそんなものじゃない。まるでちがう。すべての原理を紡ぎ出す動かざる真理。

それが宗教だ。何かを達成した瞬間。それが宗教だ。現実に存在する信念、信念の中に現存するもの、それが宗教だ。

だけど、なんとも胸くそが悪くなる話だが、こうした問題に現実に対処する方法はふたつしかない。家族で片づけられない問題は陪審員に解決させる。家族で解決できる問題は陪審員には頼まない。以上」

彼女はセールスマンが持ってきた商品にはまるで関心がないような顔をしている。

「それでも、彼らが正しい仕事さえしてくれたら」とボブは続ける。「街角から頭のいかれたヤク……」

彼女の視線が彼を黙らせる。その視線は彼のことばを撫でまわし、次に出てくることば——彼女自身を指すことばを待っている。

「あんたが言いたいのは」と彼女は彼に代わって言う。「無神論の元ヤク中や、バイセクシャルのいかれ頭はいなくなるってことだね」

彼は答えるかわりに道路標識を凝視する。

「あんたと一緒にいてもパンティは少しも濡れてこないね。知ってた、そのこと、ボブ・ワットエヴァー？」

ボブは首を振り、口笛を吹いて言う。「ということは、連中はとてもよく《プリティ・グッド》してくれたんだ、ええ？」

「あたしとしては、〝プリティ〟ってことばも、〝グッド〟ってことばもつかいたくないけど」

彼女はブーツを蹴って脱ぎ、裸足をもたげ、ダッシュボードの上に下ろす。そして、ジーンズを少したくし上げ、足を掻く。芸術的な枷のタトゥーが足首に彫られているのが見える。

「いずれにしろ、サイラスはヤクをやめた。でも、その後もヤク中の手下を引き連れて動きまわってる。そういうことか？」

「そういうこと」

「サイラスの魔術について話してくれ。彼の魔術はきみをとてもよく洗脳《プリティ・グッド》した。そうだったんだろ？　もっとも、きみはそのこともまた何かに喩えるかもしれないが。宗教にしろ、哲学にしろ」

彼女はフェリーマンのトレーラーの近くの地面に膝をつき、土まみれになっている。自らの体重を支えられず、握りつぶされた箱のように片一方にねじれ、口の両端から液化水銀のように血を垂らしている。不幸な生きものの上に君臨する完全無欠のサーカスの団長、サイラスが、そんな彼女のまわりを歩いている。彼女は喘ぎ、疲労困憊している。

すでに支えるのが困難なほど頭が重い。小さな赤い宝石のような血のしずくが落ちるたび、気が遠くなり、体が揺れる。赤い宝石は地面に落ちると、義眼のようにゼリー状に固まる。土にまみれた小さな血玉のひとつひとつの中に小さな少女が映っており、どの少女ももう少しで失神しそうになっている。ケイスには、土まみれのそれらの小さな赤い傘の下で、自分が体をまるめているのが見える。そして、そこで思い出す。もうひとりの少女は牛の死骸の中で体をまるめていたことを。

たったひとつの人生なのに、いったいどうしてそう何度も殺されることができるのか。それが不思議といえば不思議だ――ケイスは車の窓の外を見やり、太陽にウィンクをしている青と銀の建物、海岸沿いの土地が隆起しているコロナードに架かる橋に眼を走らせる。絵はがきをあたり一面にばら撒いたような景観。方向感覚を失わせる、偉大な人間のテーマパーク・ライド。彼女は、拘束衣の皮膚をまとった、管状の肉塊にでも化したような気分になって言う。

「彼はあたしたちを洗脳したりはしなかった。洗脳したんだって言えたらどんなにいいだろうって思うよ。彼のカリスマ性でもその人間性でもなかった。彼の力でも、予見する力でもない。そりゃ、手下たちのやらかした罪を咎めて、ヒットラーや、ジム・ジョーンズ（一九三一～一九七八。カルト集団「人民寺院」の指導者。ガイアナのジョーンズタウンで九百余人が集団自殺を遂げる）や、ラスプーチンや、チャーリー・マンソンを責めたいのなら、彼のことも同じように責めればいいけど、そういうのってほんとは詐欺だよ」

彼女は上体をまえに倒す。髪はぼさぼさで疲れ、不安が汗となって染み出し、長袖のシャツの腋の下と背中に大きなしみができている。

「ほんとうはもっとひどかった。穴と穴が互いにのぞき合って、自分を見直し、これで充分なんだって思ってたんだ。その昔、あたしはジャンキーになることを望んでたジャンキー予備軍だった。で、これぞっていうサーカスの団長に出会った。その団長は魔法の針を持っていて、あたしはその魔法の針にひれ伏した。それこそあたしの悪魔だったわけだけど、充分ひれ伏してしまえば、あたしはそれを神に変えることができた。

でも、悪魔っていうのは、邪悪なことに対する言いわけでしかない。あるいは、哲学でしか。神が善良なことに対する言いわけであるのと同じように。大した針だよ、神も悪魔も。ふたりともあんたやあたしがジャンキーになるのを待っててんだから」

ボブはこの思いがけない授かりもののようなケイスの話に耳を傾ける。少なくとも、ひとつの単純な概念がある。確かさがある。彼は言う。「ことばは信念の赴くところを定義するわけじゃない」そう言って、指で髪を梳き、道路に注意を戻す。「おれはおれの信念を取るよ。残りはきみが取ればいい」

「だったら、このことを思い出せば？」と彼女は言う。「ここシミ・ヴァレーから、寝室が三つあるあんたの素敵なコミュニティまでのあいだに、あんたみたいにしゃべる神の子らの何人が葉っぱを吸ったり、鼻からブツを吸ったり、団長が持ってくる薬物を打ったりしてるか、それを知ったら、あんたもきっと驚くと思う。いったい何人が、できれば性器を取り替えたがってるか知っても」

ボブの中のお巡りが尋ねる。「団長というのはサイラスのことか？」

彼女はうなずいて言う。「彼はあんたのヴァレーを操ってきたんだよ、あんたの議員さんたちよりずっとうまく」

「きみは自分がちゃんと知ってることを話してるのか？」

「知ってるし、見たし、やったことを話してるんだよ、もちろん」

25

ふたりはバハ・カリフォルニア（太平洋とカリフォルニア湾のあいだの半島。メキシコに属す）と国境に向けて、九四号線を走る。ただ煙草を吸うだけの長い沈黙。ハムルを出たところで、ケイスが運転を替わる。ふたりはラウンドとラウンドの合間にボクサーが休むように休憩を取り、そのたび運転を替わる。ハムルの東側に点在する町は貧困に蝕まれ、メインストリートの街並みも、砂とメキシコ人の流入を防ごうとして板を張った遮蔽物に毛が生えたようなものだ。

ふたりはカリオゾ峡谷のさきにあるハクンバ飛行場に向かう。国境沿いで仕事をするのに、エロール・グレイは、モハーヴェ砂漠から飛んでくるのに使う飛行機をいつもそこに駐機させている。サイラスとエロール・グレイは、クリスマスの靴下の中身をいっぱいにするために、街道沿いに真珠の数珠のように連なるトラック・サーヴィスエリアか酒場のどこかで、今このときにも商談をしているかもしれない。

ボブは閉じた眼のうしろにひそみ、夢の意味を考え、忘れてしまったものの感覚を取り戻そうとする。サイラスがアンテロープ・ヴァレーを縄張りにしていたという新情報に飛びつき、サイラスがフェリーマンのトレーラーのそばに打ち捨てられていたトレーラーにこもり、麻薬を断ったという話にまで画面を飛ばす。さらに、フェリーマンがさまよい歩きはじめるまえにケイスが言ったこと――あの朽ち果てたトレーラーを指差し、あそこがファーニス・クリーク殺人事件のあったところだと言ったことを思い出す。あれはなんだったのか。

その殺人事件があったとき、サイラスはまだ中学生か、高校生だったはずだ。

「きみはファーニス・クリーク殺人のことをどの程度知ってるんだ？」

ボブがケイスに最後に口を利いてすでに一時間以上が経っている。彼女は彼のほうを見もせず言う。「そんなには知らない。サイラスが話してくれたことしか」

「彼はきみになんと？」

「あの〝くろんぼのメス犬〟を殺したって」

ボブは座席の上で体を起こし、彼女がさきを続けるのを待つ。が、彼女はそれ以上何も言わない。

「それだけか？」

「それだけ」

「そのほかには何も？」

「あったとしても、それ以上訊こうとは思わなかった。あたしには咽喉《のど》がひとつしかなくて、それを掻っ切られる心の準備はまだできてなかったからね」

午後、ボブとケイスはカンポ・フード・ステーションで食事をとる。そこからカンポ・インディアン居留地とマンザニータ・インディアン居留地はライフルの射程内だ。投機家もここだけは誰も夢に見ない。ピンクに塗られた安っぽい羽目板で囲い、十ヤード×十ヤードばかりのダイニングルームの中央に扇風機が一台置かれ、まだ生きていると思われる空気を引きずり出し、煉瓦を敷いた床に撒かれた消毒薬のにおいを立ち上げている。そんな土地だ。

「サイラスは老婆を殺し、何年も経ってから犯行現場に戻り、麻薬を断った。彼は同じ場所に戻った。そういうことなのか？　でも、どうしてなんだ？　サイラスは何を考えてたんだ？」

ケイスはビーフスープを飲んでいる。彼女自身、麻薬を断ってから、暗くなるまえに咽喉を通る食べものはそういったスープだけだった。

「それがなんだって言うの？　そんなことがわかっても彼の現在の居場所はわからない。今が大切なんじゃないの」

ボブは彼女のことばから逃れ、食べものをつつき、考える。彼らのテーブルのうしろで――ケイスと向かい合う恰好で――マキラドーラ（メキシコの経済開発計画の一環として、アメリカ企業がメキシコに設立した加工工場）の女工員たちがひとつのテーブルに鈴なりになって、スペイン語をしゃべっている。ケイスは夢遊病者の賃金で、金を求めて砂を洗っている女たちを見つめ、そのおしゃべりに耳を傾ける。髪を逆立て、顔にファンデーションを塗りたくっても、彼女らはどう見ても、ありあまる希望と少なすぎる予算しかない十七歳にしか見えない。

ただひとりを除くと。そのひとりだけは年かさに見え、失敗の十年がもたらした皺がその顔に刻まれている。そして、ただひとり、ほかの少女たちの甲高いおしゃべりを黙って聞いている、おまえたちの語る計画は語られた時点ですでに頓挫しているのだと言わんばかりに。

話し手が替わるたびに顔から顔へ、ただ漫然と眼を移している。リアルなものすべての外で、息づいている夜の眼を持った静けさ。一瞬、ケイスはその女にリーナを見る。女のかすかな動きにリーナの所作を見る。ケイスが夜と針をともにした、磨耗したワイルドな女、リーナ。

「あたしは亀、あんたは鳥」とリーナはよく言った。「そんなふうにできてんのよ」

さっきからあそこの女があんたを見てる、とひとりの少女がその年かさの女にスペイン語で耳打ちする。年かさの女は、飲みものについているストローを魔法の杖のように一振りするだけで取り合わない。スペイン語のおしゃべりはいつまでも続く。

彼女らは笑い、額を寄せ合い、彼女らのあいだには陽の光さえほとんど射し込むことができない。

「〈ヴィア・プリンセッサ〉のあの家に戻ったんだ」とボブが言う。「事件があって、ひと月ほど経ってから」

ケイスはスープを飲むのをやめて訊き返す。「ええ？」

「戻ったんだ、夜」彼はチキンと豆の皿を押しやり、手で口髭を拭いて言う。「犯行時刻と思われる時刻に」懺悔でもしているような口調になっている。「そして、心にわだかまっていることすべてを解き放した。自分にわかっていることすべてを。自分はどんな人生を生きてきたのか――」

「どうして自分を罰するような真似を――」

「ちょっと黙って聞いてくれないか」

ケイスは黙る。全員の持ち金を合わせれば、少女たちにもどうやら勘定は払えたようだった。

ふたりのそばを通り過ぎるとき、少女らはまずケイスを横目で見て、次に同じような視線をボブにも向ける。彼女らの中の少なくともふたりが必須アイテムの金の十字架を首に掛けている。たぶんニンニク同様、淋病をよけるおまじないなのだろう、とケイスは思う。

「おれは暗がりに坐って泣いた」とボブは続けた。「泣いたあと、いったいあそこで何があったのか、どうしてあんなことになったのか、壁を見ながら考えた。少なくとも、彼らは何を考えてたのか、何か受け取れるメッセージはないのか、考えた。そう、テレパシーでも得られないかとね。それと同時に、おれは強さも得たくて、あの家に行ったんだ。すべてが受け入れられたら、苦痛のすべてを受け入れたら、強くなれるんじゃないかと思ったんだ。そうして、何があったのか、どうしてそんなことがあったのか、どんなふうにあったのかがわかって、もしけだものどもを捕まえることができたら――いや、けだものどもを捕まえたとき――自分がすべきこともわかるんじゃないかと……」

そこでボブはわれに返り、正直であることの限界を一歩よけいに踏み出してしまっているのに気づく。自分の今の声音は殺人者のそれであることに。

「いずれにしろ、人はなんらかの理由で戻るものだ。サイラスの場合はなんだったんだろう？」

「そう……彼はあそこで育ったってことだけど」

「あのトレーラーで？」

「あのトレーラーだったかどうかは知らない。でも、たぶんそうなんじゃない？　とにかくあのあたりで育ったんだそうだよ。だから、あたしたちがあのあたりにいた頃には、彼はよく歩いた。あそこに住んでた女が彼を育てたんだよ」

「その女を彼は殺した？」

「そう」

「それはいつのことだったか、思い出してくれ。いったいサイラスはいくつだったんだ……警察にしょっぴかれて尋問されたんだとしたら……続けてくれ」

「彼を育てた女。彼女はあのあたりをさまよってるときに彼を道端で見つけたんだ。彼の親、あるいは、育ての親は彼をゴミみたいに道端に捨てたんだ」

「どうして？」

「さあ。彼の父親は兵隊だった。母親は淫売。もしかしたら、親爺のほうもそういうやつだったのかも。それにサイラスはもうそのときからサイラスだったのかも。でも、だから？　彼は彼だよ。ちがう？　いずれにしろ、あたしが知ってるのは……一緒にいるときに彼から時々聞いたことのつなぎ合わせ。それしか知らない」

「警察のコンピューターで古い記録を調べれば、何か出てくるかも――」

「忘れることだね。彼のことがもっとわかったら、彼の記録を全部掘り出したりしたら、彼の心臓まで抜き取りたくなるのがおちだもの」

彼は考えごとをしていて、彼女のことばを半分も聞いていない。「今度のことには精神的な問題がからんでる。そんな気がしてならない」

「精神的？　もういいよ、そういう話は」

ボブはまだケイスのことばを聞いていない。自らの考えに全神経を集中させている。「殺人とギャビのことは両方ともおれが対処しなきゃならないことだ。このおれが。なぜならこれはおれの仕事だからだ。ふたつの殺人事件。二十五年離れていて、五十マイルしか離れていない殺人。このふたつの殺人の中心に同じひとりの男がいる。もしかしたら、なんの意味もないのかもしれない。互いになんの関係もない事件なのかもしれない。しかし……」

「あんたは自分に生命保険を売りつけようとしてるんだよ、わかる？　それがあんたのやってることさ。すべてをきれいに秩序立たせようとしてる。でも、それはただ腕に注射針を刺すのと何も変わらない。あんたはただヤクを打ってるだけのことだ」

　ボブは立ち上がると、ポケットからくしゃくしゃになった札を取り出し、ケイス側のテーブルに放って言う。「堕落した中で痩せこけて死ぬだけの人生を生きたけりゃ、そうすればいい。でも、それじゃ人間、幸せにはなれない。楽《らく》にもなれない。まあ、せいぜい自分の針にしがみついてることだ」

　外に出て、ボブは煙草に火をつけ、新聞の自動販売機に眼をやる。道端に捨てられ、青ざめている孤児のような気分になる。そんな彼のうしろまでやってくると、彼女は言う。

「あんたが言いたかったこと――精神的とかって話、わからないでもないよ」そう言って彼女はハイウェイを見上げる。ハイウェイはひらたく、閑散としている。午後の熱の中、黒い薄紙の帯のように身をくねらせている。人に方向の幻想を与えるだけの昼の光の溝と化している。

「あたしたちはみんなそれぞれ自分の流儀で巨大な海獣《リヴァイアサン》を追いかけてるんだよ、ボブ・ワットエヴァー」

　彼は彼女のことばを理解しようと彼女を見る。その眼に涙が浮かんでいるのが彼女にはわかる。そばに新聞の自動販売機が置かれている。金属のバー越しに一面の見出しが見える。

クラース殺人事件（当時カリフォルニアで実際にあった少女誘拐殺人事件）**の公判始まる**
母親の通報テープ公開される

【裁判所】検察は、リチャード・アレン・デイヴィス被告が誘拐、絞殺するまえから、十二歳の少女ポリー・クラースに対し、ストーカー行為を働いていたと主張。


彼は小銭を探して、ポケットに手を入れる。

「読んじゃ駄目だよ」

彼女はくたびれて汗をかいている手のひらの上の銀と銅を見る。

「よけいなことに首を突っ込むんじゃないよ」

彼は傷んだ金属製の蓋を持ち上げ、新聞を一部取り出す。

自分を痛めつけたいと思う気持ちはほとんど普遍的に共鳴する。ひとりが跳べば、ほかの者も従わねばならない自殺の橋が語り、継続される命の貢ぎもののようなものだ。

ケイスは読みかけたボブの手から新聞をつかみ取る。新聞は風に吹かれ、駐車場を転がる。

錆だらけのトロナードの脇に立って、煙草を吸ったり、マスカラを直したりしている女工員たちがふたりの行為にドラマを見ている。ふたりを無言で見つめている。

「あの夜あたしに見せた現場写真を持って、みんなにも見せてまわったら？　この手の慰めが必要なんだったら。そうしたらどう？」彼女は手に残った新聞の切れ端をくしゃくしゃにして破り、ちぎり、風に吹かせる。「あんたがあのごきぶりの巣まであたしに会いにきたとき、あたしは終身刑の毎日を過ごしてたんだよ。ヘロをやめて、頭の中のあらゆる小部屋を這いずりまわって、生き返るために罵りまくってた。自分がまるで赤の他人の死体みたいに感じられるまで。ヤクなんかやってないのに、血が出るまでバスルームの床のタイルに爪で穴を掘ったりして。それがあたしの〈ヴィア・プリンセッサ〉なんだよ。あんたの気持ちもわからないことはないけど……」

彼女は震えている。その震えがあまりにひどく、腕が鞭のようにしなって揺れている。「ちっちゃな女の子が苦しめられるのはもういやというほど見てきたんだ！　もうたくさんだ！　たくさんだ！　たくさんだ！」

ボブには返すことばが見つからない。毒気を抜かれた思いで、彼女に背を向けると、ダコタのほうへ歩きはじめる。

26

ハクンバ飛行場は、エル・セントロの西約四十マイル、そこからは見えないが、国境の近くにあり、その南側――メキシコのエル・ノルテ――にはプラーヤが延々と広がっている。

その日集めたがらくたで即席につくったような飛行場で、管制塔もなければ、整備もされていない。玉石を丘のように積んだあたりまで、燃え殻を敷いた全長二千フィートの滑走路が二本延びている。ただそれだけのところだ。

そんな構内にダコタを乗り入れ、ケイスはエロール・グレイの飛行機を探す。見ろかぎり、人影も、動いている乗りものの姿も見えない。十機ほどの複座飛行機が防水シートに覆われ、羽根を休めている。

「週末のレジャー客のか、運び屋のか」とボブは言う。

「あの飛行機」とケイスは言う。「あの飛行機を見て」彼女は〝ビーニー〟という愛称のある赤い複座飛行機を指差す。「あれがクローンでないとすれば、あの飛行機はインペリアル・ビーチの保安官とそのいとこのだよ。そのいとこというのが婦人科の医者で、ボフンティアで国境を超えて、あっちの病院で医療活動をしてるんだけど、そう、そのとおり……帰ってくるときには、デメロールやPCPやメタクワロンを積んでくるのさ。そいつらにはそれはもう、その薬で狂わされたね。ただでプッシーの定期検診が受けられるって余得はあったけどさ」彼女の声音に凄味が加わる。「ほんと、あたしってついてるよね。

でも、今はエロールの時代なんじゃないかな。彼は、そう、〝クリーン〟だし。モハーヴェ砂漠から飛んできて、商売を決めて、また飛んで帰る。でも、何も運ばない。ホームプレートまで人に運ばせるんだよ。サンキュー、バイバイって。ここでの汚い機械仕事は全部サイラスがやってるんだ。だけど、サイラスもブツは自分じゃ運ばない。みんな下衆どもにやらせるんだ」

「エロールの飛行機は？」

彼女は、コンピューター画面上にカーソルを走らせるように、滑走路に沿って並んでいる飛行機から飛行機へと眼を移す。そして顔をしかめる。「ないね。くすんだ感じのやつなんだ。中はなかなか快適だけど。四人乗りだし」

「彼が飛行機を替えたということも考えられるんじゃないか？」

「そうだね。そのことは考えてなかったけど」

ボブは、部分的に機体が見えている四機をもう一度遠くから眺める。四機ともくすんだ色でもなければ、四人乗りでもない。

ふたりは滑走路の端に車を停めて、一日を終えるピンクと薔薇色の空のへりを眺める。ダッシュボードの上には雑多なものが置かれている。その中から煙草を探そうとしはじめたボブにケイスが言う。

「あんた、もう一時間前に全部吸っちゃったんじゃない？」彼女は自分のパックから一本彼に差し出す。

「そうだった。ありがとう。ここで仕事をするとき、エロール・グレイはどこに行く？」

「エル・セントロだね、だいたい。たまにユマにも行くけど……」

「彼の宿泊先は？」

「ホテルって意味？　それは駄目だね。駄目っていうのは、彼には定宿はないんだよ。エル・セントロなんてくそみたいな町だけど、そこに彼の酒場があるんだ。酒場のオーナーになるのが好きなんだね。だから、あちこちに持ってる。それと音楽。音楽にはすごく入れ込んでる。で、そのエル・セントロの酒場にはよく顔を出してる」

「ユマに行かないときには」

「そう」

ボブは座席の背もたれに頭をあずけ、親指と人差し指でこめかみを揉む。

「頭痛？」

「時々、太陽の光にやられるみたいだ」彼は煙草の煙を吐いて言う。「ここで待っててもいいわけだが、彼が別な飛行機でもうここにやってきてたら、もうサイラスに会っていてもおれたちにはわからない。一方、おれたちがエル・セントロまで行ったあと、彼がやってきてそのままユマへ行っちまっても、おれたちにはわからない。それはおれたちがユマに行っても同じことだ」

「馬鹿みたいに駆けずりまわっただけになる」

「もう少し考えてみよう」声に力が込められている。来たるべき日に備えて研ぎすまされた刃のような響きがある。「もう少し」

彼はしばらく眼を閉じて、座席の背にもたれる。タトゥーをしてまだ時間が経っておらず、腕にも顔にも引っ掻き傷が残っている。茶色い亀裂がまだ生々しく走っている。彼はしばらく黙りこくる。

ケイスはラジオを消して静寂をつくると、じっと前方を眺めている。弱い光の中、あたりはぼんやりとして、反抗的に見える。かなり経って、一台のピックアップ・トラックが遠くの谷を横切る。離れているので、ただ小さな銀色の点にしか見えない。背後に猫の鉤爪のような土埃を残し、大地のへりを走っている。

「今日は、ケイス、きみに礼を言わなきゃならない。新聞のことだ。おれはあの手の記事を読んではいけなかった。人は誰も必要以上に苦しむ必要はないんだから、だろ？」

旅に出て、彼が彼女を名前で呼んだのはこれが初めてだった。基本的に非難の対象にならない台詞の一部になったのも。それにはケイスも気づかないわけにはいかない。それだけのためでも、彼女のほうも彼に感謝したい気持ちになる。しかし、そんな気持ちはすぐに彼女の自意識の中に埋没する。

腕が焼けるように熱い。顔も焼けるように熱い。眼を開けて、ボブはバックミラーを見る。そこには敵意に満ちた顔がある。これで顔を洗い、髭も剃れば、少しはまともな顔になるのかもしれないが、最後にそんなことをしたのはすでにもう遠い過去の出来事だ。見るかぎり、おまえはジャンキーのパパだ。彼女の張り形男だ。ヒモだ。太鼓持ちだ。

彼は自分の顔と腕を見つづける。大きな図柄の中でまだかさぶたができていない、サイコロがまだ投げられていない部分を見る。そこで彼の思索は飛躍する。これは自分自身のデカルコマニー（特殊用紙に描いた図案をガラス、陶器などに移しつける方法）を持つようなものだ。自分のナンバープレートを持つような。自分の船に妙な名前をつけるような……

「エロール・グレイの飛行機だが」と彼は勢い込んで言う。「ノーズアートはなかったのか？」

ケイスは彼を見て訊き返す。「ノーズアート？」

彼は滑走路のほうを見て、飛行機が並ぶ列に視線を移し、明るいブルーのふたり乗りパイパーに眼をつける。その飛行機の金属製の先端《ノーズ》には、大きなサクランボが深い赤で描かれ、それが花輪のようになって〝チェリー・キング〟という文字を取り囲んでいる。

ボブはそれを指差して言う。「あれだ、おれが言ってるのは」

ケイスは記憶をたどる。そして、脳髄を活性化させるかのように指で宙に輪を描いて言う。

「ああ、思い出したよ。ああいうくそみたいなものが描いてあった。けど、あの飛行機みたいにエンジン部分じゃなくて、ドアに描いてあった。それもノーズアートっていうのかな。ドアに描いてあったんだ――それに小さかった。銘板ぐらいの大きさだった。なんか薄気味悪い字体で彼のイニシャルが書いてあったんだと思う。それとも、なんとかウォーターだったか……その頃のわたしの頭はとてもまともとは言えなかったからね……」

「人は車を替える。でも、自分専用のナンバープレートまではあまり替えない。船を替えたときに、船の名前も必ず替えるとはかぎらない。だから、彼が飛行機を替えたとしても……」

彼の言わんとすることは彼女にもすぐにわかり、彼女は親指を立てる。ダコタはゆっくりと飛行場内を巡回する。飛行機を一機ずつ見てまわる……何もない。ただ、部分的にシートが掛けられた二機の飛行機にいきあたる。が、二機ともドアの部分がシートに覆われている。

「確かめてみよう」とボブは言う。

ケイスはダコタを降りる。

誰か人が現れやしまいか、ボブはあたりに眼を配る。ケイスは最初のシートをどけようとする。が、そのシートはしっかりと固定されている。ケイスはブーツからナイフを取り出す。刃が輝くきれいな線を描く。彼女がナイフを一振りしただけで、シートが裂ける。中を見る。何もない。彼女は振り向きもせず、ナイフを腿に押しつけて次の飛行機に向かう。ボブは二十フィートほど離れ、あたりを警戒しながら、彼女のうしろを車で追う。

ナイフをすばやくもう一振りして、彼女はナイフで裂けたシートをめくる。

そして、振り向き、足早にダコタに戻ってくると、運転席側のドアにもたれて言う。

「古い歌の歌詞が書いてあった――〝いい知らせがないのなら、何も知らせてくれるな〟って」

ボブは苦い顔をする。が、彼女は微笑んでいる。うしろにさがり、ナイフの切っ先ではためいているシートを示す。

手書きで小さく〝ファイアウォーター〟と書かれている。〝ファイア〟を水のように、〝ウォーター〟を炎のように見せて。

「幼稚な落書きだって言っただろ？　でも、いい推理だったね」とケイスは言う。

「エル・セントロにさきに行くか？」

彼女はナイフの刃を鞘にしまって言う。「うん、エル・セントロだ」

27

エル・セントロは、インペリアル・ヴァレーの提灯持ちが〝われらが大きな町〟と呼ぶところで、〝海水面下にある西半球最大の都市〟という表示板まで出ている。ケイスは、グラニー・ボーイがその疵ひとつない緑の表示板にスプレー塗料で落書きしたのを覚えている――〝ただ、唯一の問題は海水面下であって、水面下ではないことだ〟。さらに、グラニー・ボーイは吸血鬼の歯をしたスマイル・マークの上に感嘆符を加えた。

町自体は、砂漠にただ線を引いたような通りに無味乾燥なずんぐりとした建物が並ぶ、アンチクライマックスな代物だ。

ボブはケイスがヘバー・ロードをしばらく走らせるあいだに、町の雰囲気をすばやくつかむ。役馬のように働きながら、貧困に打ちひしがれた町。ラグナ・サラダからオクラホマまで、訛りが顕著な、悪臭を放つジーンズと作業手袋の一団。さえずり合う鳥の群れのように玄関ポーチに屯する人々。こういう町に何かを求めてくる人間はあまりいない。男も女も。逆に、最低賃金のほかにも期待できるものがある場所を求めて、たいていの人間が出ていってしまったあとの町。それがエル・セントロだ。

　キーラーで過ごした子供の頃のくすんだ記憶がボブの脳裏に甦る。キーラーはイニョー郡のしみのような町だ。海外から持ち込まれた毒がオーウェンス乾燥湖に天然の塩と硫酸塩と一緒に不法投棄され、生成された土まみれのカクテルに、住民が酔いと疾病をこうむっていた町。その手の込んだきのこ雲のために、キーラーの住民はたったの百人にまで減少する。そんな場所柄での父親とのトレーラー暮らし。彼は父親からは悪意をもって〝離婚の申し子〟と呼ばれていた。寝室から見えるのはグレイト・ウェスタン鉄道の貨車で、数少ない隣人はその貨車を〝ホーム〟と呼んでいたが、それは鉄道がもはや当初の目的を果たさなくなった大昔に、そこに捨てられたものだった。彼の父親は、当時すでに閉鎖されていたセロ・ゴルド鉱山のただひとりの警備員だったが、仕事と呼べるような仕事はほとんどなく、彼らを訪ねてくるのは熱と孤独ばかりで、そして、時間だけがふんだんにある暮らしだった。

　しかし、彼の父親はそんな砂漠が好きなのだった。彼の敵愾心《てきがいしん》と不完全な人格に砂漠ほど適した場所もなかったのだ。だから、風がもたらす肺病にかかり、シミ・ヴァレーに移ることを余儀なくされなければ、彼はずっと砂漠に住みつづけただろう。シミ・ヴァレーでは、門が施錠されていることと、すべてがあるべきところにあることを確かめられるという〝特殊能力〟を活かし、ジェファースン高校の夜警に就いた。ジェファースン高校はまたボブとサラが出会って恋に落ち、彼が災厄という循環軌道に人生を乗せたところでもある。

　ボブとケイスは、キャンプ・サルヴェーション・パークの近くにダコタを停める場所を見つけた。そこからはパイオニア・ホテルがよく見える。エロール・グレイはそのホテルに、夜はナイトクラブに変わるラウンジを所有している。

ヘバー・ロードを横切り、フィフス・ストリートまで歩く。

「あそこに着いたらうしろに下がってて。エロールは機嫌よくしてるか、悪くしてるかわからないから。あんたはベースを弾いてて。歌はわたしが歌うから」

「わかった」

パイオニア・ホテルは、改修に改修を重ねて、何かの雑種になってしまったようなホテルだ。七〇年代前半が保守主義の末期と出会い、馬鹿げた赤い煉瓦の縁取りがなされている。また、保険金めあてに燃えやすい木がふんだんに使われている。

ふたりはロビーにはいる。エレヴェーターの近くで、まだ漆喰が濡れている壁の穴をメイドがドライヤーで乾かしている。短期滞在客がテレビのまえに何人か坐り、照明の落とされた部屋に向けて漫画のような色を情け容赦なく放出している連続ドラマを見ている。むさ苦しいヒッピーの一団――ポケットにワインの壜を忍ばせて、バックパック旅行をしている連中。

ボブとケイスはドアのそばにしばらく佇み、全体の雰囲気を把握する。

「サイラスがここにいるようなら」とボブが言う。「近づいて……逃がさない。いいか?」

「わかった」

「どんなことになろうと」

「わかった」

「このロビーで何が起ころうと」

「わかった」

バーはカーペットが敷かれた廊下を歩いたさきに——トイレと公衆電話エリアの奥にあり、廊下を途中まで歩くと、バンドが練習をしている大きな音が聞こえてくる。テックス・メックス（テキサス在住のメキシコ系住民が演奏するダンス音楽）の味つけをしたヘヴィ・メタル。廊下を曲がって階段を三段降りると、瞼のような曲線を描くスウィングドアがある。廊下の照明のひとつが切れている。ふたりはその下の暗がりで足を止める。

「さて……」

ケイスは幸運のまじないに中指と人差し指を交差させる。

ふたりはスウィングドアを押す。ボブはベルトに差したリヴォルヴァーがことさら腹に強く押しつけられたような感覚を覚える。銃は湿り、ひんやりとしている。

なんの装飾もない部屋だ。窓もない。黒い壁。小さなステージのまわりがダンスフロアになっている。テーブルが四角四面に並べられ、音だけ聞こえていたバンドはその小さなステージで練習をしている。荒くれた身なりの四人組。

ケイスが深く息を吸ったのがボブにはわかる。ため息のように、警告のように。カウンターを見ている。その彼女の視線を追って、ボブもカウンターに眼を走らせる。端に地元の人間らしい数名が並んで坐っている。もう一方の端に男がひとり。ボブが見やると、男もバンドの出した本能に響く和音に導かれたかのようにボブとケイスに眼を向ける。

ケイスはその男のほうに歩く。ボブはそのうしろに従う。

「エロール——自分の運のよさが信じられない。こんなところであんたに会うなんて」

五セント硬貨ほどの大きさの小さなサングラスの奥の眼はすぐにはどんな反応も示さない。

カウンターの中のねとつくような青い明かりが男の無表情な顔に影をつくっている。

「しかとなんかしないでよ。あたしがここには存在してないみたいな顔なんか」

ボブはケイスの声音に懇願するような響きのあるのに気づく。

エロールは静かに燃えている煙草に手を伸ばすと言う。「放蕩娘のご帰還か」

エロールはまだ三十まえだろう。黒い髪を頭のてっぺんだけ細長く残し、あとはきわめて短く刈っている。坐っていても、ボブにはエロールのほうが自分より少なくとも六インチ高く、四十ポンド重いのがわかる。さらに、何か武器を持っているかどうか見当をつける。ぴたりとした黒いジーンズとグレーのプルオーヴァーに何かを隠す余裕があるとは思えない。腕を伸ばすようにしてカウンターに置いている。ステロイド嗜好を如実に物語るこれ見よがしの胸筋。

エロールはケイスのしるしがボブの頰に描かれているのに気づくと、鷹揚に言う。「ファミリーに新しいメンバーが加わったってことか」

「ええ？　そう。こっちはエロール、こっちはボブ。ボブ……」

「ここで何してんだ、ケイス？」とエロールは尋ねる。

ボブはカウンターではなく、テーブルについて坐る。エロールから五フィートばかりのところに。そこに坐っていれば、女主人についてきた寡黙な田舎者の役まわりを演じつづけ、ふたりを観察することができる。

「アリゾナから来たんだ」とケイスは言う。「ボブの家族がそっちにいてさ……それで」彼女はエロールの隣のストゥールに坐る。それでエロールのところからはバンドが見えなくなる。

「カレキシコで夕食を食べようって思って、で、あんたのことを思い出したんだ——あんたがここに酒場を持ってたことを。あたしもまえにここに来てる。だろ？　あのとき、あんたはポルノ女優とデイトしてて、サイラスとあたしとほかのやつらはブローリーからここに来たんだ」

ボブは〝ブローリー〟ということばにエロールがなんらかの反応を示すかと思い、注意深く見守る。が、何も変化は見られない。エロールは落ち着いたアルマーニ・ポーズを崩さない。ブーツをあの顎に蹴り込んでも、あの表情は変わらないのだろうか、とボブは思う。

「旅行してんだよ。で、思ったのさ。ここに寄れば、あんたがいるかもしれないって。あんたがいたら、挨拶ぐらい……」

ケイスはどこか逡巡しているように見える。文にするとコンマだらけになって、逆にコンマの意味がなくなってしまうような挿入句に継ぐ挿入句、どうでもいいことばかり話している。エロールの眼を見ることなく、だらだらと無駄話をしている。空疎な話の仕上げをするのにつくり話をするかのように。ボディ・ランゲージもそれまでとは異なっている。そのことに気づいて、ボブは不安を覚える。彼女はおれに理解できない完璧な演技をしているのか、それとも、エロールと面と向かい合った途端、腰砕けになってしまったのか。

エロールは長袖のシャツで覆われているケイスの腕を見ている。バンドの練習に熱がこもりはじめる。二本のギターが互いに相手を凌駕しようと対位法の競争をしている。しゃがれたヴォーカルのあと、寄せ集めのコーラスが続く。何やら虐殺とユートピアに関する歌らしい。ブラック・メタルが黒い部屋を乗っ取る。ケイスが自分のほうを盗み見ているのにボブは気づく。

そして、わかっているというふうにうなずき、顔をそらす。カウンターの脇の壁に、拳銃の銃口が見る者に向けられ、大きな白い文字で、〃今日がその日？〃というスローガンが書かれたカリフォルニア《C》・ハイウェイ《H》・パトロール《P》のポスターが貼られている。アンテロープ・ヴァレーのどこのCHPの出張所にも貼られているポスターだ。

突然、何もかも意味がなくなる。そのポスターも。自分たちも。ボブは立ち上がり、くそエロールを銃で脅して外に連れ出すべきなのかどうか考える。どうすべきなのかわからない……腰砕けになっているのはケイスではなく……このおれのほうなのか？

「いいバンドじゃん」とケイスが言っている。

エロールは黙ってうなずく。

「〈ハウス・オヴ・ブルース〉にだって出られるんじゃない？　あんたのバンド？」

「ちょっとは金を注ぎ込んだ」

ひんやりとした青い光の中で、エロールの眼が、床に向けられているケイスの視線をとらえる。「サイラスは元気？」とケイスは尋ねる。が、〃サイラス〃という名前はわざとぼかして発音される。ボブは思わず椅子の上で身を固くする。

そして、何か言え、このステロイド野郎、と心の中で叫ぶ。

エロールは何も言わない。ケイスの腕をつかむと、まるでキスでもするように彼女を引き寄せ、ゆっくりと、性的な雰囲気さえかもし、彼女のシャツの袖のボタンをはずす。エロールが何をしようとしているのか彼女はすぐに悟り、一瞬、ボブに眼を向ける。それから、それとなくエロールの手から逃れようとする。

今こそ立ち上がり、それが何にしろ、阻止すべきなのかどうか。ボブは迷う。が、彼女の顔にいっとき浮かんだ、まるで嘘を見破られたときのような表情が彼にすべてを思いとどまらせる。次の瞬間、手とシャツのバーレスクの中、彼女の腕が氷のような青い光に照らし出される。彼女の肌が腐ったレモンの皮の裏側のようにくすんで白く見える。彼女の前腕には血管に沿って、爛れた注射の痕が残っている。深い紫をしてふくらんだ痕跡。それは生きるために人間の皮膚にもぐり込んだ蛭《ひる》のようにも見える。

エロールの口元がゆがみ、それが笑みになる。「結局、やめられなかったのか。ご同慶の至りだ、ヘッドケイス（いかれ頭）」

ケイスはシャツの袖を下ろしてボタンをかける。「そのことばはそっくりあんたに返してあげるよ」

「人は誰しもみなちょっとは秘密を持ってるもんだ、だろ？」

ボブは顔をそらし、漫然とバンドに眼をやる。そこで初めてバンドの名前が大太鼓の皮に書かれているのに気づく――〝サンタリア・サルサ（聖なるソース）〟。彼らは麻薬の力でトランス状態に陥った信仰療法師のようになって、曲を破壊している。すべてのコーラスに絶叫のおまけがついている。そういうやつらが部屋の一方にいて、もう一方に〝今日がその日？〟というポスターが貼ってある。狂っている。ここには釣り合うものが何もない。相容れない予言がもたらす制御不能の妙技。

彼らに自分たちも仲間と思わせる――なんともうまいことを言うものだ。なんという欺瞞。彼女の腕を最後に見たのは？　最初に会ったときに見たのは覚えている。そのときにはあんな注射の痕はなかった。

彼女にはボブの眼を見ることができない。一瞥することも。ボブは立ち上がって、外に出ていこうとする。その腕をケイスがつかむ。

「行こう」と彼は言う。

「あたしはまだ……」

「人は誰しもみなちっとは秘密を持ってるもんだって」とエロールが繰り返す。

「こんなところはすぐに出るんだ」

「今は行けない。わからないの……?」

ボブは彼女の手を振りほどく。

28

一九九四年の大地震は試練だった。この教会が開かれ、奉仕の手を最初に差し伸べる日。その日こそわれらが復活の日となるだろう。

グリーリー師は銘板にそう記した。それはいわば師の戦いの歌だった。師はそれを〈キリストの最初の教会及びクリスチャン・コミュニティ・センター復興計画〉現場事務所、アーサーの机のうしろの壁に重々しく掛けた。

建設現場を示すその銘板の下、アーサーは暗がりに坐り、教会の敷地を眺めている。建築家の夢が目的を持った建造物に姿を変えつつある。多くは――彼としてはそう信じたい――彼の尽力によって。

ボブからはまだ何も連絡がない。何も。電話ひとつ。

アーサーは立ち上がって銘板を見る。縞模様の小さなブロンズ。孫と引き換えにできるなら、この建物を手放すぐらい今すぐにでもこの場で容易にできる。

現場を離れるまえに、彼は花崗岩でできた洗礼用の水盤のまえで立ち止まる。そこには小さな滝をつくり、石の上に水を流すことになっている。

そここそ改宗者と幼児がキリストと一体になる場だ。よく磨かれた洗礼盤のへりに指を這わせる。そして、西の谷を揺るがす自然の力に対してても教会がびくともしないよう建物の骨組みを補強している鉄骨越しに、月を見上げる。

しかし、どんなものも彼の心を癒してはくれない。自分がいやになるほど卑小に感じられる。何かに脅されているような感覚。夜そのものもまた彼と同じ体験をしているように思われる。この場にいてさえ。すべてが始まったこの場にいてさえ。

彼は車で家に向かい、ドライヴウェイにはいり、そこで三十分近くもじっとしている。事件以来、顔つきが変わってしまっている。新たな皺が刻まれている。誰か来てくれないかと思う。誰か友達にしろ、彼のことを心配してくれている隣人にしろ、遠くから彼の絶望を察知した誰か。その誰かに無理にでも感情をすべて吐き出したいと思う。

気づくと、また通りに車を出している。そして、連絡もせず、モーリーンとジョン・リーの家に向かっている。どこにも明かりは見えなかったが、気づいたときにはもうドアをノックしている。さらに、待つべきではないのに待った。壁の小割り板の欠けたところを指で漫然と撫でながら。

ドアが開き、彼は振り向く。化粧を落とし、バスローブを着たモーリーンが眼のまえに立っている。琥珀色の明かりのもと、彼はふたつのことに同時に気づく。彼女は裸足で、顔の血管が青く浮き上がって、みみずばれになっていることに。

「モーリーン……」

彼女は唇に指をやり、誰かが通りかかって、自分たちのほうを見ていないかと通りを見やる。

彼は彼女について暗い玄関ホールにはいる。

「どうしたんだ？」

「それはいちいち訊かなくちゃならないこと？」

「彼はどこに？」

「わからない。どこかの救急センターか。あらゆる助けの及ばないところか」

彼女は居間を横切り、ホーム・バーのところまで歩く。月明かりが部屋を至上の光で埋めている。半分ほど残された最後の一杯が彼女を待っている。彼女はスコッチに手を伸ばして言う。

「飲んで。つくるから」

ウィスキーを注ぎながら、彼女は尋ねる。「で、ご用件は？」

彼は話しはじめようとして、急に慰められたような思いになり、気持ちを変える。「いや、いいんだ」

彼女はカウンターの上をすべらせ、グラスをアーサーのほうにやる。氷の音がして、彼もそれに気づく。

「ボブからは何か連絡があった？」

「いや」

彼女は彼の手を引いてストゥールに坐らせる。「坐って」

「彼はいったいどうしてしまったんだ？　私にはさっぱりわからない」

「ボブは――」

「ボブのことじゃない。ジョン・リーのことだ」

「彼はどうもしないわ。これまでどおりの彼よ。ある意味ではこれまで以上の。そんなふうに首を振らないで。わたしが正しいことを言ってるのは誰よりあなたが一番よく知ってるんだから。わたしたちは人生の中で多くのことを見過ごしてる。欲の眼がほかのことに向かってしまい、明らかなことまで見落としたりする。わたしたちは、自分たちの罪のためにその代償を払わされてるのか、喜びのために払わされてるのか、それはわからないけど、どちらにしろ、払ってることだけは確かね」

「きみは離婚すべきだ」

「そして、自分の仕事を半分あきらめる。いいえ、自分のじゃないわ。わたしたちのよ。冗談じゃない。彼のブーツの代金ぐらいは払ってやる。パン代も飲み代も。それにあの映画代も。男の子の――」

「そんな話は聞きたくない!」

「あなたには、そこまでは呑み込むことができないのね、アーサー。でも、いい、彼はあなたが一緒に飲んだり、一緒にクレー射撃をしたり、一緒にピザを食べたり、一緒にスーパー・ボウルを見たりするただの相手、というだけじゃすまない男よ」

彼女は煙草を吸い、苛立たしげながら計算された所作で、その煙草の火を木のカウンターにこすりつけてもみ消す。アーサーはそれを黙って見つめる。

「でも、残酷なほど正直になるなら……あなたに今ここで……ひとつ告白しなければならないことがある……」

　アーサーは顔を起こす。

「わたしは欲してた。いえ、わたしには必要だった」

「何が？」

「もうひとつの自分の失敗よ。もうひとつの恥ずかしい行為。あなたは死というものが記憶のすべてを消し去ってくれると思ったことはない？」

「モーリーン……」

「なくしたしっぽが犬の体を振ってる。わたしの人生は本末が転倒してしまってる。生きるというのは、でも、死への下り坂よ。知ってた、そのこと？　どう、このフレーズ？　自分の便箋に印刷しようかな、〝生きるというのは死への下り坂〟って」

「モーリーン、きみにそんなふうにしゃべられると、私にはもうどうすることもできなくなる」

「わたしはサムとできてた」

　彼女はおもむろにそう言う。淡々と事実を述べるように。買いものリストの最後の品を子供に伝えるように。アーサーにはその名前と本人とをすぐには結びつけることができない。彼の思考はひとつの穴のまわりでうろうろと逡巡している。

「サム。サムというと？」

「われらがサム。サラのサム。あのサムに決まってるでしょうが！」

　アーサーは声も出せない。

「ジョン・リーは知ってた」と彼女は続ける。「どうして知ったのか知らないけど。何か雰囲気を感じたのね、きっと。それとも、わたしを尾《つ》けたか。それでこんな……顔になっちゃったのよ。おんなじことをもう一度やったら、殺すって脅された」

　アーサーは飲みものを脇にやって言う。「それで、きみとサムはいつから続いてたんだ？」

「半年くらいまえから」

　彼は眼を閉じ、唾を呑む。そして眼を開けて言う。「サラは？　サラも知ってたのか？」

「彼女は知らなかったと思う」

「ジョン・リーはどれくらいまえから気づいていたんだ？」

「それはわからない」

「そんなことは、彼は私にはひとことも言わなかった。ひとことも」

　モーリーンはそれ以上アーサーの眼をまともに見ることができなくなり、カウンターを離れてソファに坐る。アーサーは振り向き、面と向かって彼女に言う。

「どうしてサラの夫でなきゃならなかったんだ？　どうして私の娘の夫でなきゃ」

「あなたの娘の夫であることが理由になるわけがないでしょ」

「どうして彼だったんだ？　ほかにも——」

「やれる男はいっぱいいるのに？」

「モーリーン。きみの話し方を聞いていると——」

「彼がそこにいたから。彼はジョン・リーが忌み嫌うすべてだった。彼は近くにいた。そして、若かった。彼のほうにもそういう気持ちがあり、それを行動に移せた。そして、行動に移しながら、バランスを取ることも忘れなかった。それより何より、彼はジョン・リーが忌み嫌うすべてだった。彼はまさにケーキにまぶされたチョコレートのアイシングだった」

アーサーは立ち上がる。今夜はもうどんなものも受け入れられない。どんなものも。

「どこへ行くの？」

「さあ。たぶん家だ」

「泊まっていってくれてもいいのよ」

「ひとりになりたい」

「アーサー……アーサー……」

彼は玄関のドアに上がる数段の階段の手前で立ち止まる。

「ジョン・リーはサラとサムを殺した犯人をほんとうは捕まえたがってないんだと思う」とモーリーンは言う。「きっとそうよ。彼は心の底では今も犯人が逃げてることを喜んでるんじゃないかしら。それでわたしに仕返しをしたつもりでいるのよ。ギャビのことはもちろん彼だって心配してる。それはわかるけど、でも、ほかのことは……」

29

ボブはロビーの中をしばらく歩きまわってから、テレビのまえで、情けなくなるような連続ドラマの決め台詞を聞いている負け犬の一群のそばに立ち、コマーシャルが二度はいるだけの長さ、彼らにつきあい、そこで我慢ができなくなって外に飛び出す。

そして、くたびれたそのホテルのまえを四歩歩きかけたところで、口笛とケイスの呼び声を聞く。「待って！」

彼は歩きつづける。彼女はブロックのちょうど真ん中で彼に追いつく。

「きみも大した女だ」と彼は言う。「自分でわかってるのか、そのこと？」

「もちろんわかってるよ、ボブ・ワットエヴァー」

彼は立ち止まると、彼女の腕をつかんで、ボタンを弾けさせながら、彼女のシャツの袖をたくし上げる。「きれいなもんだって言ったな？　ずっと素面だと？」

そう言って、乱暴に彼女の腕を放す。彼女はなすがままになっている。彼は通りを渡る。車と車のあいだを縫うようにして、一度などスピードを上げていたフォルクスワーゲンにぶつかりそうになりながら。彼女は、それでも、彼についてきている。「きみはおれに嘘をついた」

「それは、まあ、そうだね」

「いつからだ？」

「いつからって何が？」と彼女は何を訊かれているのか承知の上で訊き返す。

「旅に出たときからもうやってたのか？」

ふたりは反対側の歩道にたどり着き、境界線上に植えられ、枝を低く垂らした木々の中を歩き、公園を斜めに横切る。「それとも、フェリーマンに渡すためにきみにやった金で自分の分を何グラムか買ったのか？　なあ、いつからなんだ？」

「あたしはいつからシャツの袖を下ろしはじめた？」

彼は垂れ下がった枝を手で払い、歩きつづけながら、彼女をまじまじと見つめる。

「あんたは気づかなかった、ちがうのかい？　三十度近くもあったあのくそ溜めみたいなレストランで、あたしが長袖のシャツを手首まで下ろして着てても気づかなかった。それはあんたがジャンキーのことなんかなんにも知らないからだ。それはあんたがデスク・ボーイだったからだ。ほんとうの世界にはいる入口に立ってただけだからだ。あんたって男はガーゼみたいに透け透けなんだよ。さっきのバーでも。まったく。あんたったら、脳味噌に電気ショックを受けた牛みたいだった」

ふたりは芝生を横切る。芝生は彼らの足の下で柔らかく濡れ、空から落ちてきた星のようにビールの空き缶が散らばっている。闇のへりに淡い人影が住みついている。盗まれた時間のための場所。あるいは、眠るための。

ふたりは無言で芝生を歩く。ダコタに戻るなり、ボブは運転席に飛び乗ってエンジンをかける。助手席側のドアはまだロックされたままだが、ボブは開けようとしない。彼女はボブが車を出すまえに、運転席側にまわり、窓から上体を中に突っ込んで、キーをイグニッションから抜こうとする。

「人の車を勝手に運転するのは車両窃盗罪。重罪なんじゃないの、ベイビー？」

彼は彼女の吐く息を首すじに感じる。そして、肘を振り上げ、彼女の手をどけようとする。彼の手が誤って彼女の顎に強くあたり、その拍子に彼女の唇が切れ、血が出る。彼女はダコタのまわりをまわる。彼はヘッドライトを消す。彼女はドアのまえで待っている。彼はロックを解く。何台かうしろで、笑い声がする。彼女はグラヴ・コンパートメントを開けると、やみくもに突っ込まれた書類の下から、革製の小物入れを取り出す。

そして、彼には眼もくれず、その小物入れを掲げるようにして、ジッパーを開け、注射器といくつかのガラス壜とバイシン（目薬の商標名）のプラスティック容器を舞台の中央にひっぱり出す。

ボブはいかめしい顔でそれをじっと見ている。

彼女はまず注射器のプランジャーを抜くと、外筒にバイシンを注ぎ、ガラス壜のひとつから青い液を加え、さらに、ほかのガラス壜からオレンジ色の粉末を混ぜる。混合物はただちに泡立ちはじめ、白い泡の層がミリ単位の目盛りを刻んだ注射器の中に広がる。彼女はそれを見て、プランジャーをガンマンのような手つきで戻し、上を向けて数滴噴出させる。

「よく聞きな、デスク・ボーイ。これはどんなスーパーマーケットでも売ってるバイシンとクレンザーの濃縮液だけど、どんな安物だっていい。婆さんの染めた髪みたいなこのブルーの液体はエージャックス（洗剤の商標名）。このオレンジの粉末はマザー・ネイチャーのアスコルビン酸。そう、ビタミンCだ」

彼女はシャツの袖をまくり、腕を差し出すと、青い液体を静脈の近くに注入する。すると、すぐに皮膚にみみずばれができ、数秒と経たず、注射針でできた穴がただれ、そこから灰色がかった泡が噴出してくる。そして、そのあと出血する。ケイスは苦痛に歯を食いしばる。こらえた息が白い歯の隙間から洩れる音がする。

「混合液を皮膚の最初の層にとどめておきさえすればなんでもない。ひどそうには見えるけど。いかにもって感じになる。ジャンキーになりたけりゃ、ジャンキーに見えなきゃ。

これはロングビーチのゲイの不動産屋に教わったんだ。そいつのボーイフレンドがヘロの常習者で、ふたりとも金欠のときには、その不動産屋が自分でこれを自分の腕に打って、メタドン・クリニックへ行くんだよ。で、治療用のメタドンをもらって、それを売りさばいて、恋人にヘロを買ってやるんだ。こういうのを完璧に機能してる資本主義っていうのさ、わかったかい？」

彼女はシャツの袖をおろして、腕を振り、熱さを振り払う。

「さっきエロールがやったのを見ただろ？　確かめもしないで、あたしのことをジャンキーだって信じるやつはアホしかいない。だけど、こんなのは序の口だ。あんたみたいな枷を首にぶら下げさせられてちゃね。やつらは実際にヤクを使って、あたしを試そうとするかもしれない。わかったかい？　ええ、わかったかい！」

「どうしてそういうことをまえもって言って……」

「冗談じゃないよ」

「きみにはおれがそんなに信用できないのか？」

「今さっき戦闘態勢にはいったときのあんたの姿をいやというほど見せられたっていうのに？　信用ねえ……信用っていうのは正しいときに正しいことができることだ。だけど、あんたにはそれはできなかっただろうね。それって、誰かがあたしのシャツの袖をまくり上げたときに、ほんとにショックを受けたみたいな顔をしてみせることだけど、ボブ・ワットエヴァー。なんであたしがあんたみたいなふにゃまらと一緒にいるのか、エロールみたいな連中が考えることはひとつしかない。金だよ、金。それしかない」

ボブは座席の背にもたれる。ケイスは切れた唇から出た血を舌で舐めている。なおも腕を振りながら。

「それと、あたしにはわかってたからさ。あんたがこういう行動に出ることが。あんたがこれを見たら」——彼女は腕を押しつけるようにして彼の眼のまえに差し出す——「あたしのことを即、嘘つきって思うことがね。で、実際、思ったとおりだった。あんたはアホの役を完璧に演じてくれた。ねえ、誰が誰を信用してないって？　ええ、誰が誰の話をしてんだよ！」

「つまり、きみはおれをテスト——」

「自分の努力を無駄にしないためにね。そうだよ、そのとおりだよ」

彼女は車から降りると、ボンネットにもたれて、煙草を吸う。

自警団の紋章をつけ、引き綱につないだ闘犬用ブルドッグを連れた団員がひとりそばを通りかかる。彼女に近づくと、ブルドッグは見るからに獰猛そうな体を低くし、ケイスのジーンズのにおいを嗅ぐ。その間、団員はじっと彼女を見ている。

ケイスは犬を通してその団員に言う。「あんたにあげられるものは何もないんだよ、ベイビー」団員はその彼女の台詞を理解して、その場を離れる。眼をずっと彼女の股間に向けながら。

ボブも車を降りる。街灯の光の輪の中で、彼の影が彼女の影に重なる。「命綱を投げられても」と彼は言う。「そのロープの色が気に入らなければ、投げ返してしまうのがきみだ」

彼女は腕を組み、その彼のレトリックをいかにも小馬鹿にしたように、鼻の穴から煙を吐き出す。「あんたってどこからどこまでも伝道師なんだね」

彼は言う。「きみは初めからおれを有罪だと見てる。ちがうか？　おれは証拠不充分で無罪ってことにもならないのか？　おれはきみを信用しなきゃならなくて、きみはおれを信用しちゃいけないのか？」

「今のことばの正しさをあんたは今のところ十分ごとに証明してくれてる」

「何も信じてない者にとっては、すべてが対等なんじゃないのか、そもそも何もないんだから。だからどこかの不毛の穴倉じゃ、おれもきみも少しも変わらないんじゃないのか。それとも、きみの虚無には序列があるのか。この旅のことを話し合った夜、きみがおれに言ったのは――おれの家の裏手の原っぱできみが言ったのは、〝狼狩りに羊《シープ》は遣《や》れない〟だった。確かに、おれは羊かもしれない。だけど、今はきみが狼になっちまってる」

「どこまでもどこまでもあんたって正常位の男なんだね」

「自分の思いどおりの反応をおれにさせるためにきみはおれに嘘をついた。そして、今はそのことでおれを小馬鹿にしてる。いい加減にしてくれ」

「正常位以外は受けつけないんだね」

「それはスローガンなのか、それとも、ただのおれに対する罵詈雑言なのか？　きみは自分をコントロールすることができないから、ほかの人間をコントロールしたくなるんだ。ただひとつ忘れてほしくないのは、おれが最後に見たときには、狼より羊のほうが多かったってことだ」

「最後に見たときというのは、あくまで最後に見たときのことなんだよ」

「今おれが見てるのはきみだ。おれの眼のまえにいるきみだ！　淫売の安っぽい芸と嘘の向こうにおれが見てるのは」

彼女は火のついた煙草をいきなり彼の顔に投げつける。なんのまえぶれもなく。赤い灰の星が眉間にあたり、彼は反射的に顔をゆがめ、手をすばやく動かし、その星を払いのける。

そして、指を彼女の眉間に突きつけてうめく。「どうしてきみはここにいるのか、おれは知ってる。知ってるんだ。きみが最低のやり方でおれに嘘をついてるってことは」

彼女は顔をそむけ、彼の次のことばを待つ。

「おれは知ってるんだ」彼はまえに出ると、彼女のシャツをつかみ、荒々しく彼女を引き寄せる。「〝取り戻せなくても、あたしが近づいたら、女の子を早く殺してくれるかもしれない〟。そういうことなんだろ？」

自分が言った覚えのある台詞を聞かされ、ケイスは居心地が悪そうに空を仰ぐ。

「あのリハビリ・センターのセラピストだかなんだかには、そう言ったんじゃないのか、ええ？　なんていったっけ、彼女？　きみがあそこを出るまえのことだ。おれと彼女とは話なんかしないと思ったのか？　そういうことは話されずじまいになるとでも思ったのか？」

ボブは牙を剝いている。牙を剝いてうめいている。彼女を見るその眼は彼女に向けられた銃口のようだった。

街灯の琥珀色の明かりに新たな光が加わる。ふたりは狙われた鳩のように、ハイビームの十字線に捕らえられ、その場に凍りつく。それから、おもむろに振り返る。パトカーがそばに停まり、彼らにヘッドライトを向けている。

氷のように冷たいお巡りの声がして、お巡りたちがふたりのほうをじっと見ているのがわかる。「異常はありませんか？」

隠し持っている銃が、タイタニックが沈んでいる深みに達するほど重く感じられる。ふたりは互いにさりげなく離れる。

「異常ない？」

「ええ、大丈夫です、お巡りさん」

光がふたりの体を上に下に照らし、ふたりを裸にする。通りかかる車もスピードをゆるめて、何事かと運転手たちが見ている。ふたりは今度は互いに体を寄せ合う。

「すぐに車を出すように。もっとここでいちゃついていたいと言うなら、こっちも抜き打ち検査をしなきゃならなくなる。わかるかい？」

「ええ」

「ええ」

サーチライトが消される。

ふたりはすばやくダコタに乗り込む。ケイスがボブにキーを手渡し、ボブは運転席に坐り、パトカーがまた公園内の巡回を始めるところまで見届ける。

「あたしはそんなことは言ってないよ」とケイスは言う。

彼はまだひりひりする眉間をこすって言う。「こんな話を持ち出したのは、おれはおれではっきりさせておきたかったからだ」

「もし、彼女があたしの言ったことを全部あんたに話したんだとしたら……」

彼は苛立って言う。「言ってくれなくてもいい。おれにも想像力ぐらいはあるから」

彼女はベニヤ板の下に——灌木のうしろに埋められていた。警察がその場所を探すのはセブン・イレブンを探すのと同じくらい簡単なことだった。彼女はたっぷり二ヵ月地中に埋められていた。死後の〝特殊効果〟は第三段階にはいっており、変形して、腫れ上がり、腐敗した、見るも無残な死体だった。水分も生気もない死体。かつては笑い声が、愛が、憧れが宿ったこの小体がアイスクリーム色の空を見ることはもう二度とない。謎のないただの真実。ポリー・クラースの鑑識写真を見て、ボブにはギャビのこと以外何も考えられなかった。

その写真は州境に沿って、警官たちのあいだに流布した。自分たちは何と戦っているのか。誰と戦っているのか。最初に流布させた者は、そのことを警官たちにひとときも忘れさせたくなかったのだろう。その写真は聖戦における正しい憎しみのレヴェルを保証するものとなった。

ボブはドアにもたれている。「ポリー・クラースの顔は、虫に食われて、穴だらけだった。狂気としか言いようがない。咽喉が痛くなって、血が出るくらいおれは泣いた」

彼女は〝もし何々だったら？〟という思いに引き裂かれた男の顔を見る。

「きみの顔にもおれと同じ苦痛が表れてた。きみがサイラスについて話すとき、何があったのか説明するとき、おれはそれをきみの眼に見た。そう、きみの眼に苦痛はよけいに表れてた。で、思ったわけだ、娘を見つけたとき、娘もきみと同じような眼をしてるんだろうかって。おれがきみと一緒にこうして来たのは、むしろそういうきみの部分が娘の死を望んでることがわかってたからだ。わかったか？」

ケイスは咽喉が絞めつけられたような気分になり、下の歯で上唇を押さえつける。彼が肘をぶつけたところから出た血の味がして、彼女はダッシュボードに頭を休める。

「くそ……あたしたちって大きな傷のど真ん中にいるみたいだね、ボブ。ものすごく大きな傷の中に。今でもどんどん大きく大きくなってる傷の中に」

パトカーがまた戻ってきて、公園の反対側で彼らの車と同じ方向に鼻先を向け、スピードをゆるめる。

「また戻ってくるつもりなら、さっきの警官はすぐにもここまでやってくる」

「エロールの話じゃ、サイラスは明日ここに来るそうだ。遅くとも、明後日までには。そうしたら、あたしのために〝お帰りなさいパーティ〟を開いてくれるって」

「さっきの彼の態度からすると、なんだか意外な気がするが。金のためか？」

「そういう単純な話だったら、むしろついてるってことになる。あの男はあたしがうまくサイラスを言いくるめられるかどうか、殺されずにすむかどうか、ただそれを見たがってるのさ」

30

　ケイスとボブは公園から一ブロック離れたところにダコタを停めて、その中で一夜を明かすことにする。そして、交替で寝て、交替でホテルを見張る。パイオニア地区の通りを巡回し、暗い路地にも乗り入れる。砂漠の風が国境警備区域を渡り、ゴンザレス・オルテガの工場の暑苦しい埃を運んでくる。何事もなく昼が過ぎたように、夜もただ過ぎる。

　ケイスは自分の叫び声で眼が覚める。汗びっしょりになっている。車の中でただひとり閉めた窓に顔を押しつける。ちぎれた息のひとつひとつが、窓ガラスに、曇ったまるい月をひとつ、またひとつと描く。

　リーナは懐中電灯をつけると、洞穴の岩の天井を照らした。湿った夜の風に浸されたアカシアの枝が揺れているのが入口の向こうに見える。

「あんたをここに連れてきたかったのは」とリーナは言った。「これを分かち合いたかったから」

ケイスはリーナの懐中電灯が照らす先に自分の懐中電灯も向けて、くすんだ岩に沿って黒と白でまるく描かれたふたつの太陽に光を移した。その太陽は動物の尾の毛でつくった刷毛で描かれていた。

「日蝕を表してるんだよ」とリーナは言った。「チュマシュ族のまじない師が描いたんだって。彼らにとっては日蝕ってすごく大切なものなんだ」

岩に刻まれたふたつの太陽は、千年前にこの贈りものを岩に残した自然児そのもののように、身を寄せ合っていた。さらにその先の宇宙のへりに描かれた、亀と鳥をリーナは指差した。赤と黒で描かれたシンプルなエッチングだ。

「きれいだね」とケイスは言った。

「あれはあたしたち」

「なんで？」

「あんたは鳥」とリーナは囁いた。「あんたには飛ぶ能力がある。何かを克服する力だ。あたしは……ただ甲羅の中に隠れるだけ」

その古代の手法と秩序の中で、ケイスが自分の手をリーナの手に重ねる悲しく長い瞬間が生まれる。

「あたしはあんたが思ってるほど強くはないよ」とケイスは言った。

リーナは彼女にキスをした。「でも、あたしはあんたより弱い」

何世紀もの埃が一瞬の光の中に浮かんでいる。

無駄な待ち時間がゆっくりと流れ、二日目が過ぎる。三日目も同じだった。首吊りの縄を綯《な》う時間。しかし、それは誰の首にかける縄なのか。ボブは廉価製品店に行き、携帯電話をふたつ買う。その店はいまだにイラン国王の写真をレジの上に飾ったイラン人の女が経営している。ボブは出血大サーヴィスの申し込み書にサインをして、ケイスと離れ離れになっても連絡が取れるよう、それぞれの番号をそれぞれに打ち込む。ふたりはできるかぎりパイオニア・ホテルに近づかないようにしていた。サイラスがなかなか現れないので、エロールは徐々に苛立ちを見せはじめている。ケイスがパイオニア・ホテルを見上げられる路地に面した小部屋を見つける――エレヴェーターのない二階建て木賃宿の一室だ。何かを煙で燻したようなにおいがどこからか洩れている。

四日目は死んだも同然の一日。ボブとケイスは、かつてそこに救済キャンプがあったことを示す銘板のある公園で時間をつぶす。朧色の肌をし、頭の禿げたロシア系ユダヤ人の老人が、その忘れ去られた場所の歴史の講釈をしてくれる。干上がったユマの丘陵地帯を脱出した貧しい旅人たちがそこでいかに衰弱したか。水のない荒れ地といかに格闘し、結局のところ、食料もなく水もなく人もいないその地で、いかに行きづまったか。それ以上先に進むことができず、彼らは火を焚き、祈った。あるいは祈って、焚いた。すると、その二日後、猟師とインディアンがシグナル山から降りてきた。そして、飢えた人々をそこに見つけたのだった。

老人は砂利まじりの砂地にただひとつ見える岩場を指差して言う。「あれがシグナル山だ。あの山が国境だ」

四日目の夜は中華料理店で過ごす。うらぶれた小さな商店街でただ二軒生き残っている店のひとつ。料理はばか安い。音楽は中流白人好みの偽物のカントリー。客の大半は国境沿いに住むラテン系だ。ふたりのトラック野郎が始終ビールの壜を互いにぶつけ合いながら、パトンルージュの町の話をしている。それに、吹きっさらしの堤防のような州間道路を走る、州間道路そのものによく似た渡り労働者たち。

ケイスは陰気な顔で、食事のあいだ半分ぐらい、箸でただエビ入りサラダを撫でつけている。そして、まるで何か合図でも得たかのように、皿を脇にやると、サイラスにさらわれた日から過ごした自分の人生について話しはじめる。何もかも包み隠さず。言いわけもせず。同情も求めず。聞き手が困るほど微に入り細を穿ち、その災厄と欲望のひとつひとつを吐き出す。訴追者を豊穣な暗黒地帯に導く、死者の法廷の証人のように。

サイラスが獲物に選んだ、白いゴルフシューズと白いゴルフズボンのオレンジ郡の歯医者については、ことさら念入りに話す。警告の冷たい眼で、見張りの彼女はどんなふうに窓から外を見ていたか。その歯医者の一件と、写真で見た今回の〈ヴィア・プリンセッサ〉の事件とは、きわめてよく似ている。被害者に麻酔注射がされていたところから、胸に残されたタロット・カードの二十番目の謎まで。彼女はオレンジ郡の町の名前は覚えている。しかし、歯医者の名前までは思い出せない。

夕食のあと、ケイスの話はリーナと出会ってからの自分の人生に移る。悪臭のこもるヴァンの荷台で初めて彼女と愛し合った日から、死ぬほど殴られ、血を流し、そのまま死を迎えるよう、灌漑用水路に捨てられた日まで。

カーゴ・ムンチャーチョ山脈の上、ブランデー色の東の空に稲妻が走る。ケイスはボブにフェリーマンのアルバムからこっそり抜き出してきた写真を見せ、リーナが殺戮の日付を手に刻《こく》すことを説明し、指に彫られたタトゥー――12／21／95――と、手の甲に彫られた日付を示す。手の甲のほうは歯医者が殺された命日だ。

雨が降りだす。ふたりは板が打ち付けられたイタリア料理店のロマネスク風アーチの下まで走る。そして、煙草に火をつけ、雨が下水溝《ガター》にあふれ、垂木を濡らす通りを眺める。

彼女はガターとグラニー・ボーイの話をする。彼らファミリーの歴史と、彼らが犯し、彼女が知っている彼らの犯罪と、彼らがよく出入りする場所の話をする。自分が彼らの誰とでも寝たことまで、包み隠さず話す。そうやって自分をさらけ出すことで、彼女は自分の身にもしものことがあって、ボブがひとりで彼らを捕まえるようなことになっても、彼らが報いを受けるよう、その可能性を必死で残そうとする。

ボブは一心に彼女の話に耳を傾け、理解する。話が終わると、ふたりはしばらく押し黙る。彼女はアーチを支える漆喰の柱にもたれている。ボブは静かに彼女を見ている。彼女は長袖のシャツを着ておらず、通りを車が行き過ぎ、ヘッドライトが戸口に射し込むたびに、彼女の腕が白く照らし出される。

雨が降ってさえなお暑苦しいみじめな夜。その夜がケイスのシャツを聖女の濡れたヴェイルのように見せ、彼女に奇妙な自然の力を与えている。満月になるまえに遠い砂漠が青い輝きを持つように。

ケイスも彼のほうを見る。彼は慌てて眼をそらし、すぐまた戻す。彼女はシグナル山の国境警備隊のサーチライトを指で示す。サーチライトは牧羊犬のように岩の環礁を周回している。哀れな不法侵入者が雨を隠れ蓑に利用しようとしたのだろう。

ボブは反対側の柱にもたれている。ふたりはしばらく山中の人間狩りを眺め、完全無欠のイメージを思い浮かべる。偉大な盾を持ち、永遠への入口に立ちはだかる警備兵。サーチライトは遠くで山を登り、一点に集まり、天空の星の残滓となって、一面の岩の中にとらえられたかと思うと、そこで消える。

ボブはホテルの裏の路地でケイスと一旦別れる。非常階段の下のホテルの戸口に立って、ケイスはボブに礼を言う。彼女の話を黙って聞き、それに審判を下さなかったことに対して。

雨の中、ボブは、誰かがエロールと交尾のダンスをしに現れてはいないか確かめるために、パイオニア・ホテルに戻る。ホテルでは、まえに練習をしていたバンドが熱演している。雨か音楽か、あるいはその両方が人々をひとつにして、まさに都会のヴードゥーがおこなわれている。貧しい白人労働者、工場労働者、スカートの裾をまくった女たち。テーブルに突っ伏したおなじみの酔っぱらい。短気なロッカー。しかし、エロール・グレイの姿は息がつまりそうなその穴倉のどこにも見あたらない。ボブは部屋をもう一度ざっと見まわす。顔から顔へ視線を移す。このどこかに正しい歴史を持った正しいヤク中がいるはずなのだ。

ビール二杯を飲んだあと、逆にテキーラをチェイサーにする。柱にもたれていたケイスの姿が何度も心に浮かぶ。カウンターの中の鏡を見る。五日間分の無精髭、濡れて汚れた袖なしのシャツ、口髭が上唇にかぶさるように垂れている。そんな自分を見つづける。まだ何も決めていない心の中を散歩する。すると、声がする。「いかしたくそアートだな」

振り向くと、まだ二十《はたち》にもならない、白色革命の闘士のコピーのような若者が立っている。鋲を打った首輪。身につけているのは革ばかりで、耳たぶを切り取り、肉の塊と化した耳の穴に銀貨大のろうそくを挿し、火をつけている。

「煙を吐いてるこのゴシック風のアートのことだよ」と若者は言って、ボブの肩のタトゥーに指を這わせる。ボブはあえて逆らわない。若者はタトゥーを丹念に眺め、コロナを飲む。ふたりはふたことみことことばを交わす。特にどうということもないことばだ。

そこで、ボブはそのパンク野郎が手に何かを握っているのに気づく。最初、それは赤い布のように見える。が、ボブに煙草をせびり、一本取るのに、ビールをカウンターに置いたとき、実際には赤い布が手のひらに縫いつけてあるのがわかる。その布には白でAという字が丸で囲んで書かれている。

ガターがビア・ハウンドの群れを掻き分け、ウッドのところまでやってくる。ふたりはまるでボブなどそこに存在しないかのように、頭突きをしてじゃれ合う。

「行こうぜ、ハンカチ坊や」とガターが言う。

ウッドはうなずき、ボブに向かって言う。「人はみんな仕事をしなきゃならない。それじゃな、色男」

ボブはうなずき、ウッドが背を向け、もうひとりの男の背中に頭突きをして、人の群れの中に押し込むのを見る。ウッドの声がする。「ギヤをオーヴァー・ドライヴに入れるんだ、ガタ

「―!」

31

流し台に置いた携帯電話が鳴り出したとき、ケイスはシャワーを浴びている。接続が悪く、鋭い刃で切り裂くようなボブの声がする。「やつらはもうここに来てる！」

「なんだって？」

「ガター——きみの話に出てきた男の名前だ。そうだろ？」

裏階段を駆け降りながら、ケイスはセミオートマティックをジーンズに差す。そして、こぬか雨に煙る通りに走り出る。


ボブはカウンターを離れ、それとなくガターとウッドを追う。テレビのまえに渡り労働者たちが屯している。何かが彼らの注意をテレビから遠ざけている。フロントデスクのほうを見ては、何やら互いに囁き合っている。

ボブは通路の角を曲がる。ガターは内線電話を使っている。ウッドはその脇に立っている。耳元でろうそくの火が揺れている。

ケイスは車が必要になるかもしれないと思い、ダコタで向かう。赤信号を無視して、七丁目通りからヘバー・ロードにはいり、座席の下に隠してあった、電流の流れる牛追い棒に手を伸ばす。

ボブは酔っぱらいのふりをして、ウッドの脇を通り過ぎ、わずかにうなずいて会釈を送る。ガターは呆けたような顔でコール音を聞いている。ボブはフロントデスクまで歩き、立ち聞きを試みる。マッチが入れられた枝編みの籠の中をまさぐり、煙草に火をつけ、ウッドとガターのほうをそれとなく見やる。

ようやく誰かが電話に出ると、ガターは掛け値なしのパンクになる。「何やってんだ、世界一立派なクソでもしてたのか、ええ？　なんだと？　名前を言え、だと？……！　おまえが降りてくるまで、ロビーで悪臭を立ててるルンペンの二人組だよ」

ケイスは次の信号も無視するつもりだった。が、公園を巡回していたバットマンとロビンの二人組のパトカーが交差点にはいってくる。ふたりはとびきりのバットマンを演じて、ケイスを睨み、パトカーを最徐行させ、信号が変わるまで交差点を出ていこうとはしない。そうやって、誰が誰で、誰が誰でないか、奇妙なやり方で彼女に思い出させる。

ガターとウッドは何やら話し込んでいる。ボブはどうにかしてその話を聞こうと、あたりをうろつく。すると、ウッドが首を傾げ、ガターの肩越しに言う。「なんか用でもあんのか、ええ？」

ボブは階上《うえ》を指差して言う。「女房を待ってるんだ」

ガターも振り返り、品定めするようにボブを見る。その眼にはヤク中のあいまいな倦怠が表れている。が、それもケイスがミケランジェロになって描いたボブの頬のタトゥーに気づくまでのことだ。ガターがそのタトゥーに気づいた瞬間はボブにもわかる。ヤク中の囚人が最初のスピード《デックス》を打ったときのような眼をしている。

エレヴェーターのドアが開く。エロール・グレイがロビーに現れる。オイルスキンの黒いレインコートを羽織り、このまえと同じ、五セント銅貨ほどの大きさのサングラスをかけている。

いったいケイスは何をしてるんだ？

ケイスはロビーに向かい、さりげなく、優雅に歩く。そこで空がいきなりワンツー・パンチを放つ――稲光と雷鳴。彼女は揺れるスライディング・ドアに映る自分を見る。月の刃のように青ざめている。

ロビーは、渡り労働者がテレビのまえに居坐っている以外、閑散としている。ケイスは手首にストラップで巻きつけてある携帯電話を開き、登録ずみのボブの番号を押す。

「いったい今どこに」――興奮剤のアンプルを開けたときのような雑音――「いるんだ？」

「ロビー」

「どうしてこんなに時間が――」

「――車を出してたからだよ！」

渡り労働者のひとりが彼女のほうを振り向き、ニコチンで汚れた指を口にあてて、しっと声を上げる。彼女はその男に向けて、掃き捨てるように言う。「うるさいんだよ、このふにゃまら……ボブ、あんたはどこ？」

雨が断続的に降る中、北からの雨のドラムロールに背中を押されるように、ボブはメドウズ・ロードを南に歩く。漆黒の闇に眼を凝らしながら、一ブロックほどまえを歩く三人の人影を追う。

ケイスはダコタの運転席に着くと、メドウズ・ロードに車を出す。肩と耳のあいだにはさんでいるので、携帯電話の音はほとんど猥褻なほど歪み、雑音にさえぎられて、ボブの声そのものはあまりよく聞こえない。恐がったら駄目だ、と彼女は自分に言い聞かせる。いよいよ最後なんだから、恐がるんじゃないよ！……くそっ。これならダモクレスの剣を吊るした下で、オナニーでもしていたほうがまだましだ。ボブが手を上げて彼女を停まらせようとしているのに、もう少しで行き過ぎそうになる。

「ロビーにいたあのクソは誰だ？」とガターが尋ねる。「あのデカルコマニー野郎だ」

ウッドは肩をすくめる。「なんだい、そのデカなんとかって？」

「あいつの顔のタトゥーだ。おまえは変だと思わなかったのか？」

「変？」

「あれはリーナが顔にしてるのと同じタトゥーだろうが」

ウッドは怪訝そうにガターの顔を見る。

「いいか、頭はいつも紙袋から出しとけ。あれはリーナの女のしるしだったんだ。おれたちと一緒にいて、結局、シープになっちまった女だ」

「これは歴史の授業なのかい？　だったら、おれはもう飽きちまったよ」

「どこのクソとも知れない男の顔にそんなしるしが彫られてた。二年も三年も経って、そんなしるしをこんなど田舎で見るっていうのは、奇妙じゃねえかって言ってるんだ？」

過去と現在をつなぎ合わせるのに、エロールはわざと時間をかけてから言う。「別に奇妙じゃねえよ。彼女はここにいるんだから」

ガターが振り向く。「彼女って？」

「ヘッドケイスだ」

ガターは足を止める。「嘘だろ、だってそんなことはありえ――」

「ほんとだよ。ケイスはここにいる。おまえらがロビーで見かけたっていうのは、彼女の〝パパ〟だ」

「ガターはサイラスのケツ拭きタオルみたいな男さ」とケイスは言う。「サイラスの一番の手下だ」

「それでも、おれのことはよく見てた。このしるしに気づくと、一瞬、顔色が変わって――」

「あたしとしては自分の判断がまちがってなかったことを祈りたいね」

ダコタは駐車スペースを出ると、ゆっくりと路地に用心深くはいる。

ボブがダッシュボードの暗がりに身を乗り出して叫ぶ。「やつらが立ち止まった！　見ろ！車を脇に寄せるんだ……」

「あのクソが」とガターは言う。「ケイスの金づる？」

「彼女が自分で言ってた。そいつが去年から彼女のVISAカードなんだとよ」

「でもって、またいきなり魔法をやらかそうってわけだ。シンデレラがサイラスのドアをまた叩くってか。だけど……彼女がこんなところに現れたってこと自体、奇妙じゃねえか」

「またヤクにはまっちまってるみたいだから、お家《うち》が恋しくなったんだろうよ。どうでもいいじゃねえか、そんなこと」

ガターはまた歩き出す。ウッドは背をまるめ、バイク用コートにくるまっている。歩道には大きな水たまりができている。

エロールが苛立ったように言う。「なあ、おまえの名推理につきあわされて、こんな川のど真ん中にいつまでも突っ立たされるってのは、こっちとしちゃ、いい面の皮なんだがな、ええ？　おれの推理をさきに言ってやるよ。結局、サイラスがケイスを殺《ばら》すだけのことじゃないか」

「ああ。それでも、ケイスにサイラスがやられるなんてことがあっちゃまずいだろうが。そういうこともとりあえず気をつけておかないとな」

ワイパー越しに、三人がひとかたまりになって何やら話しているのが見える。三人はそのあと通りを渡ると、風雨にさらされたぼろ酒屋の雨よけの下にはいり、ガターがドアの脇の壁に取り付けられた公衆電話の受話器を取る。

ケイスがハンドルを叩いて言う。「あのネズミ野郎」

「サイラスに電話してるのか？」

彼女は黙ってうなずく。暗がりに彼女がくわえる煙草の先が赤く光る。「腐れ黒魔術」

数分のやりとりのあと、ガターは受話器をフックに掛け、エロールとウッドのところまで戻る。エロールはポケットに手を突っ込み、ガターに何やら尋ねる。

ガターはバレエの爪先回転のように手をまわすと、あとのふたりについてくるよう合図する。

ケイスはダコタを薄暗がりに出し、錆びついたヴォルヴォの横を通る。三人はもう一ブロック歩くと、南に曲がり、一一一号線に出る。

ダコタの中では恐怖と困惑が渦巻いている。ギヤをセカンドに入れた、鉄板で仕切られた苦悶の庭。ボブとケイスはその中にいる。判然としない靄の中、前方に国境の検問所が見えてくる。そこから一一一号線はメキシコ側のエル・ノルテにはいり、アドルフォ・ロペス通りと名前を変える。

「彼らがメキシコにはいっちまったら、おしまいだね」とケイスが言う。

「おしまいであれ、なんであれ、そうなったらこっちもはいるしかないんじゃないのか、ちがうか？」

32

自分たちの計画にどれほどの自信があったにしろ、国境を眼のまえにすると、さすがに腰が引ける。車を脇に停める。ガターたちは暗い一階建ての建物が連なる一画に姿を消し、いっとき、ふたりは彼らの姿を見失う。

「どういうことにしろ、今やらなきゃ……」

「どうやら国境を越えなきゃならないようだね」とケイスは言う。「でも、意味もなく向こうのお巡りに呼び止められたら、あるいは、帰ってくるときに検問で止められたら……こいつのことはなんて説明する？」彼女はそう言ってシャツをたくし上げ、ジーンズに差し込んだセミオートマティックを示し、さらに座席の下に隠した牛追い棒に手を伸ばす。「それにこれも……あたしたちのことを立派なアメリカ市民だって思ってくれるやつはあんまりいないだろうね」

ボブは可能性をひとつひとつ秤にかける。そして、いくらかはましな可能性を最後に思いつく。

「車を降りてくれ」と彼は言う。「きみは歩いてやつらを追ってくれ。このままでは見失ってしまう。おれは車で国境を越える」彼女はすぐには動こうとしない。彼はそんな彼女をドアに押しつけるようにする。「さあ……」

彼女は車から飛び降りる。彼は後部座席にまるめて置いてあったキャンヴァス地の自分のコートを彼女に放る。「行ってくれ！」

彼女は翼のように両腕を広げ、コートに袖を通しながら、走り去る。

ボブは、検問所に向けて、明かりがともる道路に向かい、二台のトラックのうしろにつける。街灯のハロゲン・ランプが霧をオレンジ色に染め、空気が濁って汚れて見える。彼は窓を開け、煙草に火をつける。コンクリートのアーチに架けられ、金網が張られた歩道を歩く人々を落ち着かなげに見やり、雨の向こうにケイスの姿を探す。

ケイスのほうからは金網塀越しにダコタが四十ヤード向こうに見える。ガターたちはもう検問所を通過して、アメリカ側同様金網が張られている、エル・ノルテ側に出る階段を降りている。

雨が入国帰化局の係官の仕事を緩慢にしている。気がつくと、ケイスはまえを歩いている子供づれの女を知らず知らず押している。女も子供も振り向いて、彼女を睨む。それでも、検問所は難なく通過できる。振り返ると、ボブのまえにはまだトラックが一台並んでいる。彼女は歩道を進み、通路の角を曲がり、半ば跳ねるようにして階段を降り、一番下まで降りきる。そのときだ。コンクリートの柱の陰から男が現れる。

「よお、ヘッドケイス」

彼女は立ち止まり、思わずあとずさる。すぐには声が出ない。「ガター……」ガターは柱にもたれ、ブーツを履いた足を石にのせる。通行人が何人かふたりの脇を通り過ぎていく。最初のひとりは一方に、あとはその反対方向に。

「おれたちに面倒をかけにきたのかよ、ええ？」

彼女は下働きの三下のポーズで首をちぢめる。

「なんでおれたちのあとを尾《つ》ける？」

「あたしが来てるってことをサイラスに言っといてって、エロールに頼んどいたのに……」

ガターは彼女に最後まで言わせない。「だったら、それだけおまえに魅力がなかったんだろうよ。で、おまえとしちゃ怪傑ゾロみたいな真似をしなきゃならなかった。おまえとおまえのあのクソとで。ロビーで見たぜ。なあ、ヘッドケイスがやりそうなことぐらいおれにはわかるんだよ。おれはヘッドケイスが生まれるまえからヘッドケイスを知ってんだから」

彼は拳を握り、掲げ、彼女に示す。タロット・カードの十五番目の謎をラベルにしたビール壜のタトゥーが見える。望まれぬ邪悪の容器。ガター自身のデカルコマニー。

ボブもようやく検問所を通過する。短い不毛の検問。入国帰化局員の廉価版。ひとりは半分寝ており、もうひとりは車を調べようともしない。ボブはアドルフォ・ロペス通りをゆっくりと走る。ワイパーのメトロノームに合わせてラルゴで。雨水がたまる道路に映る道路脇の店の像をタイヤが次々に壊していく。

ウシュマル（ユカタン半島北西部にある都市遺跡）で車を路肩に寄せ、登録したケイスの番号を押す。短い呼び出し音が聞こえる。前方に眼をやる。メキシコのチェーン店の看板が見える――〈プレイレス〉

に〈リーズ〉。アメリカの商品を並べた店のウィンドウが、彼を睨み返している。英語で、スペイン語で巧みに客を釣ろうとする宣伝文句が読み取れる。ここはアメリカよりアメリカだ、と彼は思う。携帯電話はまだケイスを呼び出しつづけている。

33

ボブは金網張りの階段がメキシコ側に降りているところまで引き返す。そして、その近くに車を停め、そのあたりを歩きまわる。来たるべき戦闘に備え、見知らぬ周辺部を探索する兵士のように。片手に牛追い棒をレインコートの下に隠して持ち、もう一方の手はすぐ撃てるようにポケットの中のリヴォルヴァーを握りしめている。

夜をさまようはぐれ者をちらほら見かける以外、通りは閑散としている。時々、車が雨を歩道にはねかしてくる。彼はもう一度ダイヤルする。呼び出し音しか聞こえない。彼の顔から表情が消える。

通りを見ると、霧が石炭ガスのようにセメントから湧き出しているのが見える。反対側の歩道を歩く人影がひとつ、遠くから彼のほうに向かってきている。

ボブはその人影に自分のほうからも近づきかける。そこで人影が質屋のウィンドウの明かりに照らし出される。ウッドだ。ボブは通りを渡らずに、無人の通りをはさんで、ウッドと向かい合う。

「ヘッドケイスからの伝言だ。彼女は今夜はおれたちとちょっとばかし夜空を散歩するってさ」

「それはなんのことだ？」

「夜空の散歩だよ——魔女の山まで。死人をつくりに」

「彼女はどこにいる？」

「おばあちゃん家《ち》へ行くってことさ、丘を越えて、森を抜けて……」

ボブは通りを渡りかける。

「こっちへは来ないほうがいい」ウッドはマリオネットのように手を上げる。「アパラチアに帰るんだな。どこでもいいから、おまえが逃げ出してきた貧乏白人の犯罪者コロニーに。それですべてまるくおさまる。おれたちを尾《つ》けたりはするな。そういうことをしちゃ、履歴書に疵がつくぜ」

ボブはそれでも近づこうとする。ウッドは斜めに数歩あとずさる。そのうしろに、アリババの洞窟のように路地が一本口を開けている。

「彼女がおれをお払い箱にしたがってるなら、彼女の口から直接聞きたい」

「悪いけど、まえもって録音された伝言はもうないんだよ」

ボブはさらに近づく。タクシーが一台走り過ぎ、水たまりの雨水を彼のほうに撥ね散らかす。ウッドはあとずさり、役者が芝居の最後にやるようなお辞儀をする。路地から霧が吹き出して、ウッドのまわりの夜を包む。黒と銀の妖精。ウッドは交通巡査みたいに手を上げる。手のひらの赤い布が見える。濡れてだらりと垂れている。それでも、丸で囲まれたアナーキストのAまで見える。濡れて光っている。だしぬけにウッドが叫ぶ。「審判だ！」

そして、ボブが突進したのと同じ速さで姿を消す。路地の中は漆黒の闇だ。ボブは足を止める。サッカーボールの音なり、人の話し声なり、何か聞こえないかと耳をすます。屋根と樋を揺らす嵐の哀歌しか聞こえない。明かりのついている窓もある。が、そのために路地の中がよく見えるということもない。

ボブは牛追い棒と銃を構え、路地の中にはいる。すべりやすい地面に足を取られながら。たまった雨水にブーツを履いた足の踝まで浸して歩く。自分の鼻息が紙やすりで何かをこすったような音を立てている。ホテルのバーに貼ってあった、銃で顔を守るCHPのポスターが頭をよぎる。〝今日がその日？〟。サムとサラの写真、幼いポリー・クラースの写真まで脳裏に甦る。無念の死を迎えた者たちが生きとし生けるものに今、炎の息吹を吹き込む。

「彼女に何かあったら」と彼は怒鳴る。「いいか、いいか、ただじゃ……おい、聞いてるのか？」

ややあって、ブラインドが動いて窓のひとつがウィンクをする。

「失せろ、この馬鹿野郎……」

ボブはそのケイスの声に愕然となる。

「ケイス？」

「帰って……ボブ……」

彼女の声が路上から聞こえてきているのか、建物の階上《うえ》から聞こえてきているのか、ボブには判断がつかない。声が路地の壁にうつろに反響している。

「顔を見せてくれ」

耳をすます。が、返事はない。少し経って、煉瓦の壁の向こうで車のエンジンがかけられた音が聞こえてくる。

「ケイス……」

彼のすぐそばのゴミの缶を何かがかすめる。

彼はすばやく振り向く。先革の部分に金属をかぶせたブーツが飛んでくる。さらに、回転花火のような何かの火花が顔に向かってくる。彼は牛追い棒でそれをよけた。

屈んで次の数秒を待つ。何か赤くてダイナマイトのような恰好をしたものが、手首にあたって跳ねる。彼はうしろに跳びのく。焼けるような衝撃が腕と眉間に走る。レインコートが焦げたにおいがする。彼はあてもなくやみくもに銃を乱射する。そして、靄の中、溝に足を取られ、倒れ、腐った板の支柱に背中をぶつける。息を止め、歯を食いしばる。見えなくても訪れることのわかっている戦いに向け、士気を高める。建物の階上《うえ》のほうで、女がスペイン語で何やら叫びだしている。靄を切り裂き、人影が近くですばやく跳ねたのが一瞬見える。その何かに向けて、反射的に牛追い棒を振りまわすと、金属の柵にぶつかり、火花が散った。赤い炎が靄を通して、あたりにわずかな光を与えている。彼はレインコートに包まれた身をちぢめ、脇に身を寄せ、安易な標的でなくなろうとする。また人影が靄越しに跳ねる。彼は再度牛追い棒を振りまわす。が、何にもあたらない。

息ができない。胸にマッチの火を押しつけられたような感覚がある。人影がしゃがれ声で叫ぶ。「大当たり！」その人影は路地の出口を走り出していく。

ボブはその人影がまた戻ってきたときのことを考え、銃を構え、しばらく地面に坐り込んだままでいる。胸に手をやると、レインコートとシャツが濡れている。あたりに眼を配りながら、立ち上がる。さきほどの女が窓から彼を見ている。ボブを指差し、部屋の中の誰かに何やら話している。波の上を歩いているような気がする。足早に路地の出口へと向かう。

片手をレインコートの中に入れ、胸を押さえながら、ダコタを停めたところまで歩く。血が指を伝っているのがわかる。運転席に着いてドアを閉める。しばらくハンドルに頭をあずけ、そこでそんなことをしているよりいくらかはましなことを思いつく。

片手でハンドルとギヤを操り、車を出し、下手な運転で数ブロック走り、空き地を見つけ、ゴミの缶がいくつか並べられた脇に駐車する。

室内灯をつけ、ゆっくりと息をする。手をレインコートの中から出して、ボタンをはずす。手のひらを見ると、血に染まっている。暗く染まっている。その下の皮膚は蠟を塗ったように白い。

ウッドの手のひらに縫われたしるしが脳裏に甦る。おい、豚野郎、これでおれたちは血の兄弟だ。バックミラーで傷の具合が見られるようレインコートを脱ぐ。うなりながら、シャツの裾をたくし上げる。

傷は長さが十五インチほどもある。狩猟用ナイフでできた見事な傷。傷口を指で広げてみる。長いが深くはない。十二針も縫えば足りるだろう。

室内灯を消す。ハンドルにまた頭をあずける。ほんの数分の休息。心に秩序を取り戻すための束の間の休息。

秩序。それはかつて彼の日々の生活の中で少しは意味のあることばだった。それが今は分刻みにしか得られない。それも苦痛なしにはありえない。

秩序なんかはくそ食らえだ。釣り糸と針で傷を縫い合わせたら――それが終わったら、ショットガンを持って、心に弾丸《たま》を込めて、殴り込みに行く。そう、殴り込みだ。

34

サイラスは〝酒場〟と呼べなくもない店のテーブルについて、道路を眺めている。マンキーラ地区の真ん中。シンダーブロックとブリキとアスベストと土止め板でできた安普請の工場が一マイルも連なっている。かつてはバハ・カリフォルニア・ノルテ（メキシコ北西部。太平洋とカリフォルニア湾にはさまれた細い半島の北部）の砂漠だった。それが今では、アメリカ人が所有する搾取工場と二軒長屋が大量発生して、せっせと国境の反対側に利益をもたらしている。

雨はもうやんでいる。サイラスはエロールのほうを向く。エロールは抑えた低い声で話している。が、怒気が含まれているのは明らかだ。「エル・セントロくんだりで三日も待たされるなんてな。冗談じゃねえよ。わかってるのかよ、ええ？」

サイラスはなんの興味もなく、エロールの話を聞いている。傷んだトラックや乗用車から離れて、未舗装の駐車場にヴァンが一台停まっているのが見える。言われたとおり、そのヴァンの運転席にリーナが坐っている。グラニー・ボーイは、ヴァンを降りていて、ビール壜を片手に、すでに必要な電話をかけ、必要な相手と話をしたことを身振りでサイラスに示し、親指を立てている。

「おい、聞いてんのか？」

サイラスはまたエロールを見やる。その眼は黒い灰のようだ。「ああ、聞こえてるよ。だけど、聞いてるとは言えないか」

「あんたが昔の仲間に何をしようが、それはあんたの勝手だ。おれの知ったことじゃない。だけど、おれは慈善事業をやってんじゃないんだよ。どんな教会にも寄付するつもりはないんだよ。だから、ただ待たされるなんてのは……」

サイラスはいくらか上体を乗り出し、ちょっとおどけたように身構える。「どうして遅れたのか聞きたいか？　ラット・パトロールをやってたんだ。ぴかぴかの小娘がいたもんでな。おれはまだ毛も生えないやつが好きなんだ。知ってるだろ？」

「そんな話はどうでもいい」

「そのぴかぴか娘をたっぷり味わってたら、サボテン野郎がひとりやってきてな。財布を見たら、そのサボテン野郎は鉱山の試掘屋だった。で――」

「そんな話はもういいって言っただろ、ええ？」

「何が聞きたくねえんだ？　おれたちはいつも爪を研いどかなきゃならない、ちがうか？　で、自分を試したんだ。ただ、相手がど素人だったってのは返す返すも残念だが」

エロールはもうたくさんだというふうに立ち上がる。そして、ポケットから地図を出して、テーブルに放る。「見ろよ。わからないところはないかどうか」

サイラスは嫌悪もあらわに、エロールが巨大な部屋を横切るのを眺める。広さに関して言えば、酒場というより納屋に近い。

エロールはもう一杯ジンを注文する。ウィスキーが木の棚に並んでいる。バーテンダーはもっとずっと南からやってきたラテン系だ。その手の甲には五芒星形のタトゥーが彫ってある。おまえもか、というふうにサイラスのほうに眼を向ける。サイラスは黙ってうなずく。男がふたりザ・バンドの『ザ・ウェイト』のスペイン語版さながら、大声で怒鳴り合っている。エロールは十卓ばかりのカードテーブルと救世軍の疵物家具のあいだを縫うようにして戻ってくる。工場労働者がカードに興じ、ビールを飲みながら人生を語り合っている。

エロールは腰をおろすと、サイラスに飲みものを渡す。「おれたちはお互いいい商売をしてるんだから、あんたとはハンター・S・トンプスンが本に書いてるようなだらねえ真似はしたくない。いいか？」

ガターとウッドがそろそろヘッドケイスを連れてくる頃だ――サイラスはそのことを考えている。やつらが来たら、このヤッピー豚にはとことん地べたを這わせてやろう。

「おれたちはいつも爪を研いでる」とサイラスは繰り返す。「だから、おれをコケにはしてないなんてことは言わないことだ。いいな？」

「おれがいつどこであんたをコケにしたってんだ？」

「あの死んだやつ」

サイラスが何を言っているのかわからず、エロールはいくらか動揺する。「もっと人にわかるように話したらどうだ、ええ？」

「ヘッドケイス」とサイラスは言う。「おれがちっとばかし遅れたのをいいことに、おれたちの仲間にまた戻してやるなんて、おまえ、あの女に言ったんじゃねえのか」サイラスはテキーラを飲む。落ち着いた、感情を抑えた飲みっぷりだが、眼の下の稲妻のタトゥーが憤っている。

「そりゃ、あんたはきっとあの女を殺《ばら》すんじゃないかと思ったから……」エロールはそこでことばを切る。自分が取り返しのつかないへまをしたことを悟る。何を言っても通らない。何かに触れてしまい、そのため、すでにもう悪霊の国に足を踏み入れてしまっているのに気づく。彼は地図をサイラスのほうに押しやって、どうにか時間をまえに戻そうとする。「ピックアップ・トラックはアルゴドネス（バハ・カリフォルニア東端の町）の西に来る。明日の夜だ。運び屋はふたり……」

サイラスはエロールからまだ眼を離さない。黒いジーンズに袖を切り落とした赤いシャツ。そんな恰好をしていると、サイラスはまるでどろどろの血を塗りたくった獣皮そのもののように見える。

エロールは長々とジンをひと飲みしてから言う。「おいおい、なんだって言うんだ、ええ？あんな女。あんなくそ女……」

サイラスは手を組み、何やら考えにふけるように、テーブルの反対側に坐っている男の顔をまじまじと見る。

「おれたちは商売をするのかしないのか」とエロールは言う。

「おまえは嘘だらけのインチキ野郎だ……」サイラスの顔には聖職者が人を慰撫するときのような表情が浮かんでいる。「おまえはいったい何者なのか。おれにはよくわかる」

エロールは不穏な空気に椅子の上で身構える。が、こういうことには慣れてもいる。いきなり態度を変えるやつらはほかにもいくらもいる。それはたいていが悪意に満ちたわがままの産物だが、そうではないことも……

「ああ、たぶんそのとおりなんだろうよ、サイラス。おれほどのインチキ野郎もいないだろうよ。だけど、おれって人間がいなけりゃ、おまえって人間もいないんだぜ」エロールはそう言って立ち上がる。が、サイラスに腕をつかまれ、離れられない。

「それはとんでもない誤解ってもんだ」とサイラスは言う。「おまえらはみんなこのおれが創ったのさ。自分自身の愉しみのために。けど、もうたくさんってことになったら、おまえらがとことん汚れちまったら、おれはおまえらを壊すだろうな。だから、今のおまえはこの静かな場所を悪夢に変えちまう、ぎりぎりのところに立ってるんだよ」

エロールはただ突っ立っている。ただの肉に化している。恐怖にまみれた肉に。それでもどうにか自分を取り戻そうとする。

盗んだでこぼこの白いチェロキーが水たまりの雨水をはねかして、駐車場にはいってくる。向きを変えたところで、サイラスのところからケイスの姿が見える。ガターとウッドのあいだにはさまれて坐っている。サイラスはエロールのほうを向き、笑みを浮かべ、腕を放すと、立ち上がる。エロールは少しほっとしたように見える。が、まだ安心はしていない。

「賭けてもいい」とサイラスは言う。「ほんの一秒ほどのあいだだったかもしれないが、おまえみたいな豚でも、今だけはさすがに、エルサレムで生まれたあのホモに祈ったんじゃないか、ええ？」

35

ガターはケイスの頭に自分の頭を近づけて言う。「彼を感じるか、ええ？　邪悪の王が棺《ひつぎ》をノックしてるのがわかるか？」

彼はケイスを深く切りつけるために言う。サイラスが窓から見ているのがケイスにもわかる。酒場の天井の蛍光灯の光に、彼女が覚えている以上にサイラスの皮膚が黄色く見える。自分を見ているガターに眼をやる。ウッドはハンドルを指で叩いている。獲物を待ちかまえる街の狼の冷たい沈黙。狩りに向かう合図の手招き、あるいは鞭を待っている猟犬。彼女は一気に過去に戻される。

サイラスはウッドに車を酒場の裏手にまわすよう合図する。ケイスはまだ銃を持っている。キャンヴァス地のボブのコートの下に隠して。ウッドはチェロキーの向きを変え、駐車場を走り、ヴァンの助手席側にさしかかり、スピードをゆるめる。

ヴァンの運転席にはリーナが坐り、ドアにもたれたグラニー・ボーイと話をしている。一瞬、ケイスとリーナの視線がからまる。リーナは運転席の上で体を動かす。そして、煙草を持った手を振ろうとする。しかし、それは憂鬱を訴えるおざなりの仕種にすぎない。

ケイスはただうなずく。

グラニー・ボーイがやってきて、窓から中をのぞき込む。典型的な覚醒剤中毒者の笑みが顔にはりついている。「山羊の群れの中によく帰ってきたよな、迷子のシスター」

「首輪をつけられたくてさ、グラニー・ボーイ」

グラニー・ボーイが話に乗ってくるまえに、ガターが彼の顔を押し戻す。「どけ、リイラスが車を裏にまわせとよ」

グラニー・ボーイはケイスの顔を見るのを慌ててやめる。その不自然さにはケイスも気づかざるをえない。チェロキーは水たまりを跳ねるように越えて店の裏にまわる。グラニー・ボーイがカーテンをよけて、ヴァンに乗り込んだ姿がヘッドライトに照らされる。

ケイスの眼に、緑のカーペットの上に白い脚が二本伸びているのが飛び込んでくる。膝頭を下にしてきつく寄せ合わされている。しかし、ウッドの乱暴な運転と、うしろからついてくるヴァンのヘッドライトが逆光になって、それ以上ヴァンの中を見ることはできない。

ケイスのジャンキー特有の生存本能が作動する。ギャビがまだ生きているとしたら、彼らは彼女をどこかに隠さなければならない。しかし、ヴァンの荷台に乗せたまま、国境を越えたりできるだろうか。体にひどい損傷を受けていたりしたらなおさら……

もちろん、彼らがどこかで拾った行きずりの女がただラリっていたのかもしれない。いや、ギャビかもしれない。幼い肉づきがまだ残っている脚だった。そして、まるで縛られているかのように膝と膝を合わせていた。ちくしょう……煙が出そうなほど、ケイスの頭はめまぐるしく回転する。

ケイスはジャンキーがよくやるように鼻をひくつかせ、こすり、体を揺する。そうしてヴァンのほうを顎で示し、彼らにかまをかける。「グラニー・ボーイにちっちゃなセックス・フレンドができたみたいだったけど」

ガターとウッドは露骨に顔を見合わせる。気取りたいときのパンクの修辞学。

「生まれながらの痣《バースマーク》から歯形《ティースマーク》から針の痕《ニードルマーク》まで」とウッドが言ってガターに片目をつぶってみせる。

「ここに坐っててもティファナの香水のにおいがする」ガターは椅子の背にもたれ、ケイスをさらに仔細に観察して言う。

ティファナの香水。十代のプッシーを指す昔の隠語だ。ほかにも少女を誘拐したのでないかぎり、彼女にちがいない。ギャビに……


サイラスはバーテンダーのところまで歩く。エロールもそのあとに続く。バーテンダーは判事か、あるいはまわりから一目置かれる悪党か、といった風格のある背の高い白髪の男だ。サイラスとスペイン語でふたことみことことばを交わすと、うしろの壁のキー・ラックに手を伸ばし、サイラスにモーテルの鍵を放る。サイラスはカウンターの上に身を乗り出すと、何やらまたバーテンダーと囁き合う。バーテンダーがわかったとばかりにうなずき、ふたりは互いの拳をぶつけ合う。五芒星形と五芒星形を合わせるように。

サイラスは振り向き、エロールに言う。「パーティ・タイムだ」

ウッドはチェロキーを空き地に乗り入れる。雑草と泥。錆びついた粗雑な金属の加工品が散らばっている。ケーブルに吊るされた電球が酒場の裏から簡易屋外便所まで点々とともっている。簡易屋外便所はふたつに分かれ、手描きの表示がある——一方には男のヌード、もう一方には女のヌード。斜面のへりにひとつぽつんと置かれている、一番端の便所には銃痕があり、男がオカマを掘られている絵が表示がわりに描かれている。

チェロキーが停まると、その横にヴァンも停まり、ケイスは状況を把握する。何が起きたのかさえ相手にわからせることなく、ガターとウッドを殺すことはできるだろう。たぶん。たぶん、ヴァンのほうにも手をまわせるだろう。リーナを殺すのは容易なことではないだろうが。もしかしたら、それはできないかもしれない。グラニー・ボーイは？　しくじったら、それは世界で一番長い二十フィートの車間距離ということになる。

「どうしてきみはここにいるのか、おれは知ってる」とボブは囁いた。「知ってるんだ。きみが最低のやり方でおれに嘘をついてるってことは」

彼女は不快さを極限まで表情に出して彼から顔をそむけ、彼の次のことばを待った。

「おれはちゃんときみを見てる」そう言って彼は乱暴に彼女のシャツをつかんだ。「〝取り戻せなくても、あたしが近づいたら、女の子を早く殺してくれるかもしれない〟。そういうことなんだろ？　きみはそう言ったんじゃないのか……」

葛藤する自分の心をのぞき込む贅沢な時間はほんの数秒しか許されない。サイラスが夜の舞台に登場する。簡易屋外便所まで電球が点々と延びている裏口のドアを数歩出て、そこで立ち止まる。

突き出されるようにして、彼女はチェロキーを降ろされる。ヴァンのドアも開けられ、またすぐ閉められる。数語の会話。しかし、彼女の関心はひとつしかない。サイラス。彼がいよいよ泥の中を彼女のほうにやってくる。

今なら殺せる、少なくとも。何が起ころうが、今なら。できるかぎりの弾丸《たま》を撃ち、彼の宇宙の帝国を土埃に帰すことができる、今なら。

しかし、彼女にはできない。急におじけづいたのか。それとも、サイラスには眼に見えない力があるのか。それもよくわからない。それに子供はどうなる？　そんなことをしたら子供はどうなる？

近づくと、サイラスは見るかぎりやさしく腕を差し出して言う。「サムの息子は実に正しいことを書いている。

〝ハロー、犬のくそとげろと

腐ったワインと小便と血の満ちた

西の排水溝から

ハロー、デリカシーを呑み込む

われらの心の下水から〟」

彼がほんの数フィートのところまで近づくと、ケイスは無性に恐くなる。それでも、どうにか自分を奮い立たせる。ほんの数時間にしろ、ほんの数分にしろ、子供に近づけるかもしれないのだ。彼女は手を差し出して言う。「また仲間に入れてくれない？　お願いだよ。またみんなと――」

彼は彼女の顔を正面から殴る。両方の鼻の穴から血がどっと噴き出す。彼女はうしろによろめき、尻餅をつく。意識が遠のきそうになる。リーナが叫びながら飛んでくる。しかし、下がっているようサイラスに命じられる。

簡易屋外便所の脇で立ち話をしていた数人の工場労働者が、血を出して地面に坐り込んでいるケイスを見やる。サイラスはそんなケイスの脇にしゃがみ込む。工場労働者たちはマッチョイズムを発揮しようと言い合っている。サイラスはそんな男たちを睨み、スペイン語で脅しのことばを投げかける。そのことばひとつひとつに、ガターがチェロキーのドアの窓枠をショットガンで叩いて感嘆符をつける。男たちは声もなく、闇に消える。

サイラスがエロールに向かって、モーテルの鍵を掲げ、揺らして言う。「なあ、そもそも血を欲しがったのはおまえなんだぜ」

36

「このあいだの夜、モーリーンに会った」とアーサーが言う。

「知ってるよ」とジョン・リーは答える。

「ああ。彼女が話したのか？」

「いや、ちがう。彼女はおれに対してだけは口が固い。だけど、あんたがこんな酒場を選んだということだけで、何か悪いことが起きたことはわかった。あんたが誰かを殴り飛ばしたとか、そういった面白そうなことを期待したんだが……」

〈ビューグル(角笛)〉はシエラ・ハイウェイ沿いにある酒場で、昼から飲んだくれている客と閉店のときにジャズのダンス曲を流すことで知られる店だ。垂れ下がった馬鹿でかい胸をして、人差し指ほどの長さの眉を描き、禿げ隠しに海賊のようなターバンを巻いた女主人が経営しており、ミルクやバターやチーズや冷肉用の冷蔵庫もあるが、それは州に対する申しわけだ。が、そのおかげで、食料切符で暮らしている呑んべえたちにとっては、無意味に人生を過ごすのに恰好の場所になっている。

「これは友達として言うんだが、モーリーンのことはもう自由にしてやれよ。ほんとうに」

ジョン・リーは訝しげに眼を細める。「あんたは友情なんてものがほんとうにあると思うか？　ガキの頃の話をしてるんじゃない。ガキの頃というのはいっときのことだ。だから、友情もいっときのものだ。だけど、馬がゲイトを出て、大人になってレースをするようになっても——つまり、大変な年月ということだ、アーサー——友情なんてものがこの世に存在すると思うか？　それとも、友情というのは欲しいものを手に入れるための言いわけみたいなものか。あるいは必要なものを手に入れるための。物事を達成するための。契約みたいなものなのか」

アーサーは、ふたりが坐った、トイレに近い黒っぽい木のテーブルから酒場を眺めながら言う。「今後のことを考えると、気が滅入る」

「それはこれまでのことを考えても同じなんじゃないのか？」

「ああ、確かに」

ジョン・リーは身を乗り出して言う。「過去にはわれわれのあいだに友情なるものがあった。それだけは忘れないようにしないとな」そう言って、彼は笑みを浮かべる。「しかし、実際の話、われわれはふたりとも悪くない暮らしをしてる。あんたの奥方のことは……」

「私はモーリーンがサムと浮気をしてたことを知ってるんだよ、ジョン・リー」

ジョン・リーは一瞬動きを止める。「なんで知ってる？」

「サラから聞いたんだ」

「サラ……モーリーンじゃなくて？」

「サラだ」

「あんたは嘘をついてる」

「事件のあった一週間前に聞かされたんだ」

「でも、おれにはそんなことはひとことも言わなかった」

「きみを傷つけたくなかったからだ」

「ということは、今は傷つけたくなったってわけだ」

「いや、きみがモーリーンをこれ以上傷つけるのを見ていたくないんだ」

「本人から聞いたんじゃなかったら、どうして浮気がおれたちのあいだの諍《いさか》いの種になってると思った？」

「もう彼女を殴るようなことはするな」

「そういうことがまだこれからも続いたら？　おれをスキャンダルの生け贄にするか？　それとも聖書に出てくるみたいに両替人と一緒におれを神殿から追い出すか。あのくそ女はそそくさとあんたのところに――」

「きみはギャビをほんとうに見つけようとしてるのか」

ジョン・リーは革張りの椅子の上で体を動かす。革と布のこすれる音がする。

アーサーは続ける。「きみの妻は殺人の被害者のひとりと浮気をしていた。で、きみはあまり熱心に事件の捜査をしていない。そんなふうに見る人間も世の中にはいるかもしれない。浮気の件がもし公になったら、そう思う人たちも出てくるかもしれない。少なくとも私について言えば、そう思わざるをえない」

「ということは、もうモーリーンの話じゃないんだな、ええ？」

「私は初めからきみの話をしてるんだ」

けだ」

「つまりモーリーンのことなんかはどうでもいいわけだ。つまり、今日の話し合いは、ビジネス・パートナーに忠誠を尽くして、社会的責任を果たすふりをするためのものだったというわけだ」

「ギャビを探せ。これは忠告だ。あの子を探せ」

「いったいおれが毎日何をしてると思ってるんだ、ええ？」

「女房に暴力を振るって、好きなビデオを見てるんじゃ――」

「ボブと例のジャンキー・クウィーンはまだ何も言ってこないのか？　旅に出たあとどうしてるのか。そういうことをあれこれ思うやつだっているとは思わないのか。どうして止めなかった？　ええ？　どれだけ彼らに援助をしてやったんだ？　ええ？　あんたは自分の頭の蠅だけ追ってれば――」

　アーサーは椅子の背にもたれ、手のひらでテーブルをこする。灌木の中に追いつめられて、反撃に転ずるべきか、退くべきか、判断しかねている野豚のように。

　薄明かりの中、ジョン・リーは殺風景な店内を見やる。徒歩旅行者が酒を飲みながら凡庸な自らの人生を語っている。ジョン・リーは思う、殺人の秘密をいったい何人が隠していられるか。

「アーサー、お互いちょっと干渉しすぎたようだ。たぶんどんなちがいもないんだよ、おれたちも、あそこで酒を飲んでるやつらも、ただひとつの幸運を除くと」

　彼は顎をしゃくって、カウンターのほうを示す。誰かが言った身内のジョークに、おしゃべりな酒飲みたちと一緒になって、女主人が大きな声で笑っている。

アーサーはジョン・リーが言ったことばのひとつひとつを思い出している――おれたちも昔はよかった……ただ、あのときはちょっとやりすぎてしまった……おれたちも彼らも変わらない、ただひとつの幸運を除くと……アーサーは〝旧友〟を見る。「私をからかってるのか。脅してるのか。警告を与えてるつもりなのか」

ジョン・リーは静かに立ち上がる。

「きみはサムを尾《つ》けてたのか。それとも誰かそういう人間を雇ってたのか。あの家で何があったのか、きみは知ってるのか」

ジョン・リーは、その質問を無視はしない。ただ、宙にぶら下がったままにする。そして、酒代をテーブルに放り、立ち去ろうとする。アーサーはすがるようにジョン・リーの手をつかむ。

「サラはもう死んでしまったんだ」怯えたような囁き声になっている。「ギャビは……今回のことがあのことと関係があるなどということは――」

「やめろ」とジョン・リーはぴしゃりと言う。「結論を受け入れる覚悟ができてないのなら、何も言わないことだ」

37

ダコタのダッシュボードに取り付けた小さな探知器が、方眼画面の上で黄色い点滅を繰り返している。その点滅が十分ばかり安定している。それでケイスのいる位置がボブにもわかる。ボブはベニート・ファレス通りを南下する。メヒカリ（メキシコ北西部、バハ・カリフォルニアの州都）が涸れ谷と川床の荒れ地に変わる。

　ケイスに渡したキャンヴァス地のコート。それに発信機が取り付けてある。ケイスと離れ離れになったときの用心に、ボブはコートを座席のうしろに隠していたのだが、今はそのコートだけが、ふたりをつなぐ命綱となる。

　漆黒の中、数マイルがゆっくりと過ぎる。国境をめざすトラックが時折行き過ぎる以外何も見えない。荒れ地をさらに南にくだると、道路脇に、建築足場のように立ち上げられている巨大な金属の墓場が現れる。カリフォルニア湾からの風に雲が吹かれ、また顔を出した月を背景に、その巨大な金属の墓場は梁と桁を渡した恐竜のように見える。その大半が有毒廃棄物だ。ドラム缶、円柱、塗り壁の下地に用いられる金網、それに溶接物。

時折、〝植民地〟で売るためのスクラップを積んだトラックや、つぎはぎだらけのピックアップ・トラックに出くわす。胸の傷が怒りの声を上げるたびに、ボブは怒りに圧倒され、自分がこの鉄だらけの風景の一部になったような気がする。この悲惨な未来図の一部に。

悪臭を放つ泥の上、サイラスはガターとウッドにケイスを引きずらせ、チェロキーに押し込ませる。エロールは身を引こうとする。しかし、サイラスに引き止められる。真剣さのかけらもない、どこか子供じみた、ぼんやりとした顔で、サイラスはエロールをヴァンに無理やり乗せる。

二台の車が水たまりのできた遊歩道を横切り、日干し煉瓦のまがいもので造られた馬蹄形をしたモーテルに向かって走り出すのを、バーテンダーが裏の戸口に立って見ている。ねじれたシガリロを吸いながら、残念に思っている。愚かな運び屋用に取ってあるあの部屋で、これから繰り広げられるはずのショーが自分には見られないことを。

そのモーテルは、かつては肌に色が混じる若い女を好む白人がよく利用する淫売宿だった。今は、一室に十六人の工場労働者が寝泊まりするゴキブリ宿になっている。奥の二部屋を除いて。そのうちの一室はバーテンダーの住まいで、もう一室はこれまでにいくらか血を見てきた部屋だ。

悪趣味な意匠の建物のまえで車を停めると、彼らはケイスを車から引きずり出し、ガターがケイスの銃を見つける。そして、ほかの誰も見ていないところで、サイラスに渡す。サイラスは両手でその銃を持って、けちな愚行を見るかのように眺め、ポケットに入れる。

グラニー・ボーイとウッドの肩と肩にはさまれるようにして、ケイスは部屋に引き込まれる。そのあとに続こうとしたリーナのまえに立ちはだかって、サイラスが言う。「これはこれは、バットガール。おまえはロビンのお守りをしなきゃならんだろうが」

「あんな小娘。完璧に意識を失ってるよ」

「だったら、パーティに出る資格と能力がどれだけ自分にあるか、考えるんだな」


ケイスは眼を細めて焦点を合わせ、口を大きく開けて、できるかぎり多くの空気を肺に送り込む。気づくと、木の椅子に坐らされている。うつむいており、脚のあいだに粗末なけば織りのカーペットが見える。

完全とはいかなくても、徐々に視力が回復する。部屋には明かりがふたつ。サイラスが椅子の背に腕と顔をのせて、彼女を正面から見ている。その数フィートうしろ――ベッドのすぐ脇にエロールが立っている。

「人間ってのは最後には家に帰りたくなるもんだ、ちがうか」とサイラスが言う。

ケイスはうなずき、部屋の光と自分の意識に追いつこうとする。鼻からはまだ血が垂れていて、口の中にも血がたまっている。書きもの机のほうを見やると、ガターがその上に坐っていて、その横では、グラニー・ボーイとウッドが〝腕のジュース〟をスプーンに入れて、熱している。

「おまえにはいくらの値打ちがある？」とサイラスが言う。

ケイスは彼に眼を向け直す。部屋は安物の芳香剤のにおいがする。ケイスは何かを言いかける。それを制して、サイラスが警告する。

「正しい額を言ったほうが身のためだ」

そう言って、彼は手を伸ばし、ケイスの口のまわりにこびりついた血を指で拭き取り、その指を自分の口に持っていく。

「あたしが持ってるものすべて」とケイスは言う。

サイラスはケイスが持っていた銃をポケットから取り出して掲げる。「そりゃなかなかいい答だ」

アドレナリンがケイスの頭をすばやく掃除する。サイラスがエロールを見て言う。

「ほんとの武器ってなんだかわかるか？　苦しみと死だ。このふたつに比べりゃそのほかのものは、福祉センターみたいなもんだ。苦しみと死。自分は何者なのか知りたけりゃ、このふたつに訊けばいい。すぐに教えてくれるだろう」

彼はケイスのほうを向く。「どうすりゃおまえがほんとに家に帰ってきたんだってことがおれにわかる？　なんらかの方法でおれをコケにしようとしてるんじゃないってことがどうすりゃわかる？」彼は銃を彼女の顔に近づける。「だから、訊くんだがな、なんなんだ、これは？　神の、あるいは悪魔の使者のどてっ腹に風穴をあけたかったのか、ええ？」

彼女は身じろぎひとつしない。

「国境を越えてまで来たってことは、つまり……」サイラスはエロールを見やる。「人はみんな自分のゲームをしてる。おまえもだ、エロール。おまえはゲームが好きだよな。ちがうか、エロール？」

「なんの話をしてるんだ？」

「ミスター・ジン。ミスター・くそ・いんちきヤッピー。おまえは自分が保留地出身のクソであることがわからなくなるよう名前を変えた。そんなにミスター・能なし白パンになりたいか」

「それが今度のこととどういう関係がある？　おれにはさっぱり……」

「おまえとここに坐ってるベイビーは、ふたりで結託しておれに盾突こうとしてるわけじゃないのかもしれない。だけど、どうやればおれにそれがわかる？　おまえはこいつが家に帰る手伝いをした。おれはおまえのためにヤクの取引きをしてやってるっていうのに。なのに、ここに坐ってるベイビーに殺されたりしたんじゃ、割りが合わねえ。おればかりか、ほかのやつらもやられちまうかもしれない。あるいは、この女はおまえの手下におれをやらせることを考えてるのかもしれん。そうではないと、どうすりゃわかる？　ええ、どうすりゃわかるんだよ？」

エロールは湿ったかたまりが胸に広がる感覚を覚えながら、まわりを見まわす。すでに様相が変わっている。ガターはもう机のそばにはおらず、ドアの近くに静かな場所を見つけている。

エロールはことばを掻き混ぜる。「冗談じゃないぜ」そう言ってサイラスを見る。「おれは銃なんか持ち歩かない。誰も騙したりしない。誰もコケにしたりしない。それに、万にひとつそういうやばいことを考えてるとしても、なんでヘッドケイスなんか使わなきゃならない？　ばかばかしい」

サイラスは苦々しげに言う。「おまえみたいなクソはそろそろデスマスクをかぶってもいい頃だ」ケイスに銃を渡す。「やつをやれ、シスター」

「クソくだらないことを言ってんじゃないよ！」とエロールは叫ぶ。

サイラスはケイスに無理やり銃を握らせる。「アメリカの若者を守るためには血が要るだろ？　さあ、やるんだ、シスター」

彼女は手の中の銃をじっと見つめる。銃は腐った選択権の悪臭を放っている。エロールはすべてのエンジンを失った飛行機のようにパニックに陥っている。魔法の杖のように腕を振り、部屋そのものを消し去ろうとしている。が、その腕が電気スタンドにあたり、その結果、天井に不調和の影ができる。針を持ったウッドと、快感を高めるために卑猥なマントラを唱えるグラニー・ボーイと、用心棒気取りでベルトに指を引っかけ、ドアのそばに立つガターの姿が、黒い像となって天井を這う。揺れる明かりと、無言の顔と、窓の外を通り過ぎる車のカーラジオから流れる音楽のアンサンブル。

ケイスには胸に一抹の痛みすら覚えることなく、エロールを殺すことができる。それはわかっている。また、サイラスの顎の下に銃をすばやく持っていき、脳味噌を何パイントか吹き飛ばすことも。

しかし、頭があまりに速く、あまりに明晰になりすぎたのだろう。彼女はゆっくりと撃鉄を起こす。何か催眠術にかけられ、その指示に従っているような気がする。カフェ・アルマゲドンのガン・ウーマン。ゴグ（聖書に出てくる、大軍を率いてイスラエルを攻めた人物）の国からの復讐の骸《むくろ》。サイラスには彼女の心が読める。ケイスにはそれがわかる。そして、ケイスにもサイラスの心が読めることをサイラスはちゃんと心得ている。それもわかる。

　ふたりの魔女のようなものだ、ふたりは。何マイルも離れた心をねじり、ねじれた心を固くロープでつなぎ合わせてしまったふたりの魔女。ふたりの人生の一瞬に凝縮される過去と現在。完璧に調和しながらも、相手の知らない地点に突き進むガラガラヘビとそのしっぽ。彼女は弾倉を開き、またすぐに戻す。指がその微妙な重さと、その代物が果たしてくれる仕事の量を彼女に告げる。

「トラヴィス・ビックル（映画『タクシードライバー』の主人公）になるんだ」とサイラスは囁く。「さあ。モヒカン刈りにしたロバート・デ・ニーロになるんだ。だけど、ドアがどこにあるかは忘れるな……」

　しかし、彼にはもう彼女の心を弄ぶことはできない。彼女にもゲームの意味がわかってしまったからだ。この場を乗り越える自信が彼女の心に湧いてくる。今、エロールに銃口を向けているのは彼女ではない。黒とクロームのハーレー・ダヴィッドソンにまたがったグリュプス（ギリシア神話に登場する怪獣）だ。エロールはと言えば、倒れた電気スタンドが天井を照らす中、もはや切り取られた断片でしかない。咳き込み、わけのわからないことを口走り、無理やりフェラチオをやらされたかのように咽喉をつまらせている。

　サイラスが自分の胸を指して言い、その声が部屋を満たす。「真実の国をここに持ってこい！」引き金を引かなければならない一瞬、彼女は銃の向きを変えた。そして、なんの感情も感慨もなく、銃身を口にくわえ、引き金を引いた。

38

ボブは黄色く点滅するカーソルに導かれ、建物から建物へと歩く。工場から倉庫、さらに空き地へ、マンキーラ地区を半マイル四方歩き、最後に気づくと、傷んだ金網越しに酒場を凝視していた。カーソルの点滅がそこで急に激しくなったのだ。子宮の中の胎児の鼓動のように。

道路に戻り、ダコタを運転し、その敷地の裏手に停める。あたりを見まわしながら、ロープの端をショットガンの銃床に結びつけ、もう一方の端を輪にして首に掛け、レインコートの下にショットガンを吊るす。牛追い棒にも同じことをする。

ケイスを探して、車から車へ歩く。そんな彼は招かれざる客のにおいを芬々とさせている。密入国斡旋業者《コヨーテ》を探す移住者。あるいは、レイシストのくせにメキシコ娘が好きでたまらず、南にくだってきた貧乏白人といったところか。それは呑んだくれたちの顔を見ればわかる。剥き出しの月明かりの中、鳩のようにそこここに屯して、紙コップでコーラで割ったラム酒を飲んでいる工場労働者たちの顔を見れば。あの男はわかっちゃいない、と母国語の卑語をつかって言い合っている。ちょっとぐらいはわかってもいいはずなのに、と。

「おれにはどうにもわかからない」ボブはその昔サラに言った。「おれたちの国じゃないか。おれたちのことばじゃないか。やつらにもおれたちのことばを話させるべきだ。そうしないことには何もできないじゃないか……」

サラは夕食のあと片づけをしながら黙って聞いている。が、そこで彼のほうを振り向くと、礼儀正しく顔だけで異を唱え、ひどい発音のスペイン語で、政治に関する貴重な意見をありがとうと答えた。

酒場の中にはいっても、今通り過ぎてきた顔の世界より事態が好転することはなく、ほんのひと握りの白人からも形ばかりの反応さえない。人相風体を説明し、急を要することだと伝え、ひとりの女と三人の男を見かけなかったかと尋ねても、何も得られない。

カウンターについて、部屋全体を見まわし、情けない仕種でビールとテキーラを注文する。黄色いカーソルは嘘をつかない。ケイスはもう殺され、すぐ近くの下水溝に捨てられているのではないかという思いで終わる、うしろ向きの思索の連鎖に、彼は身も心もばらばらになりそうになる。

傷そのものと間に合わせの縫合が、胸に焼けるような痛みを走らせる。テキーラとビールでエンジンをスタートさせ、彼はまた地獄めぐりを開始する。

簡易屋外便所のまわりをまわる。馬鹿げたカーニヴァルのような照明が風に吹かれて揺れている。悪臭を放つぬかるみを歩き、あらゆる方向に眼を向ける。別な道路まで希望もなく延びている黒い原っぱ。しゃがみ込んだような建物群。

起きたことすべてに対する自責の念がもたらす妄想に、なけなしの理性さえすでになくしてしまっている。雨を吸い込んだ夜のカルデラを歩兵が歩く。歩兵はその一インチ四方さえ見落とすまいと心に誓い、胸につぶやく。「生きていてくれ……」

また酒場の入口に戻りかけた彼の眼が何かをとらえる。裸足にサンダル履きのつぶれた顔の小男が、ドアのそばで立ち話をしている男たちのあいだをすり抜けて出てくる。地の精のようなその男は、ビールの六缶パックを持って、ふたつの簡易屋外便所のあいだを抜けていく。その男が羽織っているレインコートが似ていたのだ。いや、似すぎている、ケイスに与えたレインコートに。

ばかばかしい照明が吊り下げられているその向こうに、月明かりに照らされた、下り勾配の小径が延びているのが見える。ボブはその呑んだくれの小男の行く手をさえぎる。男の顔に険しさと怯えが浮かぶ。が、それもボブのコートの下から灰色の二本の銃身がもたげられるまでのことだ。男の顔から険しさが消え、怯えだけが残る。

あとずさり、サンダル履きの足をぬかるみにすべらせ、早口のスペイン語をまくしたてる。

ボブは男が着ているレインコートを見て、つかみ、裏地に縫いつけた発信機を手探りする。小さな金属の塊が親指に触れる。

「女だ……」彼はコートを引っぱって言う。「女だ。どこにいる?」

小男は露天商が客によくやってみせるように首を横に振る。

ボブはさらに強くコートを引っぱる。「ムヘール……ムヘール」彼が知っているスペイン語は、トイレのドアに書かれているその〝女〟ということばだけだ。「ムヘール!」

男はすばやくあたりを見まわす。ボブは白い歯にショットガンの銃口を押しつけて繰り返す。

「ムヘール――」もう一方の手でコートをつかむ。「どこだ、どこだ？」

四本指の手が、排水溜めのほうに延びている、雑草のはびこった溝を指差す。その先五十ヤードほどのところに何やら大きな廃棄物があり、銀色に光っている。

ショットガンの銃身を振って、ボブは男を歩かせる。二十ヤードほど行くと、銀色に光って見えたのは、タンクローリーの車体であることがわかる。ひどい事故を起こし、そのまま放置され、錆び放題になっている。シェルと思われるロゴのはいったところから、後部が刈り取られたようになっていて、それがちょうど〝S〟の部分で、陽に焼かれた黄色い金属板にその残りの部分〝HELL(地獄)〟が見える。

小男は立ち止まると、丈の高い雑草が生えはじめている先をぎこちなく震える手で示して言う。「ムヘール」

その方向から野卑で耳ざわりな話し声がかすかに聞こえている。風の皮を剝ぐと、押し殺したような犬の吠え声も混じって聞こえる。

「ムヘール」と男は繰り返す。

ボブはショットガンを男の咽喉に押しつけ、顎をしゃくって歩くように促す。

そして、ぎこちなく雑草を掻き分け、数歩で草地を出ると、男を振り向かせ、ひざまずかせる。男は慈悲を求めて、ボブを見上げる。が、得られたのは泥灰土で汚れたショットガンの銃身だけだった。

ボブは暗闇に眼を凝らす。徐々に眼が慣れるにつれて、ゴミ溜めのようなところで十人ほどの男が、白い輪郭しかわからないが、まちがいなく女を餌食にし、押さえつけ、犯している光景が見えてくる。

ケイスだった。ゴミの海の中、暗いマットレスのいかだに寝かされている。ひとりかふたり、裸の男がいる。ほかの男たちは猿のように彼女のまわりを歩きまわり、彼女が力なく抵抗するのを見ている。

息をつまらせながら、ボブは突進し、空に向けてショットガンを撃った。突然の銃声に何人かは遮蔽物を求めて逃げ出し、這い出し、何人かは狼の一群のように退く。ボブはもう一発ショットガンをぶっ放す。閃光に彼のまわりの空が一瞬白くなる。ケイスの上に乗っていた男が蟹のように這って彼女から離れ、立ち上がりかける。ボブはその男の顔に渾身の蹴りを入れる。男は腕を広げ、ゴミの沼地にどうと倒れる。

ボブはショットガンを男たちに向けたまま、ケイスのそばにひざまずく。彼女は頭をぐらぐらさせながらも、肘をつこうとする。麻薬を打たれているのは一目瞭然だった。注射針がまだ腕に刺さっている。

逃げ出した者もいたが、まだ残っている者もいた。五、六人が遠巻きになって、スペイン語で何やら言い合っている。死肉に群がる獣のように機をうかがっている。

ボブは片腕をケイスの腕の下に差し入れて言う。「立てるか？」

彼女は受けた打擲と打たれたヘロイン越しに彼を見ようとする。

「立ってくれ。このままだとふたりともやられてしまう」

「あたし……あたし……立ってると思ってた」と彼女は震える声で言う。

「さあ！」

ボブは、雑草の中と、積み上げられたゴミとゴミのあいだに仄見《ほのみ》える男たちの肩と顔にショットガンを向け、カメラのようにゆっくりと銃口をパンさせながら、ケイスを無理やり立たせようとする。男たちはすでに嘲りの声をあげ、囃《はや》し立て、下卑たキスの音を立てはじめている。

「自分で立つんだ。わかったか？」

そのことばが心にはいり込んできたことだけは、ケイスにもわかる。が、あまりにゆっくりとしすぎていて、意味がわからない。それでも、彼に腕を放させると、壊れたマットレスの雲の上で必死に立とうとする。

さらに囃し立てる声、嘲る声がバッカスの祭りの場に響く。銃を持ったどこかのパンク野郎におあずけを食わされた男たちの怒れる野次。

ボブは雑草のはびこる溝のほうへケイスを導く。男たちにその気があるなら、ボブたちが坂をのぼり、目撃者の巣窟に達するまえに襲ってくるだろう。

ふたりは痛めつけられたボクサーのように、悪臭を放つ空き地を抜ける。男たちは扇状に網を張り、ふたりに迫ってくる。石やら鉄パイプの斧やら土止め板のナイフやらを拾いながら。今や文字どおり野犬と化して、どんなふうに愉しもうか、スペイン語で互いに吠え合っている。

ケイスは理解できるかぎり、彼らのことばをボブに伝えようとする。が、出てくるのはどれも泥にまみれ、生気を失ったことばばかりだ。

「下がれと言うんだ」とボブは叫ぶ。「さもないと、ほんとうに撃つぞと……」

彼女は坂に向かって、毒を込めたスペイン語を叫ぶ。月明かりの縁飾りのように青白い裸身をさらし、何かをつかむように腕をまえに突き出して。

男たちは身を屈めて移動している。攻撃と見せかけたフェイントが繰り返され、ひとりの投げた石がボブの首にあたる。ボブは思わずよろけ、その場に倒れる。ケイスはそれを食い止めようと手を差し出すが、叶《かな》わない。男たちの総攻撃が始まる。

しかし、ある者に不利な戦地は誰にとっても不利な戦地だ。男たちは共同作戦を立てていない。でっぷりとした腹に傷痕のある灰色の髪をした男がまず突進してきて、ショットガンをつかむ。灰色のショットガンの取り合いになり、ふたりの男は死にもの狂いでショットガンをねじり合う。ボブは隙を見て、片手で牛追い棒を握ると、男がショットガンをつかみ取ろうとしたのと同時に取り出し、男の下顎に押しつけ、電流のスウィッチを入れる。静電気が走ったような短い音がして、男は叫び声をあげ、発作を起こしたかのようにくずおれる。

ケイスはすぐに近づいて、ボブが男からショットガンを取り上げようとしているのを手伝う。ボブはショットガンをつかみ取ると、銃身を杖にして立ち上がる。ちょうどそのとき、また別な男がマヤ族の戦士のような叫び声をあげて、襲いかかってくる。が、一瞬、ボブが早かった。男はまともにショットガンの銃弾をその身に食らう。

そして、横ざまに投げ出され、泥だらけの溝に倒れ込む。顔から激しく地面に突っ込んだ音がする。

男たちはみなその場に凍りつく。

ボブもほとんど息ができない。ただ、白いシャツに丸く赤い月が浮かび上がるのを見つめる。「こいつらに言うんだ……こいつらに」どうにか息を吸い込んで彼は言う。「もっと血が見たいのなら……かかってこいと……」

ケイスは必死でそのことばをたどり、通訳する。

ふたりはゆっくりと明かりのあるところまで戻る。揺るぎないショットガンの眼をうしろに向けながら。男たちはまるで納骨堂の骨のように身じろぎひとつすることなく、まだその場に凍りついている。

39

ケイスはボブのレインコートにくるまり、虐待された子供のように脚を曲げて、膝を抱き、ダコタの前部座席に坐り、国境に向けて延びているカナル・デル・アラモ沿いの砂漠の夜を何マイルも眺めている。

麻薬による陶酔状態からはどうにか醒めたものの、断絶された感情に声がしゃがれている。

「あの部屋にいたとき、彼があたしの銃を見せびらかしたとき、あたしはとうとうって思った、とうとう地獄の時間が始まるんだって……」

ケイスは弱々しく手をまえに突き出す、短剣を誰かの心臓に突き刺すかのように。そこで眼が泳ぎはじめる。彼女は開けた窓枠に頭を休める。

「でも、サイラスは急にエロールをなじりはじめた。で、あたしは思った、これであたしにもチャンスが出てきたって。彼がそうやって面と向かって誰かをやり込めるのは、それがゲームだからなんだ。つまり、それは殺しじゃないんだよ。だから、銃を渡され、あたしもそのゲームに加わって、思った、これであたしは戻れたって。これでファミリーに戻ったことになるって……」

ケイスは鼻から荒々しく息を吐いて、頭をすっきりさせようとする。ふたりは丘の稜線を押さえつけている青黒い空に向かってダコタを走らせている。

「でも、あたしってほんとにクソだよね。クソ馬鹿だよ」とケイスは自分につぶやく。「彼から渡された銃に弾丸《たま》は込められてなかったのさ。それは感じですぐにわかった。そう、感じで。頭の中を泳いでても感じられた。ほんとに。長年の経験ってやつだ。でも、そこで彼はあたしを見た」

ボブはいっときケイスを見守る。木彫りの人形のようないつもの顔に戻っている。

「ほんとのことがわかったのはそのときだ……彼は彼のやり方であたしを殺そうとしてるんだって。だから、彼のゲームなんかにはもうつきあう気がしなくなった。で、銃を口にくわえたんだ、早いところ終わらせてくれって感じで。そうやって引き金を引いたんだ」

そこで彼女は顔をそむける。顔色が解剖された肉のような色になっている。「停めて」と彼女は言う。「魔女たちと堕落したいモードになった」

ボブは車を道路から漆黒の砂漠に乗り入れる。どっちを見ても、触れられず、馴らされていない景色のシルエットが広がっている。ケイスはコートの下には何も着ていない体を震わせながら、ダコタを離れ、膝をつき、吐きはじめる。

ボブはゆっくりと彼女に近づいて言う。「大丈夫か？」

彼女は腕で彼を追い払うようにして言う。「これはジュースじゃなくて、あたしの心だ」

彼女はまえに傾いだ上体を腕で支え、指のあいだからこぼれるほど強く土をつかむ。大地が彼女の反吐を撥ね返す。

　彼女は上体を起こすと、正座するような恰好になって空を見上げ、目一杯大気を吸い込む。

「へまをしたよ」と彼女は言う。「あの酒場の外で、チャンスがあったときに彼を撃つべきだったんだ。ギャビが彼といるのはまちがいなかったんだから。彼女にちがいなかったんだから。あそこで彼にこれまでのつけを払わせるべきだったんだよ」

　ボブは慎重に彼女に近づき、彼女のうしろにしゃがみ込む。「そうしてたら、どうなってた？」

「どうなってた？　彼とあたしは死の接吻をしてた。きっとそうなってただろうね」

　北に向かいながら、彼女は努めて眠ろうとする。メヒカリの小空港のそばを通る。軽石のような岩と静物画のような飛行機の向こうから、ピンクの太陽が昇ってくる。

　落ち着きなくケイスは尋ねる。「どうして？　どうしてサイラスは彼女を連れて国境を越えたりなんて危ない真似をしたんだろう？　彼が彼女を生かしてるのには何かわけがあるはずだよ」

　ケイス同様、ボブの体も傷だらけで、こわばり、磨耗してしまっている。さらに、彼の眼には、殺人のリプレイが何度も浮かび、彼にはそれ以外のことは何も考えられない。両手でしっかり握り直さないと、ハンドルを持っているのさえおぼつかない。

「答は家に近いところにある。そうだよ、ボブ。そうにちがいない。これはあんたの仲間の誰かに対する血の復讐なんだよ。悪いけど。それ以外考えられない」

ボブは黙ってうなずく。が、今はそれ以上何も知りたいと思わない。

モーテル。アスファルトの道路に面して、スタッコ仕上げの鳥小屋のような建物が五棟建っている。そのモーテルと国境のあいだにはびこる丈の高い雑草の中、崩れかけた家畜用の囲い柵だけが見える。

ケイスがシャワーを浴びているあいだ、ボブはカーテンを引いた暗がりの中で待つ。シャツを脱ぎ、ベッドのへりに腰かけ、ケイスが言ったことばを考えている――〝答は家に近いところにある……血の復讐〟。

自分が殺した男の顔を見ようとする。しかし、見えるのは肌の色と叫び声だけだ。

ケイスはシャワーの下に立ち、水がゆうべの泥と悪臭とともに排水口に吸い込まれていくのを見つめる。湯気がこもる白い部屋に立ち、曇った鏡を手で拭く。全身が、タトゥーとともに、何年もまえに見た洞窟の壁面の奇妙なシンボルのように、霧の中から現れる。

何世紀もまえに保存され、そのまま残った死んだ肉体は、発見されたら何を語るのだろう？もし物語がそこに刻まれていたら、その肉体の価値はどれほどのものなのだろう？　ねじられた太腿に青黒い痣ができている。注射を打たれた腕――壊れた容器の図案を彫ったところが、まるでできものでもできたみたいに盛り上がっている。

ウロボロス――しっぽを貪り食うグリーンとオレンジの蛇。おまえはもう一日ただ血を流すために生き延びたのかい、そうなのかい？――その事実にはあたしが知っている以上に意味があるのかもしれない、とケイスは思う。

Tシャツ一枚で、ベッドに横たわり、彼女は天井を見つめている。ボブは窓辺に置いた椅子に坐っている。窓枠とカーテンの隙間から外の光の細いすじが射し込んでいる。道路の反対側にある囲い柵の支柱に鴉が集まっている、今日という日を始めるために。

ボブはケイスから聞いた鴉の話を思い出そうとしている。すると、突然、彼女がひきつったような笑い声をあげる。

「どうした?」

「あたしが逃げたときの用心にあんたはコートに発信機をしかけた。でも、あんたがそこまで疑い深いクソだったおかげで、あたしは助かったってわけだ」

「きみを信用しなかったのは悪かった」

彼女は唇を歪め、眼を閉じる。「こっちこそ、どじを踏んで悪かった」

「きみが?　どうして?」

「あたしは彼を殺すべきだった」

「そんなことをしても、われわれの目的は達せられない」

彼女は彼が〝われわれ〟ということばをつかったことに気づかない。

ただ、あてどなく心をさまよわせる。「アルゴドネスのどこかで彼は今夜ラット・パトロールをやる」

「しかし、そんなところで彼を見つけられるとはとうてい思えない」

「そうだね」

「見つけられるとしたら、彼がモハーヴェ砂漠に戻ってからだ。ちがうか？」

「ううん、ちがわない……でも、エロールはあの同窓会のことを思い出しただけで、ちんぽこに針でも刺されたみたいな気分になってることだろうね」

「今夜のうちに国境を越えて、モハーヴェに戻る。そして、エロールを痛めつけてサイラスの居場所を聞き出す」

「言っとくけど、こっちから国境を越えるのは楽じゃないよ。あんたが張り倒したあのでぶの親戚がここらにいて、あたしらを指差したりしたらなおさら」

ボブは椅子の背に頭をあずけ、しばらくじっと動かない。沈黙が流れ、その沈黙は彼のことばで破られる。「ゆうべ、酒場でおれは無性に腹が立った。誰も英語を話してなくておれにはやつらの話してることがさっぱりわからなかったからだ。英語が話せるやつがいるのはわかってた。ああ、絶対いたはずだ。つまり、やつらはおれをコケにしてたのさ。それはもうはっきりと感じられた。それでも、どうにか飲みものを注文したんだが、なぜかそこでサムのことを思い出した」

「サム？」

「おれの別れた女房が結婚した男だ」

「ああ、そうだった……」

「女房は彼が黒人だったから結婚した。少なくとも、そのことが理由のひとつになってたんじゃないか。自分とおれとのちがいをそれで示そうとしたんじゃないか。ゆうべ酒場でおれはそんなことを思った。それはもうあれこれ思ったんだ。たとえば、自分はほんとうは何者なんだとか。今のおれは自分がなろうとした人間ではないとか。

わかるかい、今度のことでおれにわかったのは、おれは自分がほかの誰よりいい人間だって心底信じてたってことだ。自分は倫理的にすぐれた人間だってね。宇宙は自分が感じること、信じることでひとつになってるって。ボブ・ハイタワーには何が正しいかよくわかってるって。それに対する批判は全部——そう、それはただの批判でしかないっておれは信じてた」

ボブはことばを切る。「なんでこんな話をしてるのか自分でもわからない」

彼女はベッドに横たわり、天井に延びているひとすじの陽の光を見つめる。

それからベッドを叩いて言う。「ここに来て、横になりなよ。少し寝なよ。あんたも少し休まなくちゃ。頭をしばらくシャットダウンしなくちゃ」

彼は動かない。彼女はもう一度ベッドを叩く。彼はゆっくりと立ち上がり、彼女の脇に横たわる。ふたりはしばらく壁から壁に延びている一本の矢のような光を見つめる。彼女は彼が自分で縫った傷痕をちらっと見やる。呼吸に合わせ、それが上下している。

「人を殺させたりして悪かったよ。あたしのせいで」

「いちいちことばにしなくても、おれたちは話ができる。思えば奇妙なことだ」

「うん」

「ゆうべきみが体験したこと。なんて言ったらいいのかもわからない」

「あたしの体を得ることはできても、残りは永遠に得られない、彼らには」

彼が寝返りを打ち、彼女に背を向けたのがケイスにはわかる。さらに、泣きはじめたのも。

彼は自分がより高い道理に従えなかったと思い、それを悔やんで泣いているのだ。それが彼女にはわかる。だから、言いたかった。世界は神がいなければ、一番うまくいくのだ、と。なぜなら、世界とは妥協であり、不純であり、そして真実、そう、真実でさえあるからだ。そのどれも神のものではない。必ずしも。

しかし、結局、彼女は何も言わない。

40

サイラスと彼の軍隊は長い灰色の急な傾斜地の上で待っている。千鳥足で深まる闇の彼方、北東の砂漠の岸辺に、アルゴドネスの街の灯が打ち上げられはじめる。

くの字に曲がった凝灰岩の道を走り、ヴァンのCDプレイヤーで音楽を聞きながら、最高の眺望を求めて走る夏休み中の子供たちのように、彼らは化石の山を登ってきた。

サイラスはハッチを開けたヴァンのそばにひとり坐り、見ている。

エロールがお膳立てした取引きがすんだら、彼らはアルゴドネスに向かう。彼らの軍隊の中に、アルゴドネスの検問所で働いている移民帰化局の役人がいて、その役人が国境越えの手助けをしてくれる。その役人には、ニュージーランドの北島の海軍基地にいたことのある元海軍曹長で、今は黒魔術師になった妹がおり、兄妹は、ソルトン湖の近くに共同名義の牧場を持っている。羽目板と土埃の光の肖像のような母屋があって、その肖像の台所から外を見ると、タイヤの欠けたドッジ・キャラヴァンの残骸を鶏がねぐらにしているのが見える。

その牧場では、サイラスは常に上客として歓迎されるが、デトロイト製の鶏小屋の地下には、道を過ち、地獄の亡者の餌食となった貧しいメキシコ人やヒッチハイカーの骸《むくろ》が埋められている。少なくとも、そう誓える者が何人かいる。

サイラスはギャビを見やる。彼女はヴァンの荷台の奥にいる。もう縛られてもいなければ、猿ぐつわもされていない。サイラスは、彼女がもっとよく見えるようにリアバンパーに坐り直す。ギャビはかつてのギャビとは似ても似つかない。眼がすっかりうつろになっている。

サイラスは手招きをする。彼女は黙って従い、彼の横に坐る。サイラスは彼女の手を取る。静脈に沿って注射の跡がはっきりと見える。彼の意思のゆっくりとした螺旋。サイラスは彼女の髪をつかむと、彼女の顔をのぞき込む。反抗の兆しが見られないか確かめる。そして、テストを始める。「おまえが何を考えてるのかはわかる。いつかおまえは助けられる。警察が来て。あるいは、おまえの祖父《じい》さんが来て。あのご立派なご立派な人が来てな。あるいは、おまえの親爺が来るかもしれない。白人にへつらうあのくろんぼがおまえのほんとうの親爺じゃないのは知ってるよ。みんな、そりゃ泣いてることだろう。あれからずっと。眼から血が出るくらい泣いてることだろう。なんという不幸だってわけだ。ちがうか、プリティ・プリティ？」

彼女はまばたきをしただけで、動かない。

「だけど、もうどうしようもないんだよ。もう遅すぎるんだ。そう、遅すぎるんだよ、嬢ちゃん。おまえをやつらのところへ帰してもな。実際、おれはそうするかもしれない……」

そう言って、彼はそのことばが青白い彼女の顔から何を引き出すか、様子を見る。

リーナは泣きながらヴァンに戻ってくると、ヴァンのドアと側面を蹴り、天井を叩いてサイラスを呪った。そして、すねたティーンエイジャーのようにヴァンの隅に、ギャビが横たわっているところとは反対側の隅に、坐った。ギャビは手で顔を覆いながら、リーナを見た。疲れた眼と注射に次ぐ注射のせいで、ただの塊と化した脳で。リーナはわめき立てていた。気むずかしい幼女のように。

ある女に危害を加えたら殺す、とリーナはサイラスを脅していた。それはギャビにもわかった。ある女というのは、ヴァンにひとりになったときに見かけた女にちがいない。酒場の裏で、殴られ、蹴られ、泥まみれになっていた女だ。モーテルの部屋から引きずり出されたら、サイラスに殴りかかろうとした女だ。ギャビは、ヴァンの牽引機材の下から、その光景を垂れ下がった瞼越しに見たのだった。

「もうどうにもならない」とサイラスは言う。「おまえが何をしようとな。というのも、たとえ最後に助け出されても、おまえはもう毒されちまってるからだ。世界の汚辱に取りつかれちまった淫売ジャンキー。それがおまえだ。だからみんな陰でおまえの噂をする。おまえが欲しいと思う男もみんなおまえがいたところのせいで、おまえを欲しがってはくれなくなる。おまえの血には誘拐されて誘拐犯に寝返ったパティ・ハーストの血がちょっぴり混じってるんじゃないかって思うやつも出てくるだろう。おまえにはおれの言ってることが今はわからないかもしれないが、そのうちわかる。なぜなら、人はどこでも邪悪なものを探してるからだ。だけど、理由はそれだけじゃない……」

一日の熱を集めて、血を噴く薔薇のような太陽が沈んでいく。その空の一点だけを見つめることでサイラスが示唆している大虐殺から、ギャビは逃れようとする。

「もし生きて帰れたら。もし！　いつかジョン・リーか、祖父さんに訊いてみるといい、なんでこんなことになってしまったのか。でも、彼らはおまえに訊かれることを喜ぶだろうか。どう思う？　彼らはおまえに真実を告げたがるだろうか。それはないだろうな。だから、結局のところ、彼らはおまえに死んでもらいたがってるのさ。おまえも、結局のところ、そう望むようになるだろう。なぜなら、おまえは起きたことすべてが自分のせいだと思うようになるからだ。馬鹿げて聞こえるかもしれないが、そういうものなんだよ、プリティ・プリティ」

サイラスの指が獲物を仕留めたトカゲのように彼女の髪を這う。

「わかったか？　夢を見ながら、考えるといい。おまえは彼らのパラダイスの代償だったというわけだ。だから、こうなったのさ。こうしてやったのさ。やつらが何者だったのかなんて誰も知りたがらないだろうが、彼らはおまえを見るたび、おれが待ってることを思い出すだろう。なぜなら、おれはもうおまえの一部になってしまってるからだ。一番でっかい部分にな」

彼女は沈む太陽の最後のしずくを見る。そして、深い催眠状態の中で、父親のパトカーの回転灯の点滅を瞼に描こうとする。消えかけた風景の中から飛び出し、今すぐここにやってきて、寓話を話し、約束を囁いてくれるのはパパしかいない。まだ残っている子供らしさが彼女にそのことをかろうじて信じさせている。しかし、可能性のひとつひとつを検証すると、澄んだ心もまた、ヴァンという墓場に降りる夜の帳に包まれてしまう。

彼女は祈る。神を通して父に。父を通して神に。彼女はふたりをひとつにする。さらにサイラスが寝ているあいだに、リーナという女がサイラスの咽喉を掻っ切ってくれることも祈る。そう、そのことも祈るのだ。

サイラスは彼女をヴァンの奥に押しやる。彼女は毛布にくるまる。

「おまえにもそろそろ悪魔の物語《テイル》を聞かせてやろう」とサイラスは言って、運び屋がやってくる方角に眼をやる。「そうだな。たぶん今夜」


黒い峡谷から風が吹いている。その風越しに、サイラスは巨大な戦艦のように頭をゆっくりと動かし、暗視ゴーグル越しに遠くを見ている。南に、月の表面のような砂漠の彼方に、マッチの火のような小さな炎が燃えはじめたのが見える。

「来た」と彼は叫ぶ。

そう叫んで、指を差す。リーナが電池式の発光器の脇に膝をつき、発光器をサイラスの長い指が示す方向に向け、ゆっくりと点滅させはじめる。

三つの小さな炎に見えていたのが、点滅する星のような発光器の光に変わる。ゆっくりと前進している。岩がごろごろしている砂丘を昇り降りし、叫べば声が届く距離まで近づくのにそのあと小一時間かかる。

砂の舞う中から、若い運び屋をふたり引き連れたデリシャス(メキシコ北部の市)の年老いた手品師が現れ、急斜面を登りはじめる。みなはちきれそうなナップサックを担いでいる。サイラスはウッドとガターに、懐中電灯で彼らを導いて小径に沿って歩かせるよう命じる。

そして、老人がたどり着くと長い抱擁を交わし、英語とスペイン語を淫らに混ぜて四方山《よもやま》話《ばなし》をし、ほかの者と離れて坐り、老人のマリファナに火をつける。そのあいだに三つのナップサックがチェロキーの後部座席に積み込まれ、ガターがその中で、ヘロイン一キロの包みをひとつひとつ丹念に点検しはじめる。

老人は深々とマリファナを吸い、サイラスは彼らと離れて坐っているふたりの若い男を見やる。ふたりとも丸顔のまだ少年だ。岩場の端にうずくまるように腰を下ろしている、どこにでもいる、なんの面白味もない生きもの。低い声で何やら短いことばを交わしている。

「あそこにいるのはあんたにとって何か意味のある坊主か？」

老人は首を振る。「どうして？」

「別に理由はないが」

老人はマリファナを深く吸いすぎて、咳き込みながら言う。「しかし、彼らの自由は約束してきた。おれの取り分からいくらかやろうとも思ってる。ことによったら、彼らとアルゼンチンのサン・イシドロに行こうかとも。別れた女房がそこにいるんだ」

「ちょっとは懲らしめてやりたい女房が、か」とサイラスは老人のことばにつけ加えて言う。

ふたりは笑う。老人はサイラスのその提案に眼を光らせて言う。

「おっ立つぐらいとことん懲らしめたい女だ」

白い粉が市場にちゃんと出せるものであることがわかり、いくらかの現金を老人に払うと、サイラスは老人を脇に呼んで、払った額の半分をさらに差し出す。

「なんだ、これは？」

サイラスは老人の耳元で囁く。「取引きがしたいんだ」そう言って、彼はふたりの少年にそっと眼をやる。

老人は親が子供を諭すようにふたりの少年に話す――おまえたちがいい仕事をしてくれたので、サイラスがおまえたちをエル・ノルテに連れていってやると言っている。しかもいい仕事まで世話してくれるんだそうだ。それまたおまえたちがいい仕事をしてくれたおかげだ。老人はサイラスの提灯持ちになり、サイラスがどれほど頼りになり、どれほど人を手厚く遇する男か力説する。そして、ひとりで帰らなければならないのは残念だが、と最後につけ加える。ふたりの少年は向こう見ずな望みを抱き、夢がやっと実現するのだと思う。

しかし、それは老人が暗闇に消え、車に荷物が乗せられ、サイラスが少年のまえまで来て、コルトの銃口を見せるまでのことだ。

「服を脱ぐんだ、デリシャスの坊ちゃん」と彼はスペイン語で言う。

少年は驚き、困惑し、老人が去っていったほうを見る。老人がまた戻ってきて、すべてを説明してくれることを期待するかのように。しかし、サイラスが空に向けてコルトを撃つや、慌てて脱ぎはじめる。顔にはまだ困惑が刻まれている。ほかの者みんなに見られながら脱ぎおえると、ふたりはヴァンの横まで連れていかれる。

サイラスはふたりのまえに立つと、曹長が新兵を値踏みするように、左の少年から右の少年、右の少年から左の少年へと眼を移す。そして、最後に左の少年に眼を止めて、少年のペニスをつかむ。

「おまえの神はおまえを聖職者にしたかったのにちがいない」

少年は怯え、ただ震えることしかできない。サイラスはもうひとりの少年のまえに立つと、今度はじっくりとその少年のペニスを見てから手に取って言う。

「これこそまさしく悪魔のしっぽ《テイル》だ」

少年にはサイラスと眼を合わせることすらできない。

「ほんものの悪魔のしっぽだ」とサイラスは欠びを隠し、手で重さを計るような仕種をする。

グラニー・ボーイがまえに出てきて、だしぬけにすばやく何度もヴァンを叩く。少年たちはちぢみ上がる。グラニー・ボーイはまるでドラムロールのようにヴァンを叩きつづける。少年のひとりが泣きだし、それに合わせ、グラニー・ボーイはドラムロールを高揚させる。

ギャビは横になったまま、金属のこだまと彼女よりさほど年上とも思えない少年の泣き声を聞く。

サイラスは左側の少年のまえまで行くと、スペイン語で言う。「おまえには越えてもらう《クロッシング・オーヴァー》」

少年はまったくわけがわからないといった顔をしながらも、少しずつわかってきたような気にもなり、〝クロッシング・オーヴァー〟ということばをいい知らせと信じ込む。しかし、その唇の端が吊り上がり、白い歯がこぼれかけたところで、コルトが跳ね、少年の顔の大部分が吹っ飛ぶ。

少年の体がヴァンにぶつかり、歯が一本ヴァンの側面にあたった音がする。耳のうしろに血の穴があき、鯨の潮吹きのように白いものが噴出する。

もうひとりの少年は地面にくずおれている。サイラスの脚にすがりつき、命乞いをしている。

41

眼が覚めると、ケイスはひとりだった。立とうとすると、レイプによる体内の腫れと傷が痛む。それでも、苦痛を押して歩く。そして、リハビリテーション・センターで以前聞いたことを思い出す——善意と同様、凌辱もまた常にわれわれとともにあることを。

ボブはモーテルの西側の壁にもたれ、ちょうど腰を落ち着かせるだけの幅があるセメントの隙間に坐っている。伸ばした脚のあいだの地面をナイフで削っている。ケイスは光の中に出ると、小手をかざして言う。

「今、何時？」

「三時かそこらだ」

彼女は煙草に火をつける。ボブはさらに地面を掘りつづける。

「寝られた？」と彼女は尋ねる。

彼は狂人か、心神喪失者しか通常持ちえない熱心さで、ロボットのようになおも掘りつづけている。

　彼女は彼のそばにしゃがみ込み、赤ん坊をあやすような声音でやさしく言う。「ちょっとは寝ておいたほうがいいと思わない？」

「きみが言ったことは正しかった」彼は指でナイフの刃についた泥を落とす。「わけは家に近いところにある。そのわけがなんであれ。このあいだこんな夢を見た……おれの……おれとサラの夢だ。おれたちは〈パラダイス・ヒルズ〉の道を家まで歩いていた。義父がおれたちのために建ててくれた家だ。おれたちはふたりとも裸だった。サラは妊娠してた。男たち――土木作業員がいて、おれたちを見てた。そこで、突然、彼女が血を吐くんだ」

　彼はナイフをまた地面に押しつける。深く刺さり、白と黒の岩と白目の細かい土がダイアモンドのように現れる。

「全部断片にすぎない。わかるだろ？　記憶、夢。どっちもストロボみたいなものだが、その夢を見て、おれたちがまだ生きてることを義父に電話で伝えようと思ったんだ。それと……彼に訊いてみたいこともあった。でも、家にもオフィスにもいなかった。モーリーンはいたけど」

「モーリーン？」

「義父の仕事上のパートナーで親友だ。サラのこともギャビのこともよく知ってる――もう何年も何年もまえから。おれが知ってる中では数少ない正直な人間だ。

　一族が金持ちで、義父とモーリーンで仕事を始めたとき、義父が請負人になって、ふたりは土地を買い漁った。だいたいは相続人のいない遺産で、州の所有になった土地だった。おれとサラがちょうどつきあいはじめた頃だ。ふたりともまだ高校生だった。その頃のことだ。彼らが殺された人間の土地を買ったのを覚えてる。その土地も相続人がいなくて、州の所有になった土地だった。

どうしてそんなことを覚えてるのかというと、モーリーンが飲んでジョン・リーと言い争いをしてるのをたまたま見かけて、そのことのほうをむしろよく覚えてるからだ。そういう土地は縁起が悪いとかなんとか言い合いをしてた。おれとサラは彼女の家のプールで泳いでたんだけれど、大人ってなんて馬鹿なんだって笑い合ったものだ」

「それがファーニス・クリークの老婆の土地ってわけ？」

「まさに同じ質問をおれもモーリーンにした」

「だけど、あの土地はまだあのままじゃない？　何も建ってないじゃない」

「ああ、あそこは不毛で無用の土地だ。ただ、彼女はもうひとつ別な土地も持ってた――」

「彼女ってその老婆のこと？」

「ああ。モーリーンもそのときジョン・リーと言い争いをしたことを覚えてた」ボブは掘るのをやめて、陰鬱な声で言う。「〈パラダイス・ヒルズ〉。おれが住んでる住宅地。きみが来たところだ。もともとはあそこもその老婆の土地だった」

ケイスは深々と吸った煙草の煙をひとつ大きく吐き出す。「なるほどね」

ボブはどこまでも孤独な風景を眺める。道路の向こう側、巨礫と灌木が層をなして見える長い丘まで広大な平地が広がっている。トラックがあり、作業員がいて、泳ぐことのできる小川でも流れていれば、そこもまた夢の〈パラダイス・ヒルズ〉に変えることができる。

ケイスはすべてに時間と動機を与えようとして言う。「その頃、サイラスはジャンキーだった。ヤク漬けで、とことんいかれてたからね。もしかしたら、自分は不当な扱いを受けてる、なんて思ったのかもしれない。トレーラーにこもって、ヤクを断とうとしてたときなんか、禁断症状から、それはもうめちゃくちゃなことを考えたとしても不思議はないからね。なんか『トワイライト・ゾーン』みたいだね。そんなふうに考えると——どう思う？」

「しかし、彼女を殺したのは彼だ。自分でそう言ってるんだろう？」

「うん」

「それに、二十五年も経って今さら……？」

「別にそれは驚かなきゃならないことじゃない。サイラスは頭皮のハンターでさ。ほんとに。穿いてるズボンなんかにも——頭の皮がくっつけてある。髪とか編んで鋲でとめたりしてるんだ。彼を不当に扱ったやつらを十年経ってから殺して、そいつらの髪を飾りにしてズボンにつけてるんだ。いいかい、十年だよ。あたしが知ってるのは、彼を一度捕まえて施設にぶち込んだお巡りの髪だ。そのお巡りの名前を紙に書いて、ずっと取ってあったんだ。そして、そいつをあとで見つけたんだけど、そのとき、そいつはディズニーランドの近くに住んでた。もう引退してたんだ。だけど、最初、殺しにいったときには、そいつの人生はクソみたいな人生だった。だから、サイラスはすぐには殺さないで、もっと苦しめることにした。で、二年か三年経った。サイラスはそいつがどこにいるかちゃんと把握してて、そいつの娘が結婚して、子供ができたことがわかった。つまり、眼に入れても痛くない孫ができて、そいつは幸せなお祖父ちゃんになった。そこでバン！　サイラスはそいつを殺《や》った」彼女は首を振る。「あの男は正真正銘のブラックホールなんだよ」

　ボブは身じろぎひとつせず、掘った穴を見つめ、ケイスに言われたことを考えている。自分がどんな相手を追っているのか、モーリーンと話をして何がわかったのか。喘ぐように彼は言う。「もう二十五年も経ってるのに……」

「正真正銘の獣なんだよ」とケイスは言う。「あんたはもうそんな怪物と一緒に〝悲鳴クラブ〟に入会しちまったのさ」

　彼は彼女が吸っている煙草に手を伸ばし、深く吸い込み、しばらく息を止める。まるで心のまわりにできた穴を温めでもするかのように。

「でも、あんたは今になってやっとそんなことを思ったのかい？　モーリーンに電話して初めて思った？」

「いや。今回の事件はいきあたりばったりの事件だとは思わない、ときみが最初に言ったときにも、もちろん思った。それからフェリーマンのところでも。きみがファーニス・クリーク殺人事件について話したときにも。でも、正直なところ、今まではその考えを捨てていた」

　彼はまた穴を掘りはじめる。骨でできたナイフの柄を握る指に力が込められるのをケイスはしばらく見つめる。

「中にはいって、風呂にはいって、少し寝たら？　国境越えを今夜やるなら。何か食べるものは？　買ってきてやろうか？」

　彼は際限のない死にもの狂いの怒りに駆られ、ひたすら穴を掘りつづけた。

42

ケイスは割れた岩と巨礫が分かれて存在する砂漠にボブを連れ出す。ボブはそこから四マイル歩いて、ミッドウェイ・ウェルというほんの数ブロックだけの集落の南で、国境を越える。

ふたりの計画はこうだ――ケイスはメヒカリ‐カレキシコ線に戻り、検問所をダコタで通過する。検問所でひっかかったりしないよう、銃はボブが運ぶ。ケイスは国境を越えると、東に向かい、八号線と九八号線が交差するインターチェンジ近くでかろうじて営業している、ブリキ張りの軽食堂でボブを待つ。

いずれにしろ、彼はまずエル・ノルテに向かい、密入国斡旋業者、外国人、不法入国を試みるメキシコ人、それに必死な人間が通過しなければならない儀式を執りおこなう。そして、彼の過去が詰まった土地に舞い戻る。

その長い徒行に向かうまえ、ふたりはダコタの座席に坐り、ヘッドライトがたそがれと格闘しながら照らし出している頭蓋骨色の岩の迷路を眺める。

「まさに〝ハード・ロック・カフェ〟だね」とケイスが言う。

ボブは煙草を吸い、わずかにうなずく。「だけど、やらなきゃ」

「弁護士と銃と金があればなんとかなるよ」

「銃と金だけはある」

彼は時計を見る。西の山はもう真っ黒で、反対側の一部の稜線だけが赤く見える。

「それじゃ、通関港で」とケイスが言う。

「通関港で」とボブも応じる。

そして、ダコタを降りる。ケイスが言う。「反対側であんたの分まで朝食を買って待ってるから」

「金は全部おれが持ってる」

「朝食代の金ぐらいあるよ」

彼はドアを閉める。「待っててくれ」

「うん」

彼は胎児のように黄色いヘッドライトの光の中に出る。肩にショットガンを担いだ遅々たる行進。忠告めいたことなど何も言わず、ただ彼の体のどこかに触れるのだった、とケイスは思う。ボブの背中が雪のように暗がりに溶けていく。あとほんの数フィートにしろ彼を照らしたくて、ケイスはヘッドライトを上向きにする。

ボブが振り向いたのが見える。ショットガンを今の自分のすべての軸にして振り向いたのが見える。銃身から指だけが離れ、それがさよならの合図となる。

ひんやりとした夜のケープに包まれ、汗ばみ、ボブは岩の桟橋にたどり着くまで傀儡《くぐつ》となって行進しては、膝をつき、クレーターのような谷の向こうに多目的車に乗った国境警備隊の気配がないか確かめた。

煙る海面に鯨の潮吹きを探すように、タイヤが砂煙をあげていないか眼を凝らす。あるいは、白いサーチライトが扇のように広がっていないかどうか。

平坦な場所では、どれほどささやかな警備隊の気配にも気をつけなければならない。苦痛を忘れていられるいっときは終わり、アーサーとジョン・リーとモーリーンを詰問すれば、この死体の山のわけがわかるかもしれない世界が広がりはじめる。

もしそうなら……〈ヴィア・プリンセッサ〉の悲劇を惹き起こした原因の一部が彼らにあるのだとしたら……もしそうなら……彼の心は非情のプランを描きはじめる。いかにもサイラスが喜びそうな恐怖のプランだ。殺しの風景が——今歩いてきた風景と同じくらいなじみのないものながら——心の中に見えはじめる。きつい数マイルを歩き通せるのは、しかし、その数マイルが暴力的なまでに現実的だからだ。それが前進するエネルギーを与えてくれるからだ。まるまると肥った机の騎手《デスク・ジョッキー》はもうどこにもいない。

そのとき、風景の西の顔が険しくなる。白い光線が上がって下がり、もとの偉大な漆黒の穴がまた浮かび上がる。

ボブはひざまずく。砂が舞い上がっているのが見える。それがこっちに向かっていることは、一マイル離れていてもわかる。走るんだ、コヨーテ。今は走るときだ。

ケイスには前夜の毒が血管の中を走りまわっているのがはっきりと感じられる。紫色の血液が最後のヘロインを神経の末端から末端へ運んでいる。

もう何時間も道路を眺めている。慌ただしく通り過ぎる車のヘッドライトの巨大な光を見つめている。

そして、ついに道路を渡る。濡れた砂地をどこまでも歩いてボブを探す。夜はまだ終わっていない。

彼女はあらゆる可能性を排する戦いを続けながら、どこにも導いてはくれない岩場のポーチにむっつりと坐り込む。すると、地面から生え出したように人影が現れる。光の盾のしみのような点が少しずつ近づいてくる。彼女は立ち上がり、眼をしばたたく。しかし、彼女の眼はすでに疲れきっている。彼女は砂漠に向けて走り出す。

彼だ。疲労困憊しながらも、どうにか歩いているのがわかる。そのにおいも、汗のしみも。

ようやく彼女のまえまで来ると、彼は言う。「ちょっと走らされた。いや、かなり走らされた」

「国境警備隊？」

防壁をひとつ越えてきた兵士のように彼はうしろを振り向いて、黙ってうなずく。

彼女は肩に腕をまわし、彼をその場にしゃがみ込ませる。彼の鼓動と肩の筋肉の動きが手のひらに伝わる。「朝食はあたしがおごる約束だったっけ、コヨーテ」

43

彼女が運転し、彼は眠っている。

ロスアンジェルスの領土——俗臭芬々たる偉大な盆地を走る五号線を少し戻ったところで、ダコタに燃料を補給する。

ケイスにとって国境からのその道行きは——自動車の販売代理店、倉庫、〈ホリデイ・イン〉、墓地、アーチをなす黄色い怪物、テレビ業界のフリゲート艦さながら、ハイウェイ沿いを電気仕掛けでうろついている広告板のパラレル・ワールドを突き進むようなものだ。そのパラレル・ワールドでも、フランチャイズされた醜悪さが、そこここで連禱を唱えている。

道路をはさむ長いショッピング・モール。板張りの遊歩道をはさむいかさまゲームとファストフード・スタンド。ロングビーチから空を疲弊させるロスアンジェルス国際空港まで、どこまでもいまいましい色と単調さが連なっている。

彼女はラジオをつけており、マー・ヴィスタの近くで、どこかのカレッジ・ステーションがボブ・ディランの初期の作品を回顧する番組をやっているのにいきあたる。ＤＪが可能なかぎり声のオクターヴを下げて、『ビリー・ザ・キッド／21才の生涯』のサントラ盤を紹介している。パット・ギャレットとキッドに対するサム・ペキンパーの考えと、あの倫理的なお話に関する自分の歪んだ考えを披露している。

ふたりはモハーヴェ砂漠をめざしている。正確にはカリフォルニア・シティをめざして急いでいる。そこに〈アッシャー家〉というエロールがオーナーの酒場があるのだ。予定されているはずのサイラスとのさしの商談について、エロールが何も明かさなければ、その酒場でエロールのケツを映してスナッフ・フィルム（殺人が実演されているポルノ映画）をつくる——それがふたりの計画だ。

その計画がディランの素朴なギターと心を鼓舞するタンバリンによって補強される。ボブは眠っている。胸にできた、スマイル・バッジのようなナイフの傷に、陽の光が落ちている。固いセメントをタイヤがこする戦いの音。絵に描いたようなわかりやすい顔で、突き進むことを強いる、六車線上の圧縮された金属の群れ。肉体の山。社会の地すべりという無駄を通して、撒き散らされる無策。彼らの心にはどれほどの血がかよっているのだろう。ここは、ウィリアム・S・バロウズみたいなアウトサイダーの無意識だけが正義をおこなえる、いまいましい寓話の世界だ。

〈アッシャー家〉はお誂え向きの店だった。ビールとウィスキーの荒っぽい安酒場。股間に汗をかかせてくれる毒薬のようなリフをやる五人編成をバックに従えた、ウォーレン・ジヴォン（六〇年代から活躍しているアメリカのフォーク歌手、作曲家）の安っぽい女ヴァージョンの歌を、客が肩と肩をぶつけ合いながら聞いている。

エロールにとっては、ピアノを叩いて、煙だらけのマイクのまわりにコードを撒き散らす拳と口と乳首――それがそのバンドの女性ヴォーカルで、テキーラをちびちびやりながら、ホームグラウンドで見るからにくつろいでいる。友達と笑い合い、カウンターを端から端まで移動して、ハイタッチを繰り返している。ここでことばを交わし、あそこで女の尻の形をチェックしている。

「メキシコなんかはくそくらえだ」と聞き覚えのある声がする。

彼は振り向く。

ケイスがホテルのフロント係のような笑みを彼に向けている。彼のほうはシーツの下で死んでいる何かになったみたいな気分になる。焦点の定まらない眼を彼女に向けることしかできない。

ボブがうしろから現れ、胸を彼の背に押しつけて囁く。「そうとも。メキシコなんかはくそくらえだ」

エロールはまた振り向く。そして、ふたりに交互に視線を向けてから、上位者ぶった挨拶のことばをもごもごと口にする。ケイスはその挨拶に彼の手からテキーラをつかみ取ることで応じ、においを嗅ぐ。

「昔はあたしもこれが大好きだった」

そう言って、彼女はグラスをボブに渡す。ボブは一気に呷る。

「新聞の見出しをよく見ることだね、ベイビー」とケイスは言う。「ジャンキー・クウィーン、死の淵より生還ってやつ」

「くだらねえ。おまえらのサイコドラマなんかにつきあってる暇はねえんだよ」

「どうやらわかってないようだね、あのモーテルでのことが。あれは警告だったんだよ。あんたは今、生きるか死ぬかの瀬戸際にいるのさ……」


アメリカで最も大切にされている景観は砂漠だと言われる。モハーヴェ砂漠はそんなアメリカの典型的な砂漠だ。もっとも、そのわけは、おそらく、アメリカで最もパワフルなふたりの創造神、ロスアンジェルスとラスヴェガスのあいだにあるからだが。

そして、そう、〈ロスアンジェルス・タイムズ〉の警句の名手が言ったとおり、モハーヴェはバミューダ三角水域カリフォルニア版としても知られる。モハーヴェは、その痩せた地形を歩き、二度と姿を見せず、二度と声を聞けなくなった無名の人々の墓場でもある。


三人だけの会話のために、ボブとケイスは、〈アッシャー家〉の裏手にエロールを連れ出し、星のピンボードに支えられた黒い空の下、音楽が夜のへりでしか聞こえない塩気を含んだ窪地まで歩く。

「サイラスはどこにいるか、知ってんだろ？　あたしたちは会いたいんだ、彼に」

エロールはブロウウィード（アメリカ南西部の砂漠に生えるマツナ属の草）を蹴りながら、ワインレッドのシルクのシャツの襟を弄んでいる。ケイスは体を屈め、エロールをのぞき込んで叫ぶ。

「おまえは狩り立てられ、追いつめられ、もう死んでるんだよ！」

エロールは顔を上げる。

「おまえの考えなんかお見通しだ、このしょぼちん野郎。おまえは彼とビジネスができてるかぎりは、自分は安全だって思ってる。そんなのは忘れることだね。モーテルであいうゲームを始めたってことは、サイラスはもう決めてるのさ。今もおまえに黒魔術をかけてるかもしれない。エリファス・レヴィ（十九世紀のフランスの黒魔術師）だ。おまえは聖マルコの日（四月二十五日）の前夜とバプテスマのヨハネの祭日（六月二十四日）の前夜のあいだに殺されるんだよ」

「おまえは復讐したいのさ。だから、そんなくそジャンキーのだぼらを――」

リヴォルヴァーの撃鉄が起こされた音がする。

エロールは首を傾げる。

ボブが片腕で腹を抱えるようにして、もう一方の手にリヴォルヴァーを構えながら、エロールに警告を与える。

「彼女のことを〝くそジャンキー〟なんて言うんじゃない。二度とな。おれたちは真面目なビジネスの話をしてるんだから」

エロールは手を上げて言う。「ああ。おまえらに何か売るものがあるというなら、こっちはそれで全然かまわない」

ケイスは石ころをいくつか拾う。エロールは勃起したペニスのようにこわばった視線を彼女に向ける。まだ命があるうちにとばかり、エロールが必死に自分の命を守る方途を考えているのが、ケイスには手に取るようにわかる。数フィート離れたところを下水と一緒に流れる小川のへりめがけて、石をひとつひとつ投げつける。アロウウィード（アメリカ南西部に見られるキク科の低木）が粉状の湿地に生え、ブロウウィードとぎざぎざの線を描いて交わり、対峙する自然の幾何学模様を窪地に添えている。

「なんて言えばいいかな」とエロールは続ける。「サイラスがしたことは確かにひどいことだ。おまえをあんなやつらにくれてやるっていうのは……だけど、いいか、やったのはおれじゃない。おれじゃないだろうが。あの部屋で銃を持ってたのは誰だ？　誰が誰に銃を向けてた？　誰が誰をコケにしてた、ええ？」彼は彼女を指差し、自分を指差し、同じことをもう一度繰り返す。「あそこで起きたことはすべてが異常だった」

「おれたちが知りたいのはサイラスの居場所だ」とボブが言う。

「それは知らない」

ケイスが力を込めて石を小川にぶつけて言う。「こんなやつとは話してるだけでむかついてくる」

「おれはあいつから連絡があるのを待ってるんだ」

「サイラスはどこにいるのか、それが知りたいんだ」とボブは繰り返す。

「あいつは何も言って――」

「彼がしばらく身を落ち着かせたり、骨休めをしたりするときには、いつもおまえが使われてた。あたしも昔はあいつらと一緒にいたんだよ、忘れたのかい？　あたしがおまえに電話してたんじゃないか、忘れたのかい？　おまえ、急に神経がいかれたか？」

酒場から、遠い夢の轟きの中から、歌手の声が聞こえてくる。リフレインを歌っている――「ただキスの分だけ離れてる……キスの分だけ……キスの分だけ」

「今言っただろうが、ケイス」とエロールは言う。「知らないんだよ、ほんとに。そんなことよりどうして彼に盾突く……どうしてあんなことに……おれには関係ないことだけどな。でも、とにかく命は助かったんだ。それでよしとすりゃいいじゃねえか、ええ？」

彼の声音が暗示している。そこに、彼女が何者なのかということに対する、彼女の値段に対する彼の冷淡な審判がある。ケイスとしてはそれだけ聞けば充分だった。ブーツを履いた足は動かさず、体を前後に動かしはじめた彼女の眼に黒い怒りが宿る。彼女が破裂寸前なのがボブにもわかる。すでに彼女をそれぐらい理解している。

「おまえはもう死神と寝ちまったんだよ、ミスター・ヤッピー・ボーイ」

彼女の手がブーツのところまで下げられたのが見える。ボブはすばやくまえに出る。

「これ以上こいつに何を言っても無駄だよ」と彼女は言う。

「言っただろ、おれは何も――」

彼女は立ち上がると、手を闇のショールに隠して、エロールに向かっていく。ボブは彼女を止めようとしてジャンプする。彼女に飛びつく。エロールはうしろに跳ね、小鳥のようにすばやい彼女の手の動きをよける。

その半秒が彼の命を救う。ケイスのナイフの切っ先はエロールの咽喉をかすめ、彼の頰にこてをあてたような数インチの傷を与えただけだった。エロールは頰に手をあて、砂地に倒れる。固く寄せ合った指のあいだから血が垂れる。ケイスはやりかけた仕事を終えようとボブの腕の中でもがいて叫ぶ。

「サイラスの居場所を言うんだ。言わなきゃおまえの夢から抜け出てやる。嘘じゃない。おまえが寝てるあいだにおまえの夢から抜け出て、おまえの咽喉を搔っ切ってやる」

ボブは膝をつき、狂ったようにナイフを振りまわす彼女の手を押さえる。エロールは彼女の蹴りをよけ、赤いスクラップブックを地面に残し、這って逃げながら呼ばわる。

「やつはブリストル山脈にいる。森林警備隊員の家だ。ナショナル・トレイル・ハイウェイを離れて北に――山の中に――延びてる、バグダッド・ウェイより一本東の道路だ」

エロールは立ち上がると、よろよろと遠ざかる。安全というゴールをめざす、ぎこちない徒競走。


エロールがいなくなったのを見届けて、ボブはケイスを放す。ケイスはナイフを振りかざして振り向くと言う。

「あんたはあたしに彼を殺させるべきだった」

「いや、そうは思わない」

「どっちみちあいつは殺さなきゃならなくなるんだから。あの男があたしたちの邪魔をするのは眼に見えてるじゃないか」

「放っておこう、今は」

「邪魔するに決まってるだろうが。もうあいつの心はサイラスのところさ。すぐに体もついていく」

「おれにはできなかった。それでわかってくれ」

「できなかった？」

「ああ」

「それはこないだの夜のことがあるから？　あのクソを殺しちまったから――」

「そうだ！」

彼女はナイフで空気を切る。一度、もう一度、さらにもう一度。そうやって、考えも切り裂く。「あの夜、エロールは愉しんでやがった。あんたが思い出したくない夜のことだ。あたしが引きずりまわされ、注射されるのを見て喜んでやがった。おっ立ったちんぽこみたいな眼で見てやがった！」彼女の声がそこで震える。「どっちみち、あいつは殺さなきゃならないんだよ。あいつが寝返るのは眼に見えてるんだから。それはもう注文されて、パッケージされちまってるんだから。何度でも言ってやる。あんたはあたしにあのクソを殺させるべきだった」

44

「アーサー、ボブと話をした」

「それはいつのことだ、モーリーン？」

「あんまり長いことは話せなかった」

「どこにいた……どんな様子だった？」

「メキシコ」

「メキシコ？」

「そう」

「どんな様子だった？　変わったところは……」

「ひどく疲れてるみたいだったけど」

「どうして私のところに電話してこなかったんだろう？」

「かけたみたい。でも……」

「元気ではいたんだね？」

「と思う。大変な緊張状態に置かれてるって感じだったけど」

「ギャビ……ギャビについては何か……」

「あまり深くは話したがらなかった」

「あまり深くは？……それはどういう……」

「大変な緊張状態に置かれてるみたいだったたって言ったでしょ？　それに、あまり時間がないって言ってたし。やらなければならないことが――」

「どうして私のところには電話がないんだ？　どうもわからん」

「明日か明後日には電話するって言ってたけど」

「少なくとも、まだ生きてるわけだ。それだけは神に感謝しないとな」

「アーサー」

「もしかしたらと思いはじめてたところなんだが――」

「アーサー、聞いて」

「なんだね？」

「彼に妙なことをいくつか訊かれた」

「妙なこと？」

「……そう、奇妙なことを」

ジョン・リーは、〈パラダイス・ヒルズ〉を抜けて国有林の中まで延びている未舗装路から、自分の家を眺めている。まばらな糸杉が恰好の隠れ蓑になっている。

アーサーとモーリーンの電話でのやりとりをヘッドフォンで聞いている。彼の車の前部座席には、小さな黒い監視機材がショーウィンドウに展示されているかのようにきれいに並べられている。

彼がモーリーンの不倫――あるいは、離婚から彼に対する攻撃まで、彼の知らないところで進められているかもしれない計画を疑って、自分の家の電話に盗聴装置を仕掛けてからもうすでに何年も経っている。

「何を訊いてきたんだ？」

「この〈パラダイス・ヒルズ〉の地所はどうやって買ったのかって訊いてきた」

「どうやって買った？」

「州から買ったんだって答えたけど」

「そうだ、そのとおりだ」

ジョン・リーにはアーサーの声のトーンがいくらか上がったのがわかる。

「州から買ったのは……」

「州から買ったのは……」

「ある女性が死んだから。でしょ？」

「そうだ」

「でも、その女の人は殺されたんだった。そうだったわよね？」

長い沈黙がヘッドフォン越しに伝わる。そして、その沈黙が大きな口を開けて、ふたりを呑み込みはじめる。

銃声が夜気を震わせる……

アーサーは、時間を超えた宗派が造ったようにも見える、傷んだ奇妙な煙突のところまで歩いた。そして、漆黒のときの中に佇み、石に描かれた古いしるしを見つめた。愚かで子供じみた抽象だ。怠惰とアンフェタミンの産物。しかし、彼が今、必死で考えているのは、どうやって老婆に土地を売らせるか、その新たな説得法だった。

老婆はトレーラーの中で、キッチンテーブルに足をのせ、ビールを飲みながら彼の話を聞くだけは聞いてくれた。足の指と指をこすり合わせながら。彼女の足の指は発火棒のように黒く、彼女はまるで摩擦で火を熾《おこ》しでもしているかのように激しくその指をこすり合わせていた。

しかし、彼の説得も、ジョン・リーの説得もまるで功を奏さなかった。彼女が育てているジャンキーの子供もまるで役に立たなかった。興味があるのは過程であって手続きではない、と彼女は言う。

そんな中、一発の銃弾がすべてを変える。

彼は急いでトレーラーに引き返した。錆びた銃身の中で埃が燃えている炎が見え、煙越しに四つん這いになっているサイラスが見えた。血が鼻から口から垂れている。そんなサイラスをジョン・リーが見下ろしている。

「このくそジャンキーが！」彼はそう言って、ブーツを履いた足で激しくサイフスの脇腹と背中を蹴った。

アーサーは黒い煙の中に跳び込んだ。煙が大きな螺旋を描く。「何があったんだ、ジョン・リー？」

「このクソガキが婆さんを殺しちまったんだ！　婆さんは寝室だ」

アーサーは墁のアートを施したモルタルの塀を飛び越え、庭を横切った。

寝室のあるトレーラーの中は、月明かりがひとすじ老婆の寝室の戸口に垂らしたシーツを照らしている以外、漆黒の闇だった。風はなく、シーツも揺れていない。百合と薔薇の紋章もどきが白い不定形の天国に浮かんでいる。彼はシーツをどけた。

そして、見た。

老婆は床に横たわっていた。眼は開いているが、色が失せている。首と耳の下の肉が一部吹き飛ばされ、かわりに血と粘液がそこに居坐っている。

彼は長いこと見つめた。感覚をなくしたまま、死を盗み見た。

そのうち老婆の指がかすかに動きはじめた、固い地面を這う黒い毛虫のように。何かを引っ掻くように。弱々しく。かすかに胸が上下していた。盛り上がっては下がり、下がってはまた盛り上がっている。分厚いセーター越しにどうにか確認できる程度ながら。が、そこでミルクのように白く濁った彼女の眼が澄んだ。そして、一瞬、闇に浮かぶアーサーの眼の岸をとらえた。

「アーサー、わたし、恐い」

「恐がることはない」

「でも、ボブはどうしてそんなことを訊いてきたのかしら」

「何も心配することはない」

「ほんとうに？　でも、とにかくぞっとさせられたのよ、彼の口調に……そう、彼の口調に」

「考えすぎだ」

次にできた間には息と沈黙が錯綜する。来たるべき頑固な未来が奏でる完璧なリフ。

「一緒にいられればってほんとうに思う」

「モーリーン……」

「ほんとうに。アーサー、わたしたちは結婚すべきだったのよ」

「モーリーン、頼むから……」

「あなたはわたしを愛してた」

「大昔の話だ」

「あなたはわたしを愛してた」

「でも、私は結婚していた」

「それでもよ。そうしていれば、わたしたち、もっと幸せになれた。あなただってわかってるくせに。ジョン・リーなんてわたしの人生に登場することさえなかった……」

「何もかも彼のせいにすることはできない」

「どうして？」

45

ナショナル・トレイル・ハイウェイ――もとのルート66――はその歴史的経路をたどるように、ラドロウの東からモハーヴェ砂漠に延びている。ボブとケイスは東をめざし、その道路の真実を目のあたりにする。道路沿いの軽食堂とつぶれたモーテルの残骸が、黄色がかった茶色の全風景のアクセントになっている。第二次世界大戦後のアメリカの記念碑のような、崩れた小さな牧場の母屋と巨大な広告板。バグダッドの町などはもうただの標識でしかない。アムボイもまた、人口二十人の町全体が売りに出されている標識にすぎない。まさに建築の墓場だ。ルート66が永遠に続くほうに賭けてダイスを転がし、この地に腰を落ち着けようとした者たちの遺物は、その墓場以外何もない。

エロールが言っていた道が見つかる。その道は円錐形の火山をのぼっている。噴石が摘み取られただけの暗い裂け目のような小径だ。

それが何マイルも続いている。隆起と亀裂を繰り返す、細く曲がりくねった、いかにも無防備で危険な途上、切り通しと断崖に差しかかるたび、ボブはダコタを降りて前方の安全を確認する。

　一時間後、ふたりはすでにブリストル山脈に奥深く侵入している。塩分を含んだ平地が東に広がり、その平地は、かつてジョン・スタインベックが書いた〝恐ろしい砂漠〟という点で、西と釣り合いが取れている。山々が真っ黒な鴉のようにちらちらと光る、乾いた塩の地獄だ。

　ボブは道路から扇状に広がっているすべての湿地、灰褐色のクレヴァスを調べ、カルデラの隅に、崩れかけた農家の二階建ての母屋を見つける。

　そして、ダコタの運転席のケイスに手を振る。ふたりはスプーンですくい取られたような窪地にダコタを隠す。ケイスは前部座席の下から銃を取り出す。ふたりは誰にも見られないよう、裸の岩の懐に隠れて歩きだす。

「あの子もここにいると思うか？」

　彼女は気むずかしそうにただ肩をすくめる。

「ポーチの下の窓を見てくれ。あそこはたぶん地下室だろう。鎖にでもつながれて、あそこに閉じ込められてるかもしれない。やるなら、今やるしかない」

「真実か挑戦か」とケイスは言う。「もっとヴォリュームを上げとくれ（〝真実か結果か〟と言われ、質問に答えられないと罰ゲームをさせられる視聴者参加のテレビ番組がある）」

　ふたりは傷だらけの丘の中腹を下り、裏手から母屋に忍び寄る。そして、ワイヤで固定してある、今にも倒れそうな支柱と支柱のあいだに体を割り込ませる。オークの木立ちがうまく彼らを隠してくれている。窓を点検する。どの窓もすべて。静寂は風に揺らぐ枝によってしか破られない。

カメラマン用の投光照明があてられ、コンクリートの床に描かれた赤い輪の中の黒五芒星が命を得る。もうひとつの照明が舞台の軸になっている。すじになった闇の中をサイラスと彼の軍隊が動きまわっている。

ボブとケイスは母屋に近づく。自分の影を追いかけるように、軋むポーチの木の階段を昇る。そのふたりの影が窓をよぎる。ふたりはカーテンの向こうの光のない部屋をのぞき込む。ケイスがボブの腕に触れ、彼は頭を起こす。彼女の銃の銃口は、少しだけ開いている隣りの窓に向けられている。

サイラスは誘拐したメキシコの少年の横に膝をついた。少年は裸で、手と足を縛られている。そして、震えている。しかし、それもリーナの手の中で光る注射針が刺されるまでのことだった。その途端、少年は吠え、死と戦う雑種犬となった。

泥棒のように、ふたりは梱包用の箱が山積みされた部屋を歩く。そして、立ち止まり、ミルクのように白い光に洗われた静寂に耳をすます。返ってきたのは、家が胸に息を吸い込んだような家鳴りだけだ。

少年の太腿はねじれ、こわばっている。サイラスは少年の悪魔のしっぽをつかむと、力をこめて強く握りしめた。少年は子牛のようにひるんだ。すかさずリーナが少年の陰嚢を持ち上げ、注射針をすばやく少年の陰嚢の下に刺した。悲鳴と焼けつくような熱を通して、少年の世界はもろくも崩れ、猿ぐつわを嚙ませられたギャビが、地下室のゴミの中から光の中に引きずり出される。

ケイスは暗い木の階段を見上げる。板で囲われ、キャットウォークほどの幅もない。

「あんたは地下室に行って」と彼女は囁く。「あたしは階上《うえ》を見る」

ボブはうなずいて言う。「窓の外に気をつけろ。やつらが戻ってきたら、すばやく引き上げる」

ふたりは二手に分かれる。ボブは手探りで薄暗い廊下を地下室のドアに向かう。食器室の近くで、ケイスが踏み板を軋らせ、二階に向かった音が聞こえる。彼はダイニングルームの窓に睨まれて見返し、ふと外を見る。ガレージだったように思われる建物の近くに木造の納屋がある。そのドアが開いており、納屋の中から外に向けて奇妙な水たまりができている。

さらにふたつの投光照明器がつけられ、これで地下室の四隅すべてに照明がともり、ギャビの体が五芒星の上に横たえられる。

黄色いシェイド越しに明かりが洩れている。刺激的な香水、麝香の香、マリノァナのにおいが彼女の鼻を突く。そのにおいに、その昔、サイラスに耐えさせられた悪魔の儀式の記憶が甦る。これらの壁に囲まれた空間に自分は何を見つけることになるのか。それが感じられ、彼女の指は落ち着きをなくす。その指が握っている銃の撃鉄を勝手にまさぐる。床の上の錆びついた蝶番が静けさを破る。

悪童のようにスキーマスクをつけた人影が、四つん這いになって逃げようとする少年を追いつめる。少年は麻薬に浸ったカオスの中で泣き叫んだ。

ボブは地下室ではなく、納屋に近づいている。納屋の中からは怒ったようなうなり音が聞こえている。ボブはさらに近づき、中を見る。格子の仕切り越しに射し込んでいるいくすじもの光の中、蠅が飛び交っている。淀んだ空気の中、蟬《せみ》の大軍のように蠅が群れている。壁にとまっている群れが生きている腫物《しゅもつ》のように見える。緑の体を錆びた焦げ茶色のブリキに寄せているのが、苔むすクライン（生物学で、同一種族に属しながら、それぞれに特徴があり、漸次的に変異する現象）のように見える。

サイラスはギャビの口からテープを剝がした。彼女は咽喉をつまらせたが、口は利かなかった。

「悪魔のしっぽ《テイル》を味わうときがきた」とサイラスは言った。

ボブを探して、ケイスは地下室のドアを見つける。階段を降り、真っ暗な中、明かりのスウィッチに手を伸ばす。つかない。彼女はボブの名を呼ぶ。返ってきたのは足の下の頼りない階段の揺れだけだ。彼女は硝煙の燐のにおいと、床の下の地面が発する湿気に顔をしかめる。

向精神的な譫妄《せんもう》状態の中、少年は引きずられ、ギャビの上に放り投げられる。呆然としたまま、彼は蟹のように這って逃げようとする。が、髪をつかまれ、引き戻される。黒と灰色のビデオカメラがズームインし、そのときの一秒一秒の表情も逃がすまいとしている。燐光と影が泳ぐ背後で、映像の惑星と化した地下室そのものも泳いでいる。英語とスペイン語で叫ぶ天使たちとともに。「さあ、やれ！　彼女におまえの悪魔のしっぽをやるんだ。彼女にやるんだ……死にたくなければ、やるんだ！」

ボブが嗅いだのは腐った肉のにおいだ。酸っぱい胃液がこみあげる。砂漠の市場で吊るされている脛肉のような乾いた、腐ったにおい。水たまりに蛇のように横たわっているホースの先が泡立ち、浮き滓のようなものが出てきている。使いかけの石灰の袋が納屋の壁に立てかけられ、シャベルがそのそばの砂地に投げ出されている。

涙のような形をした、ライターの炎をかざし、ケイスは四つの銀色の投光器が四隅に置かれた四角形の空間をざっと見る。コンクリートの床に五芒星が描かれている。刻印されたように彼女自身の影が、揺れながら、壁から彼女を見返している、木で作られ、くさびでとめられたふたつの逆十字のあいだから。ケイスは胸が痛み、震え、その場から動けなくなる。そこで何があったのか、彼女には一目瞭然だった。それは彼女自身、来賓となり、何度も見てきた死の儀式だ。

ボブは納屋の黒土をシャベルで掘っている。ケイスは母屋の地下室でライターの炎が風に揺れるのを見ている。誰かがいるのがはっきりと感じられる。

彼女は慎重に階段に戻る。そして、光が届いていない隅に眼を走らせ、土のにおいを鮮明に嗅ぎながら、銃を腰に強く押しつけ、乏しい光に導かれて階段を昇る。

何かにシャベルがあたる。すくうと、泥水がシャベルの刃の両脇から垂れて、人間の腕が現れる。浅黒い肌の腕で、儀式のために指が三本切断されている。

ボブは思わず、あとずさった。腕が地面に落とされる。彼に考えられることはひとつしかない。彼女の体もこのおぞましい水たまりの中に埋もれているのか。ギャビの名前を叫びながら、ボブは狂ったようにシャベルで泥水をよけ、地面を掘りはじめる。

ケイスは地下室のドアを抜け、待った。耳をすます。そして、ダイニングルームのほうへ行きかけたときだ。食器戸棚のガラス戸に、暗いアルコーヴから飛び出してきた男の顔が映った。

銃を構えるまえに、彼女は筋骨隆々たる腕に肩を押さえられ、発射された二発の銃弾はただ床にあたっただけだった。ボブは反射的にシャベルを放り出し、母屋のほうへ目散に駆け出す。

男は力任せにケイスを戸棚に押しつけた。その衝撃に一瞬、ケイスは背中の感覚を失う。ボブは玄関のドアに肩から体あたりする。錠が取り付けられていた木の部分が弾ける。ケイスは戸棚に再度押しつけられながら、銃を握った手をどうにか相手の腕から振りほどこうとする。ガラスが割れる。銃が床に落ち、暴発する。

どうしても男の腕から逃れられない。ボブが廊下を走ってくる音がする。ケイスはボブに警告を発しようとする。が、その刹那、ダイニングルームのほうへ振り飛ばされる。テーブルと椅子を散らし、床に顔を激しくぶつけ、一瞬、気が遠くなる。

ボブは何かにつまずきながらも、セミオートマティックをシャツの下から取り出し、居間に走り込む。男はすでにケイスの銃を奪い、ボブの突入に備えていた。ボブはダイニングルームに向かいかける。が、男の射撃の腕がどれほどのものかわからない。ケイスは必死で意識を取り戻す。ボブがダイニングルームのすぐ近くまできたところで、銃火が光る。同時に、彼と一フィートと離れていないところで、木が弾ける。

とっさにボブは床に身を伏せる。もう一発、銃弾が頭の上を飛んでいく。ボブは遮蔽物を求めて床を這う。男は椅子を蹴飛ばし、ボブに狙いをつける。

すべては数秒のあいだの出来事だ。ケイスは意識をしっかりと取り戻すと、ナイフを握った。そして、ブーツから取り出すと同時に、立ち上がり、男の咽喉を数インチ掻き切った。

切ったのは一度。すばやかった。きれいな一文字ができていた。短いうめき声がして、停滞した空中に動脈の血が飛び散った。男は、口と顎を狂ったように動かしてまえに出てくる。膝が震えている。シャツに覆われた胸が見る見る赤く染まっていく。

ボブは立ち上がり、部屋に飛び込む。ケイスは男の肩をよけてうしろに退く。男は手にした銃を構えかける。が、そこで落とした。

ケイスはまえに出ると、胸骨のすぐ上の柔らかい部分を狙い、「おまえはもう終わってんだ《クロッシング・オーヴァ》よ」とつぶやいて、拳が男の顎にあたるまで深々とナイフの刃を沈めた。

「大丈夫か？」

ケイスは膝をつき、死に顔をのぞき込んでいる。

「ケイス、大丈夫か？」

「うん……ああ、うん」

「何があったんだ？」

「わからない」

彼は死体をまたいで言う。「誰だ、この男は？」

「わからない。ここに住んでる森林警備隊員じゃないの、たぶん」

彼は彼女に手を貸して立たせると、銃に手を伸ばし、彼女に返して言う。

「死体を見つけた」

彼女は振り向いて彼を見る。そして、それは彼女には意外なことでもなんでもなかったかのように黙ってうなずく。

「納屋だ。納屋に埋められてた。石灰と一緒に。水たまりの下に。おそらく腐りやすくさせようとしたんだと思うが……」

彼女は地下室のドアを見て言う。「その死体は……？」

「なんだ？」

「その死体は……？」

ケイスの細められた真剣な眼を見て、ボブにも彼女の言いたいことがわかる。

「いや、肌の色が濃すぎた」

「男の子？　女の子？」

「わからない。ただ……」

彼女は、食器室の横にある、明かりのついていない階段が始まる地下室のドアにまた眼をやって言う。

「ここはもう出たほうがいいみたい。今すぐ」

彼女は死人が倒れているところまで歩くと、男の咽喉からナイフを引き抜く。糸を布地から抜いたときのような音がする。刃に血のあぶくがついている。ケイスはそれをジーンズで拭き取る。

その間ずっと、ボブはケイスが何度も眼をやったドアの向こうの王国を見つめている。そして、歩きかけたケイスの腕をつかみ、顎をしゃくって疑念を表明する。「きみは何か知ってるんだな、そうなんだろ？」

「早く出なきゃ」

「死体は埋められて二日と経ってない。何かがここでおこなわれたんだ。そうなんだろ、ええ？　なんなんだ、それは？　ギャビはもう殺されてしまってるのか？」

「確かなことはわからない」

「嘘は言わないでくれ。ほんとうのことを言ってくれ。おれにはもう……」

「今はそのほんとうのことがあたしにもわからないんだよ」

「ギャビはもう殺されてるのか？　おれの子供はあの……あのゴミ溜めに一緒に埋められてるのか？」

彼の頬の色がいつのまにかざらついた灰色に変色している。戦争のたびに殺される子供たちの死体に掛けられる毛布の色に。

「かもしれない」と彼女は言う。

「きみは何を知ってるんだ？」

「とにかく出よう。ほんとに。頼むよ。今すぐ！」

彼は地下室のドアのほうに歩きだす。ケイスはそれを止めようとする。が、止められると、彼はよけいに心が惹かれる。彼女の手を振りほどく。彼女は彼のあとについて階段を降りる。

暗がりの中、ボブはマッチをする。

そして、蛆が湧き、悪臭を放つ地下室のフレスコ画を見る。「なんだ、これは？」

「死の儀式」

「なんだって？」

「子供をここへ連れてきたんだよ。初心者を。そして、ヤク漬けにして、お互い……レイプさせ合うんだ。もっとひどいことも。そうして最後に子供は殺される。全員じゃないけど、まあ、ほぼ全員だね。何人かは取っておかれる。あたしみたいに。取っておかれない子供は、血を抜かれて……その夜、あたりをうろついてる――と彼らが言う――霊に捧げられる」

ボブはマッチの炎を吹き消し、天井を見上げ、絶望に固く眼を閉じる。

「ボブ、ここはもう出たほうがいい」

ボブは眼を開け、歩きはじめる。

「ボブ、この死の儀式には何人ぐらい異常者が集まるかわかる？　二十人か、三十人。メインイヴェントはまだこれからで、やつらはまたここに戻ってくるかもしれない。こんなところでやつらとやり合いたくはないだろ？」

「彼はここにまた戻ってくる？」

「もしかしたら」

「彼がエロールに渡すブツだが、ここに置いてはいないだろうか。ここなら安全と思ってはいないだろうか」

「さあ」

「ブツというのは、移動させるまえに、とりあえずこういう隠れ家に隠したりするもんじゃないのか？」

「まあね。だけど、ここを家捜ししてる時間はないよ」

「おれたちが彼を追うんじゃなくて、彼におれたちを追わせるんだ」

「何を言ってるの？」

「彼を来させるんだ。最初は彼がおれたちに災厄をもたらした。今度はこっちが彼に災厄をもたらすんだ」

ボブは天井を見上げる。「階上《うえ》は？　おれたちが来たことは彼にもいずれわかるだろう。いや、エロールがもうご注進に及んでるかもしれない」

「まあね。だから……」

彼の声には索漠とした響きがある。「ローマの円形競技場で、キリスト教徒は素手でライオンに立ち向かわせられた。でも、ライオンもいつもキリスト教徒を襲うとはかぎらなかった。ライオンは別に面白がってたわけじゃないんだから。人を殺すのが面白かったわけじゃないんだから。そんなとき、キリスト教徒は自分のほうからライオンに攻撃をしかけた。そうすれば早く死ねたからだ。早くけりをつけられたからだ。おれたちもそれをやろう」

「どうやって？」

そむけた彼の顔に形のない死の影がよぎる。「彼にはっきりとわかることから始めよう……火だ」

46

一時間も経たないうちに、アムボイの〈ロイのカフェ〉で昼食にチリを食べていた〈ナショナル・クロライド〉社のふたりの重役によって、地平線のうなじのあたりに立ち昇った煙が発見される。

そして、夕刻には、海のほうに流れる黒煙を数機のヘリコプターのブレードが掻き混ぜている。消防車が丘をのぼってたどり着くには一時間以上もかかる。その頃には、母屋はもう焦げついた殻から唾を吐き出す、横揺れする骨組みだけの壁画と化している。

エロールは自分の酒場の奥にあるオフィスの机について坐り、食べものを見ている。縫われ、包帯が巻かれたその顔は腫れ上がり、鎮痛剤《ヴィコディン》のせいで動きが鈍い。

オフィスの外の話し声も音楽も彼にはなんの意味もない。食べ残しというスクラップの中で、死を思っている私略船の船長。それが今の彼だ。

皿を脇にどけ、ことばもなく立ち上がる。

車のドアのロックを開けようと、酒場の裏の路地に向かう。が、悪い知らせが彼とドア・ロックとのあいだにいきなり割り込んでくる。彼は顔を上げる。なんらかの行動を取るにはすでに消耗しすぎている。

「サイラスに知らせたりはしなかっただろうな」とボブは言う。

「あそこまで行ったのか？」ためらいがちに、エロールはあたりを見まわす。路地の入口に停めたダコタの脇に、ケイスが立っている。「あの女をおれに近づけるな」とエロールは言う。「彼女は人畜無害だ……今のところは」

エロールは全身で敗北宣言をしている。鎮痛剤と恐怖の言いなりになっている道化。それが今の彼だ。「あそこに行ったのか？」と彼は繰り返す。

「ああ……でも、サイラスはいなかった」

「ああ」と言って、エロールは車のドアを開けようとする。が、ボブにその手を押さえられる。

「なんなんだ！　ええ、なんなんだ？」

ボブは携帯電話を取り出し、エロールの手に押しつける。「彼に悪い知らせだと言うんだ」

噂はサイラスの友達から友達に伝えられ、その日の夜には、サイラスとガターは、借りたブロンコをナショナル・トレイル・ハイウェイの路肩に停めて、検死官事務所の車が警察の路上の防塞を抜け、母屋にゆっくりと向かうのを眺めている。

サイラスはマスコミの車と、投光器付きビデオをまわしながら現場の状況を伝えているレポーターの脇を通る。そして、外から見える概況を把握する。まだくすぶっている火事跡から搬出される黒焦げ死体。納屋から発見されるそれとはまた別の死体の残骸。そっちの死体のほうはすでに二日ほどまえから腐敗が始まっていた、という噂が流れるが、警察はそのことについては言明を避けている。

どうしてこんなことになったのか、サイラスは漠然と察している。エロールが来れば、それもはっきりするだろう。彼は道路を横切り、野次馬の中を歩いて時間をつぶす。

あたりには十台ほどの車が停まっている。まがまがしい死の瞬間に立ち合うために、カメラと弁当持参で駆けつけてきた輩《やから》の車だ。

彼はブロンコに戻る。その途中、フロリダの〝吸血レイプ魔〟のことを女が連れに話しているのが聞こえてくる――ヒッチハイカーを誘拐して、レイプして、二十二時間のあいだにその女の半分以上の血を飲んで、たったの十年の刑期なんだって。

ママが友達に尋ねるのをいかにも愚鈍そうな顔をした三人の天使が聞いている――「そんな罪を犯して、たった十年で出てこられるなんて信じられない。いったいどういう原理で？　どうしてそんなことが可能なの？　そんなやつをすぐに刑務所から出しちゃうなんて、いったい警察はどういう神経をしてるの？」

サイラスは振り向き、静かに、親しげに、尊師の答を告げる。「大衆コントロール。それが理由だ」

サイラスはエロールが車を路肩に寄せるのを見て、ガターに手を振り、マスコミ車両から少し離れた草むらまで歩き、ガターとエロールと額を寄せる。

うしろから光が射しているので、サイラスにはエロールの頬に渡された大きなガーゼが見える。「どうした？」

エロールは声音に恐怖をにじませて答える。「ヘッドケイスだ」

サイラスはどんな反応も示さない。「どうした？」

エロールは、車を小径に誘導するために警察が設けた投光器の光にうつむき加減になって言う。「彼女に会った。それからまだ三十分と経ってない」

「あのクソ女《あま》は九つの命の持ち主ってわけだ」とガターが言う。

「それで」とサイラスはさきを促す。

検死官事務所の車がもう一台通り過ぎる。エロールはその車がスピードを落とし、路上の防塞を通り抜けるまで眼をそらす。「いったいここで何があったんだ？　ニュースじゃ……」

「そんなことはどうでもいい。いいから、話せ」

「彼女はあんたがメキシコで受け取ったブツを持ってると言ってる」

ガターがサイラスを見て言う。

「彼女がそう言ってるのか？」

「彼女と彼女と一緒の男が、だ。母屋から持ち出したって」

サイラスは狭い道路を振り返る。

「あそこに隠してあったのか？　そうなのか？」

サイラスはガターを見て、歯を唇に押しつけるようにして言う。「やつらは魔法に賭けようとしてるのさ……」

ガターは黙ってうなずく。

「ブツはやつらが持ってるのか？」とエロールが尋ねる。

サイラスはエロールのほうに向き直り、一切の隙を声音から消して言う。「なんでここの隠れ家のことがケイスにわかったんだ？」

「それはあんたがしゃべったからだろうが」

サイラスはエロールをじっと見つめる。

「彼女はそう言ってる。メキシコで聞いたって。忘れたのか、おれたちはメキシコで――」

サイラスは顔をそむけ、また野次馬を眺める。

「彼女が現れるまえに、おれたちは――」

「少し黙ったらどうだ、エロール」

エロールはしばらく口を閉じてから続ける。「彼女はあんたに会いたがってる。あのクソも」

「ほう」

「そうだ」

「だけど、会うってどうやって会う？」

エロールはポケットに手を入れ、ボブに手渡された携帯電話を取り出す。「短縮ボタンでCを押すだけでいい」

サイラスは携帯電話に眼を落とし、そのあとエロールの顔の包帯を見て言う。「それはどうした？」

「ナイフでやられた」

「自分で咽喉を掻っ切ろうとしたんじゃないんだな？」

「ヘッドケイスだ。メキシコでのことで逆恨みされた」

サイラスは携帯電話を見てから、エロールにまた眼を戻す。エロールは広げた手で顔を隠し、いかにも居心地悪そうにしている。

サイラスはやけに甘ったるい声で言う。「傍観者なんてものはいないんだよ」彼の眉がVラインを描き、その顔に人を騙すときの暗い笑みが浮かぶ。「たいていのやつが血の儀式なんてへっちゃらだと思ってる。サイドラインから見てる分にはなんでもないってな。だけど、そういうもんじゃない。吟遊詩人から道化まで、みんな同じだ」彼はもう一度繰り返す。「傍観者なんてものはいないんだよ」

47

「うまくいくだろうか？」

ケイスは携帯電話を見つめながら、煙草の煙を鼻から吐く。「ブツがほんとにあの家に隠されてたのだとしたら、もう戦闘の真っ只中に突入したみたいなものだね。金の額が大きすぎるもの。でも、彼が今も手元に持ってて、これがただのはったりだってことが最初からばれてる場合は、あたしたちの狙いはなんなのかってあいつはきっとあれこれ――」

「だけど、おれたちはあの隠れ家を突き止めたわけだし、彼としても――」

「まだ話は終わってないよ。彼もそりゃあたしたちの狙いはなんなのかってしばらくは考えるだろう。けど、なんといっても、彼の隠れ家のひとつを焼いちゃったんだからね。これですまされるわけがない。つまり、あたしたちはそろそろ一巻の終わりタイムにはいったってことだ」

ふたりは貨車を改造した、スペアリブとビールの店の一番奥のテーブルについている。どのテーブルにもブースの明かりが落ちて、小さな光の輪が薄暗く長い通路に沿って点々と連なっている。ふたりの坐っているところから、駐車場と道路まで延びている線路が見える。店そのものは、バーストウとカリフォルニア・シティのあいだ、ヒンクリーのしけた一帯にある。

「きみはあそこで」とボブは言いかける。「きみはあそこで……」

ケイスは両手で持ったコーヒーカップ越しに彼を見る。ボブは半眼になって、眼のまえに並んだショットグラスとビールの空き壜を見つめている。「きみは見事にあの男を始末した。ためらいなくやった。おれが止めなければエロールもやってただろう。おれにもそういうことができればとつくづく思うよ」

「なんであんたがそんなことを言うのか、あたしにはわかる気がする」

「そうかい？」

「そういうチャンスを自分も得たいからだ。なぜなら、彼女はもう死んでるってあんたは思ってるから」彼女はそこで間を置く。「あるいは、死んでるにちがいないって」

「おれはそれほどあからさまな顔をしてるか？」

「ううん。あたしにもだんだんあんたって人がわかってきたってことかな」

「おれは毎日あの子の無事を祈ってた。毎日。だけど、その一方で、すでに死んでいて、もう苦しんではいないことを祈ってる自分にも気づいていて、そういう思いは、最初のうちは努めて心から締め出そうとしてた……あの子はたぶんもう死んでしまってるんだろうと思うと、おれにはもう何もかもが……それは今も変わらない。今でも祈ってる、生きていてくれって。そして、死んでいてくれって。今のおれはひとりでふたりの幽霊を演じてるようなものだ……ボブ・ハイタワーは……もう何者でもない。くずだ。ボブ・ワットエヴァーは……」

「ボブ・ワットエヴァーはそんなに悪くないよ」と彼女は言う。「ボブ・ハイタワーだって、あんたがそれほど自己嫌悪しなきゃならない男じゃないよ」

彼は肘をテーブルについて、前腕を上げ、両の手のひらで覆いをつくり、顔を隠す。明かりの向こうで彼が泣きはじめたのがケイスにはわかる。

ウェイトレスがやってきて、ケイスとボブの両方に眼をやる。ケイスは首を振って、ボブのほうを手で示し、彼にはおかわりを注文する。

「おれはどんな魂の働きにも意味があると信じてた」と彼は言う。「古臭い考えかもしれないが、おれはそうだった。そんなことはないのかもしれない証拠を目《ま》のあたりにしてもそう信じてた」

ボブは顔を起こし、涙を拭いた。「だけど、それはおれだけじゃなくて、みんなが望んでることじゃないのか？　すべてのことに意味があるというのは。おれたちはただの物ではなくて、それ以上の存在だってことはみんなが……」

彼女の顔に彼に共感する気配が浮かんでいるのが彼にもわかる。ボブ・ハイタワーとボブ・ワットエヴァーの苦悩に対する同情だ。しかし、その一方で、彼女の眼は沈黙してもいる。人ひとりを殺したときの不可解さと不気味さを今もたたえている。

「それはきみだってそう思うだろ？」

「うん、コヨーテ、そう思うよ」

「だったら、きみは実際にはそうでない現実をどうやって克服してる？」

彼女はコーヒーカップをテーブルに置くと、脇にやり、テーブルに肘をつく。暗いながら雄弁な顔つきになっている。「あたしはいいジャンキーなら誰もがすることをしてる。正しいことを今やる。正しいことを今」

「それだけか？」

「それだけでももう充分むずかしいことだよ」

「そのほかには？」

「それを超えるモラルの問題？」

「ああ」

「そんなものはないよ、コヨーテ」

「だったら、なんできみはここにいる？　なんでおれなんかとここにいるんだ？　復讐のためか。サイラスに仕返ししたいからなのか。血の贖い？　プライド？　今度のことはきみにとって、正しいことを今すぐしなきゃならないことでもなんでもない。しなくてもいいことだ。なのに、死んでいてもおかしくないような危険まできみは冒してる」

ケイスは手を伸ばし、ボブのシャツのポケットから煙草を取り出す。その手がボブの手に触れ、いっとき止まり、また動くのをブースの明かりがとらえる。

「全部には答えられない。復讐。それはそうだね。そのために、あたしはここにいるんだよ。サイラスに意趣返しがしたいっていうのも同じだね。けど、その一方で、そういうことを思うのはフェアじゃないってこともわかってる。だって、ああいう集団にいたことそれ自体、責任は自分にあるんだから」

彼女は煙草に火をつけ、頭をのけぞらせて煙を吐く。「でも、なんでここにいるのか、それは考えないことにしてる。いるからいるんだよ」

ウェイトレスがボブのテキーラとチェイサーがわりのビールを持ってくる。ケイスがショットグラスに手を伸ばし、鼻のまえに持っていき、テキーラのにおいを嗅ぐ。「くそ、においを嗅いだだけで、濡れてきちゃう」そう言って、ボブのほうにグラスを戻し、背もたれにもたれ、テーブルに足をのせる。

ボブはグラスを取り上げ、ケイスに向けてグラスを掲げ、一気に飲み干す。ケイスは親指を立ててボブに示して、続ける。

「人生ってなんなのか、ほんとはみんなよくわかってる。あたしはそう思う。ただ、いわゆる〝いやなこと《バッド・ニュース》〟については、みんな心の準備ができてないだけでさ。だから、みんなそれと戦うんだよ。神とか悪魔とか自家製のニューエイジのたわごととかの力を借りて。そうさ。ほんとはみんな人生には何もないなんてことは知ってるんだよ、心の奥底では。でも、時間が経って、人生が磨耗してくたびれてくると、何もないってことが怖くなる。

人間って動物はつくづく絶望して、自分自身の姿にして、神を取り戻したんだよ。そうやって神を自分が求めたものに合わせたのさ。自分が必要としたものに。自分が持つのが当然だって思ったときに持つべきものに。その最悪の例が神のミケランジェロ・ヴァージョンだ。だってさ……」

彼女はおどけて、アダムに手を差し伸べているシスティーナ礼拝堂の神の真似をしてみせる。

「偉大な男。偉大な白人。あたしはそう呼びたいね。人を食いものにする詐欺師の中の詐欺師」

彼女は首を振る。「そう、神は白人で、男なんだよ。だけど、あたしの意見を言えば、それこそ、そもそもの罪だ。それでもう先例ができちまったんだから。神性――完璧――は男だって言っちまったんだから。それこそ息子に引き継がれるべき白人の文化で、だから、それ以外の人間は誰でも、それ以外のものは何もかも、それよりひとつ劣るんだよ。女も、黒人も、インディアンも、動物も、ゲイも。

それが創世記だ。あれは醜聞の暴露本だ。自分に有利なモラルと哲学の寄せ集めだよ。ヒットラーの『我が闘争』も。でも、頭のいかれたやつらはけっこうああいうのに夢中になっちゃう。

でもって、信仰を買ったやつは買わないやつを村八分にして、そういう信仰を土台にして、国がつくられる。ドル札に書いてある文句を見るといい――〝われら神を信ず〟――なんなんだい、このくそみたいなジョークは」

彼女は乱暴に煙草の灰を落とす。灰は灰皿の中にはいらず、へりに落ちる。彼女は空のショットグラスをひとつ取り上げ、そのひとつだけをほかのグラスと離し、テーブルの隅に置いて言う。

「そこへはみだし者が現れる。そのはみだし者には考えがある。ほかのはみだし者もその考えを買う。それだよ、それ。それがサイラスなのさ。彼らは自分の姿と特徴に合わせて悪魔を創造する。そう、彼らにとっては悪魔が守護聖人なのさ。で、戦争が起こる。起こらないわけがない。なんで、はみだし者ばかりがろくでもない神性の足元にひれ伏し、死ななきゃならないのかってわけ。だから、あんたとサイラスは……」彼女は注射を打たれた腕をぴしゃりと叩く。「だから、あんたたちはお互いを必要としてるのさ。ヤクみたいに。お互い相手の注射がなきゃ、すべてを見ることができない。だから。

で、結局、みんなにクラブが必要になる。神さまクラブにしろ、悲鳴クラブにしろ。同じブロックに。ちがうバンドで。それでも、演奏は請われ、借りられる。そして、どういうステージであれ、カヴァーチャージはとてつもなく高くつく。ほんとに真実を知りたいのなら、コヨーテ、棺を叩きにいくしかない」

彼女は煙草でボブを指す。「どうしてあんたは自分を失いかけてるのか、ほんとのわけを言ってあげようか? それは、あんたの神を信じるってことは、彼を、サイラスを、信じることだからさ。そして、彼を信じるってことは何より彼の力を信じることだ。言っとくけど、あたしは彼のやったことだけを言ってるんじゃないよ。あんたが無意識にしたがってることを言ってるんだ。だけど、それは〝偉大な白人〟の眼から見れば、自分をただのクソにすることだ。そして、そうなることを信じるってことは、物事はどうして今あるがままにあるのか、そのわけを信じるってことだ。けど、今はそのわけがあんたの理解の及ばないところにある。で、結局のところ、あんたは娘の死を祈ることになる。苦しみの終わりをね。〝偉大な白人〟の眼から見れば、ちょっとした過ちの終わりを」

彼女は煙草を掲げて、しばらく吸わずにただ燃えさせる。「だけど、それは誰の苦しみなんだい、コヨーテ……彼女のかい、あんたのかい?」

ボブは彼女のことばに戸惑いながら、ただじっと坐っている。「わからない」

「だろうね」

「わからない。それはほんとうだ」彼はそこで間を置く。「しかし、だったらきみはどうなんだ？　きみがアンに言ったことは？　われわれが充分近づいたら、ギャビは死ぬだろうというのは？　サイラスはギャビを殺すだろうというのは？」

「そのほうがあたしにとっては簡単だからさ。そうなったら、もうよけいなことは考えなくてもすむだろ？　死ってのはもう何もしなくてもいいってことなんだから」

彼女は腕を差し出す。まだ注射針の跡が青黒く残っている。「そうなったら、もうあたしも昔の宗教と向かい合わなくてもいいんだから」

「これまで自分がずっと信じてたことはそう簡単には手放せない」と彼は言う。「いや、手放せないというのは正しくないな。手放さない、だ。おれはこれまでいろんなところでよちがってきた。このことも、ギャビのこともそうなのかもしれない。ギャビがもう死んでることを祈るなんていうのは、卑怯者のすることなのかもしれない。これはつまりおれにはまだ信仰が足りなくて、もっと信仰を持てってことなのかもしれない。

おれはきみが見てるみたいに世界を見たくない。世界というものをきみが言うようなものだとは思いたくない。それをきみがなんと呼ぼうとかまわない。愚かさ。精神分析でいう〝否認〟。おれはそうは思わないが。シャベルにすくわれたただの土くれ。そういう話はおれの理解を超えてる。でも、確かに今の世界には、おれたちが切望するものすべてが欠けている。それでも、だ。世界が望むものを世界に提供することができる、より大きな力というものはあるはずだ。きみがそもそもおれに書いてくれた手紙にしたって、それはより大きな力が……」

「それは、あたしがあのくそつぼの見本みたいな運び屋、エロールの咽喉を掻っ切ろうとしたのをあんたが止めたのが功を奏して、結果的にあいつを利用できるようになったって思うのとおんなじだよ。あんたがコートに発信機を隠したのもそうだ。よくないことからいいことが起こることもある。ただそれだけのことさ。でも、そう、それこそ一番肝心なことなのかもね。それこそ〝偉大な白人〟の詐欺の実にうまいところなのかもしれない。人は見たいときに見たいものを見る。それをうまく利用してるよ。

でも、本物になりすますことに成功して、世間に流布してるものがひとつある。何物にもとらわれない自由な銃だ」彼女はあたりを見まわし、テーブルの下に、シャツの中に手を入れる。そして、しばらくその手を動かしてから、差し出した握り拳をこっそり開く。その手のひらにフロンティア弾——より効果的に、より深く貫入するよう、昔ながらのなめらかな被甲をかぶせた、真鍮の弾丸《たま》がのっている。

「見なよ。これこそ完全な命の形だ。至高の芸術形式だ。誰にも平等な偉大なるものさ。これは政治の境界も社会の境界も宗教の境界も全部越える。これにはなんのしがらみもない。だから、誰もえこひいきしたりしない。向こうにもこっちにもどっちにも傷を負わせる。これは、ゴミみたいな偉ぶったたわごとを並べて、聖書が撒き散らすくそ寓話のどれにも負けないくらい単純で深いものだ。これはその背に歴史を負って、眼のまえにあるものすべてを薙ぎ倒す。信仰はすべてこの処女真鍮の莢《さや》の中にあるんだよ。これこそ処女降誕なんだよ、ベイビー。

そうとも。これこそ新しい宗教を生み、古い宗教をやっつけるものだ。コヨーテ、神《たま》はいるよ。だから、不幸や苦痛なんか、にっこり笑って耐えるんだね」彼女は彼の手の中に弾丸をすべり込ませる。

ボブはしばらくのあいだその弾丸《たま》をきつく握りしめてから、最後に言う。「スパルタ式現実対処法の講義をありがとう」

「もちろん、すべてはあれかもしれないけど」彼女はそう言って、窓の外を指差す。かつては二階建ての細長い建物の一部だったらしいシンダーブロックの壁に、けばけばしいブルーの文字で落書きがしてある——〝おまえらはみんな夢の島だ〟。

　ガターはダイヤガラガラヘビをテーブルに押しつけている。七フィートはある、白い背と斑《まだら》模様がいかにも対照的な大きな蛇だ。テーブルの高さまで近づけられたウッドの顔に向けて、舌をちろちろと出している。ウッドは薄明かりの中、蛇を見つめ、サイラスは注射器にスピードを入れている。

　その針を蛇の腹に刺す。針が蛇の腹に穴をあけたときに乾いた音がかすかに聞こえ、蛇は針から逃れようと必死にのたうちまわる。ガターは蛇を押さえつけている手にさらに力を込める。

　サイラスは注射器を置くと、ガターから蛇を受け取る。そして、その頭を持ち、蛇を振りまわしながら部屋の中を歩きはじめる。蛇の全身に早く毒がまわるように。

48

ボブは煙草を取りにダコタまで戻る。ケイスはただひとりじっと携帯電話を見ている。早く鳴れ、と念じながら。

雑草のはびこる駐車場をダコタを停めたところまで歩くボブの姿を眼で追う。すると、未舗装の駐車場に一台のチェロキーがゆっくりと現れる。それに乗っているのが彼らかどうか、ガラス越しに眼を凝らす。しかし、テーブル・ランプの光がガラスに反射してよく見えない。

チェロキーは何も置かれていないほうへ方向転換をしている。が、それだけで彼女には充分だった。こんなところで賭けをすることはない。すぐに立ち上がると、勘定の金をテーブルの上に放り、携帯電話をつかむ。そして、もう少しでトレーを撥ね飛ばしそうになりながら、ウェイトレスの脇をフルスピードですり抜ける。

「ちょっと、あんた」と煙草の煙がしみついたような声がする。ウェイトレスはそう言うと、横のブースに坐っていたカップルのほうを向き、首を振り振り、つけ加える。「頭がおかしいのよ、あいつら」

ケイスは白い革張りの重たいドアを押して、駐車場に出る。チェロキーはもう一度方向転換をすると、土埃をあげて停まる。何台かの車越しに、反対側のドアが開いて閉まったのが見えたと思ったら、チェロキーは土埃を両脇に撒き、またすぐに走り出し、その白いジープ、チェロキーに対して角度四十五度の線上に黒い人影が現れる。

彼女は小走りになる。チェロキーとその人影は、ボブが運転席側のドアを開け、上半身だけ中に入れて煙草を探しているダコタのほうに向かっている。

ケイスは全速力で走り出し、ボブの名を叫ぶ。しかし、彼には聞こえない。彼女の思いはただひとつだ。どうして？　どうして見つけられてしまったのか、こんなに早く？

ブーツの下で砂利が軋る。高いところから駐車場を見守っているただひとつの照明のもと、ひょろっとした人影もまた走り出す。何やら鞭のように見えるものを振りまわしている。

「ウッド！」

ケイスはもはや間に合わないと思い、警告の銃弾を空に向けて撃ち、再度叫ぶ。「ボブ！」すばやく振り向いたボブに鞭が振り下ろされる。ギリシア神話に出てくるパンのようなウッドが振りまわしていたのは蛇だった。さらに銃声が繰り返される中、車のヘッドライトがボブの姿を照らし出す。自棄と生存の敏捷な機械と化した彼の全身を。ボブはシャツの下から銃を取り出し、襲いかかってきた黒い物体を撃つ。が、遅すぎた。

ダイヤガラガラヘビは、カウボーイが投げた輪縄のように、もうすでにボブの首に巻きついている。そして、彼が銃を撃ったときには、戦うことしか考えていない頭を彼の顔にぶつけている。それでも、どこかでうめき声がし、黒い革が灰色の地面に転がったのが見える。ボブは首に巻きついた生きものの頭を手でつかもうとする。そんな彼の視野の隅で、ケイスが彼のほうに突進してくるチェロキーに向けて発砲している。青味がかったガラスが砕け、チェロキーは急旋回する。首のあたりで何かが砕ける。末梢神経が筋肉の断層線を切り裂く。

彼はよろけて、倒れそうになる。タイヤが土埃を巻き上げる。闇の中、黒い革が闇にまぎれたほうに眼をやり、焼けるような毒の靄に包まれながら、彼はもう一度銃を撃つ。が、あたらない。

チェロキーはダコタのまわりを大きく旋回したと思ったら、でこぼこの地面の穴のひとつに左の車輪を落とし、右の車輪を宙に浮かせて横転する。さらに、勢いあまり、溝を掘るように草むらをすべる。

ボブは野生の獣の叫びを発し、蛇の頭をつかまえようと死にもの狂いになる。しかし、スピードを打たれて狂った蛇の牙の攻撃には容赦がない。さらに首を嚙まれ、引き離すことは無理と悟ったボブは、その革の感触に銃を押しつけ、撃った。蛇の肉が弾け、火薬に彼の頰と肩が焦げる。

よろめいた彼をケイスが支え、彼の首からぶら下がっている死んだ生きものをつかんでひっぱる。そして、細い血のすじが垂れている嚙み跡を見る。ボブの頭がひとつの激発点から次のそれへと揺れる。チェロキーのまわりに舞い上がる土埃の中、助手席側のドアを這いのぼり、車から這い降り、脱兎のごとく走り出したグラニー・ボーイの姿が見える。

毒に冒され、首から血をしたたらせながらも、ボブは怒り狂った獣のようにグラニー・ボーイを追いかけようとする。ケイスはそんなボブを必死で止めようとする。走ったりすれば、毒が早くまわるだけだ。しかし、ボブはフェンスと同じ高さのがらくたの山を駆けのぼる。

ケイスは彼には追いつけないことを悟ると、ダコタに飛び乗り、銃声を聞いて外に飛び出してきた人たちを蹴散らし、駐車場を横切る。

駐車場の外はたいらな灰色の野原で、どれほど必死で逃げようと、グラニー・ボーイは恰好の標的となる。一歩ごとに迫りくる悪魔の影を肩越しに何度も振り返る。死神が発したような声が聞こえる。それでも、グラニー・ボーイは野原の隅の木立ちに避難場所をどうにか見つけ、方向を変える。

ケイスは道路に出る。ダコタのスプリングが罰を受けたように軋む。

グラニー・ボーイとの距離は百ヤード。固められた砂地の上に、障害物が横たわっている。雑草のあいだにコンクリートの板やセメントの大きなかけらが無数に転がっている。木立ちまでの百ヤードの障害物はボブにも不利に働いている。それでも、少しずつ追いつめると、彼は腰につけた鞘から狩猟用ナイフを抜く。

ケイスは野原と並行して車を走らせる。グラニー・ボーイが向かっている木立ちの方向を確かめる。彼がその木立ちを抜けて、さらに道路を横切ろうとしたら、そこで阻止する。それにはトマス・ロードをフルスピードで左に曲がらなければならない。

ヘッドライトを消して、赤信号を無視する。黒くてまばらな道路にエンジンの回転音が高く鳴り響く。月明かりが木々の間《ま》に間《ま》に射し、ストロボをあてたような、はずみ車に描かれたような、走るふたりの姿が見える。グラニー・ボーイ、ボブ、グラニー・ボーイ、ボブ、グラニー・ボーイ、ボブ。そこでグラニー・ボーイの姿が消える。

彼女は道路からそれて、木のまわりをまわり、匍匐枝を引きちぎってダコタを停める。そして、座席の下からショットガンを取り出すと、ダコタから飛び降り、道路に眼を凝らす。藪の中からグラニー・ボーイが飛び出してくる。

彼女がショットガンに弾丸《たま》を込めているあいだに、グラニー・ボーイは道路に出る。しきりとうしろを振り返り、ボブを肩越しに見ている。そのあと、またまえを向いたところで、ケイスが道路の白線をまたいで立ちはだかり、自分にショットガンの銃口を向けているのに気づく。逃げ道はない。もう弾丸《たま》はよけられない。それでも、グラニー・ボーイは左に体を向け、運命から逃れようとする。散弾が彼の両脚をとらえる。足首から膝まで。脚は萎えても、それまでの勢いに弾かれ、罠にとらえられた野生動物のように、グラニー・ボーイはもんどりうってアスファルトに倒れる。

そうして銃に手を伸ばしたときにはもう、ケイスもボブもすぐ近くまでやってきている。グラニー・ボーイは蹴られ、殴られ、革のジャケットの下からルガーを取り上げられる。

血だらけの指で蛇の嚙み傷を押さえながら、ボブが暗い道路の両方向に眼を走らせて言う。

「森の中まで引きずっていこう」

グラニー・ボーイは身悶えして、意識を失いかけている。戦意はもう口にしか残っていない。道路を離れ、二十フィートほどの高さの木に囲まれた三角地帯にはいる。グラニー・ボーイは木を背にして、放り投げられる。革が破れ、ひび割れ、穴のできた、脚の大半が見える。

ボブのほうも立っているのがやっとだった。最後のアドレナリンが与えてくれている耐久力だけを頼りに、狩猟用ナイフをグラニー・ボーイの眼に押しつけて言う。

「彼はどこだ……サイラスはどこだ？」

砂利を軋らせたような声になっている。

骨が剝き出しになった野生の魂に突き動かされ、なんの考えもなく、ボブはグラニー・ボーイの鎖骨にナイフを突き立てる。そして、深く抉る。

グラニー・ボーイは歯と歯を軋らせる。スピードを出して走っている車がパンクをしたときに、ホイールが立てるような音がする。

「どこだ？」

答はなし。そこでボブはよろけ、くずおれる。

ケイスはボブのそばに膝をつき、彼がどれほど弱っているか理解する。彼の眼はもう焦点を失っている。脈を見ると、すでに規則性をなくしている。彼女は立ち上がり、グラニー・ボーイを見下ろす。

ふたりのあいだには寡黙な過去の歴史がある。下働きの兵隊と三下の。下働きの三下と兵隊の。

「教えてくれよ、グラニー・ボーイ。ねえ、教えて」

グラニー・ボーイは吐き捨てるように言う。「早く殺しやがれ、このトチ女《あま》！」

彼女は一歩まえに出る。「女の子のことだけど、まだ生きてるの？　あの女の子のことだよ、グラニー・ボーイ！　言いなよ、早く！」

彼女はどうしてそんなことを気にしているのか、そのわけがわからないといった怪訝な表情が、一瞬グラニー・ボーイの顔に浮かぶ。結局、それもこれも何もかもどうでもいいことだが。

死んだものの眼で彼女を見つめ、考えられるただひとつの悪態をつく。「このシープが!」

ケイスは弾丸《たま》を薬室に送り込み、ほんの一フィートと離れていないところから、まっすぐにグラニー・ボーイの顔に銃口を向けて囁く。

「おまえはもう終わってんだよ《クロッシング・オーヴァー》」

自らが処刑される瞬間、グラニー・ボーイは灰色の鋼鉄を見る。しかし、神経が脳に信号を送るまえに、彼の世界も顔も白い太陽の中で粉々に砕かれ、消滅する。

49

ケイスはダコタを駆って、ヒンクリーからフェリーマンのトレーラーまで二十五マイルの黒い砂漠の道をひた走りに走った。

そして、クラクションを叩き、タイヤをたわませながらダコタを停めた。暗闇から犬が突進してきて、ダコタに向かって狂ったように吠え立てる。フェリーマンがよろよろと戸口に出てくる。ケイスは犬をうしろに退け、ボブをダコタから降ろす。

フェリーマンが犬を鉤爪で叩いて下がらせると、ボブは砂地に倒れる。フェリーマンは血染めのボブのシャツを見て、ケイスを見る。「どうした？」

「グラニー・ボーイを始末して、ウッドを撃った」

「なんでここへ来た？」

彼女はボブを示す。「蛇に嚙まれたんだよ。首を。ひどい傷だ。でも、病院へは行けなかった。人ひとり殺しちまったあとじゃ」

フェリーマンはふたりの置かれている状況のひどさを見て取り、「おまえは生きる側に仲間入りしたものと思ってたよ」と辛辣に言う。

「こっちはこの三十六時間、地獄行きの列車に乗ってたんだ。よけいなことを言って、苛立たせないでくれ！」

ベッドひとつをどうにか置けるだけの歪んだ部屋で、ケイスはボブの服を脱がす。フェリーマンはベッドに横たえられたボブの傷を見る。嚙み傷のまわりのひどい腫れと黒ずみがすべてを物語っている。

「口のまわりがしびれてるか？」

衰弱と渇きに打ちのめされ、ボブには薄目を開けることしかできない。

フェリーマンは傷をよけてボブの首に指をあて、脈を探る。強弱があり、しかも不規則な脈動が指に伝わる。フェリーマンはケイスを見て言う。「冷蔵庫の中に、ビールのうしろに、黄色いラベルを貼った小さな壜がある。蛇毒血清にならなくもない。とりあえず、二壜持ってこい。それからクロゼットに、犬が寝てる裏に——上の棚だ——塩水の溶液がある。ビニールの袋にはいってるから、ひとつ取ってこい。それから、注射器と針と絆創膏が要る。そういうものはどこにあるかは言わなくてもいいと思うが」

「このくそ爺」

彼女はボブの手を握る。「大丈夫だよ」それから体を起こし、待っている犬たちの中に水銀のようにすばやくはいり込む。

ひとりになり、フェリーマンは鉤爪でボブの顎をつかみ、まるで研究者のように傷を吟味する。「今夜はおれは医者だ、ボブ・ワットエヴァー。夜の川でささやかな思い出でもつくるか」

ボブはミルクのような明かりの中で眼を泳がせ、天井を這わせる。すると、最後に真っ黒なしおれた水夫の顔が現れる。

「おれたちはふたりであの夜の川へ行くんだよ、だろ？　そうとも。これから蛇毒血清をたっぷり打ってやる。たっぷり打たなきゃならんのは、走ったりするからだ。犬を捕まえたりするからだ。それでおまえの神経は末端までたっぷり毒を味わっちまった。毒にすっかり焼かれちまった。おまえの心臓の具合から考えると、このままでもショックを起こすかもしれないし、馬の蛋白質のはいった蛇毒血清が強すぎて、ショックを起こすかもしれない。過敏性ショックってやつだ。それで、死んじまうかもしれない」

ボブの眼が回転し、白目だけになり、また黒目に戻る。

「聞こえるか？」

「咽喉《のど》が渇いた」

フェリーマンは首を振る。「聞こえるか？」

ボブの顎がかすかに動く。

フェリーマンは顔を近づけて言う。「彼女はおれにコインをまわさせつづけるべきだった。おれたちはまだ終わってなかったんだから。覚えてるか。易経の話だ」そう言って、フェリーマンは鉤爪を〝ひとつの愛〟から〝ヘルター・スケルター〟まで、ボブの肩のタトゥーに這わせる。彼の声音には卑しさと茶目っ気が同居している。「何を彫ればよかったのか、おれたちにはあのときもうわかってたのかもしれない。あのとき、おまえはもう死んでたのかもしれない。つまり、おれたちはただ時間を浪費してただけなのかもしれない」

ボブはそれに異を唱えようと、なけなしの息を集めようとする。が、すでにそれだけの力も彼にはもう残されていない。

ボブは静脈注射をされて、横たわっている。ケイスはその脇に布を持って坐り、熱を帯びた彼の肌を拭いている。ボブは何か話そうとする。しかし、今の彼には、整理されない混乱したことばしか思いつかない。

彼女は彼の腹に手をやり、彼の心臓の鼓動を感じようとしてその手を止める。ドアのほうを振り返ると、フェリーマンはビールを飲んでいる。「鼓動がおかしい」

「ショック状態に陥ってるのかもしれない。脳味噌同様、体も狂いはじめたのさ」

彼女はボブの裸体を見る。そのひどいさまに苦痛を覚え、もとどおりのきれいな体にしてやりたいと思う。彼女の手が腹から下へ伸び、恥毛のへりで止まる。

暗がりの中、フェリーマンにはそこまでは見えない。が、わかっている。彼にはその息づかいと沈黙を読むことができる。

「羊《シープ》なんかもう一度狼の群れに放り込めばいいのさ、ケイス」

彼女は荒々しく振り返る。「なんだって？」

「聞こえただろ？　死なせてやれよ。自分で終わらせてやれ。こいつにはつきがなかっただけのことだ」

「いいかい、フェリーマン。彼は死なないよ。彼に妙なことをしたら、あたしは……あたしはあんたの鉤爪とプラスティックの脚を引きちぎって、そいつであんたを殴り殺すからね。わかった？」

彼は何も答えず、ただ部屋を出ていく。そのあと、どこからか痙攣したような笑い声が聞こえてくる。


来たるべきときが彼に来るのだとすれば――それはひきつったような、でたらめな動きとともに来るだろう。熱による震えと嘔吐とともに。夜に向けられた窓から射す月明かりとともに。肌ざわりの悪いシーツの固い皮膚と、彼の骨が吐き出す唾の熱さと湿気とともに。

ケイスは彼の脇に横たわっている。裸になり、自分の体を彼の体にぴたりと押しつけている。そして、何度も何度も囁いている。「大丈夫、大丈夫」唇を彼の胸に押しあて、そのことばを繰り返している。彼の心臓のまわりの肉にうまく伝わるよう、息のぬくもりにことばを託して。

彼は黒い天井に自分のサイレント映画を見ている。ケイスは影に抱かれて退き、彼の心は記憶の川をさかのぼる。ギャビがまだほんの子供で、気管支炎を患ったときのことだ。彼はバスローブを羽織り、真っ暗なバスルームを行ったり来たりしており、ギャビもまたそこにいる。あの湯気だらけの苔むす暗闇。彼の腕の中で生きているピンクのはかなさ。粘液性の肺のざわつき。今、自分の体にまわされている腕は、あのときギャビの背中にまわされていたのと同じ腕だ、とボブは思う。実際、夢と現実のあいだにある彼自身の腕は、伸びゆく意識の木の根に似ている。ケイスが〝大丈夫〟と囁くたびに、彼は、無力な子供がひどい咳をするのを見て、同じことを言っている自分の声を聞く。「大丈夫だ、ギャビ。大丈夫」

ケイスの腕が首にまわされ、顔が近づけられたのがわかる。透明な一瞬、彼女の肩の蛇――

ウロボロスのタトゥーが見える。彼はそれに触れようとし、彼女に懇願する。「あの子を取り戻してくれ」

「しいっ」

「約束してくれ……」

「しいっ」

「もしまだ生きてたら……」

「しいっ」

「彼女を連れて帰ってくれ。わかったか？　きみが連れて帰ってくれ。信じられるのはきみだけだ……約束してくれ」

彼女は彼のことばを熱のせいと思い、返事をためらう。

「ケイス……約束してくれ」

彼は彼女のことばがかすかに自分の耳に流れ込んできたような気がする。「このことは忘れない。うん……約束するよ」


フェリーマンはまわりに犬をはべらせて、薄汚れたソファに坐っている。マリファナを吸いながら、ドアの外の闇を見ている。廊下の先の部屋からケイスの声が聞こえてくる。

彼はM16ライフル級の心地よい酔いに身を任せ、日の出を見ている。救急ヘリで天国から川に降りたときのことを思い出している。死体担当の軍幹部。山から海に注ぐ泥の川で立ち往生している、包帯を巻いた小型のモーターボート。

ゴミ収集の空飛ぶ派遣部隊。それがおれたちだった——と彼は思う。誰もが渡し守《フェリーマン》だった。網で死体をすくうのだ。あのときの若い死者のうち、何人が帰れたのだろう。早すぎる来世を迎えることができたのだろう。無傷の怒りとともに。そして、結局のところ、今は街の殺し屋か、いかしたラップ・ミュージシャンか、合法的なホワイトカラーの業突く張りになって、若すぎた死の復讐をしているのだろうか。

ケイスがみすぼらしいブルーの毛布をまとって部屋にはいってくる。

「死んだか？」

疲れきった様子で、彼女は壁にもたれ、床に坐り込む。犬が二匹、そんな彼女に寄ってきて、彼女のにおいを嗅ぎ、そのまわりに寝そべる。

「いや」

彼女は自分の腕の蛇のタトゥーを見て、それを見ていたときの彼を思う。

「あんたがこのベイビーを彫った日のことを覚えてる？」

フェリーマンは彼女が示しているタトゥーを見やる。「ああ、おれたちは煙突のそばにいた」

「あの日、あたしは仲間を抜けようって考えはじめたんだ。サイラスに逆らおうって。だけど、この蛇の意味は知らなかった。でも、それから一年ぐらいして、リハビリ・センターで、誰かが本を見せてくれて、わかった。絵が出てたんだ。〝復活〟を意味するなんて知らなかった」

彼女は廊下を振り返る。「ボブがこれをあんまり長いこと見るもんだから、何度もその話をしてやった。何度も何度も」

彼女は蛇のとぐろの中心を見つめる。「で、何度も言ってやったんだ、〝あんたは生きるんだ〃って。そして、思い出したんだよ、あんたがあたしにこれを彫ったときにも、自分が同じことを考えてたことを。〃あたしは生きる。あたしは生きる。あたしはサイラスと別れて、生きる〃って」

50

寝室の窓の向こうで、星が遠い砂漠のさざめきに架けられた橋の照明役を買って出ている。彼はほとんど動かない。しかし、自分の脇にケイスが眠っているのは感じられる。彼女の髪のにおいがする。夜の静寂に包まれた女のやわらかなにおいがする。体の組織が落ち着きはじめたのも感じられる、ノックアウトされ、長い眠りから覚めたボクサーのように。あいまいでか細くとも、筋肉の深いところでくつろぎが芽生えている。

彼は横たわったまま、寝息を聞く。自分の。彼女の。大地の。その息づかいはゆっくりとしていて、規則正しく、怨嗟《えんさ》とも憎悪とも恐怖とも無縁だ。そして、そこにはひとつの偉大な呼吸の生態系のすべてがある。永遠に乱れない調和がある。

彼はうめき声をあげて、寝返りを打つ。浅い眠りの中で、彼女には彼が動いたことがわかり、すぐに目覚める。

汚れたブラインド越しに、午後の安堵の光が彼の顔に射している。黒い溶接跡のような嚙み傷以外、彼の肌は幽霊のように青白い。大きなナメクジのように彼の唇が動く。ちりめんのように、彼の口は渇いている。

その声はほとんど聞き取れない。「わかる……生きてることが」

「うん、そうみたいだ、コヨーテ」

「咽喉が渇いた」

ケイスはベッドを出ると、ベッドの裾のほうで寝ている犬たちを起こさないように気をつけてまたぎ、部屋を出ていく。彼女の裸身が灰色の廊下に消える。

水道の水が流れる音と、犬が木の床を歩く乾いた音が聞こえ、気づくと、彼の手のすぐそば、シーツの上に犬が頭をあずけている。

彼女はそっとベッドの端に腰をおろすと、犬を追い払い、ボブにグラスを手渡す。自分の裸身を隠そうともしない。彼は水をゆっくりと慎重に飲む。ひと飲みひと飲みするごとに、体が癒されていくのがわかる。それほどの渇きだった。ケイスを見ると、片方の肩から反対側の腰にかけて、飾帯のように光が射している。清純さも露骨さもない。今までどおりの彼女だ。自分自身であるという飾らない主張のままだ。

見とれていたのだろう、彼女の手が自分の手に重ねられているのに気づくのに、ボブには少し時間がかかる。

「死なないでいてくれて嬉しいよ、コヨーテ」

彼は彼女の腕を見る。肩の蛇のタトゥーを見る。彼の手が弱々しく持ち上げられ、時計の分針のように光をよぎり、一本の指が蛇の図柄を端から端までなぞる。苦悶の時間に彼女が彼に言いつづけてくれたことが夢のように思い出され、官能が甦る。

「ありがとう」と彼は言う。「ずっときみの声に支えられてた」

彼女の顔に汐の満ち干のように安堵と満足が浮かぶ。が、それも携帯電話が鳴るまでのことだ。

スタッカートのコール音が空気を切り裂く。それまでふたりの心はすべてを排出していた。サイラスを除くすべてを。ボブがケイスにうなずいてみせ、ケイスが携帯電話を置いた箪笥のところまで歩く。

ボタンを押し、耳にあて、耳をすます。ボブは彼女の眼のまわりの緊張に気づく。数秒後、ケイスは電話を切る。

「彼か？」

「うん」

「なんて言ってきた？」

「あのささやかなパーティ、愉しんでもらえただろうかって」

彼女はベッドに戻ると、煙草に手を伸ばし、火をつけ、荒々しく煙を吸い込む。

「ほかには？」

彼女は彼のほうを向いて言う。「おまえらがどういうつもりなのかはよくわかってろって」

ボブは上体を起こそうとする。少なくとも、動こうとする。「それはどういう意味だと思う？」

「さあ。だけど、彼の口調はわかった。このくそ野郎ってずっと言いつづけてる口調だった。

おれさまを捕まえようだなんて、それは太陽に唾を吐くようなものだって、そういう口調だった」

「おれたちに会いたがってたか？」

ぞっとするような冷ややかさで彼女は答える。「うん、そうだね」

「いつ？」

彼女は肩をすくめる。「彼はあたしたちの神経を弄んでるんだよ。あたしに言えるのはそれだけだ」

ボブはさらに体を動かそうとする。が、彼の体は思うままに動くほどにはまだ回復していない。「電話をしてほしい」

「誰に？」

「アーサーだ。アーサーをここに呼びたい」

ケイスとしては、アーサーをフェリーマンのところに来させるという考えにはあまり賛成できない。だから、そのことについてはリトル・ミス・道順説明係をおどけて演じる。「砂漠を走って、可愛い頭蓋骨がごろごろしてる山まで来たら、そこを左に折れて、なんとか、かんとか……」

ボブはまた横にならざるをえない。また少し意識が薄れはじめる。「電話してくれ、いいね？」彼は眼を閉じる。「少し寝るよ」

数時間後、ボブは瞼を震わせながら眼を開ける。眼のまえにやつれた義父の顔がある。自分のよく知っている男が疲弊した詐欺師にしか見えないことが信じられず、アーサーの唇は湿り、すぼめられている。

「なんてことだ、ボブ、いったい何が――」

「大丈夫だ、アーサー。ほんとうに。痛めつけられはしたけど、でも――」

「毎日、毎晩、どんなに心配だったかわかるか、ボブ？」

アーサーはその大柄な体軀が許すかぎりそっとベッドに腰をおろす。そして、ボブの手をやさしく取って言う。「さあ、家に帰ろう」

「ここで大丈夫だ」

「いったい、きみは――」

「体力が回復したら、また旅に出る」

アーサーはまず眼を落としてから、それとなくケイスを見やる。ケイスは黙って部屋を出ていく。アーサーはボブに眼を戻して言う。「何を言ってるんだ、ボブ。自分の姿を一日でも――」

「今は話せない。眠くてしょうがない。でも、あとで話す。ここに来たことは誰にも言ってないね？」

「ああ」

「誰にもだね？　モーリーンにもジョン・リーにも？」

「あの女にそう言われたからね。ああ、誰にも言ってないよ」

アーサーはドアを閉め、ケイスを追って、玄関の近くまで廊下を歩く。ふたりは居間の裸電球の明かりのもと、真っ向から対立する。ケイスも負けてはいない。

「いったいなんてことをしてくれた？」とアーサーが口火を切る。「あいつは話さえまともにできない状態じゃないか。おまえを最初に見たときから私にはわかったんだ。おまえは疫病神だ」

「あんたのそのすばらしい批評はまだこのあとも続くんだろうね」

「利口ぶるな、ジャンキーが」

「どうして？　あたしたちのうちどちらかひとりぐらいは利口でなきゃ」

散らかった部屋の中、ふたりはソファとテーブルを中心にして、そのまわりを歩きまわる。

「どうしてこの豚小屋じゃなくて、病院へ連れていかなかった？」

「あたしたちはこの豚小屋で彼の命を救ったんだよ」

「救った……？　ふざけるな！」

台所スペースに出るドア越しに、フェリーマンが立ち止まったのがアーサーのところからも見える。アーサーは部屋を横切り、ケイスに向かって怒鳴る。「おまえは何者でもない。くずだ」

「あたしはあんたを知るまえからあんたを軽蔑してたけど、それはどうやら正しかったみたいだね。なぜなら、あたしはあんたを知るまえからあんたを知ってたからさ。あたしはあんたには初めから敵《かな》わない。だけど、おじいちゃん、誰のせいとかって話をしたいのなら、あんたこそ山ほど責めを負って、それを自分のケツの穴に突っ込んどかなきゃならないんじゃないのかい？」

ケイスが感情を剝き出しにしているのがアーサーにはわかる。剝き出しにされた下腹部に弱点を見つけて彼は言う。「それでも、私は正しいんじゃないのか？　自分でもそれがわかってるから、おまえはボブの命を危険にさらそうとしてるんだ。ほかでもない自分のために」

ふたりは互いに大声で罵り合い、そのため傷ついた声がすぐには聞こえない。「アーサー、もうたくさんだ」いくらか喧嘩腰になっている。「アーサー……」

そこでふたりはやっと、ボブが案山子のように壁にもたれて立っているのに気づく。

「彼女にそんな口の利き方はしないでくれ」

ふたりはボブを両脇から支えようと、慌てて部屋を横切る。しかし、ボブはそれ以上立っていられない。バランスを失い、腕をぎこちなく突き出すものの、自分を支えられず、床に倒れる。ふたりは彼を助け起こそうとする。アーサーは肘を使って、ケイスをボブから遠ざけようとする。しかし、ボブがそれを許さない。

「やめてくれ。どうかわかってほしい。ケイスがいなければ、誰がギャビを連れ去ったのかもわからなかった」

アーサーの眼が荒涼とした青い切れ端になる。「誰が犯人かわかったのか？」

ボブは黙ってうなずく。

「サイラスって男だ」とケイスが答える。

彼女がなんと言ったにしろ、アーサーにはもう聞こえない。ただの音でしかない。彼の全存在が冷たい漏出性の傷となる。まだ生きていることを知らせようと、床を数インチ引っ搔いたあの女の手の動きとなる。

51

ケイスは気づくと物置小屋に来ている。そこには引き出しが乱雑に置かれ、フェリーマンはその中に自分用のヘロインを隠している。

白くて苦い結晶がまるで贈りもののようにきれいに袋詰めされている。それを見下ろしていると、記憶がまざまざと甦る。青味がかったカクテルがH《ヘロイン》音で強い衝動を呼び覚ます。血管の強壮剤が必要な自己嫌悪。その美しいハイタッチ。それに高音と低音がカットされると、人は誰しも陰気な景色の完璧な単調さの中に身を置くことができるようになる。

彼女には引き出しの中にいる自分が見える。ヘロインの中にいる自分。注射器の中にいる自分。ライフスタイルの道楽の罠の中にいる自分が見える。ヘロインは彼女に約束の地のあることを思い出させてくれる。肺胞のひとつひとつにはいり込んで、至福の忘却へ導いてくれる。苦痛をともなう白い盲目の死がどれほど運命づけられていようと。

責め――それは次の事実のうちにある、と彼女は思う。もし自分がこの何年ものあいだに何かしていたなら。サイラスが眠っているあいだに、その頭に銃弾を撃ち込むにしろ、その咽喉を掻っ切るにしろ、彼を終わらせることができていたなら。一瞬でも、自分のあさましさを超えることができていたなら。自分の利益をはかる、欲深な犠牲であることを超えていられたなら、これら一連の出来事は起こらなかった。彼女は生きてグループと手を切ることができた。そして、薬からも自由になれた。しかし、それも今の彼女にはなんの意味もない。

「買うのか、盗むのか？」

ケイスは振り返る。一瞬、泥棒の震えが甦る。顔を起こすと、フェリーマンが物置小屋の戸口に立ち、きめの粗い昼の陽射しを受けて、司令官のように彼女を見ている。

ケイスは自分を落ち着かせようとする。「殺戮の儀式を少しばかりやってただけだ。ただそれだけのことだ。昔のことさ、フェリーマン。何もかも。それでも、時々、頭の中で暴れることもあるってことだね。ただそれだけのことさ」

彼女は引き出しをもとに戻す。恐怖の詰まった嫁入り道具箱を扱うように慎重に。

それから、木枠が重ねられている上に腰を下ろす。いくらかぐらぐらする。フェリーマンもやってきて、彼女の横に坐る。ケイスは黒い地面を横切っている光の遊歩道を漫然と見ている。小屋には労働者のにおいが時間のように濃く立ち込めている。それに土埃のにおいが混ざり、板の内に堆積したまま、忘れられている。

フェリーマンが誘い込むように言う。「利己的でいることだ。それが生き残るための鍵だ。あんなシープどもにはもう近づかないことだ。離れてることだ。嘘じゃない。あいつらは案外すぐには死なないやつらなんだから」

ケイスは思慮分別にあふれた眼を彼に向ける。

「ほんとだって。おまえには、あいつらが腹に抱えてるあいつらの神話がどれほどどす黒いものかわかってないんだ。おまえがまたごうとしてるのはとんでもない罠につながっている仕掛け線だ。おまえを騙すためのの。おまえは神話の踊りを踊らされてるんだ。どれもみんなたわごとだ。おれにはわかる。おれにはな」


「あんたはこの男を——サイラスを知ってるか？」

「私が？」

「そうだ」とボブは言う。さらにゆっくりと繰り返して言う。「あんたは彼を知ってるか？」

「いや、知らない」

「ほんとうに？」

アーサーは寝室の窓辺に置かれた、背もたれの高い椅子に坐り、傲然とボブを見返している。

「ああ、ほんとうに」

ボブはできるかぎり上体を起こし、枕を背もたれにしてベッドに坐っている。窓を指して彼は言う。「あの丘の向こうに何があるかわかるかい？」

「いや」

「ファーニス・クリークだ」

考えるふりをして、アーサーは顔を横向け、窓の外を見る。この時間、海風は内陸を旅し、砂を大量に奪っている。丘の斜面で、黄色がかった灰色の砂の波が砕けている。

腐った世界全体が正体をあらわにしようとしている——今のアーサーの心にはそうした思い

しかない。この腐りきった世界が剝き出しにされようとしているという思いしか。

ボブは仔細に元義父を観察しながら切り出す。「何年もまえのことだが、そこで女がひとり殺された」

アーサーは振り向いて言う。「ああ。そのことは、きみの電話のことでモーリーンと話し合ったときに彼女も言っていたが、その話なら、確かにそうだ。今、きみが言ったとおりだ」

「あんたはその女の遺産を州から買った。それが〈パラダイス・ヒルズ〉になった」

「そうだ。州から買った。死んだ女には遺産相続人がいなかったんだ」

ボブはまた窓の外を指し示す。「サイラスはその殺された老婆と一緒に住んでた。あんたちが彼女自身から土地を買おうとしたことはなかったのか？」

「われわれが？」アーサーはいっとき思案顔になる。「記憶にはないが」

「ふたつの殺人があった。何年もあいだを置いての殺人だが。その殺人の両方に関わっている人物がサイラスとあんたとモーリーンだ」

「ああ、そうだ、たぶん」とアーサーは答えて、あとから思い出したようにつけ加える。「それにジョン・リー」

「そう、ジョン・リー」

寝室はただの覆いでしかない。木とブリキの。隙間風が音を立てて吹き込んでくる。不毛の砂漠を渡る古代の移動式住居と少しも変わらない。

「どうしてまた彼はこんなに何年も経ってから戻ってきたんだ？」とボブは尋ねる。「自分は騙された——彼はそう思ってるんじゃないのか？」

アーサーは膝の上で手を組み、指の関節と骨をじっと見つめる。彼はただひとつの思いにとらわれている。ジョン・リーはそこまで馬鹿だろうか。そこまで悪党だろうか。モーリーンとサムの情事のために、あの怪物を自分たちの人生に呼び戻すほど。彼は顔を起こす。ボブは凝り固まったように枕にもたれ、首を奇妙な角度に曲げ、首の傷のまわりにできはじめている黒ずんだ浮腫をさらしている。

アーサーにはそんなボブを長く見ることができない。また窓の外を見る。砂のうわぐすりの下に、核心に向かう過去を所有する場所がある。

「アーサー？」

彼は振り返る。「ああ」

「あんたはおれの質問に答えてない」

アーサーは、最後には誰にも受け入れられる真実となる、嘘のシナリオを書こうとしている。

52

アーサーが帰ったときにはもう午前零時を過ぎている。くたびれた軋みも立てず、ケイスが寝室のドアを開ける。暗がりの中、ボブは片手を額にあてて、ベッドに横たわっている。

「起きてる？」とケイスは小声で尋ねる。

「ああ」

彼女は裸足で部屋を横切る。

「何かわかった？」

「彼の話じゃ、おれたちがすでに知ってる以上のことは彼も知らないということだが、それは嘘だと思う」

彼女はアーサーが坐っていた椅子に坐る。「どうしてそう思う？」

ボブは足を床に下ろし、手をベッドについて上体を支える。頭がいくらかくらくらするが、どうにかそれをしのいで言う。

「理由はない。彼の態度は普段と変わらなかった。変わったところがあるようには見えなかった。どこか普段とちがうところがあるようなら、そのことを指摘して、何か引き出せないかと思って、よく観察してたんだが。変わったところは何もなかった。それでも、彼は嘘をついてると思う」

彼は立ち上がろうとして、よろめく。そのときにはすでにケイスが彼の体に腕をまわして彼を支えている。彼の青白い裸の肌は、開いた口のように温かい。

「どこへ行くのよ？」

「別に。ただ、少しは体を動かしたほうがいいかと思って」

彼女はベッドから灰色の毛布を取り上げる。ひどく傷んだ毛布だ。それをポンチョのように彼の肩に掛ける。

「でも、たぶん自分のせいなんだろう、彼が何かよくないことに関わってるように見えてしまうのは。それがなんであるかもわからないのに。いいかい、彼はギャビの祖父だ。こんなことを考えるのは、たぶんおれのほうに問題があるんだよ」

彼は彼女の顔を頼りに自分を支える。彼女は彼の脇腹に手をまわし、彼を支える。

「さっきのきみはすばらしかった」

彼女はそのことばに不意を突かれる。彼には、照れ臭がった彼女が体を押しつけてきたのがわかる。

「少なくとも、きみは自分の悪魔と戦った。おれはアーサーと対決しようとまではしなかった」

「あたしは悪魔と戦ったりなんかしない」と彼女は言って、かすかに笑みを彼に向ける。

「時々、悪魔のほうに眼をやって、彼らがあたしに悪さをしてないことを確かめるだけさ」

彼の肉体と彼女の肉体のあいだで沈黙が延びて、彼の手が動く。彼は手の甲でそっと彼女の頬に触れる。彼女はそれをよけようとしない。彼の手は、どこまでも礼儀を忘れず、彼女のタンクトップのストラップの遊歩道を通り、ミルク色をした肩甲骨の上で孔雀色をした偶像がその羽根を休めている背中にたどり着く。

息づかいと沈黙だけがある。宇宙の遠い広がり。夜の川を渡る船乗りにしか切り離せない瞬間。

「あたしはできなくはない」と彼女は囁く。「できなくは。大いに愉しむことだってできる。それ以上かも。たぶん……だけど、何が外にいるのか。それはあんたにだってわかってる。だろ?」

彼は一息分彼女に体を押しつける。「きみと一緒にいると、時々、自分が外見だけ大人の子供になったみたいな気分になる」

彼女は毛布が掛けられた彼の胸に顔をあずける。筋肉が骨の上で傾いたのが感じられるまで長く。しかし、この小屋の腹のどこかで動きまわっているフェリーマンの足音が聞こえる。部屋から部屋へびっこの哀歌が流れる。夜まわりの仕事。明かりを消してまわる仕事。「思うんだけど」と彼女は囁く。「あんたに比べたら、あたしなんかまだいいほうだよ」

53

「アーサー、聞いて」

「なんだね？」

「彼に妙なことをいくつか訊かれた」

「妙なこと？」

「……そう、奇妙なことを」

ジョン・リーは片方に寄って立ち、サイラスが邪悪な横柄さとでもいった雰囲気を漂わせてテープを聞くのを見守る。すべてが決着するまでは、昼日中に公の場でサイラスに会うつもりなど彼にはさらさらない。だから、そこはクレイから遠く離れた、誰も彼を知らない場所でなければならず、ヴィクターヴィルにある〈愛のレストラン〉の駐車場が選ばれていた。

「この〈パラダイス・ヒルズ〉の地所はどうやって買ったのかって訊いてきた」

「どうやって買った？」

「州から買ったんだって答えたけど……」

「そうだ、そのとおりだ」

サイラスはアーサーの声が自然と大きくなったのに皮肉な笑みを浮かべる。

「州から買ったのは……」

「州から買ったのは……」

「ある女性が死んだから。でしょ？」

「そうだ」

「でも、その女の人は殺されたんだった。そうだったわよね？」

長い沈黙ができる。サイラスはジョン・リーを見上げる。ふたりは二台の車のあいだに立っている。ジョン・リーは、駐車場を行き来する人たちのことが徐々に気になりはじめる。録音テープからまた声がする。

「そうだ」

「ボブはどうしてこんなことを訊いてきたの？」

「それは……」

「それに彼と一緒にいるあの女。麻薬中毒者……いったい誰なの……」

かつては豪華だった赤いカーペットの上にピンクの尻が転がっている。膝を立て、脚を大きく開いている。太腿には、吸血鬼の歯をしたスパイダーウーマンが蜘蛛の巣をのぼり、伸ばした手でVサインをつくっているタトゥーが描かれている。Vサインは、ちょうどヴァギナのまわりの黒ずんだあたりで、その先端が分かれている。

サイラスは四つん這いになって、カーペットのまわりを這っている。幻覚剤と睡眠薬ですっかり酔って、はちきれるほどにペニスを勃起させている。

亀の歩行のサイラスがよろめいたところで、ジョン・リーがボレックスの16ミリ・カメラをまわしながら近づき、舐められるほど近くから、彼の呼ぶところの〝愛の山〟が撮れるようしゃがみ込む。サイラスは逃れようとする。が、ブーツを履いた足に胸の下を何度も蹴られ、子供のようにまたもとに押し戻される。男たちは笑い、この尺八用の穴が、と罵り、その女にいくつか歯形を残して射精しないと――このショーから四つ星クラスの映画が撮れないと――おまえのケツに黒いゴムのホースが飛ぶぞ、と脅す。

「これで誰が窮地に陥った？　言ってくれ」とジョン・リーは言う。

サイラスはテープを止め、プレーヤーからカセットを乱暴に取り出すと、ジョン・リーに放る。

「ハイタワーにおまえのことを教えたのはあのジャンキーだ。ハイタワーというのが彼女と一緒になって、おまえを探してる男の名前だ。女の子の父親だ。いずれにしろ、おまえはそのジャンキーにコケにされたんだ。なあ、言ってくれ。窮地に陥ったのは誰だ？　おまえか、おれか？」

サイラスはガターのほうを見る。ガターは腕を組んで、車の運転席に坐っている。

「世界というのは近眼どもの情け容赦ない例証みたいなものだな」とサイラスは言うと、またジョン・リーと向かい合う。「おれは一度ある男の子の眼をつぶしたことがある。十四のときだ。チャッツワースで。サンタ・バーバラ・ロードからちょっとはずれたところでやった。そいつは友達といるところを何度も見かけてたやつで、自信満々、前途洋々みたいなやつだった。

見てくれも悪くなかった。これが正しいとママたちが信じる服を着てた。けど、何があたったのか、そいつにはわからなかった」

サイラスは電気の矢が静かな森を抜けるなめらかな擬音を真似る。「何ヵ月も経って、おれはそいつに電話して、おれがやって、なんでやったか話してやった。おまえには借りがあったからだってな。そして、これで今度はおまえのほうがおれに借りができたとも言ってやった。これからは一日たりと、自分の存在の大半がおれに属してることを忘れないようにしろってな」

彼はジーンズに鋲で取り付けた髪の房に指を這わせる。「奪うことが物事すべての本質だ。頭皮を奪うこと、旗を奪うこと、男を奪うこと。アイディア、商標、女房、誇り、些細なこと、スローガン、それに土地。それらを奪うこと。血をたっぷり吸った男色署長を奪うことも。それがおれたちの自画像と思ってくれ」

そこでサイラスは甲高い叫び声をあげる。死人が出るとき、大声で泣いて、その予告をする女の妖精《バンシー》のように。歩きながら爪楊枝を使っていた白いシャツのサラリーマンと、ゴシップを交換し合っていた月並みな女たちが振り返って、二台の車のほうを見る。サイラスは何台もの車の屋根越しに、彼らに笑みを向け、手を振る。

ジョン・リーは慌てて、車の助手席に坐り、姿を隠す。

サイラスは開けたドアの窓枠に片腕を、ボンネットにもう一方の腕を置いて、ジョン・リーをのぞき込む。まるでこれからプライヴェートな時間を過ごそうとでもしているかのように、くつろいでいる。

「アーサーに伝えてくれ。機会があれば、おまえの可愛いダーリンの頭の皮を剥いで、郵便で送ってやってもいいってな。そう言っておけ。言いたくなけりゃ、おれから直接言ってもいいが」

ジョン・リーは、危険にさらされたような、麻痺してしまったような表情を顔に浮かべて、じっと坐っている。

「おまえはおれをどやしつけにきたつもりかもしれないが、もうそういうことは起こらない。楽園《パラダイス》は終わり、今はクソ失楽園になりぬというわけだ。以上。敬具」

54

眼が覚め、ボブは心が奇妙な静けさに浸されているのに気づく。精神の浄化がなされ、五感が研ぎすまされ、とても小さな音まで聞き分けられるような感覚がある。そんな彼には、ダコタと携帯電話がなくなっていることも、気づいたときにはもうすでに感じ取っていたただの事実にすぎない。

ジーンズと肩に毛布という恰好で、彼は庭を横切る。小屋から犬たちが出てきて、そのすぐうしろにフェリーマンが姿を現す。

「彼女は？」とボブは尋ねる。

「トラックのナンバーを取り替えにいった。それに色も塗り替えに。ヒンクリーでの一件は誰かに見られてたかもしれないからな」

「それがすんだらすぐにここに戻ってくるんだろうか？」

「なんとも言ってなかった」

「おれの考えを言うと、サイラスが電話をかけてきたんじゃないのか。つまり、あんたはおれ習してなんで悪い？」


に嘘をついてるんじゃないのか」

フェリーマンはじっとボブを見る。犬たちは彼のまわりでネズミの糞のにおいを嗅いでいる。

「そうとも」とフェリーマンは最後に言う。「嘘は人生のかなめ石みたいなもんだ。それを練習してなんで悪い？」


場ちがいな椅子が高台に並べられ、砂漠がディナー客を待っているかのような、シュールなイメージをかもしている。

ボブはその高台にのぼり、背もたれの壊れた椅子に坐り、パラダイス山脈とキャリコ山地のあいだにはさまれ、茶色がかった黄色に塗られた平地を眺める。遠くに、老婆のトレーラーの残骸に撥ね返された陽の光の小さな盾が見える。

「世界の中心だよ、ワットエヴァー」

ボブは振り向く。

フェリーマンは手にビールを二壜持っている。「よくサイラスが言った台詞だ。ここが世界の中心だってな」彼はボブにビールを勧める。

そして、足を引きずりながらしばらく歩きまわってから、もうひとつの椅子に腰をおろす。

ボブはビールを飲む。太陽が彼の赤みがかった顔と胸に汗のすじをつけている。

「あんたは彼女を止めるべきだった」とボブは言う。

フェリーマンはボブのことばを気にしたふうもなく、話しつづける。「サイラスは正しかったのかもしれない。考えてみると。世界の中心だよ、ここは」

そう言って、鉤爪でゆっくりとあたりを示す。鉤爪を秒針のようにして、時計まわりに零時から十二時まで示してみせる。

「デス・ヴァレーがあり、金鉱探しの四九年組《フォーティナイナーズ》が銀を見つけたパナミント山脈がある。『ヘルター・スケルター』を具現しようとチャールズ・マンソンがパーティを開いたところがあり、そのちょっと向こうにはネヴァダの核実験場がある。フレンチメンズ・フラットにオペレーション・バスター・ジャングル（ともに核実験場につけられた名）。やつらは核実験をするまえに、豚に人間みたいな恰好をさせたんだ。繊維に与える影響のテストってやつだ。それに〝あいまいなケツ《ヴェガス》〟もある。ダイスを力一杯握りしめたやつらの首都だ。ほかにも古代人の遺跡。北アメリカで最も大きな有害物のゴミ溜め場を横切ってるルート66。それにヨシュアノキ（アメリカ南西部に生育するユリ科の一種）。コルテス海（カリフォルニア湾の別称）。どれもがこの大陸の人間に最も古くから知られてる種《しゅ》だ。そして、アメリカ好みの自立の悪夢。小さなアルマゲドン」

彼はボブを見やって言う。「おっと、ディズニーランドを忘れてた」ビールを呷る。「それらが全部この四百マイル四方の中におさまってる。どう思う、ボブ・ワットエヴァー？　サイラスの言ってたことは正しいだろうが。ここはすべての中心だろうが」

「あんたは彼女を止めるべきだった」

「おれの意見を言おうか。ダンテがここでフィリップ・K・ディックに出会ったのさ。それがおれの意見だ」

ボブは長々と一息でビールを飲み干すと、空き壜をフェリーマンに放る。片手がふさがっており、自由になるのが鉤爪だけでは、フェリーマンはつかむことができない。

「あんたのだぼらはもうたくさんだ」とボブは言って立ち上がり、歩きはじめる。

「サイラスはここを世界の中心だと思った。それはここが彼の場所だからだ。彼は頭をしぼる値打ちのあることについては、どんなものについてもここでしぼった。だから、自分の人生は世界の中心にあると彼が思ってる以上、この場所が……まあ、そういう考えにはアリストテレスの狂気が見られるがな」彼は鉤爪でボブを指差す。「あんたの考え同様。利己的不信というやつだ」

「何が言いたいんだ？」

「白人男の祭りのたわごとがこの世には多すぎるってことだ。穴場はどこにあってどこにないか。そんなたわごとはここでは言わんでくれ。幸せは虹の向こうにある。だから、身のまわりの世話をしてくれなんてこともな。それはお門ちがいというものだ。ここにいるのはそういう奴隷《ニガー》じゃない。

　おれは彼女を止めるべきだったとあんたは言う。ばかばかしい……この土地は何十億年もまえは大緑地地帯だった。だから、ここからはこの大陸で最も大きな爬虫類の化石が発見されたりもする。くそ亀だ。その亀とあんたとは似たもの同士だ。あんたは来世でおまんこしようとしてる化石みたいなもんだ。だけど、おれとはやめてくれ、ボブ・ワットエヴァー。おれとは。おれに言わせりゃ、あんたの恐怖のサーカスはたわごととかすかに満ち満ちてる。彼女を止めたかったのなら、惰眠をむさぼる亀になんかなってちゃいけなかったのさ」

　フェリーマンは上体を曲げて、ビールの空き壜を拾い上げようとする。が、ボブがさきに手を出す。そして、フェリーマンに手渡す。フェリーマンはそれを鉤爪で受け取る。ボノはすぐには放さない。彼の眼はまだ冷え冷えとして暗い。ビール壜を持った手を突き出し、この呑んだくれを突き飛ばすこともできなくはない、とボブは思う。しかし、彼の顔をのぞき込むことは、砂漠そのものの中心をのぞき込むのと変わらない。無限にしろ、虚無にしろ、その概念をテストするのが砂漠の本質だ。そんなものをのぞき込んでもしかたがない。

ボブは何も言わず、手を放す。そして、フェリーマンに揶揄され、喩えられた亀さながら、すべりやすい斜面をゆっくりと降りていく。

55

　電話で言われたとおり、ケイスは待っている。〈アッシャー家〉からほぼ一マイル離れたモーテルの一室にこもっている、ドアには鍵をかけて。銃には弾丸《たま》を装填して。電話を待つようにと言われただけで、それ以上は何もなかった。不承不承、エロール・グレイが仲介人を引き受けさせられ、彼の酒場が落ち合い場所になる。エロールはその新たな役まわりを少しも快く思っておらず、ケイスにナイフで頬を切られて以来、違法製造されたドラッグが好みの元警官をふたりボディガードに雇っている。手首が太く、態度の悪いデュオだが、それでも、よけいな口を利いたりすることもなければ、酒場の女全員とやろうとしたりもしないだけの分別は持ち合わせている。

　サイラスは電話では簡単な指示しかしなかった。そして、ほとんどどうなるような声でしか話さなかった。三人で会う。彼女とボブと彼で。彼女とボブは、盗んだパーティ・グッズを持っていき、彼に渡す。サイラスのほうは発見者に謝礼を払う。おまえらの居場所を突き止めて、おまえらをふくれあがったケツにしてやる、などといった脅し文句はどこにもなく、むしろサイラスの口調には彼女をなだめるようなふしさえあった。取引きがすんだら、彼女と彼女の〝おもちゃ〟はダコタに乗って月影に消える――何もかも片がついたら、そうするんだな、すぐに。

ケイスにはそうした毒々しい正直さを買うつもりなどさらさらない。サイラスは自分が望んだ三つのうち、ひとつしか手にはいらないことをまだ知らない。三つとも彼にはなくてはならないものなのに。取引き自体は、ケイスにとって簡単そのものだ。ひとりで行き、ブツと交換に女の子を要求する。それで望ましい答が得られなければ、そこでおしまい。事実上、それでおしまい。銃であれ、ナイフであれ、頸動脈に食いつくのであれ。サイラスはそれでもうテーブルから立てなくなる。

彼が現れさえすれば。

最初の夜は何事もない。二日目の夜も。彼女は眠らない。常に鳥肌が立っている。夜のあいだはずっと、腹の上に銃を置き、ベッドの上で上体を起こしている。彼がドア抜けの魔術を使ったときの用心に、ドアを見つめている。

そのあと彼女が自ら名づける〝ジャンキーの苦境〟が始まる。三日が過ぎ、四日が過ぎて、血管が燃えはじめる。まるで誰かが熱く熱したワイヤを彼女の血管内に押し込み、何かのルートを探しているかのようだ。しかし、彼女にはそれが現実の苦痛ではないことがわかっている。悪魔に取り憑かれただけの数時間の幻想のフライト。彼女は、モーテルのSというネオンがついたり消えたりしてブラインドに落とす影を利用し、自己催眠をかけ、心を鎮める。

そうして、やっと携帯電話が鳴る。彼女は自分のスウィッチをONにする。

〈アッシャー家〉の隅のテーブルを選ぶ。店は彼女が身の安全を感じられるぐらいには充分混み合っている。エロールとふたりの木偶《でく》の坊《ぼう》から不穏な気配の寄せ集めを送られても、これだけの人間がいれば安心できる。

しかし、現れたのはサイラスではなく、リーナだった。

煙の淀んだ中にあっても、ケイスには彼女がすぐに見つけられる。リーナもケイスにすぐに気づく。薄暗いダンスフロア越しに、灰色の笑みを浮かべる。懐かしい腕が遠くで〝ハロー〟の挨拶をする。

エロールもリーナに気づくと、自分のクルーのところまで行き、何事もきれいにすませられるよう、ぬかりのないよう、注文を出す。

リーナがテーブルに近づいてくる。ケイスはすべてを注意深く受け入れる。そして、サイラスも現れないかと、ドアに眼をやる。しかし、現れないとわかると、神経質そうな、痩せこけたサンクチュアリの偽装を——元恋人の顔を見上げる。

「サイラスは？」

リーナはためらいがちな台詞とともにケイスのもとに帰ってくる。「挨拶のキスさえないの？」

ケイスは立ち上がり、ふたりはキスをする。ケイスはさらにもう一度ドアを盗み見る。リーナは眼をケイスに釘づけにして、ケイスから引き出せる感情を読もうとし、彼女の手を放さない。

「坐りなよ」とケイスは言って、自分の手をリーナから逃れさせる。

ふたりはテーブルにつく。リーナは疲れているようにも、怯えているようにも見える。メキシコにいたときよりもはかなげに見える。もっとも、ケイスはメキシコでは遠くからしかリーナを見ていないわけだが。それでも、ジャンキーの年月は、ふたつの役目を確実に果たしている。リーナの腕は血管から痩せ細り、汐が引いたあとも砂浜に放置されたロープのようになり果てている。

「サイラスはどこ？」

「あんたのおもちゃは？」

ケイスはリーナの声音に含まれた憎しみと憤りの感情を無視して、黙って待つ。するとリーナははにかむように言う。

「メキシコでのことは気の毒だった」

「なんでもないよ」

「止めようとしたんだけど……」

「忘れて」とケイスは悲しそうに言う。

リーナは「わかった」とぼそっと言い、レースのハンドバッグの中に煙草を探す。

一秒一秒が気まずい時間となる。リーナは努めて自らを魅力的で女らしい女に見せようとしている。シルクのシャツを着て、香水の香りも漂わせている。マッチが見つからず、ケイスは火のついた煙草を差し出す。

煙草に火をつけながら、リーナは眼を上げずに言う。「あのインディアンの洞窟の頃に戻れたらって思う。覚えてる？　ほんとにそう思う」

「あたしはもっと別な時間を試したい」

リーナはうなずき、顔を起こす。その顔には苦悩がにじんでいる。「あんたにそういう時間が見つけられたら……あたしはあんたにそこで会いたいな」

ケイスは無表情にうなずく。リーナはそんなケイスの顔に何かを探す。表情に。彼女の希望を洗い流したりしない何かを。

「サイラスはどこ？」

リーナは指にはさんだ煙草を親指の先で動かしながら言う。爪のまわりには嚙んだ跡がありありと残っている。

「聞いてばかりいないでよ、ケイス」

「彼は来ないいんだね、そうなんだね？」

「そう」

「あのくそヴードゥー野郎」

「あたしは彼に、あんたとあんたの……あんたが一緒に旅してる男が……ちゃんとここに現れて、ブツも持ってきたって言わなくちゃならないんだけど」

ケイスは背もたれにもたれ、エロールを見やる。エロールはカウンターからじっと彼女たちのほうを見ている。

「今度のことにはエロールも一枚嚙んでるのかい？」

リーナは殴打をよけるかのように首を左右に振る。「エロールはもう腐った死体だ」

「あたしが今度のことに深く関わってしまってることは知ってるよね、ハニー？」

そのひとこと——ハニー——だけでリーナはとたんに生き返る。無言ながら、必死の希望が眼に現れている。

「彼はどこにいるの、リーナ？」

「何？」

「サイラスだよ。どこなの？」

「あんたは友達を連れて、ブツをここへ持ってきたほうがいい。あたしは……」

「彼があんたを寄越したのは、取引きの途中であたしがあんたを切り裂いたりするわけがないって、そんなことはあたしにできるわけがないって、踏んでるからだ」

「そんなこと、彼はなんとも思ってないよ」

「言ってくれないんだね？」

リーナは、自分の眼が語ることはなんでも世界に聞こえてしまうのではないかとでも言いたげに、顔を隠す。

「あんたは何も心配することなんかないじゃないか」とケイスは言う。

リーナの手は震えている。彼女の首の肌はほとんど透けて見えるような黄色で、光沢のないブルーの血管が狂ったように脈打っている。

ケイスは自分の手をリーナの手に重ねて言う。「リーナ、助けてよ、お願い」

リーナは手を引っ込めもしなければ、答えもしない。

「リーナ？」

リーナは首を振る。「彼に嘘はつかない。つけない。でも、あんたは何かしたほうがいい」

リーナはエロールを振り返り、またケイスに視線を戻す。「ほんとに。彼はのこのこ現れたりはしない。あんたは彼をコケにしたりはできない。彼にはわかってるんだよ、ケイス、彼には」

リーナは煙草の煙を鼻から吐いて、立ち上がりかけ、手を引っ込める。

「彼は何を知ってるの？」

リーナはためらう。板金を叩くハンマーのような荒っぽい音楽が流れている。

「言ってよ、お願いだ。あたしをがっかりさせないで」

「がっかりするのはあたしのほうだ。ケイス、明日ここに来て。店のまえに。十二時に。あいつと一緒に来て。絶対。ケイス、明日、来るなら、絶対一緒だよ」

「リーナ……」

リーナは上体を屈め、ケイスにもう一度キスをする。やさしく、心のこもった唇へのキスをする。望んだときには決して来ない終焉を恐れるかのように。「あたしはあんたを愛してた」と彼女は囁く。「それは今も生《なま》のままだ。今でも愛してる。これからもずっと。ずっと。彼に会わないで。会わないで！　逃げて！　逃げて！」

「リーナ、お願いだよ……」

「エロールのことは油断しないで」とリーナはさらに囁く。「あんたたちがやられたときのことだけど、あんたたちの居場所をサイラスに教えたのはエロールなんだから。あんたたちのあとを尾《つ》けたんだよ、あいつ。そのあと、サイラスに言いつけたんだ」

リーナは人混みの中を抜けていく。ケイスはあとを追う。が、ドアにたどり着くまえにエロールという邪魔がはいる。うしろを振り返り、ケイスが淡い黄褐色のスーツのトリオに囲まれているのに気づいたときには、リーナはもうすでに通りの中ほどまで出てしまっている。トリオはケイスに手荒な応対をしようとしている。詰問を始めている。まだ怒鳴り合うところまではいっていないものの、その方向に向かっている。

リーナはめったに得られない確信を得て、急ぎ足で酒場に戻る。

「彼女を放しな、エロール」

「なんだと?」とエロールは振り向いて訊き返す。

「彼女を放しなって言ったんだよ」

「何があったんだ?」

「彼女を放しなって言ってるの。話はもうついたんだから。だから、放しなって。あんたはもう今までに充分へまばっかりやってんだから」

エロールはケイスをつかんでいた手を引っ込める。ケイスはリーナのそばをすり抜け、ドアのほうに向かいながら、リーナにうなずいて謝意を伝える。

リーナはケイスの背に向けて叫ぶ。「ケイス、あたしの言ったこと、忘れないで」

56

月明かりの中、ボブはソファの壊れた環礁に坐り、考えごとをしている。すると、砂漠にふたつの光線が現れる。光を浸出しているふたつのセンサー。彼は立ち上がり、眼を凝らす。近くでモビールが骨とガラスと土の音楽を奏でている。煙のかかった光がふたたび現れ、砂地の斜面をチアノーゼにかかったような皮膚に変え、ストロボを空に放ち、幅広の長い光の排水路をつくる。

ダコタは急停車し、ボブは庭を横切る。土埃がうしろのタイヤとボンネットとボブのまわりで舞い上がる。犬が吠えながら、地面に穴を掘ってつくった犬小屋から出てくる。くたびれきったケイスが降りてくる。その眼には自分の失敗を恥じる思いがありありとにじんでいる。犬は吠えながら彼女のまわりを飛び跳ね、彼女はそんな犬たちをよけ、ボブに近づく道を切り開く。ボブは腕組みをし、くわえ煙草で待っている。

「あれこれなんだかんだ言われなきゃならないんだろうね」

ボブは煙草を口から取って言う。「四日も連絡がなかったんだ。それでも、何も言うなと言うのか？」

「言いたいことはわかるよ」と言って彼女は軽くお辞儀をしてみせる。「だけど、知るかよ。何もかもクソだ」

ボブは、人をふたつに引き裂く怒りと安堵の意地悪な双子とともに、感情のびっくりハウスの中を疾走している。そのふたつの感情はどちらもそうすんなりと矛を収めてはくれない。彼は煙草を指で弾いて捨てる。

「言ってくれ。きみは何を証明しようとしてたんだ？」

「電話があった。それはいい？　で、会う段取りを決めた」

「ひとりで？」

「それは彼らにはわからないことだ。あたしはサイラスとさしで会えないかって思ったんだ」

「馬鹿な」

「でも、彼は現れなかった」彼女は肩を落とし、ボブのまえから歩き去る。ふと見ると、フェリーマンがゆがんだ窓から彼女を見ている。その顔が裸電球の光を受けて、オレンジ色に見える。

フェリーマンは遠くから、客観的にふたりを見ている。

「もういいだろう？」とケイスは言う。「もう勘弁してよ。電話をしなかったことも謝るから」

「会ったら、ひと思いにサイラスを殺すつもりだったのか？」

「ひと思いに、そうだよ、コヨーテ、ひと思いに」

「おれはきみのその愚かな頭を今ここで叩き割るべきなんだろうな。愚かでひとりよがりの頭を」彼は彼女の脇をすり抜けかける。が、そこで立ち止まり、頭でフェリーマンのほうを示して言う。「きみの友達があることを教えてくれた。それは、おれは世界の中心にいないということだ。きみも考えてみるといい。きみもおれと同じだから」

彼はソファのところまで戻ると、毛布を取り上げ、肩に羽織る。彼女はもっと悪態をついてほしいと思う。少なくとも、彼女の失敗をなじるような。しかし、そうはならず、彼女は、流浪の無秩序をさまよう忘れられた放蕩児のように遠ざかる彼の影に、置き去りにされる。


彼女はブーツを履いたままベッドに横たわっている。梁が剝き出しの天井がブラック・ミラーとなって、床を映しているような気がする。容赦のないほど孤独を感じる。そそり立つ断崖のように、四角の壁と木枠と簞笥が痩せたベッドに横たわる彼女を取り囲んでいる。その窒息しそうな閉塞感は、ボブが音もなく部屋にはいり、ベッドの裾に腰をおろしたときに開かれる。

彼は埃っぽい部屋の隅を見つめる。水に濡れた跡のある、思い出の詰まったボール箱と破れた空軍旗とのあいだに、蜘蛛が巣を張っている。

ケイスはベッドの上を移動し、ボブのそばに――うしろに――坐り、腕を彼の首にまわす。

彼は蜘蛛が暗闇に向け、ゆっくりと攻撃を開始したのを見ている。

「あの蜘蛛には自分がどこに行くかわかってるんだろうか。あの糸の先に何かあることがほんとうにわかってるんだろうか」

「明日、リーナがエロールの酒場のまえであたしたちを待ってる。明日があたしたちの正念場ってことになる」

「彼女に会うのは辛くなかったか？」

彼女はひとことごと自分のことばの重みを確かめるように言う。「さあ、わからない。彼女をなんとか説き伏せようとはやってみたけど。そう、彼女の気持ちをこっちに向けさせようってね。でも、わからない」

「おれたちは心をひとつにしなきゃいけない。このことをやり遂げるなら。だろ？」

「心がひとつになるなんて、あたしには自分の心だけでもめったにないことだよ」

翌朝、ケイスはダコタの後部にもたれている。荷物はすべて積み込まれ、すでに準備は整っている。エリック・クラプトンのブルースがフェリーマンのスピーカーから流れている。リヴォルヴァーを点検しながら、ボブが家の中から出てくる。

その日一日、醜悪なほど暑くなることを太陽が予言している。フェリーマンは犬とともにふたりから離れている。風に吹かれ、眼には見えないギターのコードが奏でる音楽に没頭している。

ボブはそんなフェリーマンを一瞥する。ケイスがボブにビールを渡す。「幸運を祈って」

ボブは栓を開け、壜を掲げ、ふたくちばかり軽く飲む。

「あれが彼なりのあたしたちへの別れの挨拶なんだよ」とケイスはフェリーマンのほうを顎で示して言う。

「そういう瞬間は大事にしなきゃ」とボブは皮肉っぽく言う。

フェリーマンは見えないフェンダーのギターを肩に担ぎ、それを誇示するようにやってくる。

「愉しかったよ、フェリーマン」とケイスは言う。

フェリーマンはうなずき、ボブを見やる。「あんたらにはまたたぶん会うことになるだろう。少なくとも、あと一度は」そこで彼は片眼をつぶってみせる。「いわゆる打ち上げパーティってやつで」

そう言って、胸のまえで腕を組み、眼を閉じ、なかなか悪くない死体のイメージをふたりに提供してみせる。

静かな日曜日。満潮にある太陽の光が、枯れた岸に――〈アッシャー家〉のピンクと黒の化粧漆喰の壁に――リーナがもたれながら待っている歩道に、打ち寄せている。

けばけばしい色の子供の魔法使い。壁に石を投げながら待っている。ケイスが来ないことを、あるいは今すぐ来ることを願いながら。

明るいブルーのピックアップ・トラックが閑散とした通りに現れ、スピードをゆるめ、一旦過ぎ去る。ケイスが乗っている。リーナはボブの顔もちらりと見る。ぎくしゃくとした嫉妬と醜い想念。ピックアップ・トラックはきわどいUターンをして、彼女のまえで停車する。

リーナは自分の手を見下ろす。震えている。

ケイスが車から降りてくる。ボブのほうは運転席に坐ったままだ。ケイスがぎこちない紹介をする。ケイスのしるしをそれぞれ頬に刻んだふたつの顔が、静かな憎悪をたぎらせて互いに互いを見やる。

「ブツは持ってきたね？」

「車のうしろだ」とボブが答える。

リーナは鍵のかけられた道具入れのある荷台を見る。ケイスはリーナの心のうちを読んで、あえて危険を冒す。

「確かめるようにサイラスに言われてるのかい？」

リーナはためらう。「ううん。その必要はないよね」彼女はケイスを見て、そのあとボブに眼をやる。そして、もう一度こわばった視線をケイスに向ける。「わざわざやってきて、何も持ってないなんて、そこまであんたたちもいかれてないよね。あたしとしちゃそう願いたいよ、ケイス」そう言って、彼女は待つ。「だよね？　いいよ。それじゃ、行こうか」

「サイラスはどこにいる？」とボブが訊く。

リーナは彼のほうを見向きもしない。ケイスに言う。「南一四号線を走って」

「どこまで？」とボブは食い下がる。

「ただクソ南一四号線を走りゃいいんだよ」と答えて、リーナはケイスにさきに乗るよう身振りで示す。「あたしは窓側に坐るから」

彼らはモハーヴェ砂漠を南下する。三つの顔が太陽に洗われたフロントガラスを見つめている。ガラスに映ったその顔がいくつかの色を放出している。ボブは煙草に火をつけ、一本リーナに勧める。フロントガラスに映る、何かが渦巻いているようなリーナの眼がそむけられる。

「別にいがみ合わなきゃならない道理はないと思うんだが」とボブは言う。

「あたしたちがうまくいく道理もない。ちがう、シープ？」

「いい加減にしなよ」とケイスが言う。

「ああ、わかったよ」リーナは背もたれに頭をあずけ、眼を閉じる。ケイスはボブを盗み見る。ふたりはともにささやかな安堵のときを過ごしている、とりあえず今は。

「結局、どこに向かってるんだい、リーナ？」

「パームデイルまではずっと一四号線を走ってればいい」

ケイスはバックミラーをそれとなく見て、尾けられていないかどうか確かめる。


パームデイルにはいると、リーナは一三八号線を東に向かうよう指示する。開けた窓から風が吹き込んでいる。外の気温はただそれだけで疲労困憊するほど高い。彼らはゆるやかなカーヴを描いて、平地からサン・バーナーディノ国有林にはいる。スキーヤーと死体の名所。車内の空気が沈黙ゲームのそれになる。景色のほうは、松ぼっくりが丘のふもとでおもむろに命を芽生えさせようとしている、野趣豊かなそれになる。

リーナの餌の時間になり、カホン・ジャンクションのガソリンスタンドで彼らはダコタを停める。スタンドの隅の草地に乗り入れて停める。ボブは不意打ちを食らわないよう警戒しながら、あたりを歩く。ケイスはリーナと離れない。

ダコタの中で、リーナはジーンズを脱ぎ、脚を楽にさせる。「ふたりでどこかにコーヒーショップでも買わないかってよく話し合ったこと、覚えてる？」

「もちろん、覚えてるよ。ラディカルでシックな店。だったよね？」リーナは灰色の人腿を叩き、血管を探して、スキン・サーフィンをやる。「厄介な時間をなんとかやり過ごせたら」とケイスは言う。「それは今でも悪くない考えかもしれない」

リーナはヘロインをスプーンで計る手を止める。そして、ボブが近くにいないことを念入りに確かめてから言う。「消えようよ。あんたとあたしで。ほかのやつのことなんか知ったこっちゃないよ」

ことばを探してケイスの唇が動く。リーナは、ケイスの答の糸にからめとられている。じっとケイスを見ている。死にもの狂いで待っている。そして、ケイスの眼の冷たい拒否に、悲しみの始まりを見て取る。荒々しく手が動き、その手がシャツの中に入れられ、心臓を覆う。ことばを発したわけでもないのに、咽喉の筋肉がこわばっている。

ぎざぎざに切られた憤りがリーナの心を駆け抜ける。「あんたたちが勝てるわけがないだろ？　こっちは彼とあたしとガターだけじゃないんだよ。ほかにもいるんだよ。狩りの仲間が。ケイス、わからないの？　彼はあんたの咽喉元をつかまえてるんだよ。彼は飢えてるんだ、今はすごく」リーナの眼は、実現することのない無定形の夢にほとんど狂気を帯びて見える。「あんたにもあのくそシープにも勝ち目なんてないんだよ！」

リーナはそう言って、激しくダッシュボードを蹴る。ケイスはくたびれ果てて、デッキに腰をおろす。ガソリンスタンドの向こうは下り勾配になっていて、有蓋貨車の屋根の列がカホン渓谷に向けて、一マイルばかり続いている。逃亡中の奴隷の足枷のような、トピーカとサンタフェを結ぶ無音の鉄の連結。

「忘れて。ただパーム・スプリングズまでの道を行って」とリーナは言う。

ケイスは黙ってうなずく。

長い時間が過ぎる。リーナはケイスの名前をつぶやいている。

「やめて」とケイスは言う。

リーナは見るからに落ち込んだ様子で、スプーンを熱している。傷んだ銀色の凹面に泡が立つ。ケイスは顔を起こす。眼にしたものにケイスの意識が麻痺する。快楽と悲惨が十字に交差する指標。それは彼女にとって崩壊でしかない。彼女は顔をそむける。

リーナの囁き声が聞こえる。「どっちみちみんなこれにやられちまうのさ」

57

一〇号線を東に向かう。リーナはジャンキー特有の居眠りをしている。ふたりは彼女をあいだにはさむ。彼女は頭をのけぞらせる。その眼は、嵐のあと熱せられたセメントの上に溜まった、汚れたふたつの水たまりのように見える。

ケイスは半分自分の太腿に置かれているリーナの手を見る。その手にフェリーマンの針が彫ったタトゥーを見る――12／21／95。

運転はボブがしている。ケイスは、よからぬ兆候は見られないかとバックミラーに眼をやったボブの口と顎が動いたのに気づく。

「うまくやろうぜ」彼はケイスにそう言ったのだった。

バニングからボーモントに向かう途中でも、リーナはまたジャンキー特有の居眠りを始める。それでも、できるかぎり、ボブにはもたれないようにしている。まるでみんなが不必要な息でもしているかのように、ダコタの車内が息苦しくなる。沈黙の中、みんなが神経をすり減らし、最後にケイスが言う。「リーナ、あたしたちはサイラスを見つけなきゃならないんだよ。知らなきゃならないんだ。さきに彼を見つけなきゃ」

　リーナは顔をしかめて笑う。「あんたたちは別に彼を見つけなくてもいいんだよ。どうせ彼のほうがあんたたちを見つけるんだから」

　ケイスがなんとかリーナをなだめようとしたのを制して、ボブが遠慮なく、あけすけに言う。「いいか、よく聞け、ジャンキー。おまえが〈ヴィア・プリンセッサ〉でやったことで、おれがおまえを警察に突き出したら、警察はおまえの腕にどんな種類の注射をすると思う？」

　リーナがそのことばに反応し、体をこわばらせたのがふたりにはわかる。

「〈ヴィア・プリンセッサ〉……」とボブは異様なくらい低い声で繰り返す。

　そのことばに合わせて、しゃべるまえから、ケイスがリーナの手を取り、肉に刻まれた日付を示して言う。

「教えてよ、リーナ」

　抑制されたパニック状態の中、リーナは道路がその下に吸い込まれていくダコタのボンネットを見つめる。胃が凝固する。

「車を寄せて」リーナは言う。

　ボブは運転を続ける。

「早くこのくそダコタを脇に寄せろって言ってんだよ！」と彼女は叫ぶ。そして、ハンドルに手を出し、強引に右にまわすという強硬手段に出る。ダコタは悲鳴をあげ、追い越し車線から走行車線にはいる。急ブレーキをかけたＲＶ車のタイヤとアスファルトが互いに互いを焼き合う。ダコタはクラクションの怒号の中、砂利が敷かれた路肩に出る。砂埃をあげ、かなり長い距離を走り、岩の手前で停まる。

リーナは強引にダコタを降りて、平地に出る。ケイスとボブはうしろからリーナに近づく。遠くにハイウェイを何マイルも追いかけている裸の山々が見える。その剝き出しの白と痛めつけられた茶色。何世代もの骨が永遠に見張っている、巨大で理解不能の要塞。

リーナは狩猟管理人のように肩をいからせて、ふたりに近づくと毒づく。「下水溝からこんにちは。あんたはあたしを下水に流したかったんだろ？　それじゃ、これからがショーの始まりだ！」

リーナは次に悲しげにケイスのほうを見る。「あんたには言っただろ？　頼みもしただろ？でも、あんたの頭はもうとことんいかれちまってた。サイラスは知ってるんだよ。なんであんたがこんなところまで来たのか」

リーナはボブのほうに向き直り、腕をいっぱいに伸ばし、親指でボブを示す。そして、短剣で膿瘍をえぐり出すように指を動かす。

「あんたのこともだ、パパ。そうなんだろ？　あんた、パパなんだろ？」

ボブは注意深くリーナのほうへ一歩踏み出す。「なんだって？」

「サイラスは知ってるんだよ。あんたが女の子の父親だってことを。あんたたちはあの子を取り戻しにきたんだってことを」

ボブは咽喉のあたりにかたまりができたような感触を覚えながら、彼女のことばに聞き入る。

「彼は、あんたたちがあの家からブツを持ち出したりなんかしてないことも知ってるんだよ。

知ってるんだって。彼に近づくためのはったりだって、もうばれてるんだよ。彼は知ってるんだ。要するに、あんたたちはしっぽを見せたまま、畜殺場へ来ちまったのさ」リーナはケイスに言う。「どうして？　ねえ、どうしてなんだよ？」

リーナは地面を蹴りはじめる。岩場に落ちている彼女の影がマリオネットのように小刻みに震えている。「くそ！　ちくしょう！　ちくしょう！」彼女は髪をつかみ、拳をつくり、まず胸を、次に脚を叩いて、自己破壊のエンジンとなって悪魔のトリップをする。

「あの子は生きてるのか？」

リーナはボブを見る。

「あの子は生きてるのか？　まだ小さなおれの娘だ。生きてるのか？」

残酷なまでにぶっきらぼうに彼女は答える。「彼女はもう小さな娘じゃない」

それだけで充分だった。地球が雲散霧消する。ボブは胸からリーナに体あたりして、彼女の咽喉をつかむ。ケイスはすかさず彼の背中に飛びつき、ボブがリーナを殺してしまわないよう彼女から引き離そうとする。

しかし、彼の手はリーナの顎の下にまで、骨にまですでにめり込んでいる。車のタイヤが風を切る音が通り過ぎ、そのスピードが弱まり、この罵詈とブーツと拳でできたいばらを見ている。しかし、停まる車は一台もない。

ボブは叫びつづけている。「あの子は生きてるのか！」ケイスは腕を彼の胸にまわし、渾身の力で彼をリーナから離そうとする。土埃のリース越しに、リーナはぎざぎざに裂かれた声をどうにかあげる。「あの子……生きて……る……」

それでも、ボブは手を放そうとしない。ケイスの叫び声が彼の怒りの中に侵入してくるまでリーナの首を絞めつづける。「みんな車のスピードを落としてる。そのうち一台ぐらい停まるかもしれない。そうしたらどうするんだよ、ええ？」

彼女のことばが理解できたところで、ようやく彼はリーナを放す。

リーナは喘ぎながら、這って逃げる。

息を吸うたび、ボブの胸が歪む。

ケイスはリーナのあとを追う。リーナは岩が盛り上がっている側面まで這うと、息をするのに、地面に坐り、その岩にもたれようとする。ケイスはリーナに手を貸そうとする。しかし、リーナは鳥のように腕を広げて、ケイスを押し返し、泣きはじめる。ケイスはそのそばにしゃがみ込む。

ボブが叫ぶ。「おまえはあのくそ野郎と何を企んでるんだ？」

リーナは喘ぐ。泣くことで、彼女の気持ちはさらに悪い方向に向かう。ケイスはもう一度リーナの体に腕をまわしてみる。どこまでも打ちひしがれたリーナには、それ以上逆らうことはできない。

「リーナ、よく聞いて。あんたはあたしたちに嘘なんか言ってないよね？」

「女の子は生きてる」

「リーナ」

「生きてるって」

ボブが唇の唾を拭って言う。「こいつは自分のケツを守ろうとして嘘をついてるのかもしれない」

「うるさいんだよ、このシープが！」

「リーナ、サイラスは……彼はどこにいるの？　彼はどこ？」

答えられないのか、答えるつもりがないのか、リーナは何も言わない。

「あたしたちが彼を騙そうとしてることがわかってるのなら、今さら彼はあたしたちをどうしようっていうの？　彼はどこ？」

「あんたたちってどこまでできそこないのジョークなの？」

ボブもしゃがみ込み、シャツをめくり、リーナに銃を見せる。「こんな女は茂みに引きずり込んで、ひと思いに――」

「やめなよ、もう！」とケイスは叫ぶ。

「あたしを引きずり込む？　わからない男だね、あんたも。あんたはもう悪魔につかまっちまったんだよ。がっちりと！　プラグみたいにがっちりと！　これで、サイラスが電話してくる六時までにパーム・スプリングズに着かないと……」

「あたしたちがブツを持ってないことを知ってるのなら、彼はこのあとどうしようっていうんだよ？」

「さあ」

ケイスは疑わしげな眼を向ける。

「こういうことに関しちゃ、彼は人形使いみたいになる。わかるだろ、彼があたしには何も言わないことぐらい。特にあたしなんかには。あんたにばらしちゃうかもしれないことをちゃんと知ってるんだよ、彼は。それでわざとあたしを寄越したんだ。彼はあんたたちの頭を弄んでるんだよ」

　ケイスは今自分たちが置かれている状況についてすばやく考えをめぐらせる。

「あたしにはどうしてもわからない、なんであんたがこんなシープのために淫売みたいな真似をしてるのか」

「あたしは淫売なんかしてないよ、誰のためにも――」

「こんな異常者に何も説明することはない」

「おまえみたいなくそシープはウィッカー・マン（イギリスの原始宗教における魔物。これをテーマにした同名のカルト映画もある）の狼の牙にやられちまえばいいんだ！」

「おまえなんかに用はないんだ。ここであっさり死なせてやってもいいんだぞ！」

リーナは弾かれたように体を起こし、腕を伸ばし、磔にされたような恰好をして言う。「やりなよ！　だったら、やってみろ！　おまえの悪魔払いを見せてみろ。さあ。このできそこないのジョークが！」

　彼女は狂気を宿した眼でふたりを睨む。「サイラスがあんたたちのことを何も知らないとでもほんとに思ってるのかい？」ケイスを指差す。「エスコンディードのあの母屋に警察を来させたのもあんたらの仕業だってことまで、彼はちゃんと知ってるんだよ。結局、あんたらはふたりとも縛られて撃たれることになる。そんなこともわからないのかい」

　彼女はボブに体を少し近づけ、娼婦が自分を売るときの仕種で腕を見せる。〈ヴィア・プリンセッサ〉の殺人の日付を彫ったタトゥーの下に、サイラスのしるしである幻覚的なモザイクが彫られている。彼女はそれをボブにしっかりと見せる。

それから、ぞっとするような冷ややかな声で歌を歌うように囁く。「彼にはいつおまえが眠るのかもわかるのさ。彼には……」

ボブがまた逆上するまえに、ケイスはリーナの腕をつかむと、力任せにダコタのほうへ放り出す。「早くそのくそトラックに乗るんだ！　早く！」

ボブは銃を撃ちたいと思う。リーナの眼に宿る憎しみと怒りの炎を早く消したいと思う。

「ここで殺そう」

「駄目だ」とケイスは言う。

ボブは鋭くカットされた石の眼でケイスを睨む。「反対するのは彼女がかつてはきみの仲間だったからか。まさかそういうわけじゃないだろうな？」

「いい加減にしなよ、もう！」ケイスは彼の顔に真正面からことばをぶつける。「あたしにそんな口を利くのはもうやめな！」

「いいか、あの女は人殺しなんだ。それに――」

「ここにいるのはみんな人殺しだよ。忘れたのかい？」

ボブはそのことばにたじろぐ。灼熱の中、ふたりは真正面から向かい合う。

「頼むよ」とケイスが言う。「このままにしておこうよ」

ボブは考える。ケイスの申し出の波に乗れるかどうか。自分と交渉する。

「いい？」と彼女は懇願する。

ほとんど聞き取れない声でボブは答える。「ああ」

リーナは立ってふたりを見ている。こじれたときでさえ、ふたりは一心同体に見える。リーナはダコタの車内に上体だけ入れ、クラクションを鳴らし、それから乗り込む。そして、ふたりに不満と選りすぐったことばを思いのままぶつける。そのことが誰の憎しみが誰をどこに向かわせようとしているのか、改めてみんなに思い出させるようすがとなる。

58

モーリーンはひどい頭痛のためにベッドに臥《ふ》している。骨が疼くような深い痛みに耐えている。こめかみから顎まで。血がパルプのようにどろどろになって滞り、血管がロープでひっぱられているような感覚がある。

閉じた瞼の裏に白い点が光る。エアコンの利いた暗い寝室。玄関のベルが鳴っている。ドアが開けられると同時に、言い争いが聞こえる。アーサーの声だとわかる。

ドアが乱暴に閉められ、玄関ホールの薄いトンネルを抜けて、居間に移った重い足音が聞こえる。

何か重たいものが落ちたような音。壁を殴ったのだろう、たぶん。彼女はベッドの上で上体を起こす。そして、耳をすます。ベッドを出る。開けたドアから射し込む光の中に佇む。やわらかでこれ見よがしのシルクのパジャマ姿で。

居間から耳ざわりな音がしている。声はふたつ。耳ざわりな音は不穏な気配をかもしながら、激しさを増している。彼女は廊下を歩き出す。

大農場の母屋を模した一階建ての邸宅の廊下は長く、角を曲がると、また長い廊下が続いている。柔らかな絨毯が彼女の足音を消している。近づくにつれ、一本のフィルムの最初の部分にサウンドトラックがフェイド・インするように、ことばが徐々にはっきりと聞こえはじめる。

「サイラスが電話してきた」とアーサーが言っている。「きみに雇われてあの家を襲ったと言ってる」

「あんたはあんな異常者の言うことを真に受けて――」

「だったら、どうして彼はそんな嘘をつくんだ？」

「あの男はファーニス・クリークのことでおれたちに仕返しをしたがってるからだ。あんたの頭を操作して、あんたとおれの仲たがいを企んでるのさ。あいつはおれたちに共食いさせようとしてるんだよ」

「私に豆隠し手品みたいな真似が通用すると思ってるのか、ジョン・リー？　そんなことは夢にも思うな、いいか？」

モーリーンは居間のまえまでやってくる。アーサーがジョン・リーを小突いている。ジョン・リーはよろけ、大切なホーム・バーのカウンターにぶつかる。彼女は慌てて居間にはいる。

「何をしてるの？　やめて！　アーサー！」

そう言って、ストゥールの林の中から反撃に出ようとしたジョン・リーとアーサーのあいだに、どうにか自分の体を割り込ませる。アーサーはその大きな拳を握りしめ、二本の足で床を押しつけるようにして立っている。

ジョン・リーはわざと大きな音を立てて、ストゥールをもとに戻して言う。「あんたはサイラスに騙されてるんだ」

「私が？　いいか、彼はこう言ったんだ、ジョン・リーにサムを殺すように雇われた、と。そのわけはサムがモーリーンと浮気をしてたからだ！　いいか……なんで彼はそんなことを知ってるんだ？　なんでだ？　さあ、言ってみろ！」

モーリーンは思わず息を吸い、自分の咽喉から洩れたその大きな音を聞く。眼の裏側が焼けるように痛くなる。

「やつが嘘をついてると言うなら、なんで彼はそんなことを知ってるんだ？」

「なんのことかわたしにはさっぱりわからないんだけど」気づいたときには、モーリーンはそんなことばを口走っている。じっと夫を見すえながら。ジョン・リーの顔にはいかめしさと容赦のなさがにじんでいる。「誰なの、そのサイラスというのは？」

それはふたりの男にとってあまり答えたくない問いだ。

モーリーンは繰り返す。「誰なの？」

「さあ、言ってやれ、悲嘆に暮れる祖父さん」とジョン・リーが言う。「彼女におれたちのささやかな秘密を話してやれ」

アーサーはまたジョン・リーに向かいかける。が、今度はジョン・リーのほうもすでに身構えていて、ストゥールを放り出す。アーサーはそれをよけ、よろけながらもジョン・リーに襲いかかろうとする。

「さあ、祖父さん、言ってやれよ」とジョン・リーは繰り返す。「ここにいるあんたの〝友〟に、サイラスとは何者なのか、真実を話すんだ。おれたちがどうやって州から土地を買ったのか。〝州から買ったんだろ?〟──〝そうだ〟。それはある女の人が死んだから。〝だろ?〟──〝そうだ〟。でも、その女の人は殺されたんだった。〝そうだったろ?〟──〝そうだ〟」

彼の声音には奇妙な抑揚がついている。

アーサーは体をこわばらせている。

モーリーンは夫に眼をやる。「ジョン・リー。まさか、あなた──」

「〝あなた〟じゃない。〝あなたたち〟だ。おれたちだ。あのくそ婆が死んだとき、おれたちは砂漠にいたんだ。ここにいるおまえのパートナーは、婆さんを説得してた。ところが、婆さんはなかなかその説得に応じようとしなかった。で、サイラス──今、話題になってる男だ──がその婆さんをやっちまったんだ。当時、サイラスはその婆さんに育てられてた。その婆さんがおれたちの申し出を受けようとしないものだから、サイラスは頭にきたのさ。おれたちとしちゃ、その場はそのままにして、引き下がり、あとは放っておくのが一番の得策だと思った」

「ほんとうなの、アーサー? ほんとうなの?」

ジョン・リーはあいまいな視線をアーサーに送る。アーサーは真実からいくらか退く。それでも、うなずくことはうなずく。

モーリーンは顔をそむけ、方向感覚をなくす。

「あの男をまた呼び戻してしまったのをおれのせいだけにしないでくれ」とジョン・リーは反論する。「少なくとも、あんたにはそんなことはできないはずだ」

闇が部屋の色をブルーに変える。どんな仲直りのチャンスも長い沈黙を抜けてすべり落ちてしまう。くずおれるように、モーリーンはソファに腰をおろす。小さな手を小さなボールにして、手首でこめかみを押さえる。暗鬱な血が血管から血管へ流れているのが感じられる。完璧な不首尾にまわりを取り囲まれ、彼女は泣きはじめる。

「どうしたって言うんだ、ハニー」とジョン・リーがなだめるように言う。「そんなに悪く取ることはないだろうが。おれは、おれたちの結婚五十周年記念日のためにいくらかは貯えておこうとしてただけのことだ」

モーリーンはジョン・リーを怒鳴りつける。悪意に満ちた、耳をつんざくようなその叫びは、彼女が狂気にとらわれている一分間だけ、ジョン・リーの舌を麻痺させる。

そして、再度ジョン・リーはアーサーに向かって言う。確たることばではないものの、サイラスにどんな犯罪の依頼もしていない、と。サムとモーリーンの情事に関する情報をサイラスがどうやって、いつ、なぜつかんだのかなど、自分にはさっぱりわからないと繰り返す。

そして、傲慢な確かな歩みを取り戻す。それは、〝秩序と抑制〟モードには簡単にシフトできるというお巡りの特技だ。市民に呼ばれたときには、常に表明できる義憤。彼は振り向き、カウンターの上のスコッチの壜とグラスに手を伸ばす。

アーサーは、電話の盗聴の件も含めて、サイラスが言ったことすべてを信じているわけではない。それでも、ジョン・リーがさきほどひとりで演じた奇妙なダイアローグには既視感がある。そのわけがやおら仄見《ほのみ》えてくる。アーサーには、嘘にどれだけの真実が含まれるのかはわからない。真実にどれだけの嘘が含まれるのかも。それらを計る能力などもうとうの昔になくしている。それでも、察知できることはある。

「きみは自分の家の電話を盗聴してる。ちがうか？」と彼は言う。

ジョン・リーは三つの角氷をグラスに落とす。「それもサイラスから聞いたのか？」

ボールのようにまるくした拳の柱のあいだで、モーリーンの眼が大きく見開かれる。「うちの電話を盗聴してる？」

「もしそれがほんとうなら……あの異常者が……やったことじゃないのか？」

「いい加減なことを言うな」とアーサーは言う。

「不動産屋のがさつな神経で妙な言いがかりをつけないでくれ、アーサー。もうおれはこの家に住んじまってるんだから。それに、いいか、もしサイラスがうちの電話を盗聴してるのなら、ボブが彼を探して出かけたことも筒抜けになってしまってるんじゃないのか」

「うちの電話が盗聴されてる？」とモーリーンは繰り返す。

「あいつは頭がいい。そのことは覚えておいたほうがいい。ボブにすぐ連絡するんだ。すぐ連絡して、戻ってくるように言うんだ。それは彼だけのためじゃない。あんただって彼にサイラスを捕まえさせたくはないだろうが。そんなことになったら、おれたち三人はトリオでマスコミの餌食になってしまう」

「うちの電話が――」

「オウムみたいに同じことばっかり言ってるんじゃないよ、この色惚け女が」

ジョン・リーはスコッチを注ぎ、妻の愚かなつぶやきに首を振る。事実が明るみに出されても、今は自分が優位に立っているのが彼にはわかる。アーサーの顔を見れば容易にわかる。アーサーにしても、自分自身の生き残りに比べたら、ギャビのことも小さく見えることだろう。彼はもうひと押ししようと試みる。「サイラスはギャビのことは何も言ってなかったのか？」

アーサーは首を振る。「訊けなかった」

「こういう言い方はしたくないが、アーサー、彼はわれわれ三人に深く関わってる。われわれ三人全員に。ギャビはもう死んでるんだよ。まちがいない」

「黙れ！」とアーサーは怒鳴る。顔を真っ赤にして。唇を真っ青にして。ジョン・リーが言ったことは彼が何より考えたくないことだ。想像さえしたくないことだ。この世から抹消したいことだ。

スコッチを飲みながら、ジョン・リーはそれまでに言ったことを繰り返し、ボディブローのように自分の論点を強調する。モーリーンはそんな彼をソファに坐った低い視点から見上げている。が、彼を見てはいない、ほんとうには。彼の形を見ている。姿態を見ている。非難そのものと化した人間を見ている。

そして、怒り狂ったとき、誰もが向かう心の隅にすべり込む。頭痛はもう治っている。ただ、耳の内側で血が肉を叩き、それが一途なドラムとなって聞こえる感覚——肉体から切り取られた心臓が、オルゴールの薄い板の中で、まだ鼓動を続けているような感覚だけが残っている。

彼女は立ち上がる。ジョン・リーはこまごまとした詳細を並べ立て、まだアーサーをなじっている。モーリーンはジョン・リーの上着の下からのぞいているショルダー・ホルスターにちらりと眼をやる。

そして、部屋を横切る。そのあとの数秒は、精神安定剤の点滴のようにゆっくりと過ぎる。ジョン・リーが振り返る。モーリーンはここ何年も軽蔑してきた好色な笑みのクローズアップを間近に見る。そのとき、法の拘束力が解き放たれる。

ジョン・リーがこれまで何度もしてきたように、そのとき誰かが谷の反対側の国有林を走る行き止まりの道に車を停めて、双眼鏡でジョン・リーの家を見張っていたら、ちょっとした諍いのシーンが見られたことだろう。ジョン・リーはモーリーンがホルスターから抜いたところで、彼女の手から銃を奪い取った。

そのあとは、アーサーが飛び込み、ふたりの腕をつかみ、三つ巴の争いになったところが見られたはずだ。ストゥールが倒れ、その拍子にアーサーはカウンターに押しつけられた恰好になり、そこで三人一緒に倒れた。転がった銃を求めて、三人が床を這うアクロバットのような影が天井に映ったのも見えたにちがいない。

が、そのあとの一連の攻防は最後まで見えなかっただろう。見えたのはカウンターとソファの向こうに上がった感嘆符のような煙だけだっただろう。それに静止した影。煙は天井まで昇り、そこでレースのように広がり、溶解の数秒を経て、エアコンに吸い込まれて永遠に消えた。

それも見えたかもしれない。が、見えたとしてもそこまでだ。

59

ボブとケイスはリーナとともに、パーム・スプリングズとランチョ・ミラージのほぼ中間点にあるキャシードラル・シティのモーテルに部屋を取る。中庭があり、設備も整っている、俗っぽい虚飾あふれるモーテルで、部屋には、幌馬車の車輪をモチーフにした、五〇年代の西部劇のスター、ジーン・オートリーの鏡がある。その鏡からは牛の角が突き出しており、その角には帽子が掛けられ、もし持っていたら、ガンベルトも掛けられる。通りをはさんだ砂地には、〈オアシス・ウォーター・パーク〉の広告板が立てられ、その向こうにエドムとインディオの丘の黒い稜線が見え、ただひとつの光が地平線上を航行する宇宙船のように点滅している。

ボブはドア枠にもたれ、戸口に坐り、そういった景色を眺めながら、サイラスからの電話を待っている。煙草を吸い、銃を隠し持っていることがわからないよう腕組みをしている。耳をすまし、ここでは――このクウェインズヴィル・モーテルでは、トラック運転手や家族連れが中庭を横切っているだけで、まだ何事も起きていないことを確かめる。

リーナはベッドの端に腰かけている。二度目のヤクを打って、半分眠ったような顔をしている。テレビをつけているが、テレビを見るよりボブのほうを盗み見ていることのほうが多い。ケイスはシャワーを浴びている。時折、ボブはリーナに眼をやり、何かよからぬことを企んでいないか、企んでいたとしても、それはあくまで企みで終わっているかどうか、確かめている。

部屋はテレビの光だけでも充分明るい。ケイスが下着にTシャツという恰好で、髪を濡らし、バスルームから出てくる。

そして、ボブの横に坐り、煙草をもらう。リーナはそんなケイスをじっと見ている。ボブとケイスは何やら話を始めるが、声が低すぎてリーナには聞こえない。

外では、母さん熊と父さん熊と三匹の子熊が砂利敷きの敷地を歩いている。子供たちはみな高級なおもちゃの光線銃を持っていて、白く長い光のすじを夜のあちこちに向けている。ボブはそのくすくす笑いのトリオが、両親のうしろを子供特有の酔ったようなリズムで行進するのをじっと見ている。

ケイスは立ち上がると、ベッドに――横になったリーナの足の近くに腰かける。リーナのことを案じて、しばらくそこにじっとしている。しかし、その気づかいは逆にリーナを警戒させただけに終わる。

彼女はリーナのほうを向き、できるかぎり低い声で囁く。「サイラスはどこにいるのかほんとは知ってるんだろ？」

リーナは身じろぎをする。枕も彼女にならい、枕カヴァーがすべらかな音を立てる。

「知ってんだろ、リーナ」

リーナは肩をすくめる。そして、感情をシャットアウトすることに全力を尽くす。

「あたしたちを助けてよ」

「〝あたしたち〟、〝あたしたち〟。なんてロマンティックなの」

「あたしが言ったのは――」

「説明してくれなくても、あんたが言ったことぐらいわかるよ」

「あたしはあたしたちみんなのことを言ったんだ」


三人がみなテレビの見すぎでやつれた眼になるまで、時間が過ぎる。

携帯電話が鳴る。

ボブは戸口のところで飛び上がる。

ケイスが椅子の横のテーブルに置いた電話に手を伸ばす。

リーナはベッドの端に坐り直し、ベッドから足をおろす。

ケイスは立ち上がる。電話の向こうにいるのは、彼女のかつての主人なのだ。

「呑み込まれにまた舞い戻ったか？」と彼が言う。

ケイスはボブにうなずいてみせ、リーナに最後の一瞥を送って言う。「ごめんよ、リーナ」

リーナは慌てふためく動物のように立ち上がり、ボブがゆっくりとドアを閉めたのを見る。

そして、ケイスを振り返る。ケイスの眼は見る見るリーナから離れていく。

「サイラス」とケイスは言う。「あんたはあたしたちのはったりに気づいてる。こっちだって
それぐらいわかってるのさ」

「ケイス！」とリーナが声をあげる。

ケイスは電話を手で覆って耳に押しつけ、リーナから逃れる。リーナは電話に手を伸ばそうとするが、冷ややかにボブにその手を押さえられる。

「静かにしろ」と彼は言う。

「リーナから全部聞いた。何もかも」

リーナはまた電話に手を伸ばそうとするが、ボブに腕をつかまれ、ベッドのほうに投げ飛ばされ、倒れる。

「そこにいろ。そこに！」

「女の子を返して。聞いてる？」

「このくそ馬鹿ども！」とリーナが叫ぶ。

「サイラス？　サイラス？　女の子を返して」

リーナがさらに叫ぼうとしたのをボブが制する。彼女の口に手をあて、彼女の体を床から持ち上げる。

「サイラス！　サイラス！」

「エナジー・ロードに風力タービンが並んでるところがあるのを覚えてるか？」と彼は言う。

「その昔おまえが自分を殺そうとしたところだ」

「スポットライトを浴びるなんて、人生にそう何度もないからね。そういう場所が忘れられると思う？」

「金を持ってこい」

戸惑い、ケイスは訊き返す。「金？」

「なんでおれがおまえらをわざわざ来させたと思う？」

「魔法の杖を持ってるのはそっちだ。自分で言いなよ」

「おまえはいつまでもどこまでも三下なんだな。知ってたか、そのこと？」

「ああ。それで？」

「エロールには今夜ブツを渡すと言ってある。だから、金を用意して待ってろとな。おまえらがブツを持ってないというのは、返す返すも残念だが、そういう取引きのやり方もおまえならわかるだろ？　で、エロールと片がついたら、明日の夜明け——最初の光が射す頃——エナジー・ロードに来い。金を持って」

「取引きには何を使う？」

「おまえらの命ってことになるだろうな、たぶん」

ケイスはボブを見やる。躊躇した一瞬がある。

「なんて言っている？」とボブが囁く。

ケイスは手を振って、ボブを黙らせ、バスルームにはいると、ドアを閉める。そして、白い部屋の隅にうずくまる。

「どっちみちガキはもう要らなくなった」とサイラスは言う。「返してやるよ。しゃぶりつくされて今はそりゃもうきれいなもんだ。おまえも覚えてるだろ、まだ赤ん坊の肉づきの残ってる女の子が手にはいったら、おれはどんなふうになっちまうか。家に帰してやるのに、あの子のわれめにバス賃をはさんでやってもいい。どうだ、それは？」

「サイラス……」

彼は電話を切る。

ケイスはしばらくバスルームの隅にしゃがみ込んだままでいる。消毒液のにおいのする白い小部屋を見まわす。その眼が、透明の百合の模様が描かれたビニールのシャワー・カーテンに止まる。〝今の気持ちを話してみて〟――床を見つめ、リハビリテーション・センターのバスルームのタイルに爪を立てて過ごした日々を思い出す。

部屋に戻ると、リーナは椅子に坐っている。痩せた首を伸ばし、頭を垂れ、そこに何かメッセージでも隠されているかのように、すり切れた西部風絨毯の模様をじっと見つめている。ボブは銃を手に、そのそばに立っている。

「なんて言ってた？」

「ランチョ・ミラージにエロールの家があるんだけど、取引きをするためにエロールはそこでサイラスを待ってる。で、あたしたちがエロールの金を手に入れたら、ギャビを返してくれるって」

「くそ」

「そういうこと」

「おれたちにエロールを殺させ、自分はブツのかわりに金を受け取る。そういうことだな」

「そのとおり」

「くそ！　ギャビが生きてることがどうしておれたちに――」

「彼女は生きてるよ」とリーナがうなるように言う。「言っただろ、それはもう！　なのにおまえは――」

「それはおまえが大嘘つきだからだ」

リーナはまた頭を垂れる。

ボブはケイスを見て言う。「どうする？」

ケイスは少し考えてから、リーナのハンドバッグが置かれたところまで歩き、ヘロインとジャンキーのおもちゃ一式を取り出す。そして、リーナのまえまで歩いてひざまずく。リーナは何も言わないが、ケイスの動きを注意深く観察している。

「あんたはあたしを殺した」とリーナは最後に言う。「あんたがそこのくそシープにあたしをやらさせなかったのはそのためだったんだね？　自分であたしを殺すためだった。ちくしょう。あたしはもう戻れない」

「わかってる」

「あたしはもうどこにも行けない」リーナは首の皮をアコーディオンのようにちぢませ、椅子に坐っている。「けど、あんたたち、彼と戦うなんて……」

「もう戦ってる」

リーナはそのことばの愚かさを笑う。「そうだよね。でも、それだったら、よく自分たちを見ることだ」

「ちょっとは口を閉じたらどうだ」とボブが怒鳴る。

ケイスはリーナの注射器を手に取って、リーナに渡す。さらにヘロインも渡す。それから、リーナのベルトのバックルをはずし、ベルトでループをつくり、自分の腕に巻きつけて、血管を浮かび上がらせる。

「自分が何をしてるかぐらいはちゃんとわかってるよ」とケイスは言う。「リーナ、スプーンを熱して。あたしに一発打って。さあ。自分でやろうって何回も思った。それだけ弱くなっちまったのさ。あのメキシコのパーティ以来。けど、あたしたちには全部わかってる、だろ？さあ。打って！」

リーナは尻込みをして、椅子の上で小さくなる。

「あたしたちは少しずつ自分を堕落させる行為で自分たちの血を埋めてた。ちがうかい？　それだけじゃない。頭にはクソを詰め込んでた。さあ！　早く打って！」ケイスの声がそこで割れる。「背骨が折れるまで、心臓が壊れるまで。さあ、やって。あたしが死ぬところを見てて！」

ケイスの思いがけない行動は、悪感情が暴発したせいなのか、ヴェイルに隠された狂気が形成されつつあるのか、リーナには判断がつかない。

「さあ！」ケイスは叫ぶ。そこで彼女の声に悲しみが混じる。「あんたに残されたことはふたつしかない。今のままのあたしにしておくか、この針であんたから最後のキスをされたあとのあたしにするか。さあ、決めなよ。さあ！　あたしもあんたの命を奪ったんだから。さあ！　今夜、あんたを殺しちまったんだから。あたしが言ってること、わかるだろ？　今のあんたは、サイラスに道路脇の灌漑用水路に捨てられたあたしとおんなじなんだから」

リーナは薄暗い部屋の隅に坐って、ケイスを見ている。その眼にこれまでこれほどの恐怖があふれたことはなかっただろう。

「サイラスはどこ？」とケイスは尋ねる。

ほかの人間に気取《けど》られずには、息ひとつすることができない。

リーナは、ドアのそばで押し黙り、立哨の役を自分にあてがっているボブのはうをケイスの肩越しに見やる。

「彼はどこ？」

強行突破はできない、とリーナはひそかに思う。ケイスの銃――彼女はどこに置いたんだ？

「リーナ？」

ケイスはジーンズにブラジャーという恰好で部屋を横切る。

「彼……は……どこ？」

そこまでやれる勇気はない、とリーナは自ら思う。

「自分でわからない？　今のあんたは通りで寝起きしてるジャンキーと変わらない」ケイスはリーナの顔をつかむ。「彼はどこ？」

しかし、リーナはうつむいてしまう。ケイスと眼を合わせることができない。「あたしには飛ぶ勇気がないんだよ」と彼女は言う。「あたしにできるのは地面を這うことだけだ」

もうたくさんだ、とケイスは思う。リーナの顔をつかんでいた手を放す。そして、彩られた皮膚の下にひそむひからびた肉体と魂を見下ろして言う。「行きな」リーナを無理やり立たせ、ドアのところまで歩かせる。「出ていけ！」

「おい、待てよ」とボブが口をはさむ。

「行かせて！」ケイスはリーナに近づき、腕を突き出し、リーナの背中を小突く。「出ていけ」

リーナは振り向き、ハンドバッグとジャンキーの必需品を取ろうとする。が、ケイスは許さない。「駄目だね。裸で出ていくんだよ。裸で狼の牙の中にはいるのさ。あたしたちみたいに」

ボブがリーナの腕をつかんで言う。「ちょっと待て。ケイス……こいつは、手錠をかけてここに置いていこう。そうして警察に電話して、説明する。誰に連絡すればいいか、おれにはあてが……」

ケイスはボブの手に自分の手を強く重ねて言う。「ボブ、お願い……」

ケイスのその声には敗北感が色濃くにじんでいる。ボブはリーナの腕を放す。ケイスはドアを開ける。リーナは震えながら、生命線であるヘロインが置かれたほうを振り向く。ケイスはさらにリーナを強く押す。今度はドアの外へ。

「ケイス！」とリーナは叫ぶ。

ケイスはまたリーナを強く押す。リーナはよろける。ブーツを履いた不確かな足が砂利の上で不規則なステップを踏む。ケイスはダコタの脇を通り、さらに月影に濡れる中庭へとリーナを押し出す。

「ケイス……」

ケイスはリーナに背を向ける。リーナは、大切なものを人生に買い戻そうと、いっとき死にもの狂いで手探りする。

ボブは戸口からそんな様子を眺めている。リーナがケイスに駆け寄り、ケイスの腕をつかんだのが見える。二階のバルコニーが宙に突き出しており、陰になっているのでふたりの顔までは見えない。ふたりのあいだで何かが終わり、ケイスがうなずく。

そして、部屋に戻ってきて、戸口を抜けたところで、リーナに最後の一瞥を送り、ドアを閉める。

「で？」

「何も」

「彼女はなんて言ったんだ？　きみがうなずいてたのが見えたけど」

ケイスはベッドに倒れ込む。「今のあたしたちの役に立ちそうなことは何も」

60

アーサーはソファに坐り、ジョン・リーの死体をもう何時間も見つめている。カウンターのそばの木の床に血がぽつぽつと垂れるのを見ている。

モーリーンは暗いバスルームの中、便器のそばに坐り込んでいる。長時間にわたるアドレナリンの攻撃を受け、彼女の精神はすでに降伏してしまっている。銃を撃った手を陶器の上に休める。その冷たさが慰めになる。全身に黒いブランデーのようなジョン・リーの血を浴びている。パジャマを脱いで、血から逃れたいと思う。しかし、動くことそれ自体がもう彼女の能力を超えている。

暗闇からアーサーが現れ、彼女の脇に坐る。

「銃声は誰にも聞かれてないと思う」

「でも、今頃はもう……」

「さきのことは誰にもわからない」

「警察がわたしの話を信じてくれると……」

「過去のいきさつがいきさつだから？」

「アーサー……」

彼女はアーサーから顔をそむけ、手のひらに広がる血糊を見る。それは腕まで伸びている。彼女が銃を握りしめ、彼の肉に押しつけ、撃ったところから始まる暴発の痕跡がそこにある。

「このことはきみにも言っておかなきゃいけない」とアーサーが言う。

彼女には応答もままならない。

「砂漠の真ん中であの老婆を殺したのはサイラスじゃないんだ。確かに彼は彼女を撃ちはした。それは、彼女がどうしてもわれわれに彼女の地所を売ろうとしなかったからだ。ジョン・リーはあの頃サイラスを手なずけていた。サイラスに分け前まで約束してた。だけど、老婆にノーと言われて、サイラスはかっとなった。

銃声を聞いて、私たちはトレーラーの中にはいった」とアーサーは喘ぐように言う。「彼女はまだ生きていた。かろうじて。で、ジョン・リーがとどめを刺したんだ。そして、そのあと……いかにもカルトの仕業のように見せかけた……」そのことばに彼は咽喉《のど》を詰まらせる。

モーリーンは彼を見ていない。アーサーのことばにどれほどの嘘が含まれているのか、知りたいとは思わない。そんなことはもう彼女にはどうでもいい。真実は、彼が今言ったことと、銃弾によってけりがつけられたこととのあいだに、健やかに横たわっている。それさえわかっていればいい。

「わたしたちはこれからどうするの？」と彼女は尋ねる。

「生き延びるんだ」

ふたりは防水シートで死体をくるむ。モーリーンがキッチンの壁を塗ったときに使った藤色の屍衣。暗い家の中、ふたりはジョン・リーを運ぶ。窓の向こうに、隣家の窓が月明かりを受けて光っている。アーサーは頭のほうを、モーリーンは足のほうを抱える。アーサーはうしろ向きになって、ガレージのドアの内側まで彼女を先導する。彼女はくたびれ果てた哀れな掃除婦のように、たわんだ死体をあいだにはさみ、彼についていく。

61

ボブとケイスはモーテルの部屋のテーブルについて坐り、小さなビニール袋に砂糖と小麦粉を詰めて、それをグレーのテープでとめている。テーブルの上にはグレーのかたまりがいくつも置かれている。一晩の成果がズックの鞄にふたつ。ペテン、あるいは、殺しの代償。

「中にはいるのは簡単だと思う」とケイスが言う。「手荒い身体検査を受けるにしろ。もちろん、やってきたのがあたしたちだってわかったら、エロールはすぐキレるかもしれない。すぐに鉄砲狂にあたしたちを殺させようとするかもしれない。一方、少しは様子を見ようとするかもしれない。でも、どっちにしろ、こっちの手の内を知られちゃったら、まず逃げられないだろうね。銃も何もなきゃなおさら」

ボブはテーブルに肘をついて、上腕をもたげ、親指の腹を歯に押しつける。

「身体検査をしたら、やつらも少しは気を抜くかもしれないけど」と彼女は言う。「だけど、だから？　あたしのほうはあそこにナイフを隠してもいいけど、それでも、出すのに時間がかかる」

ボブは催眠術にでもかかったかのように、眼のまえのテーブルを凝視している。

「ねえ、あたし、ジョークを言ったんだけど」

ボブは眼を細め、彼女のことばとは関係なく眼を上げる。「エロールは元警察官をボディガードに雇ったと言ったね？」

「うん。そうだけど」

「お巡りの身体検査というのはちゃんとやり方が決まってる。決まったやり方には必ず弱点がある。その弱点を突こう」


ふたりがランチョ・ミラージの南西にあるなだらかな丘をのぼったときには、月はもう暗い夜の縫い目を半分ほどたどっている。見るからに頼りない道が珍しく門のある地所のそばを這っている。

ふたりのあいだには偽のヘロインのキロ包みを入れた小さな鞄がふたつ置かれている。曲がった柄のついたズックの鞄。その鞄の底は断熱板のような固い板になっていて、銀の球状の突起が四つついている。ボブはその突起の高さに着目して、板の裏にケイスのオートマティックをテープで貼り付けた。それでも、ズックの鞄はたいらに坐っている。

ボブはテープと銃を確かめる。

ケイスは緊張を和らげるのに、わざと片手でダコタのハンドルを切りながら言う。「ここからてっぺんまで家は一軒もないんだよね」

最後の半マイル。ヘッドライトが野生の灌木を光で濡らす。岐路にさしかかるたび、砂地に光を撒き散らす。暗い海に浮かぶ宝石のブイ。

「脇に寄せてくれ」とボブが言う。

彼女は車のスピードをゆるめ、ダコタを道路のへりに寄せる。砂利が驚いて軋る。

ボブはうしろを振り返る。

「どうしたの？」

「おれたちはあいつに弄ばれてる。ちがうか？」

「今さら何が言いたいの？」

「おれたちは何をしてる？　今夜のおれたちは正真正銘、あいつの手下になりさがってしまってる」

ケイスはシートの背にもたれ、バックスキンの上着をまとった胸のまえで腕を組む。すみれ色のアイシャドウが、獲物に襲いかかろうとする鷹のすべらかで暗い気配を彼女に与えている。

「うしろを見てたら、〈ヴィア・プリンセッサ〉の家のことを思い出してしまったんだ。〈ヴィア・プリンセッサ〉の家もこんな丘の上にあるんだ。夜になると、ギャビは窓から通りを見る。おれは近くを通りかかると、路肩に車を寄せて、回転灯をつける。それが娘へのおれの〝おやすみ〟だった」

彼は上体をまえに屈めると、ダッシュボードに頭をあずける。「何も言ってくれないのか？」

「言うことなら山ほどある。あんたの話を聞いて、あたしが今どう思ったか」と彼女は言う。「あんたは誰かが命綱を投げてくれたのに、それをまた放り返してるのさ、その綱の色が気に入らないからって。あたしだって立派なことをしてるなんて思ってないよ。サイラスならこう言うだろうね。大衆コントロール。そうだよ、あたしたちはコントロールされてるのさ」

その家はコンクリートとガラスでできている。どこまでも低レヴェルの現代性をかもす壊れやすい入れもの。横長のガラスの引き戸があり、そこからコーチェラ峡谷が一望できる。

彼らは車を停める。ヘッドライトを消す。髪に油をたっぷり塗ったふたりのボディガードが動いたのが、ピクチャーウィンドウ越しに見える。

ケイスが重いほうのズックの鞄をダコタの床から取り上げ、ボブは底に銃を貼りつけたほうを持つ。高台なので、風が強く、あらゆるものが乾いた音を立てている。

すりこぎでこねられたような小径を歩きはじめたところで、ボディガードが居間を通り抜け、玄関に向かったのがわかる。

クローム仕上げの玄関のドアが、門のあるポルティコの向こうに見える。ケイスがブザーを押す。門が自動的に開く。ケイスとボブは互いに顔を見合わせる。

「いよいよ殺されるときがきた」とケイスが囁く。

門を抜けると、門は自動的に閉まる。ふたりは高さ十フィートほどの塀と鍵のかかった門に囲まれた空間に立っている。ドアの両脇にあるふたつのピンクの投光照明が人造石に展示物のような趣を与えているアルコーヴ。

ふたりは待つ。乾いた空気。静けさ。寄せ集めのふたり。それらすべてがピンクの投光照明に照らされている。

ふたりの背後で慇懃《いんぎん》な声がする。「鞄を置いて、手を上げてもらえませんかね」

ボブとケイスは反射的に振り返る。四一口径ブラックホークの思いやり深い銃口がふたりを見つめている。

ふたりは言われたとおりにする。ボディガードのひとりがもうひとりに声をかける。ドアが開き、ひとりが銃を構えて、紳士的に近づいてくる。

身体検査が始まる。ふたりのボディガードは手早く、手ぎわよく仕事をし、ケイスがブーツの中に隠したナイフを見つけ出す。ひとりが誤ってズックの鞄を蹴飛ばす。鞄の球状の突起が小径の上で金属的な乾いた音をたてる。結果を知りたくなくて、ボブもケイスも見向きもしない。

ボディガードは鞄を開け、鞄の中身がしかるべきものであることを確かめる。その作業がすみやかにおこなわれ、鞄はまた閉じられる。

ケイスとボブは銃口を突きつけられたまま待たされ、ボディガードのひとりが家の中に戻り、ひんやりとした白いタイル敷きの玄関ホールからエロールを呼ぶ。それから、また出てきて、無言のまま指を曲げ、ふたりを家の中に招じ入れる。ボブとケイスはそれぞれの鞄に手を伸ばす。しかし、ケイスの鞄にはふたりの背後からもうひとりのボディガードがさきに手を伸ばしている。ボブの鞄のほうはボブが一秒先んじる。

「放せ」とボディガードが言う。

ボブは放さない。

「金がさきだ」とケイスが言う。

ボディガードは銃でふたりを退かせる。「今、ここですぐこのおれが払ってやってもいいんだぜ」

「もういい、ケイス」とボブが言う。

ケイスはボブを見る。顎から首にかけて、皮膚がぴんと張りつめているのがわかる。「いいんだ」とボブは言う。

そして、眼を下にやる。ケイスも同じように視線を下げ、ボブがボディガードに鞄を渡すのを盗み見る。ボブは底が手前に来るように——鞄の底をできるだけ長く手の届く範囲内にとどめておこうと、鞄を傾げる。

玄関のドアのまえにいたボディガードが、家の中にはいるようふたりに命じる。ケイスは鞄がそのボディガードの眼に止まらないよう、すぐに歩き出す。ボディガードのひとりが先頭に立ち、もうひとりがしんがりを務め、四人は一列になって屋敷にはいる。

玄関ホールを抜け、藤色の壁紙を張った壁に本物のインディアンの羽根飾りを飾った廊下を通る。黒い岩で沢を模したインテリアが床から天井まで施され、水が滝のように流れ、そこに繊細な色合いの照明があてられている。一段低いところに居間がある。グレーの革とインディアンの民芸品。その部屋にはいる。

歩きながら、ボブがずっと考えていたのは、銃との距離だった。手を伸ばせば届くところにある。歩きながら、ケイスがずっと考えていたのは、手を伸ばせば届くところに武器となるものはないかということだった。待ちながら、ふたりが考えていたのは、すべて台無しになるまえに自分たちのほうから行動を起こすきっかけだった。

ケイスは振り返ってボブを見る。ボブの顔には謎も感情もない。すべてが手の届かないところに去り、何もかもがぶざまに終わってしまうかもしれない一瞬が来る。いかにも坐り心地のよさそうなグレーのソファに坐っていたエロールが立ち上がり、振り向き、やってきたのがボブとケイスであることを認めた刹那――

十乗された悪い知らせにヒューズが吹っ飛ぶ。エロールはバスローブの裾を翼のように広げ、赤土色の段を上がると、日焼けした長い脚をさらして叫ぶ、ふたりとも殺してやると。が、そこで――ばちあたりの神のおかげで、とボブは思う――エロールは足をすべらせた。

完璧に人間的な一瞬、ボブのまえにいたボディガードが、高級なイタリア製タイルに顔面着地しかけたエロールを――金づるを――救おうと手を差し伸べた。ボブはうしろに跳躍し、ズックの鞄に手を伸ばす。うしろにいたもうひとりのボディガードは、反射的に身を守ろうとして、盾がわりに鞄をまえに突き出した。ボブは鞄の底をまさぐる。躁病のヤスデの足のように指を這わせて、引き金を求める。

指が届く。

撃った。

弾丸《たま》は男の下腹部を貫通し、壁に小さな穴をあけ、そこにわずかな血痕を残した。ボブは鞄を容易に奪い取ると、体を反転させ、片手で銃を握り、もう一方の手で鞄の把手をつかんだ。

ケイスの耳に彼の叫び声が飛び込む。「どけ！」

彼女はすばやく床に伏せる。

片手を伸ばし、片脚をこわばらせ、奇妙な角度で顎を咽喉にめりこませるようにしていたもうひとりのボディガードは、銃弾を受け、その衝撃でうしろに飛ばされ、顔を起こしてボブを見ながら、倒れる。背中をソファに、頭をコーヒーテーブルにぶつけ、ガラスがサメの歯のように割れる。

ボブは鞄の底から銃を剝がす。最初に撃たれたボディガードもまた床に横たわったまま、ぴくりともしない。

エロールもタイルの上で大の字になっている。バスローブのまえをはだけて。ケイスは立ち上がると、ボブのそばにやってくる。身じろぎひとつせず、声だけ震わせ、エロールが言う。「わかった、わかった、よくわかった」手が動きはじめ、宙を押すような恰好をする。「もうわかったから、金は持っていけ」まるでこれからやってくる銃弾をよけるかのように身をちぢめている。「持っていけ、全部……」

「殺《や》って」とケイスが言う。

ボブはショックを受けてケイスを見る。

「殺すんだよ！」とケイスは叫ぶ。

エロールは命乞いを始める。ボブはまえに出ると、銃をかまえる。気づいたときには、エロールはもう失禁している。

一瞬、ボブは小便がダマスク織りのシルクのローブを濡らし、タイルの上に広がるのを見る。ひとつ埋めると、ひとつピースが失われていくジグソーパズル。そうしているかぎり、まだピースの埋められていない部分は——無情な空隙は——永遠に生かされる。ボブはそんなジグソーパズルを見ているような気分になる。

死、そして結社の儀式

62

色のついた薄紙が空に戻りはじめる。落ち着きのない光とともに。ボブとケイスは北に向かっている。時間を争い、金を入れた鞄を携え、乱暴にダコタを飛ばす。過去は東に、未来は西に。ラジオはニュースを吐き出し、ふたりは人殺しの第一報を待っている。

キリスト教徒の住むモハーヴェ砂漠には、生まれ変わって聖書の英知を広めたキリスト教徒が自然石にはめ込んで示した広告板が並んでいる。昇りくるピンクの太陽を背に、白地に書かれた黒い文字が語る——〝知恵とともに苦しみも来たる……信仰を持ち、信仰を与えられたごとく振る舞え……謙虚たれ、さればわれはこの血を癒さん〟。

それらがハイウェイ沿いを擦過する。静けさと確かさと威厳がある。しかし、真実はひとつしかない。ボブとケイスはそれに向かって走っている。エイハブ船長やリンカーンのように、荒々しく頑迷な目的に向かっている。

彼女は無言で道路を見ている。何もないハイウェイと接している、苛立たしいブルーのポケットを見つめている。

「何を考えてる？」とボブが尋ねる。

彼のほうを見ることもなく、ケイスはことばを選びながら言う。「ギャビのこと。自分のこと。あんたのこと。あんたがこれほどの悲しみに出会うまえまでいた場所のこと。これからあんたはどうなるのかってこと。自分の心の真ん中にあいた穴のこと。それはあたしの宇宙の中心にあいた穴ってことだね。そう、みんなの宇宙全体の中心にあいた穴ってことだ。リーナのこと、エロールのこと……それから……彼のこと。過ぎ去った年月に消えたすべての血管のこと。あのふたりの姉妹のこと――つまり意味と狂気のこと。まるで絵でも見てるみたいに、夜の空から現れるんだよ、そのふたりの姉妹は。そして、赤いローブをまとった道化を追いかけて道を走るんだ」

彼女はまえ屈みになり、手を膝にのせ、自分の最後のことばに耳をすます。「あたしの言ってること、意味が通ってる？　あたしが今言ったこと、あんたには少しでもわかった？」

彼は熱波にさらされたドライヴ・インを思い出す。甘く脂っこい料理と、ポリー・クラース事件を報じた新聞記事に関する言い争いとともに。香水のにおいをぷんぷんさせた、よくしゃべる女工員たちとともに。彼は覚えている。「おれたちはみんなそれぞれ自分の流儀でリヴァイアサンを追いかけてるのさ」

エナジー・ロードは、ソルトウェルズ峡谷を抜ける一七八号線から枝分かれしている、長さ一マイルばかりの脇道で、あたりはイニョー郡の郡境に沿った不毛の地だ。炉にかけられたような、チャイナレイクからパナミント山脈さらにデス・ヴァレーまでの窪地《プラーヤ》。

車一台走っていないその道にたどり着いたところで、その日の最初の光が射す。遠くに銀色の風力タービンの赤褐色の建物が何百と並んでいるのが見える。風力タービンは、彼方の黒と茶の山を背景に、巨大な電線の森の中、無意味に突き出された騎士の槍のように聳《そび》えている。ケーブルにつながれた架台が、まだ明かりのともされていない白い大地の避難所のほうへ移動している。

未舗装路はその寡黙で巨大な回転羽根の中にはいり込み、そこで終わっている。ボノとケイスはダコタを降りる。その前方五十ヤード、それら金属のモノリスの中に、サイラスが立っている。

まるでこの地の孤独な見張り番のように。その背後に昇りかけている太陽がつくる偉大な赤布を突き抜けて出てきた、ほとんど人とは思えない衛兵のように。あたりには吹きさらしの寂寥と拡散する砂の静けさがある。ケイスとボブはそれぞれ金の詰まった鞄を持って、サイラスに近づく。

そして、ほんの数フィートだけ残して、立ち止まる。男と男が最後に顔を合わせ、向かい合う。本人と相対し、ボブは想像の中のサイラス像に欠けていた部分を補う。頬に描かれた稲妻に皺が寄る。「おれの鑑賞は終わったか?」とサイラスが言う。

「娘はどこだ?」

「おまえの遺物は家に連れて帰ればいい」

その場にしゃがみ込んだケイスが金を見せながら言う。「どこにいるの?」

サイラスは彼女のほうを見もせず、ふたりの脇をすり抜け、ダコタのところまで歩く。ボブとケイスは互いに互いの顔を見る。

サイラスはダコタのまわりをまわり、予備のガソリンが容器に入れられ、後部の荷台に置かれているのに気づく。「ガソリンはどこで手に入れた？」彼がタンクを叩くと、容器は鈍い音をたてる。「なかなかどうして大したもんだ」

そのあと運転席をのぞき込み、携帯電話を見つけると、手を伸ばし、つかみ、ふたりにそれを示してから、すばやくダコタのボンネットに叩きつけ、粉々に砕く。

そうして、またふたりがいるところまで戻ってくると、荒石が細長く敷かれ、一本丘に向かって延びているあたりを指差す。遠くから見ると、それは剝き出しのマカダム舗装だけの小径のように見える。「おまえの遺物はあの丘の向こうにある。娘の姿が見えたら、金を置いて娘を連れていけ。簡単なことだ……」

彼はふたりの脇をすり抜ける。が、そこで立ち止まり、振り返ってボブを見る。ふたりのあいだは一フィートと離れていない。憎しみに倍加された沈黙が流れる。

「家に帰ったら」とサイラスが言う。「魔法使いの老婆を殺したアーサーとジョン・リーに訊くといい。おまえが直接。誰が老婆の首に最初の弾丸《たま》を撃ち込んだのか。おまえが直接訊くんだ。老婆が床を指で掻きながら死んでいったことについても。訊くんだ。撃ったあと、ビール飲みのくそ婆の肉を最後に切り分けたのは誰だったのか。ちゃんと自分で訊くことだ」

サイラスの眼つきが大鎌を持った死神の緩慢で揺るぎない凝視に変わる。「おれを雇ったジョン・リーに訊くんだ。おれを雇ったジョン・リーに——〈ヴィア・プリンセッサ〉へ行って、あのくろんぼと売女を消すよう、おれを雇ったジョン・リーにな。自分で訊くことだ」

サイラスのひとことひとことがボブの心にひそむ恐怖を掻き立てる。

「アーサーにおれが電話しなかったかどうかも訊くといい。自分で。訊いて、少しは愉しんでくれ。ジョン・リーには誰が女房の電話に盗聴器を仕掛けたのかも訊くことだ。さすがのおれも、おまえが自分で自分を殺すより手ぎわよくおまえを殺すことはできない」

ケイスはじっとふたりを見ている。その夢のような情景を。そこは、あらゆる凶兆を寝かせるために、彼女が鎮静薬を山のように飲んだ場所と一マイルと離れていない。彼女の胸の奥の戦いのエンジンが肋骨を叩いている。それにしても、なんと静かなことか。特にこのふたりは。ふたりとも声を荒らげてさえいない。ビジネスマンが生命保険か不動産の話でもしているかのようだ。

すべてがあらわになっている、と彼女は思う。ボブが今後つきあっていかなければならない、不名誉な毒薬すべてが。なのに、彼はただじっと佇み、黙って聞いている。いかにも禁欲的に。しかし、それは免疫があるからではない。サイラスの一撃一撃に、ボブの毛穴のひとつひとつから怒りが噴出している。彼女にはその怒りのにおいを嗅ぐことができる。

「おれにはよくわかる」とサイラスは仔細にボブを見て言う。「おまえがなんでまだ生きていられるのか。それはおまえにはおれと相通ずるものがあるからだ。おまえの内部にはおれの一部があるからだ」

ボブ・ワットエヴァーの感情を沸点に引き上げるにはそれで充分だった。充分すぎた。しかし、ボブはそれを認めない。固い唾を呑み込む。オートマティックの薬室のように彼の咽喉の皮膚が動く。

「しかし、おまえにあるのはそれだけじゃない。だから、自分の道を歩くというのはできないことではない」サイラスはジーンズの縫い目に沿って鋲で留めた頭の皮を弄ぶ。「おれはおまえに侵入した。だから、おれはおまえという人間の中で、常に偉大な存在でありつづけるだろう。おまえとジョン・リーとアーサーの中で。それに、あの道の向こうにいる、ピンクの肉塊の中で。今ここから、おまえの人生はおれがおまえから抉り出したもので決定される。おれはおまえの無意識を所有している……そう、所有してるんだよ。さあ、行け」

サイラスの思いどおりにこの異様な悪夢を終わらせるつもりはない――ボブはそのことをサイラスにわからせようといっとき間を置く。それからダコタに向かう。ケイスもそのあとに続こうとする。

「おまえには言っておきたいことがある」とサイラスが言う。「ちょっと待て」

ボブはケイスを見る。ケイスは黙ってうなずき、ボブを行かせる。ボブは一瞥を向けることでサイラスに警告を与え、またダコタのほうへ歩き出す。

サイラスはケイスに近づく。キスさえできるほどの近さに迫られ、ケイスは上体をのけぞらせる。「今日、何が起ころうと。何が。おまえは死ぬ。おれはおまえの首に懸賞金を懸けたんだ。そのおれのことばが狼たち全員に伝わるや、おれのことばを聞くや、彼らは下水溝から這い出てきて、おまえを探すだろう。夜、おまえはもう二度と安心して寝られないだろう。おれにはわかる。このあいだおまえを襲ったような爬行動物のようなやつらだ、シープ。彼らはもうおまえを探しはじめてるんじゃないだろうか」

彼は待つ。彼とケイスのまわりでは、昇りくる太陽を切り裂く刃の上で、暗い大鎌の形をした風車がまわっている。

「おまえが死にかけたら」とサイラスは続ける。「おれはおまえの皮を剝いでやろう。おまえの眼がまだ見えるうちに、おまえのプッシーを切り取って、食ってやろう」

63

ふたりは言われたとおり、荒石が転がる、崩れやすい丘の環状道路をダコタでのぼる。サイラスは、砕屑物《さいせつぶつ》にまわりを囲まれた火口から吹き上がる砂埃にダコタが溶け込むところまで、眼で追いつづける。

ダコタは車体を右に左に揺すり、穴と気むずかしいくぼみだらけの道を曲がりくねった頼りない壁面に沿って走り、崖に向かう。道はその崖からその先の盆地へとさらに続いている。何マイルもの虚無がふたりを見返している。

「ブラックホールのど真ん中に放り込まれるというわけか」とボブが言う。

「水はどれくらいある？」

ボブは座席のうしろを見やる。水を入れた容器はふたつある。「水の味を忘れたりしないくらいは充分ある」

盆地への下降はさらに過酷なものになる。岩に切り裂かれる悪夢の一時間。地面が砂に変わると、マフラーが詰まり、トランスミッションのボルトがはずれそうになる。十二階の高さからコンクリートの地面に何かを叩きつけたような衝撃音が続く。彼らは岩肌に手書きで書かれた表示を読む――〝何マイル走っても、この近くにガソリンスタンドはないぞ、この馬鹿たれ〟。

さまよえる愚者に向けられたささやかな路傍のユーモア。

ケイスはしきりとうしろを振り返っている。あたかもサイラスが彼らのすぐうしろに迫っているかのように。しかし、そんなことはありえない。それは彼女にもよくわかっている。この行進は長く醜いものになるはずだ。くそ緩慢な死へのくそ道行き。そんなものにサイラスがつきあうわけがない。

平地がどこまでも広がっている。月面のような不変のプラーヤ。ダコタはゆっくりと北東をめざす。タイヤの跡を追って、何かを警告するかのように砂埃が舞い上がっている。温度計の針がこれ以上超えられないところまで昇りつめる。一瞬、ふたりは地平線に何かを見たような気がする。白く輝く放物線。見えたと思ったら、もう消えている。しかし、それが、人に方向感覚を失わせる熱波の中を斜めに走る、ヴァンの背中だったということはないだろうか。

ふたりはダコタを停め、方向を確認し、待つ。しかし、それがなんであれ、すでに地平線が呑み込んでしまっている。

「どうしてあいつはこんな真似をするんだ？　こんなところまでおれたちを来させたりするんだ？　ほんとうにギャビを返すつもりがあいつにはあるのか？」

ケイスの声は熱にかすれている。「これがラット・パトロールなのさ、コヨーテ。殺しのゲーム。あたしたち自身が獲物《ゲーム》なんだ。そうなんだよ……」彼女は口蓋に舌を押しつける。「あいつはあたしたちをどこかでいきなり捕まえ……そう、どこかで……どこかでね……金と交換にギャビをあたしたちの膝の上にどさっと放るつもりなんだ。あたしたちに人殺しまでさせて手に入れた金と交換に。だけど、そのときには、あたしたちはもう誰の助けの手も届かないところまで来てしまってて、そこで、あいつはあたしたちに狼を差し向けるんだ。血の儀式ってやつ。そういうことなんだよ、コヨーテ。実に単純明快……切り裂かれた咽喉と同じくらい」

正午。

タイヤが土埃を吐き出し、窓が開いているので、ふたりの顔一面に土がこびりついている。前方でまた地形が変わる。

珪質砂岩が大地の井戸から立ち上がっている。温度計が上がるのに反比例して燃料計は下がりつづける。墓石か城壁のように、石灰の堆積物が奇妙な恰好をした塔のように立っている。ダコタはその中を進む。

果てしない直線を引きながら。

ケイスはネッカチーフを水で濡らしてボブの顔と首すじを拭き、自分にも同じことをする。そのあとはふたりともまた厳然とした沈黙に戻る。

二時間後、タイヤの鼓動が速くなる。ふたりは、砂漠から塩を運び出す荷馬車を通すために、浅い地溝に百年前に架けられた枕木の橋を渡っている。灼熱のプラーヤの側面を守る尖塔は、十万年前、そこがまだ湖だった頃、地形のひずみによって生まれたものだ。その尖塔の日時計の針が午後に向かいはじめる。絶望に恐怖が混じる。ケイスが座席に置いた鞄を開けて、中から札束をいくつか取り出し、グラヴ・コンパートメントに入れる。

「何をしてる？」

彼女は疲れ、肩をすくめて言う。「思ったんだけど……彼らが現れるとして……どうせ数えないんじゃないかな。彼らが現れるとしたらの話だけど」

「現れるさ」

「うん。でも、あたしたちもあとで金が要るようになるかもしれない。あんたも。だってあんたにしたって、このあと帰れる場所がいっぱいあるわけじゃないんだから」

石灰の堆積物の記念碑を過ぎ、あたり一面乾いた塩を撒いたような一帯にたどり着く。たいらで病的な不毛の地。核時代のホロコーストの中心のような。地球が謎から飛び出して、すべてが脇に放り出されたデヴォン紀のあの瞬間のような。漂白された黙示録。父と母と死のほんとうの顔。盾のように光っている。魔女の煎じ薬、あるいは神の大釜。完全な溶解。あるいは白色光の反射。なんとでも呼べばいい。しかし、ほんとうのところ、そこは言語に絶している。

ダコタのよく光る青いボンネットはよく動く船の舳先《へさき》に似ている。塩の大海を進む、光り輝く幻。顔に土をかぶり、眼をぎらつかせながらも、ふたりは耐えている。水夫のように、ダコ夕の満ち干に揺られている。

「待って……」

ボブは疲れた顔をケイスに向ける。

「あそこ」彼女はフロントガラス越しに前方を指差す。「何か見えた」

ダコタを停め、ふたりは前方に眼を凝らす。熱波の中、チャールズ・マンソンと彼のカルトが岩の腹の中に金《きん》の海を探したパラミント山脈が、揺らめきながら遠くに聳えている。その向こうには、インディアンが〝トメシャ――燃える大地〟と呼んだ峡谷が横たわっている。

しかし、その峡谷も、ふたりを眩惑した地平線を背にした貧弱な脚注にしかならない。

「頭が暑さでいかれちゃったのかも」とケイスは言う。

ボブはケイスに水を勧める。

ふたりはその場からしばらく動かない。太陽が彼らの視力をさらに弱める。彼らの暗い眼窩に熱い穴を掘る。そのとき、世界のへりにまたちっぽけな点が現れる。シーツの広さのさざ波に浮かぶアラビア文字。白い垢に呑み込まれた金属の戦士。

「見て。やつらだ」と彼女が言う。「あたしにはわかる」

流れる砂の幽霊は跳ねる白いヴァンに変身する。それを見るなり、ふたりは疲労を忘れる。なめらかな金属のラジエーター・グリルが時速七十マイルで疾駆している。

ボブとケイスはダコタを降りる。

一マイルばかり離れたところで、ヴァンはカーヴを描く。「もうまちがいない」

そう言って、ケイスはショットガンを手に取る。ボブは金を入れた鞄を持つ。ヴァンは残り百ヤードと迫ったところで、尻を見せると、ゆっくりとバックしてくる。

そして、五十ヤードばかりを残して停まる。後部のドアが開き、ケイスの知らない若い戦闘員ふたりとガターが降りてくる。彼らはギャビがよく見えるよう、互いに立っている場所の間隔をあける。ギャビは目隠しをされている。両手を背中でつながれている。彼らは彼女をヴァンから引きずり出す。彼女は顔から砂地に倒れる。わが子を見て、ただそのことに圧倒され、ボブは彼女の名を叫ぶ。その声が聞こえたのだろう。ギャビは驚き、怯えた鳥のように顔を起こす。ボブはもう一度叫ぶ。ギャビも叫び返す。弱々しい涙の懇願が砂地を這う。

ギャビとの距離が十フィートほどになったところで、ガターが言う。「金を放れ！」

ギャビは哀れな声でなおも父親に助けを求めている。

ボブはケイスを見て言う。「鞄を投げる」

ケイスは黙ってうなずく。

ボブは鞄を放る。鈍い音を立てて、鞄は砂地に落ちる。ガターはすぐにまえに出てくると、ひざまずき、すばやく鞄を開く。ショットガンに狙われていることなど、気にさえしていないように見える。おおざっぱに金を数える。数えるというより、見た目を調べ、重さを計る。それから、鞄を閉め、黒い笑みを浮かべて立ち上がると、落ち着き払い、うしろに下がって命令をくだす。「車に戻れ、スティック」

ルガーを構えた若い男。ヒキガエルみたいなつるつるのスキンヘッド。それでも、なかなか可愛い顔をしている。少年というより少女のようだ。ギャビを砂地に放り出すと、ヴァンに戻り、そこでケイスに向けて、二本の指で自分の股間を撫でる。

ボブは気づいたときにはもう走り出している。そして、娘の脇にひざまずいて、目隠しをはずしにかかる。

ケイスは、開かれたヴァンのドアの向こうの黒くて四角い空間に、ショットガンの銃口をずっと向けている。ヴァンが動き出し、ガターが叫ぶ。「おまえらはどうやって家に帰る?」

そう言って、ケイスの後方、南を示す。ヴァンのドアが閉まる。

ギャビは父親を見て、戸惑う。ボブはあまりに変わり果てている。口髭、タトゥー、咽喉の傷。しかし、徐々に理解する。そして、父の声をもう一度聞き、父の腕を体に感じ、もはやなくなったものとあきらめていた世界にいた頃からよく覚えている、涙があふれる父の眼を見て、緊張が解ける。全身の力が抜けたようになりながらも、狂ったように父の背に手をまわし、肩を抱き、腕に触れる。ただ触れてさえいれば、自分がまだ生きていること、自由になったことが確かめられるかのように、父の胸に顔を埋める。

ダコタでやってきた道を少し戻ったあたりにいたケイスが振り向き、ボブを呼ぶ。ボブはギャビを強く抱きしめ、泣きながら顔を上げ、ケイスがショットガンで指し示しているほうに眼を向ける。

砂漠に立つ尖塔のあいだ、何マイルも彼方でのろしがあがる。白い溶接点がこれ見よがしの弧を描き、焼けつく太陽に向かって上昇している。

がんぜない幼児のようにギャビが揺れだし、ひとことつぶやく。「彼だ……」

ケイスはボブのところまで戻ってくると、ギャビの脇にひざまずく。ボブが尋ねる。「サイラスか?」

「ほかに誰かいる？」とケイスは答える。

64

沈む太陽の中でケイスとギャビは待っている。彼らから遠く離れたところでは、岩の背を持つ丘が消えゆく石炭のように熱を吐き出し、暗く青く冷たい夜の先触れのように、その灰色の皮膚を徐々に冷やしはじめている。

ボブはボンネットを開け、ワイヤやチューブやボルトを点検している。固くとめられるべきものは固くとめられているかどうか。これからまた荒れ地を走破しなければならない。

ギャビは父親のワークシャツにくるまり、ダコタに乗っている。自由がもたらす歓喜の氾濫は、すでに途方もない疲労に取って代わられ、彼女はからっぽの心を見つめている。ケイスはそんなギャビの横に坐っている。彼女にしてみれば、何度も見てきた壁画だ。ジャンキーと、体の組織が80プルーフの鎮静剤と化したリハビリ患者の壁画。

夏空に浮かぶ雲の合間から、太陽がその打ちひしがれた金色とオレンジの顔を出す。いくらかでも意識が澄んだところで、ギャビが顔を上げて、ケイスに囁く。「あなたを知ってる」

ケイスは悪臭を放つぼろ人形の顔を見下ろす。「あたしを？」

「メキシコで見た」

ケイスの顔がおぞましい記憶に反射的に青ざめる。

「わたしはヴァンのうしろに乗ってた。ドアが変なふうに曲がってて、時々、ひとりになったら、外を見れた。サイラスがあなたを殴ってるのが見えた。あの原っぱへあなたが引きずっていかれたところも。あいつらがあなたをレイプするところも……」

ケイスはギャビの腕に指を這わす。甲虫の背のような色の小さな注射の痕が点々と残っている。

「あなたのことを考えた」とギャビは言う。そして、父親に聞かれていないか確かめでもするかのように外を見やり、ダッシュボードに眼を押しつける。「パパを傷つけたくない」

哀れな一瞬。傷ついた者の無垢で愚かな沈黙。

「あなたのことを考えたの。彼らがわたしに……してるときは……」

ギャビの全身の凍えるような震えがケイスには感じられる。ケイスにしてみれば、それは知りすぎた震えだ。どれほど軽微なものであっても、彼女自身の心を砕き、徐々に彼女を地下牢へ引きずり降ろす、そんな震えだ。

「彼らはあなたのことをよく話してた。それで思ったの、わたしもそんなふうになれたら……彼らが憎み、恐れる人になれたら……わかるでしょ……って思ったのよ、わたしも生きられるだろうって。自分もあんなふうになれるだろうって。だから、そういうふりをしたの。眼を閉じて、思ったの……」父親の姿がフロントガラスの向こうに現れる。彼女は父親も乗り込んでくるかもしれないと思い、ことばを切る。そして、その姿がまたボンネットの向こうに見えなくなったのを見ると、続ける。「どういうことかわかるでしょ？　パパのことを考えなかったわけじゃない。でも……それはあとのことよ。わからないけど、何かほかのものが必要だった。わたしは怖かった……パパに嫌われるんじゃないかって」

　そう言って、ギャビはケイスの細い肩に頭をあずけ、身をちぢめる。生きとし生けるものの盲目の情動がケイスをとらえる。貪り食われたこの剝き出しの子供に対して痛みを覚え、一瞬、願いがケイスの心に宿りそうになる。しかし、それが偽りであることは誰より彼女が一番よく知っている。一瞬、彼女は願うことより多くのことを知っている自分を嫌悪する。

「気分が悪い」とギャビは言う。「体じゅうが痛い」

　暗がりの中、ケイスとボブはダコタのうしろに立って、押し寄せる事実について話し合う。ふたりにとって何より大きな事実は、最初の禁断症状の攻撃に悩まされている子供がいるということだ。ケイスはバックスキンの上着のポケットに手を突っ込み、ダコタのテールゲートに坐る。ボブは時折リアウィンドウ越しにギャビに眼をやりながら、歩きまわっている。ギャビは頭を窓のガラスにあずけている。夜の風が吹きはじめる。光がすばやく動いている。山々はもうすでに黒い。

「北か」とボブが指差して言う。「東へ行っても何もない。何も。デス・ヴァレーが何マイルも続いているだけだ。南という選択はある。海軍のチャイナレイク演習場がある。だけど、行ったところで、何があるものでもない。それに、そっちはおれ自身よく知らないところだ」

　彼は立ち止まり、砂地にブーツで線を引く。「来た道を戻るというのがやはり一番の近道だ」

「トロナの町もあるし」

「ああ。地平線に明かりが見えてきたら、その明かりをめざす」

「ここにいるわけにはいかない」

「わかってる」

「暗くなったら、彼らが群がってくる」

彼はうなずいて言う。「丘には消防の詰め所がある。とりあえず、その詰め所をめざして走るというのも悪くない。そこには誰か人がいるはずだから」

「まあね。でも、だったら、詰め所はどこにあるのかわかってるの？」

「いや。それでも、これから向かうおよその方向は決まる。で、その方向で、できるかぎり遠くまで行く。その途中、やつらに捕まりそうになったら、ダコタを爆破する。予備のガソリンに火がつけば、相当な炎になる」

彼はキャンヴァス地のコートのポケットに手を入れ、煙草を探す。

「捜索隊と救助のヘリを期待しようってわけ？」

彼は煙草に火をつけ、肩をすくめ、その期待値の低さについては自分もよくわかっていることを示す。「確かに無謀な賭けだ。しかし……森林監視員が炎を見れば、すぐにヘリが飛ぶ」

「もし炎を見れば」

「ああ、もし」

「そんなにすぐにここまで来れる？」

「わからない、それは。ほんとうにわからない」

「誰も来なかったら、ただダコタを失うだけのことになる。あとは歩かなければならなくなる」

「どっちみちその頃にはやつらに襲われてる」

「そうだね、そのとおりだ、コヨーテ」

どっちを見ても有利な条件はない。ボブはケイスの横に坐る。希望をなくしてむっつりとしたペアができあがる。ケイスはうしろの荷台に置いた水筒に手を伸ばす。ふたりはすでにふたつの容器から最後の水をその水筒に入れていた。彼女はその水筒を振ってから、コルクの栓を取り、ひとくち飲むと、水筒をボブに差し出す。ボブはそれを受け取り、かわりにケイスに煙草を差し出す。その簡単な儀式のあいだずっと、ふたりはもの言わぬ闇が這い寄ってくる南を見ている。ケイスは煙草を、ボブは水筒を互いに返す。ケイスは水筒を膝に置くと、その金属のすべらかな腹を指で撫でる。

それから、運転席を振り返る。ギャビの姿はもう人影としてしか見えない。頭が激しく揺れている。

論理的に考えると、あたしたちには不可能なことが求められている――ケイスはこれまでの自らの失敗リストを省みる。千の謎と千の公案から接ぎ木されたこの国のここで、あそこで、すべてが完璧にさらけ出される場所で、〝無秩序の王〟が彼女らを待っている。牙を研いでいる。一年のうち十二ヵ月、彼女らを襲う準備をしている。彼女らを倒すために、ラリった善玉の群れを導いている。死者たちが告げている――愉しい休暇を、嬢ちゃん。死の時間が今夜早々に始まる。死者たちには死という値打ちしかない。

「ここで別れよう」と彼女は言う。「ガソリンを置いてって。火を燃やすから。そうやってやつらの注意を惹くから、あんたたちはダコタで逃げて」

ボブは彼女を見る。彼女のことばは何を意味しているか、考えるまでもない。彼はギャビのほうを見やる。頭が少し動いたのがわかる。痛いほど心が騒ぐ。見つづけることのできない悪夢。

「あたしに任せて」と彼女は言う。

ボブの眼には疲労と苦痛があふれている。彼はテールゲートから降りて立つ。濁った夜にあってさえ、ケイスに対する彼の感情はその表情のやさしさに表れている。「おれたちは一緒に家に帰るか」と彼は言う。「それともここで一緒に死ぬかだ。それなら、帰ろうじゃないか」

ボブは運転席側に向かう。ケイスはすばやく降り立ち、ボブの腕をつかんで言う。

「ありがとう」

おもむろに振り返り、ボブは言う。「何が？」

「あたしのことを考えてくれて……そんなふうに」

65

ヘッドライトを消したまま、彼らは砂漠を疾走する。ギャビは、運転する父親とケイスにはさまれ、石化した木さながらじっと坐っている。打たれた麻薬のその多さに、すでに大量の寝汗に悩まされている。ショットガンが彼女の脚とケイスの脚のあいだにある。ケイスの手を握ったギャビの手からほんの数インチほどのところに。

地面の陥没と隆起が彼らの体を宙に浮かせては、また容赦なく落下させる。ギャビはそのたび顔をしかめ、うめき声をあげる。

「大丈夫、大丈夫」とボブはなだめる。

そして、黒い夜が電光とともに炸裂する。白く燃える槍がミサイルのように彼らのほうに飛んでくる。

ギャビは悲鳴をあげ、頭を伏せ、ケイスはダッシュボードをつかんで体を支え、ボブはアームロックでハンドルを締めつける。

炎がフロントガラスに命中し、あざみの花の形をした燐光の雨を降らせ、彼ら三人の視力を奪う。ダコタが方向感覚をなくす中、ボブは、スティックがルガーを撃ちながら、暗闇から飛び出してきたのを見る。ガターもダコタのまえに迫っている。ボブはハンドルを鋭角に切り、ダコタを走らせつづける。

　ギャビは床にずり落ち、泣き叫んでいる。ボブは少しでもその場から離れようと、アクセルを目一杯踏み込む。凹凸をよけることができないほど、大地がすばやく行き過ぎる。不意打ちを食らいながらも、銃声との距離は広がっている。そこで、突然、枕木を使った橋が暗闇の中から鋭角に現れる。

　ボブはアクセルを踏みながら、同時にブレーキをかける。が、少しだけ遅すぎた。フルスピードで四十度の角度で突っ込んだのでは、ダコタに分《ぶ》はなかった。片方のタイヤが宙でむなしく回転し、ダコタは浅い地溝に頭から突っ込む。そして、十フィート転落し、地面に叩きつけられ、尻をもたげ、直後、急斜面に尻餅をつき、砂を蹴散らす。

　ガラスの破片で傷を負い、頭を朦朧とさせながらもケイスはダコタを這い出る。ボブはため息とともにドアが降参するまでドアを蹴りつづけ、ギャビの手をつかむ。ケイスは武器を取りにダコタの後部にまわる。アクセルペダルが床に張りついたままなので、フロントタイヤが塩分を含む大地に焼けつくような穴を掘っている。

　闇の中、地溝のへりに身をひそめ、彼らは来たるべきときにどうにか備えて待つ。ギャビは胎児のような恰好をして、地面に横たわっている。すでにわけのわからないことを口走る子供になっている。ケイスとボブは平地を見渡す。聖なる死者の島のように静かで暗い。

　ふたりは互いに顔を見合わせる。ふたりとも息をするだけのために戦っている。心を落ち着かせるために戦っている。荒ぶる霊のエネルギーがふたりのあいだを行き交う。

「ギャビを連れていってくれ」とボブが言う。「どこか彼女を休ませられそうなところまで。この地溝に沿って。ダコタを爆破する！」

ケイスは自らの意に逆らってギャビをつかみ、その体を激しく揺する。ボブは橋の手すりに乗る。ケイスの声が聞こえる。「さあ！ 早く！」ボブは膝をついて、手すりの支柱の合間から、地溝をのぞく。ケイスがギャビを引きずるようにして橋の下を通っていくのが見える。ショックを受けて、逆にギャビの脚がいくらか動くようになったのがわかる。

彼は立ち上がり、ショットガンの薬室に弾丸《たま》を送り込む。そして、ケイスとギャビが充分遠ざかるのを待つ。

曲がりくねった地溝をしばらく行くと、ケイスとギャビは人が歩いて通り抜けられるほどの高さのある下水管の残骸に出くわす。ケイスはギャビを強く引き寄せ、二十フィートの長さのセメントのトンネルにはいる。そこでギャビを地面に坐らせる。

撃って、というケイスの声を聞き、ボブはガソリンタンクを狙って撃つ。

空に向かう爆風がボブを後方に、橋から地面に、吹き飛ばす。ときをおかず、噴き出る間欠泉のような炎が飛び跳ね、橋の土台の枕木に突き刺さる。さらに爆風に運ばれた炎が橋の腹を舐める。

ケイスはセメントのトンネルの中から、炎が大地を這い、すぐに黒灰色の煙が立ち込めるのを見て、トンネルの反対側を見る。出口は両方にある。

ケイスは、トンネルの壁面に背中をあずけて坐っているギャビをまたぐようにして立ち上がると言う。「行かなきゃならない」

しかし、ギャビは寒さに震え、しっかりとケイスの上着をつかんでいる。ケイスは離れることができない。

「聞いて。よく聞いて」

ギャビは弾けたように首を左右に振り、ケイスのことばを聞こうとしない。

ケイスはベルトに差した銃を抜き、ギャビに無理やり持たせて叫ぶ。「聞いて！」そのあと声を和らげて言う。「聞いて。これはあたしたちがまえにもやったことがあることだよ、ギャビ。あんたとあたしで。あたしたちふたりで」

ギャビは剝き出しにされた鋼鉄の顔を見る。計算された怒りと憎しみが装塡されたスパルタ人――死そのもののようにすばやく準備を整える、荒々しく健全な銃口を見る。

「聞いて。今はあたしのことを考えて。あたしになって。この銃を持って……さあ、持って。やつらがあたしを原っぱに引きずり出すのをあのヴァンの窓から見たときのことを思い出すんだ。あれはあたしで、あんたでもあった……いいね。服を着たままセックスさせられたときのことを思い出すんだ。あれはあんたで、あたしでもあった。いいね。わかったね」

ギャビの指は少ししか開かない。ケイスはそれを無理やりこじ開け、銃把を握らせる。「あたしたちはまえにもやった。そうだよ、嘘じゃない。あたしがグラニー・ボーイを撃ったときに。あれはあたしで、あんたでもあった。あたしがあのクソ野郎の顔に穴をあけたとき、あれはあたしたちだった。わかるね？」

ケイスの声には殺し屋の子守歌のような抑揚とリズムがある。ナイフがすばやく内臓を抉るときの鋭い音がある。

「あたしたちはまえにもやった。あいつらがあたしたちを痛めつけたのと同じように、あたしたちもあいつらを痛めつけてやった。わかるだろ？　あたしたちはまえにもやってるんだ。それをもう一回やるだけのことだ。今。あんたとあたしで」

ギャビの手は銃を握りながらも震えている。構えることさえできないかもしれない、とケイスは思う。しかし、時間がない。

「あたしは行かなきゃならない。もしやつらが来たら……」

ケイスは撃鉄を起こす。ギャビの眼に怯えが走る。「こうやって両手で持つんだ。あたしとあんたで。あんたとあたしで……やつらをやるんだ。あんたとあたしで。あんたとあたしで。やつらをやる。ただ引き金を引けばいい。そして、引きつづけるんだ」

ケイスはボブの名を呼びながら、窒息しそうな煙の中に出ていく。燃えるダコタから白い炎の巨大な壁が聳えている。その壁は夜風に吹かれ、なおも大空へと延びている。ボブの呼び声がするほうに眼をやると、ボブは、炎が木の支柱のあいだから涙のしずくの形をした舌を出している橋のへりにいる。

ふたりは融解するダコタから離れ、地溝の中でいくらか高くなったところで出会う。炎は地表に渦巻く煙から優に百フィートの上空まで舞い上がっている。

「ギャビは？」

「下水管の中。銃を渡した」

ボブは黙ってうなずく。汗と灰が混ざり合い、彼の顔には黒い斑点がいくつもできている。

ふたりとも黒い空気に眼を凝らす。

ほどなく音が夜の砂漠を走る。ふたりは地溝を見渡す。人の声だったのか。それとも、炎がプラスティックのダッシュボードを弾けさせたのか。

「あのクソはこれを見て、もういっちまってるんだよ」とケイスが囁く。ボブを見る。その眼には怒りがあふれている。「あいつはもうちんぽこをかちんかちんにおっ立ててるんだよ、これを見て、あれこれ想像して――」

幾多の叫び声に夜気が切り裂かれる。亡霊の声がまず地溝の両側の黒い要塞からふたりに襲いかかる。髪を逆立てた落伍者、色情狂、まだ前科のないチンピラ、人殺しの黒い弟子たちの群れの吠え声だ。

ボブとケイスは地面に伏せる。ケイスはショットガンを置くと、バックスキンの上着を脱ぐ。ボブは、最初の攻撃がどこから起こるか、闇に眼を凝らし、それからケイスを見やる。彼女はナイフを取り出し、右腕の内側に刃をあて、自らを傷つけている。

「何をしてるんだ？　ケイス！」

ケイスは左腕にも同じことをしようとする。赤黒い血が白い肉から噴き出している。ボブはケイスの腕をつかむ。「ケイス！　何をしてる？」

彼女は顔を起こす。その顔は、恐怖の群れに応えたデスマスクにすでに成り変わっている。

「死ぬために血を沸き立たせてるんだよ！」

ボブは砂地に突き立てたショットガンの銃身にしばらく頭を休め、眼を閉じる。気づくと、自らの神を探している。敵の姿が見えるよう、磔になったキリストに必死になって祈っている。

眼を開けると、鋭い眼差しでケイスが彼を見ている。彼の頭の中にはいり込み、彼の考えを摘み取ったと言わんばかりに。そうした無益な願望に対する彼女の答はひとつしかない。ただショットガンの薬室に弾丸《たま》を送り込む。それだけだ。

そうしてふたりが互いに見つめ合っていると、恐怖の群れが殺戮を約束するおたけびをあげる。狂気の誓約。そして、炎が天に昇る中、突然、静寂が訪れる。その空白の数秒のあいだ、そこにあるのは夜と炎と灰、迫りくる冷気にくしけずられた煙色の大地だけとなる。

ボブには、相手が攻撃の機会を待っているのが悪寒のように感じられる。光の届かないどこかで、血に飢えたコンドルの群れが、彼らの息の根を止めようと、息をひそめているのが感じられる。

「すぐ近くにいる」とケイスがつぶやく。「すぐそこに」

ボブは手の甲で眼にはいった汗を拭う。

銃弾が夜を切る。さらにもう一発。三発が続けて撃たれる。最初は遠く、徐々に近く。群れはまだ暗闇にいるものの、急速に接近している。異なる六方向から、全速力で砂地を蹴って向かってきている。

ボブとケイスはそれぞれが地溝の一方の側を見張る。ぞっとするような恐怖の地崩れとともに戦闘が始まる。小さな妖精が脚を高く上げ、まだ燃えているダコタを飛び越し、炎の中のひとつの点となり、ボブが撃ったショットガンの弾丸《たま》を受け、叫び声をあげる。

その叫び声が急斜面を転がり落ちてくる。ケイスは革に包まれた骸《むくろ》のすぐうしろの砂を蹴るようにして男をよける。そして、男が下水管の残骸にぶつかって動きを止めると、男の頭を撃ち抜く。銃弾で眼窩からも鼻からも肉を削ぎ取る。たとえすでに死んでいたとしても、そう、死を確実にするために。

夜の外郭の円形のひずみの中、ボブは金切り声をあげる色情狂と真正面から相対する。ステロイド剤にぼろぼろにされたまだ若い黒人。そのねじれた像を狙って、ボブは煙越しに一発放つ。が、弾丸《たま》は命中せず、像は舞い上がった灰の壁の向こうに消える。

ケイスは身を低くする。橋を舐める炎が彼女のブーツの底にしがみつこうとしている。低地の塩をさらうように雑色の人影が動く。彼女は撃った。続けて撃った。さらに撃った。撃った。脚が吹き飛ばされて体から離れたのが見える。

何かがすぐそばを飛んでいく。人間爆弾の破片だ。それが橋を越えて、地溝の中に消える。

何かが忍び寄ってきているのをボブの眼がとらえる。彼はそれをしとめるためにすばやく動く。残忍な絶望が迫っている。ボブは下水管を飛び越し、体勢を整えている少年の弱々しい人影に体あたりをする。せいぜいまだ十四歳といったところだろう。街角で見かけたら、気にもとめず、その脇を通り過ぎるだろう。しかし、大型拳銃を手に握り、〈左手の小径〉を信じる証しである傷を顔に刻めば、それだけで、これから人生最初の出入りに出陣しようとしているカポネの悪魔顔ができあがる。

少年の神はボブ・ワットエヴァーの姿で少年の願いを聞き入れる。が、それは悪い知らせだ。さきに撃ったのはボブだった。その途端、少年は脇腹をずたずたに引き裂かれ、そこに血の格子模様ができたときには、もううしろに倒れている。さきほどの黒人の色情狂は地溝のへりを走っている。その姿がボブの視野にはいる。一度にひとりずつだ、コヨーテ。破壊された肺から息が洩れ、少年は喘いでいる。その口から血があふれている。ボブはとどめを刺してやる。

ケイスのまわりではあちこちで銃火が光り、白い砂が舞い上がっている。彼女は橋の支柱から湧き起こっている煙を利用して、そこから逃れながら、地溝に降りた少女を狙って撃つ。が、命中はしない。少女が月影の中にまた姿を現すのを待って、もう一度撃つ。またはずれる。

煙に眼を焼かれ、彼女は退却を続ける。ショットガンの音が背後でしている。振り向くと、ボブに半分首を断たれた少年の死体が見える。

ケイスははっと息を呑む。ボブのシャツが濡れて、胸に張りついている。顔同様、少年の血にまみれている。アドレナリンがふたりを地獄とは遠く離れた宇宙に運んでくれている。

「生きてる？」とケイスは叫ぶ。

「まだ生きてる」とボブは叫び返す。

群れは徐々にその輪をせばめている。ケイスとボブは、地溝の一段高くなったところに戻ることはもうできないことを悟る。なんらかの形でけりがつくまでは。それぞれが橋の両端を固める。そこで総攻撃が開始される。発光する槍のように無数の人影が炎の中から次々と現れる。分裂する像。叫び声。地獄の闇に穴があく。

ケイスとボブは今や敵の只中にいる。煙と炎にむせびながら。ただ銃をやみくもに撃っている。

甲高い女の叫び。落下して肩甲骨が折れる音。ケイスには鉄を舐めたような味が口の中に広がるのがわかる。血に覆われた皮膚。ボブは背中から血を流している。炎が照らす砂地にインクのように黒い液が点々と落ちている。

橋の大きな枕木の支柱が大きく傾ぎ、炭化した中央部が灰となって折れ、コバルト色の火花を散らして地溝に落ちる。

もはや狂気だけがその場を支配している。最初は血のため、土地のための戦いだったのが、最後は神話のためとなる。

迷彩色の暗視ゴーグルをつけたサイラスの頭が、夕方の礼拝を捧げる修道僧のように、ゆっくりと動く。彼は人間の命の熱波を見ている。ダコタと橋が発する猛火を背景に進行する殺戮劇に見入っている。彼の背後では、はるか彼方、背後のパナミント山脈の漆黒から抜け出したかのように、砂漠の床から百フィートほど上がったあたりを狩猟月《ハンターズ・ムーン》が疾走している。無慈悲なまでにまっすぐに上昇している。

戦場では、ガターがその周囲を蛇のように這って地溝に降り、セメントのトンネルのほうに向かっている。ボブの眼がそれをとらえる。その刹那、ボブは大仰で死にもの狂いの動体と化す。顔全体が娘の名を呼ぶ開かれた口となる。

ギャビは、トンネルの子宮の中で、煙にむせびながら死を待っている。慌てふためいた父の声が聞こえる。そのときだ。彼女のまわりの肉感的な煙が切れ、見つかってしまった彼女と同じくらい衝撃を受けたひとつの顔が現れる。

巨大なハロゲン・ランプの白色光が砂漠の上空を舞いながら、闇から砂地を切り取っている。地溝の土手を照らしている。ヘリコプターがその救済のブレードで、壌と塩分を含む地面を覆う燃え殻が惹き起こす火事場風を煽っている。ボブは炭化した破片や、まだ燃えている木材のあいだを縫って歩いている。トンネルの亡霊のいるほうへ向かっている。が、そこにたどり着くまえに、銃声と叫び声が夫婦となるきわめて稀な音を聞く。

橋の反対側では、ダコタの金属部分が変形と溶解を始め、プラスティックが燃えた有毒ガスが立ち込めている。ケイスは無駄に命を落とした生きものの群れの中、LSDとクラックに陶然となったヴァンパイアさながら、サイラスを探している。ナイフと銃を構え、身を低くし、死体のひとつひとつ、陰のひとつひとつを調べている。

ヘリコプターの騒音越しに、スピーカーからの声がこだまして聞こえる。さらに、ボブがギャビの名を呼ぶ声も。それでも、ケイスは狩りをする白い牝狼のように、傷つきながらも、血を求めてサイラスを探しつづける。

66

朝までに、橋から充分距離をあけて、立入禁止のテープが張りめぐらされ、警察はズームレンズの及ばないところまでマスコミを遠ざける。そのため、猥雑なクローズアップ写真を撮るのは、地元警察のヘリコプターの乗員だけの仕事となる。

アーサーの家にも立入禁止のテープが張られる。そのため、〈パラダイス・ヒルズ〉にある彼の家に行く道は、マスコミにとっても、検問をうまくくぐり抜けた野次馬にとっても、コーヒーで隣人をもてなしながら前庭で衝撃的な雑談を愉しむ隣人にとっても、迷路となる。それでも、ニュースキャスターは髪をセットし、化粧を念入りにし、便器のように白い歯がかもし出す毒々しさと派手さに磨きをかける。

彼らに撃ち出せるのは、ギャビの救出についても、ボブとケイスの物語についても、自分たちがいかに何も知らないかということばかりが強調されているだけの一行見出しの弾幕だが、それでも、サイラスのおおまかな人相風体、彼の巧みな逃避行について、説明を加えようと努力はしている。また、ジョン・リーが行方不明になって、すでに二日が経っていることが明らかになったことも報じている。

アーサーの家の中では、ジョン・リーの保安官事務所の警察官、科学捜査官、ＦＢＩ捜査官、似顔絵描きが事実の検分をおこなっている。〈ヴィア・プリンセッサ〉で事件が起きた夜から、その数ヵ月後に砂漠で戦争が繰り広げられた夜まで、事実を追っている。

ギャビは、栄養障害を治療するための処方を医師から受けて、奥の寝室で休んでいる。病院で簡単な検査を受けたのち、彼女は解放されたのだ。彼女のプライヴァシーは家にいたほうがより効果的に守れるだろうと判断され、彼女が麻薬を強要されたことも極力マスコミには伏せられている。

ボブはギャビが寝ている部屋を出ると、ダイニングルームに戻る。そこではケイスがまだ長々しい質問を受けている。彼が人々の輪の中を抜けると、警察官も捜査官も等しく暗く魅了されたように彼を見つめる。その視線の裏には覚醒と陰鬱が隠されている。

淡いオレンジと灰色の客用寝室では、アーサーとモーリーンが保安官事務所の上級警察官ふたりと、ヴァレー地区担当の殺人課の刑事の質問を受けており、今はモーリーンが、一昨日の夜、ジョン・リーが電話を受けたときの様子を話している。それはギャビの居所に関する〝あやふやな〟情報だった。それでも、ジョン・リーは午前零時をだいぶまわってから、家を出た。砂漠に出かけるが、明日遅くまでかかると思う、とモーリーンに言い残して。そのあとは、大いに困惑しながらも、あとに残された友人として、アーサーが引き受け、モーリーンから電話があった旨を三人の刑事に話す。彼はモーリーンの心配そうな声音に、たまらず彼女の家に駆けつけたのだ。そして、ジョン・リーを見つけようと、ふたりで手分けして、心あたりに片っ端から電話をかけた。病院も確かめ、そのあと警察に連絡したのだ、と彼は刑事に説明している。

ボブは戸口に立って、彼らのやりとりをしばらく見守ってから、割ってはいり、ほんの数分モーリーンとアーサーを借りられないかと刑事たちに尋ねる。刑事たちは礼儀正しく求めに応じ、モーリーンとアーサーはボブについて居間を抜け、地下室に降りる。最初は何事もないが、ボブがドアに鍵をかけるのを見て、モーリーンとアーサーは無言の躊躇を共有する。

ボブは先頭に立って遊戯室を抜ける。そして、ビリヤード台の上に、〈ヴィア・プリンセッサ〉の家の思い出の品が箱に詰められ、重ねられたところまで足を運ぶ。ギャビの写真を入れた白目の写真立てをいくつか詰めた箱がある。そのまえで立ち止まると、ボブはしばらく静かにその写真に見入る。

「ボブ」とアーサーが声をかける。「なんなんだね？」

ボブは箱を漁り、離婚するずっと以前に彼がサラに買ったセーターを見つける。それに青いカウボーイ・ブーツ。彼女が髪を梳いた櫛。ボブはそれらの品々に見入る。顎を沈めて。そして、「埃と黴でなんだかミイラのようなにおいがする」と顔を起こして最後に言う。「だろ？」

「ボブ」とモーリーンが言う。

ボブはそれ以上何も言わない。ただ、彼らをさらに家の奥に連れていき、以前はテレビ室として使われていた物置きにはいる。そして、その部屋のただひとつの照明具、ソロアランプをつける。エアコンは長いことつけられておらず、部屋には遺物のような空気がよどんでいる。

あとのふたりもその小部屋にはいるのを待って、ボブはドアを閉め、ドアにもたれて言う。

「アーサー、今は真実を話してくれ」

アーサーは〝なんのことかわけがわからない〟というふうに肩をすくめる。モーリーンは分厚いクッションの安楽椅子の肘かけに腰をおろす。

「ジョン・リーに何をした、アーサー？」

モーリーンが手を組んで言う。「ボブ、いったいこれはなんの……」

ボブはじっとモーリーンを見すえ、その冷ややかな眼で黙らせる。そして、読みづらいボディ・ランゲージを彼女に示す。彼女は、こわばった怯えを真空包装した、抑制された礼儀正しさそのものと化す。ボブはそんな彼女にも同じことを尋ねる。「きみも。何をしたんだ？」

小さな部屋で、二歩も歩けば、彼女のすぐまえに立つことができる。モーリーンはボブのベルトのバックルと顔を合わせる。「きみも全部知ってるんだろ、モーリーン？」

モーリーンは顔を起こそうとしない。

「老婆が殺されたとき、アーサーもジョン・リーもその場にいたという話は、もうアーサーから聞いたんだろ？　だったら、サイラスもそこにいたことも聞いたんだろうか？」

ボブはアーサーのほうを見る。「話してないのか？」またモーリーンに向かって言う。声が大きくなる。「モーリーン、どうしてきみは、老婆というのは誰のことだっておれに訊かないんだ？　どうしてだ？」

声を低くするよう、アーサーが恐る恐る言う。

「老婆のことは知ってるからよ」とモーリーンは答える。

ひとつ大きく息を吸ったアーサーが言う。「モーリーン」

「いいじゃないの。世界はほんのひと握りの空気頭に導かれてるのよ」

ボブはアーサーに言う。「あんたたちが現場にいたことは、どうやら彼女も知ってるようだが、あんたたちが殺人の手伝いをしたことは、彼女はまだ知らないんだろうか？」

アーサーとモーリーンの頭が同時に動く。

「私はそんなことには一切関わっていない」

「サイラスはそうは言わなかった」

「いつからわれわれはサイラスの言うことを信じなきゃならなくなったんだ、ええ？」

「彼は嘘はあまり言わなかった」

「ものはもっと慎重に言うことだ」とアーサーは警告を発する。

ボブは彼のほうを向くと、その巨体に挑むように言う。「あんたのせいで、今、階上《うえ》で寝てるおれの娘は……」

ボブが今にもアーサーを殺しかねない勢いなのをモーリーンは見て取り、すばやく立ち上がる。そして、ふたりのあいだに割ってはいる。「やめて。お願いだから。ボブ。階上《うえ》に聞こえてしまう。お願い」

「それはまずいというわけだ、ええ？」ボブはアーサーに向かって言う。「〝ものはもっと慎重に言うことだ〟と言ったね。あの子はその代償を払わされたんだ。おれたちのギャビは。今後はあんたが慎重になることだ、おれに関して。いいか、おれは本気だ。このところ血のにおいばかり嗅いできたけど、まだ充分とは言えないんでね」

「わかった」

「モーリーン、ジョン・リーはどうしたんだ？」

「もうそろそろ階上《うえ》に戻らないと……」

ボブは明かりを消して、モーリーンをつかむ。彼女の顔はバスオイルの香りのするゴムの仮面と化している。

「暗いほうがやりやすいかもしれない」

「お願い、ボブ。放して。明かりをつけて、わたしを放して」

「さあ。顔が見えないほうが話しやすいだろ？」

「痛いわ、ボブ」

アーサーが明かりをつける。モーリーンは震えている。

「自分の腕を見るんだ、モーリーン。震えてるのを。きみはもう半分はしゃべってる。さあ、言ってくれ。〝とことん〟いくのはきみの十八番だろうが」

「彼女を放すんだ、ボブ」

「おまえは黙ってろ！」

モーリーンはボブの怒りに対して、凍りついた岩のようになりかけている。「彼が人を雇ってサムを殺させたのよ」と彼女は言う。「ジョン・リーが。そのこと、あなたは知ってた？彼がサムを殺させようとしたことで、サラまで巻き添えを食い、ギャビが誘拐されるようなことになってしまったのよ。わたしの考えを言えば、一番よくなかったのはそこよ。だから、はっきり言うわ。ジョン・リーの身に何が起こったにしろ、わたしとしてはもっと早く起きてほしかったって思ってる。たとえば去年の十一月ぐらいに。あなたの質問には、これで答えたことになるんじゃない？」

「きみは真実を半分見せる名人だ」

「人生の大半は真実とはほど遠いものよ、ボブ。つまらないものの取引き。それが人生よ」

「そうなのか？」

「もちろん」とアーサーが醜くとりすまして言う。「もちろんだとも。きみ自身そういうことを知りたければ、エロール・グレイに訊くといい」

ボブはアーサーのほうを向く。両頬の怒りを除くと、ボブの顔全体が灰のように蒼白になっている。

「もうサイラスのことは終わったと思うのか、ええ？」とアーサーはたたみかける。

「なんなの、これは」とモーリーンが言う。「お酒が要る。もう収拾がつかなくなってきた」

そう言って、彼女は部屋を出ていこうとする。アーサーは彼女を制止して言う。

「彼がまた電話してきたんだ。二時間前に。きみたちがギャビのところにいたときだ。あの男の頭はどこまでいかれてるんだ？　この家に直接電話してきたんだぞ。彼が次々に提供してくる情報を居間で受けてる私の姿を想像してみてもくれ。まったく。エロール・グレイのことはすべて彼から聞いたよ。きみとあのジャンキーがエロールの金をどうやって奪ったか、どうやってエロール・グレイを殺したか。さて、私もまた彼の話を信じればいいんだろうか。それとも、あの男は嘘八百を並べたのか。どうなんだ？　言ってくれ」

「いや、彼はきっと真実を語ったはずだ、あんたとジョン・リーが老婆を殺したことを教えてくれたように」

「なんだかとんでもない展開になってきたわね」とモーリーンが言う。

モーリーンをやさしく椅子に坐らせ、何度か深く息を吸ってからアーサーが言う。「クリーンな人間は誰ひとりいないということだ。誰ひとり。きみがやったこと、ギャビを取り返したこと、それはメダルものだ。確かに、私は過去において過ちを犯した。私とジョン・リーは。しかし、われわれは老婆には指一本触れていない。トレーラーにはいったときには、彼女はもう死んでたんだ。切り刻まれてたんだ。で、われわれは放置し、口をつぐみ、あの異常者を逃がした。それが真実だ」

アーサーの唇が震えているのが、ボブにはわかる。アーサーはモーリーンに手を差し出す。モーリーンは服を撫でつけていた両手でアーサーの手を包む。

「アーサー、あんたはとんでもない嘘つきだ。それを証明することはできないが。今後もできないだろうが。だけど、あんたとジョン・リーが老婆殺しに関わったことはわかってる。それも、あんたたちはただ彼女が地所を売ってくれなかったというだけの理由で、彼女を殺したんだ。サイラスもそこにいた。で、サイラスをあんたらは食いものにした。ジョン・リーの言うことならなんでも聞くジャンキーのひとりにしたんだ」

ボブはモーリーンを見る。「ジョン・リーがサムを殺そうと思ったのは、きみがサムと不倫してたからだ。で、彼はサイラスを巻き込んだ。しかし、サイラスはもう、ジョン・リーに顎で使われるような昔のただのジャンキーじゃなくなっていた。ジョン・リーを出し抜いた。サラを殺し、ギャビを誘拐することで、ジョン・リーとアーサーに仕返しをしたんだ」

彼はアーサーのほうを向く。「さっき〝ものはもっと慎重に言え〟と言われたが、おれはただ真実の分け前を少しは欲しいと言ってるだけだ。ちがうか？　そうだろうが。それでも、あんたは涙を見せて、おれがどれほどまちがってるのかまだ訴えたいのか、ええ？」彼は一方からもう一方へ眼を移す。「なあ、いいか……あんたたちがなんと言おうと、おれにはわかる。自分の心の中では何が一番大切か。おれにはわかる。あんたたちはとんでもない嘘つきだ、あんたらふたりとも」

「われわれは誰もみな嘘をつく。誰もみなどこかでまちがいを犯す。誰もみな心にしみのひとつやふたつはあるものだ。よかろう。私は今からすぐ階上《うえ》に上がって自分の今後の人生を棒に振るべきなんだろう。たぶんモーリーンも。たぶんきみも。ギャビはみなし子になるべきなんだろう、たぶん」

アーサーの声はもう少しで怒りを包む涙声に変わりそうになる。彼は続ける。「きみは非難するためにわれわれをここに連れてきた。そうなんだろ？　責めを負わせるために。過ちを認めさせるために。根本原理を見つけるために。顔をそらさないでくれ。私の言ってることの正しさはきみにもわかってるはずだ。しかし、人を咎めるきみというのは、それじゃあ、いったい何者なんだ？　誰なんだ？　人を咎めるというのは、ただひとり完璧な判事だけがなしうることだ。そして、その判事はこの世にただひとり――」

「イエスしかいない」とボブは歯の隙間からことばを押し出すように言う。

「ただひとりしかいない」

ボブは嫌悪に顔をそむけようとする。アーサーはそんなボブの腕をつかんで言う。

「ただひとりだけだ。いずれ彼がお裁きになるだろう。われわれ全員を。私は自分が招いた災厄を修復しようとした。今もそれを続けているところだ。私はそのことに最善を尽くす。そして、毎日祈るだろう、自分のおこないがいずれは善となることを。毎日。旅をしているあいだ、きみは良心に恥じないことばかりをしていたわけでもあるまい。きみの心にもしみのひとつやふたつはついてるはずだ。罪である過ちもあれば、過ちである罪もあったはずだ。世界のほんとうの美しさとは、どこまでも深い赦《ゆる》しのことだ。そうとも。どこまでも深い赦しだ。それはわれわれのどこまでも深い罪の中にさえある」

ボブは腕を振り払う。

「それからこれだけは忘れないでほしい。すべてが明るみに出たら、あらゆる汚れた詳細が明らかにされたら、誰がより深く苦しむのか。私か？　モーリーンか？　きみか？　そうじゃない。あの子だ。あの子が誰より深く苦しむことになるんだ」

ボブはぎこちなくアーサーの脇をすり抜け、ドアを開ける。

「あの子だ、ボブ。忘れないでくれ。あの子のことを」

67

ボブはキッチンで自分にコーヒーを注ぎ、レンジをつけて煙草に火をつける。そして、煙草を吸いながら、ただひとり戸口の近くに佇む。モーリーンとアーサーが通り過ぎる。ふたりは連邦捜査官の二人組と話しはじめる。ちょっとした余興——失踪した署長を心配するその妻と親友。タイミングを計った涙のおまけまでついている。

ふたりはボブの容赦のない視線に気がついていながら、それには温もりのない視線で応じている。誰も気づかない。

ボブは注意をダイニングルームに向ける。そこではケイスが今なお執拗な尋問を受けている。ボブのほうに背を向けて。テーブルについているほかの人間は、協力体制を整えた警察官の委員会で、彼女をがっちりと取り囲んでいる。紙に書かれた詳細について尋ねる彼らのさまを——彼女を見るさまを見ることは、古い因習に反対する声明文を出すのに似ている。

彼女は、頭の回転が速く、正確で、血の一滴一滴にいたるまで明確に話している。俗っぽくとも気取らないジェスチュアを交え、山猫が獲物に忍び寄るようにことばに体をあずけている。

メキシコでレイプされたことまで、白いシャツをまとった悲しい活人画《タブロー》に向けて、あけすけに、野蛮に、話している。悲しいタブローは衝撃を受けながらもおだやかな忍耐心で聞いている。そんな彼らを見ることは、何がリアルで何がリアルでないか考えることにほかならない。テーブルのどっちの側に自らの命を託すか。ボブは、ケイスが彼らの太刀打ちできる相手ではないことを誰よりもよく知っている。

ケイスは最後の何日かについて話している。モーテルの一室、リーナ、はったり、ギャビのために金を運ばなければならなかったこと。パーム・スプリングズとエロール・グレイに捧げられたゆったりとした葬送歌が流れる。

エロールは手に顔を埋め、タイルに横たわっている。冷たいタイルの上の彼の手は自らの小便で濡れている。ボブは何かに取り憑かれたコンドルのように、そんなエロールを見下ろし、体を屈め、銃口をエロールの耳のうしろにあてた。キリスト教徒の憐れみの仮面舞踏会は開かれない。彼には、邪悪なものを自分とは縁のない遠い悪意と見なす未開人のふりはできなかった。邪悪なものを湧き起こしている源泉は、ほかでもない自らの血脈だった。かつては信仰と文明が自分を守ってくれているのだと疑いもしなかった、自らの血だった。エロールの叫び声をしのぐ自分の囁きが聞こえた。「動くなよ。すぐ終わらせてやるから」

そして、そのあと外に出ると、月明かりを受けて洋銀のような色を放つ砂で、彼は手についた血を拭ったのだった。

コーヒーカップの中を見つめていると、ケイスがさきを続ける直前、彼に眼を向けた。空白の数秒が過ぎる。彼女の眼が感情移入的なそれから反抗的なそれに変わる。そして、自分の過去というバーを跳ぶハイジャンプの選手のように、テーブルの面々のほうに向き直ると、一拍置いてから、血も凍る虚心坦懐さで嘘をつく。

エロール邸での乱闘と、エロールの最期について供述する。辛辣な真実は三人の男が死んだという事実だけだ。それ以外、流血の惨事は、ひとえにタイミングの悪い、エロールの無謀と無分別が惹き起こした結果ということになる。


太陽の落ちた空がまた苦悶の色に変わる。しかし、アーサー邸を取り巻く群衆にはまだ消える意思がない。捜査官が家を出はいりするたびに、レポーターが群がる。ボブは娘を寝かしつけた寝室の窓のカーテンの隙間から、その狂乱を眺める。

軽いノックの音がする。

「どうぞ」とボブは小声で答える。

ケイスがはいってきて、静かにドアを閉める。闇が降り、薄いカーテン越しにパウグーブルーの光が射している。それ以外、部屋は暗い。ケイスはベッドのそばに立ち、ギャビを見下ろす。そして、その眼で部屋の空気を吸い込み、いっときの安らぎを信じようとする。が、ほんとうはわかっている、おだやかな寝顔の奥には処方を待つデーモンがひそんでいることが。

ケイスは通りに群がる人々を見ているボブのそばまで歩いて言う。「変態ども」

ボブは振り向いて言う。「いろいろとありがとう」

「変態なんかくそくらえだ、コヨーテ。みんな早くテレビのある夢のお家《うち》に帰ればいいのに」

「きみに話がある」

ケイスはギャビを見やり、うなずいて言う。「あたしも」

闇の中、ふたりは化粧漆喰を施した塀にはさまれた裏門からこっそり外に出る。そこからはエンジェルズ国有林で、青いオークが密生している。夏の黒い丘を歩きながら、ボブは、地下室で彼とアーサーとモーリーンのあいだで何があったのか、ケイスに話す。

ほどなくふたりは、ケイスがダコタに乗ってやってきた最初の夜、ふたりで話した空所に引き寄せられる。

「で、あんたの望みは、コヨーテ？」

彼は自分の人生に遺《のこ》された凶暴な遺産について考える。

「彼らをやっつけたい、そう？」と彼女は言う。「彼らを杭に縛りつけて焼き殺したい。いんちきシープ、くそシープ。金持ちのでぶと化粧が命のマダム。あんたとしちゃ、やっぱりあんなやつらはギャビに近づけたくないだろうね」

彼には彼女が餌を放ってきているのがわかる。食いつくよう糸を垂らしているのが。家々の灯がまたたく谷のフィラメントを眺める。しかし、彼の心は幻想を超えた世界に取り憑かれている。

「でも、気をつけて。サイラスはあんたを戦いのジャンキーにしたがってる。だから、荒れ地をあんまり居心地のいい場所にしちゃ駄目だよ、コヨーテ。あんたには誰よりさきに考えなきゃならないギャビがいるんだから」

「きみはおれの心を読むのがうまい」

「ただうまいだけ？」

「おれは彼らをやっつけたい。だけど、おれはどうなのか。彼らと比べたら、いったいおれは何者ということになるのか」

それはケイス自身一度ならず考えたことだ。「あんたは何者かって？」

「そうだ」

「教えてあげるよ。このすべての混乱に、もし中心というものがあるなら、あんたがそれだよ、コヨーテ。あんたがそれだ。あんたは世界を動かすために世界の果てまでいったただひとりの男だ。自分のしたことをちゃんと自分で支えられる勇気を持った男だ。これからもずっと」彼女の頭がかすかに傾いで、声が小さくなる。「何もないところに価値のある何かを見る勇気があんたにはあるよ、たぶん」

彼女の言いたいことは彼にもよくわかる。それでも、彼女の腕をつかんで、それを否定する意を伝えないわけにはいかない。

「わからない？　見えない？　あんたはほんとの父親だよ。やるべきことに応じたほんとの」彼女の声がまた小さくなる。「どうでもいいけど」

彼女は顔をそむける。彼女の心の中では暗い感情がうごめいている。彼にはそれがわかる。ケイスは南から〈パラダイス・ヒルズ〉の斜面に沿って、アーサー邸のまわりの投光照明の大火災まで視線を戻す。ギャビが眠っているのは、燐光を放つそのゴルディオスの結び目の中なのだ。

不意にケイスの心に悲しみがあふれる。彼女は自分の心にまだそんな余裕があったことに

──そんな感情に耐えられる能力があったことに自ら驚く。思いがけないことだ。しかもこんなときに。もう二度とこの景色を見ることはないとはっきりわかったときに、こんな発見をするとは。

彼女はボブを見て言う。「あんたはやっぱり丘に帰るべきだ。家に帰って、でぶのくそ野郎とストッキングのいんちき女王と向かい合って生きる。現実的にならなきゃ。法律っていうのはいつも等しくおんなじ態度でいるわけじゃない。何もずるいことをしろなんて言ってるんじゃない。すんだことはもうすんだことにしておけってことだよ」

ボブは驚いて、ケイスを見つめる。

「そう、聞こえただろ？」

彼の魂の血脈に兵士の恨みが湧き起こる。

「あんたが何を考えてるのかは眼を見ればわかるけど。ここにいればよく感じられるけど」

「ギャビにはなんて言う？」

「コヨーテ、彼女に話して何になるの？　おまえはひどい経験をしたなんてわざわざ言って何になるの？　彼女はとにもかくにも最悪の事態を生き抜いたんじゃないのかい？　でも、どうしても訊きたいのなら、言ってあげる。誰にも未来は隠せない。あんたにも。未来には未来の命がある。未来って、打擲みたいなものさ。いつもそこにあって、あたしたちを見てるんだ。デヴィル・ドクターはいつもそこにいて、見てる。待ってる。けど、そうだね、すべてはあんたがひとりで決めることだ」

「どういうことだ、おれがひとりでというのは？　きみはどうするんだ？　おれはてっきり……」

「あたしは行こうと思ってる」と彼女は言う。「それが言いたかったんだ。今夜にも……もう行くよ」

「とにかく行くから」

彼には自分の心の石の基盤が崩れていくのがわかる。「どこへ？」

「まだおれたちには話し合ってないことが……」

「それは話し合わないままにしておいたほうがいいことだと思う」

彼女はうしろに下がる。彼は彼女の腕をつかみ、彼女の顔に表れている嵐の天気図を読み取ろうとする。彼女がこれからこっそりはいり込もうとしている吹きさらしの紺碧の闇の向こうに俠気が見える。その静けさの中、胸に広がる虚無の暗い塊に咽喉の骨ばった管が押し上げられたような感覚を覚え、彼は息が詰まる。しかし、そこで、彼女の眼にはほかにも何かあることにようやく気づく。それが今わかる。今ようやく理解できる。

「きみは彼の居場所を知ってるんだ、そうなんだろ？」

彼女の眼に今度は夜の道路に沿って揺らめく炎のようなものが表れる。

「リーナから聞いたんだな？　モーテルで。そうだ。きみたちは外で話してた。おれにもわかった……」

ケイスは何も答えない。

「あいつがどこにいるか知ってるんだな？　いや、あのとき彼女から訊き出せてたら、おれたちはそこへ直行したはずだ。ということは、このあとサイラスはどこへ行こうとしてるのか、それが聞けたのか？　あるいは、彼の行きそうな場所が？　きみにはあてがあるのか？　だったら、言ってくれ」

ふたりは体を寄せ合って立っている。ひとつの意識を生かすふたつの肺のように。顔を起こし、彼を見て、彼女は言う。

「まだ終わっちゃいないってことだよ」

彼女は彼に体を寄せると、情愛からとも絶望からとも区別のつかないキスをする。そして、また体をもとに戻すと言う。「あんたの言うことなんかあたしはちっとも信じてないけど、それでも、あんたを自由にするためにマグダラのマリアを演じたいんだ。そういうことだね。だから、あたしのしたいようにさせてくれよ。あたしを行かせて」

彼は彼女を行かせたくなかった。が、絹のようになめらかな、あるかなきかの一瞬、彼は手を放す。彼女は暗闇の中に退く。退きつづける。

「気をつけるんだ。いいね？」とボブは言う。

彼女は黙ってうなずく。

「金が必要なら」と彼は言う。「家を担保に借りられるだけ借りる。くそ家具も何もかも売る。ウェスタン・ユニオンで送るよ。ロスアンジェルスに。きみが金を必要とするかぎり」

彼女のブーツが乾いた草を踏む音がする。

「何か必要になったら、電話してくれ。なんでもいいから……おれはここにいるから。ケイス？」

彼女は水銀のようにすべらかに夜の丘の斜面をのぼり、黒いただの形となって、より大きな黒さの中に消えていく。が、そこで彼女の声がする。「シープどもには気をつけるんだよ、コヨーテ」

68

エンカンターダ・クエスタ・ロードのどんづまり近く、停止の道路標識に、一羽の鴉が嘴の両端から赤い腐肉を垂らしてとまっている。

そこから四分の一マイルばかり離れた、その通りのもう一方の端に、ソルトン湖岸を背にして、小さな牧場の母屋がぽつんと一軒建っている。タイヤのないドッジ・キャラヴァンの残骸を利用した鶏小屋がある。

サイラスはその母屋でしばらく過ごすかもしれない、とリーナは言ったのだった。そこはケイス自身そうであったように、サイラスが歓迎を受ける場所だった。そして、そこはまた、鶏小屋の中――餌と糞の下に、呑んだくれの浮浪者が埋められる場所でもあり、ケイスはそういう浮浪者がこれまでに少なくともひとりいたことを知っている。

エンカンターダ・クエスタの南部、道路はソルトン湖から砂漠の丘に向けて東西に、ナイランドとカリパトリアの町のあいだを数マイル走っている。

カリフォルニアでも人を寄せつけない過酷な地形として知られる一帯で、二十世紀の初頭、火ぶくれだらけの干からびた移動労働者の群れが、生き延びるのにもうほかに行くところをなくし、最後にやむなく選んだという土地だ。

家々はどれも階段にまがいものの木の手すりを設えた、みすぼらしいシンダーブロック造りか、剝き出しの地面を少しでも緑にしようと思ったら水を撒かねばならない小さな庭付きトレーラー・ハウスで、文字どおりのスラムだが、砂利と砂だけのだだっぴろい土地にただ広がっているだけなので、遠くの丘からはそんなふうには見えない。ここはビールも見ているだけで気が抜けてしまうところ、というジョークがある。

ケイスは、その羽目板張りの母屋から二ブロックばかり離れた斜面に、一部が焼け落ち、板が打ち付けられている廃屋を見つける。ガレージと納屋があり、それにも板が張られていたが、ガレージにはロフトがある。地所全体は錆びついた金網のフェンスに仕切られている。売りに出されているが、誰も見にさえこない。

ケイスはその中に忍び込み、ロフトを選び、庇の下に縦に張られている小割り板を剝がして坐り、何軒かの家の屋根越しに、エンカンタータの母屋を双眼鏡で監視できるようにする。そして、腐臭の漂う昼間と、油断のならない夜を過ごす。饐《す》えた埃とよどんだ空気の不浄でくそ暑いアルコーヴの中で。摂氏四十度を越す腐った数週間の夏が過ぎる。彼女はラジオしか持たず、まるで精神力でサイラスに対抗するかのように、彼が現れるのを待つ。それも現れればの話だ。

その牧場の母屋の持ち主は、ビル・ムーニーという移民帰化局の職員とその妹のキャロルで、サイラスがギャビを連れてメキシコからアメリカに戻る手助けをしたのがビルだった。サイラスとビルは黒魔術師のキャロルとそのあと落ち合い、サイラスは、モハーヴェに向かうまえに、ヘロインを打たれ、朦朧としているギャビを十五分だけ兄妹に与えた。ふたりのお愉しみに供した。リーナは、そのあとサイラスがキャロルに、そのうちエンカンターダの母屋でのんびりしたいと言っているのをたまたま耳にしたのだ。

木のカタコンベの中は、乾燥した空気とソルトン湖の藻が発する異臭のせいで、文字どおり息がつまる。蜘蛛の巣が張り、悪臭を放つ木には乾燥発火する準備がいつでもできている。切妻のない屋根は無慈悲なオーヴンだ。どれほど水を飲もうと、体調を整えるなど言うに及ばず、体に水分を貯えておくこと自体むずかしい。羽目板で囲われた棺から抜け出し、納屋の屋根の張り出しの下で嘔吐することが、何度も繰り返される彼女のライトモチーフになる。

しかし、夏の半分が過ぎても彼女は誰にも一度も姿を見られない。衣食はボブがロスアンジェルスに送ってくれる金で足りた。中古屋で買った瑕だらけのピックアップ・トラックは、二マイル離れたスーパーマーケットの駐車場に停めてあった。週に一度は夜中に抜け出てモーテルにチェックインし、シャワーを浴びる。用便は納屋とガレージのあいだの小径で足し、猫のように地面に埋める。家を荒らしにくる子供たちに出くわすと、ロフトで息をひそめる。誰とも話さない。母屋のまわりの哀れを誘う人々の行き来を見ては、どんな乗りものであれ、土埃を舞い上がらせ、坂道をやってくるたびに、緊急非常態勢を取った。そのたびになんでもないことがわかっても。

夏そのものが彼女の人生のブラックホールとなる。格子の合間から陽が射す昼と、空のない朽ちやすい夜。時折、眼を覚ますと、折れかけた梁と垂木にとまっている蝙蝠と眼が合った。

かみそりのような白い歯とピンクの歯茎が横に走る、黒いちりめんをまとった呪われた生きものと。

ラジオが〝外の世界〟と呼ばれる煮えたぎる大釜の狂気をものうげに伝えている――ロング・アイランド沖にジェット機が墜落したのは、ミサイルか爆弾のせいだったと主張する人々がいる。火星で生命体の可能性。新しい避妊ピル、新しい諍い。ポリー・クラース殺しの犯人に有罪判決。被害者の最期のことばは父親からの性的虐待を訴えたものだったと言って、犯人は世界を凌辱する。しかし、サイラスについては何も報じられない。

彼女は横溢的な孤独に苛まれる。よくボブとギャビのことを思う。ボブと交わした会話を繰り返す。五、六回のやりとりを選んで、それにことばを加えたり、消したりする。そして、そうした愚かな行為に秘められたことばにならない絶望を自覚する。命に骨髄を吸い取られ、風に吹かれただけで、灰汁《あく》に変質してしまう、そんな頼りないものになり果ててしまったような感覚に襲われる。

火ぶくれができるほどの熱波越しに、ゴムボートに乗った一団がソルトン湖をすべり、四十五マイルの長さがあるこの掃き溜めに垂れ流しされる有害な農薬とセレニウムによって殺されたペリカンを、網ですくっているのが見える。貧しい子供たちが廃棄物に混濁する湖水につかって泳いでいる。それまた長く続く自然法則のひとつの汚れだ。

彼女はまた羽目板の隙間から千年紀最後の月蝕も見る。時々、気づくと、泣いている。それは夜に彼女が立てることを自分に許している唯一の音だ。もともとはボブのものだったシャツに顔を埋めて、動物にも人にも聞かれないよう声を抑えて泣くのだ。その行為そのものはヘロインをやっていた頃を忘れようとするのに似ている。

そして、ある夜——おだやかな晩夏のある夜——グレーの下塗りをした、傷んだ一台のミニヴァンが、エンカンターダ・クエスタ・ロードにはいってくる。特に変わったところはない。灰褐色の宵、そのミニヴァンが前庭に停まる。助手席のドアから母屋の玄関までは、ほんの少しの間隔しかない。ケイスは双眼鏡を揺らし、小割り板を押しのけ、数軒の屋根越しにも、地面の高さから玄関の四角い階段の上までカヴァーできるよう、視野を広げる。

失敗は許されない。双眼鏡の震えを抑えるために息を止める。半拍ほどのあいだだったろう、陰からただひとつの明かりのもとに人影が現れ、キャロル・ムーニーを抱く……

ケイスは血が一瞬に体を一巡したような感覚を覚える。


星明かりに歩調を合わせ、子午線から子午線に移動する頭蓋骨色の月を背にして計画を立てる。一度だけ、たった一度だけ、サイラスの顔が見える。静かにまわるウィンドウファンの羽根の合間に、その短い光の中に、動いた影が見えたのだ。彼女の計画はすでにできている、ただ一点——〝いつ〟ということを除いて。ケイスの計画では平日でなければならなかった。ビル・ムーニーが国境で移民帰化局の仕事に就いている日であれば、サイラスとキャロルを殺すだけですむ。それに、あの豹にも時間をやろう、斑《まだら》を冷やし、死人の眠りを貪る時間を。彼女は、脚を交差させて彼女の部屋の隅に坐り、三日目の夜が来るのを待つ。割れた板の穴から沈む夕陽が見える。催眠術にかけられたように、時間の純粋な一点に収斂する千年の隻眼。しかし、魔女の刻になると、緊急性は先祖返りをして、時間は這うようにしか進まない。彼女は自分の腕の蛇を見る。ウロボロス。砂漠でそのタトゥーを彫ったときのことが思い出される。自由になることを計画しはじめたのがその日だった。彼女は自分に、ボブに、ギャビに、そして銃に囁く。「いよいよ死のときがきた」

サイラスは闇に向けて眼を開けている。全神経を耳に集中させている。骨とガラスと粘土のモビールが夜風の弦に合わせて踊り、悲しい音色を奏でている。遠くの道路でエンジンがエネルギーを発散させている。廃物の断片が潮となり、波頭を立てている。

彼は裸のまま起き上がる。暗い廊下に彼の飢えた痩身が白く光る。開けた寝室のドアの向こうに、横向きになって寝ているキャロルが見える。

彼は廊下を進む、巨大な猫のように伸びをしながら。そして、トイレにはいる。暗がりの中、彼の小便が水を打つ音がする。小便が描く弧が突然止まる。銃口が彼の首すじにあてられている。

「びくびくするんじゃないよ」とケイスは囁き、銃身で彼の髪を弄ぶ。「びくびくなんかしないで、早く終わらしちまいな」

彼は緊張をゆるめ、最後まで用を足す。

「うしろに下がるから」とケイスは言う。「あんたも一緒に下がるんだ」彼は言われたとおりにする。「いいよ、いい。これからまわるから、あんたもまわりな」

彼女は彼に体の向きを変えさせ、廊下を歩かせる。キャロルの部屋のまえを通ったときに、彼の頭がかすかに傾ぐ。「忘れるこった」とケイスは言って、暗がりの中、ナイフを掲げて見せる。手袋をはめた彼女の手に握られたナイフの刃が汚れているのが、サイラスにもわかる。

彼女は居間まで彼を連れていく。そして、背もたれの高い黴臭い安楽椅子にサイラスを坐らせ、その脇のテーブル・ランプをつけ、腕を伸ばし、彼の側頭部に狙いをつけたまま彼からいくらか離れる。

テーブル・ランプは鈍く、ざらざらとした光を放っている。銃がつくるオープン・スペースに放り出されているのは、今はふたりの顔だけだ。

「なんなんだ、このくそドラマは、トチ女《あま》？　どうしておれが小便をしてるあいだに殺さなかった？」

「それは」とケイスは悪意を込めて答える。「見たかったからさ。わかるだろ？」

サイラスはまるでゴミか何かを見るような眼つきで彼女を見ている。「おれたちは今、真実の国の中心にいる。さあ、下衆女、おれを家に帰してくれ」

彼女は上体を少し屈め、金属の感触がよく感じられるよう、彼のこめかみに銃口を押しつける。ブーツの踵で顔を踏みつけるように。

「あんたは血まみれの長いダンスをあとに置いてきちまってる」

彼はじっと動かず、彼の犠牲者の骨に彫った浅ましい神体でも見るように、彼女を見ている。

「〈左手の小径〉はいつでもわれわれみんなを待っている」

「このクソ野郎」

「おまえはおれがこの世に置いていくただの影だ。来たるべきカルトのただの脚注だ」

骨髄のようなふたりの命のエッセンスが活動しはじめる。

「どうしてすぐに殺さない？　どうしてやらないか。おれにはわかる。おまえはおれのペニスが一フィートあるかどうか見たいのさ。そうだろ？　おまえにはやっぱり下働きの精神性しかない。王子さまは死ななきゃならんというやつだ。しかし、そんなことは起こらない。家に帰って、くそジャンキーの夢でも見てることだ」

彼の眼はゆっくりと彼女の勇気を駆り立てている。「言えよ。欲しいんだって。今ではナニがおまえの腕への新しいジュースになったんだって。そうなんだろ？　おれの弱さはおまえが何かを築き上げる土台になる。おまえが少しだけ削り取ったパワーのかけらになる。悪霊を追い払うのに首にかけるニューエイジの石みたいなもんだ。いいか、そんなのは全部たわごとだ！　自分の咎めから逃れるただの方便だ。なぜなら、覚えてるか、このくそ女《あま》、おれがここまで来る手助けをしたのはおまえだからだ。おまえはあくまで下っ端なんだよ。そのくそ頭から腐れまんこまで。おれが下手《したで》に出るのを期待してるのなら、忘れることだ。このおれをおまえみたいな売女とつるんだシープと一緒にするな。そんなふりをするつもりもない。おれはおれの自由だ。自由こそおれだ。おれの顔を見ろ。さあ。自分だけの力でおれを見るんだ」

激怒の中、不意に静謐が彼に訪れる。ものさびた永遠の知恵のように。

「おまえには何もない」と彼は続ける。「おまえは無だ。おまえの中には何もない。それはおまえ自身一番よく知ってることだ。おまえはただ一発の銃弾で自分の過去を買おうとしてるだけのことだ。だけど、おまえは世界がくそをするただの穴だ」

彼女は狙いを定めて言う《ユー・アー・クロッシング・オーヴァー》。

「あんたはもう終わってる。でも、あたしの一部もあんたと一緒に行くよ」

彼女は長い年月が重ねられた洞穴の中にいる。が、それは彼女自身がつくり出した青く饐《す》えた幽閉だ。その幽閉と、無意識の泉から流れ出た意志がうねりとなって、彼女の腕を操る。

彼の頰の稲妻が光り、彼の顔がこわばる。火が出るまえに建物が息をするように、顔に描かれたなかなかの傑作が内側にへこむ。鋼鉄と石がくずおれて途方もない熱となり、熱がその傑作を貪り食う。

ハンナは大きな鳥の群れが空を飛んでいるのを眺めていた。先を急ぐ矢尻形をした銀色の輪郭を見ていた。ビールを飲みながら。裸足の足を上げて。裸になり、のんびりと日光で肌を焼いていた。

そして、どんな死がその地をうろついても、そのことをいつも囁いてくれる砂丘の向こうを見やった。これからどうなるかも知らず、くぐもった音を立てて行き過ぎる車の中の人々をからかいながら交わされる、殺された者たちのゴシップ。

少年が山ほど問題を抱えていることは、彼女にもよくわかっていた。彼の私的な悲劇が彼の堕落の言いわけにならないことも。彼が説明と弁解とのあいだに引かれた一線に反抗していることも。しかし、それもどうでもいいことだった。彼女は、彼に吸収できるものはなんでも吸収させてやるつもりだったから。

彼女はひと握りの砂をつかんだ。そして、それを見つめて、ほろ酔い加減の鴉のように笑った。

サイラスはそんな彼女を見ていた。彼は彼女のアフォリズムに満ちた長広舌を軽蔑していた。しかし、なぜ軽蔑しなければならないのか、そのわけがわかったためしが彼には一度もないのだった。

　ケイスは上体を屈め、かつてはサイラスという男だった、血で濡れた骨がつくる岩塩の山に囁いた。「ウロボロス」

愚者

69

ボブにとっての過ぎゆく夏は、不穏なエピソードと絶望的な孤独が完璧に混ざり合った融合体となる。彼は、五分の自己宣伝とつまらないニュースのための粉挽き場と化したような私生活を送らされ、また、ニュースを通じて、アーサーとモーリーン演じる、ストイックな生真面目さと優雅さあふれる悲劇を見ることも強要される。世間は〈ヴィア・プリンセッサ〉殺人事件に関する興味を復活させ、事件はカメラマンだけではなく、にわか社説のためのショーウィンドウにも供される。牧場の母屋風の家というのは、来たるべきキリスト教的善と異教徒的悪との戦いを象徴しているなどと訴えるゴミ、そのゴミに反駁するゴミ社説が繰り返し掲載される。法律と国民的モラル。果たして振り子はどちらに傾くか。どちらとも言えない不安定な状態がそんなふうにしばらく続く。

そして、ボブが娘の生活をもとに戻そうと試みるや、それらはすべて苛立たしい愚かしさに姿を変え、ギャビの略奪的な悪夢となり、起きているあいだは彼女の心に容赦のない攻撃を加える。ボブは父であり、今や母ともなって、世界の見方を改めて変えなければならなくなる。

彼はギャビを精神療法にも連れていく。また、狂気についても何時間も語り合う。彼は努めて人生の傷ついた単純性について考えようとする――愛、やさしさ、欲求、共鳴し合う人間的なふれあいについて。その結果、定められた光が訪れる夜明けまえこそ、自分が人生に最も深く関われる時間帯であるのに気づく。

そして、太陽を見てはケイスを思う。彼女の居場所を想像する。

時折、彼らが体験した破壊に圧倒されると、隠れ場所を見つけて彼は泣いた。そんなところを時折ギャビに見つけられ、そういうときの彼はもはや父でも母でもなかった。黒い試練の深い穴倉で、傷ついた娘に自らの悲しみを注ぎ込んでしまっている、ひとりの犠牲者にすぎなかった。

ギャビはケイスのことをよく話した。時折、ケイスが相手のほうが話しやすいことがあるとも言った。ケイスならわかってくれ、その対処のしかたも知っているにちがいないことがあるから、と。

彼の魂には、常にあるわけではないと装うことすらできない死体の山がある。モーリーンとアーサーが彼の家に立ち寄るたびに、彼はそれを感じ、その中を乱暴に掻き分け、進まなければならなくなる。あるいは、たまたま家を出ようとすると、誰かが彼の家か、彼自身か、ギャビの写真を撮るたびに。裸でバスルームに立って、首と胸に残る傷痕、フェリーマンが肩に描きかけた未完成の壁画を見るたびに。そして、今になって、投げなかった最後のコインのことを考える。投げていたら、そのコインはなんと語っていただろう。そんなことを思い、最後に、ケイスが彼の頬に彫ったしるしを見る。それはいつものことだ。

保安官事務所にそろそろ戻らないか、と声をかけられる。しかし、その一方で、やんわりと、顔のタトゥーは服務規程に反していることを彼に思い出させる人間もいて、除去手術を受けるよう勧められる。彼はそうするかわりに警察を辞める。

新聞の論説を読んで、心にとまることばに接すると、下線を引き、切り取り、机のまえの壁に貼る。そこには家に帰って以来、彼の心を占めつづける想念のコラージュがすでに形成されている――〝現代人というのは、なんらかの意味を持つもののまえでは、それがどんなものであれ、萎縮してしまうように見える奇異な存在である〟。

自分はこの考えのどちらの側に転ぶのだろう？　この考えをそのまま放置してしまったために、自分は誤ったのだろうか。嘘を、生きた真実の一部にしてしまったために。そう考えて、思い至る。そんなことをどうして考えるのか、そのわけに。それは責めだ。

しかし、その責めは、夜、ギャビが声をかぎりに泣きながら、彼の部屋にやってきて、〈ヴィア・プリンセッサ〉で起こったことの責任は一部自分にもあるのではないか、と尋ねるのと変わらない。丘に何か見えたとき、もっとすばやく行動していたら、パティオのガラスのドアを自分が開けたままにしていなかったら（それ自体、彼女がはっきりと覚えていることでさえないのだが）、あんなことは起こらなかったのではないか。娘が自分自身を責めることばを聞いて、彼は思う――悪夢は悪夢の一部となってしまった人間を増やす。

トラウマの哀れな余震に怯える彼女を抱いて、彼にできるのは、おまえに責めはないと何度も言いなだめることだけだ。

千年紀最後の月蝕の夜には、そうした思いを胸に抱いて歩く。ケイスと話し合った同じ原っぱを、テキーラをがぶ飲みしながら歩く。

その原っぱが今では彼の第二の故郷になっている。飲みながら歩く。自分を責める思いに打ちのめされないように。真実に呑み込まれないように。世界の狂ったメカニズムに貪り食われないように。


いたるところに辛辣な皮肉が起きている。アーサーは、彼自身、設置に寄与した洗礼盤で、その洗礼盤が迎える最初の日曜日のミサのあと、再洗礼をする。ジョン・リーの車がダヴ・スプリングズ・キャニオン・ロード沿いの湿地で発見されても、警察は彼の生死、居所を示唆する手がかりを何ひとつ見つけられない。モーリーンは犯罪の被害にあった子供たちのための組織を設立する。さらに数ヵ月が過ぎると、モーリーンとアーサーのギャビに対する態度が神経質で機械的なものになる。自分たちはほんとうは何者なのか、ギャビを見ていると、そのことがどうしても思い出されるのだろう。その結果、彼らの訪問は短く、おざなりなものになる。

ボブに取り憑いた暗い星は決して彼から離れないように見える。それは、しかし、彼のほうにその星を振り払う意思がないからだ。すでにもう代価はすべて払っている。今さらなんだ、というわけだ。黒と緑の大地をのぞき込みながら、彼は灌木の点在する丘の斜面をさまよう。腐りきったこの住宅地から彼をひっぱり出し、ヤク中とともに娘を探しにいかせた信仰は、彼をまた家に帰らせ、ここに来させたのと変わらない同じ信仰だ。ただ、色合いが異なるだけで。

彼は大地に腰をおろし、湿った土くれを手に取る。

また夜が来る。彼は眼を開け、闇を見つめる。玄関のドアをノックする音がして、見ると、ドライヴウェイにパトカーが停まっている。最初のうち、彼はノックに応じるのが怖い。ケイスに関する悪い知らせを聞くのが怖い。

夜明けまえ、ボブはエンカンターダ・クエスタ・ロードのどんづまり近くに置かれた警察のバリケードを抜ける。不安に首を絞められながら、その通りに車を乗り入れ、やってきたのだ。前庭に車を停める。鑑識班が来ている。殺人課の連中も。検死官事務所の死体運搬車はまだ来ていない。

彼は年月日のはいった保安官事務所の身分証明書を係の巡査部長に示して言う。「アンダースン警部補はいないか？　ここの殺しのことで電話をもらったんだが……」

彼の身分証明書を点検していた巡査部長の眼に、何かしら表情が浮かんだのがわかる。眉に好奇心を浮かべて、巡査部長は言う。「あんた、アンテロープ・ヴァレーの人だね？　娘さんを探しにいった……？」

「そうだ」

「なんとね……たいしたもんだよ、あんた」

アンダースン警部補はひょろっと背の高い男だ。茶色のスーツを着ている。青白いその顔と同じくらい面白味のないスーツだ。まだ三十にもなっていないのではないか。ポーチに上がり、ボブを家の中に案内しながら言う。

「心配だね。おたくの署長。いったい何があったんだろう。あんなふうにいなくなるなんて」

「ああ、そのとおりだ」

「ひょっとして、ここにいるクソにもうやられちまってるんじゃないんだろうか」

「ああ」とボブはあたかも呪いが降り注いできたかのように応じる。「そうかもしれない」

「この家の持ち主の女も殺されてる。咽喉を掻っ切られて。寝てる感じから見ると、被害者《ガイシャ》には何が起きたのかもわからなかったんじゃないだろうか。その女の兄貴が移民帰化局の職員でね。ゆうべは勤めに出てた。でも、殺しがあったことを伝えたら、消えちまった」

玄関ポーチから中にはいると、最初にキッチンを通らなければならない造りになっている。くたびれきったキッチンだ。ブルーのタイルはひび割れ、白色材のいたるところにつぎはぎがしてある。

「女の声で妙な通報があったんだ」と警部補は言う。「〝ここへ来るように。殺人があった〟ってところは別にそれでいいんだが、そのあとあんたの名前を出して、あんたなら殺された男があんたの娘さんを誘拐した男だって、身元の確認ができるって言うんだよ」

キッチンからダイニングルームへ、ボブは警部補についてはいる。窓ぎわに鉢植えが二列並べられ、蔓《つる》が窓枠を伝っている。煙草と香のにおいが漂い、部屋の四隅に不気味なデザインと絵柄の大きな壺が置かれている。

「しかも、その女はここから電話してるんだ。信じられるかい？」

ダイニングルームの壁沿いを歩き、鑑識班が指紋採取や写真撮影をしている居間の入口まで来て、ボブには予見のこぶが胃のあたりにできたのが感じられる。

オープン・スペースになっている居間にはいる。四角い窓の祭壇画の明かりがともっている。彼は死んだように足を止める。

そこで狩りが終わる。

ケイスに撃たれたまま、サイラスは傷んだ椅子に坐っていた。カードが一枚、胸にピンでとめられている。タロット・カードの最後の謎。愚者のカードだ。サイラスは、眼に見えない友が彼の耳元で何か秘めごとでも囁いているかのように、頭を傾げている。眼は――眼の残骸は開かれている。右の側頭部が割れた街灯のようにぱっくりと口を開けている。粘液質の脳髄が灰色に乾き、血は単純な茶色に見える。

その厳然とした現実は、ボブが予期した厳然とした現実とあまりにかけ離れている。静かで単純だった。彼は近づく。箱型のウィンドウファンがどこかうしろにある。彼はかつて人間だったものを見る。眼にも顔にも表情がない。彼が敵役《かたきやく》に求めたドラマの完結性を示唆する一瞬もない。

「この男かい？」と警部補が尋ねる。

ボブは答えない。獣が身を硬くして死んでいるのを見ることのおぞましい歓びを味わっている。この猛々しい流血に、情けのかけらもないアドレナリンが、黒く正しい毒を彼の体内にあふれさせている。なのに、彼の顔は警部補の顔と同じくらいおだやかだ。

「ああ」とボブは答える。「この男だ」

「女のことだけど。通報してきた女だ。誰か心あたりはないかな？」

彼女がやったのだ、とボブは胸につぶやく。彼女がこの完璧ないけにえを捧げたのだ。そして、人殺しとして、自らも捧げたのだ。

「ハイタワーさん。その女が誰か知ってるのかい？」

彼はまだ答えない。サイラスの胸にとめられたカードを見ている。ケイスのアパートメントで、〈ヴィア・プリンセッサ〉の虐殺のことを話し合った夜のことが思い出される。実際にはこの部屋でいったいどんなことが起きたのか、思いをめぐらす。彼はいっとき考えにふける。

「ハイタワーさん。その女はあんたの名前と電話番号まで知っていて、われわれに教えてくれた。どうしてなのか。何か思いあたるようなことは？」

「人はいつもいったいどんなことを考えてるのか、おれにはわかったためしがなくてね」と彼は警部補を見もせず答える。「自分がしばらくまえに経験したことのあとでは、それはなおさらだ」

「つまり、心あたりはないってことだね？」

「心あたり？　ああ、ないね」

「あんたが娘さんを見つけ出すのを手伝った女だけど……」

「ああ、彼女が何か？」

「なんらかの形でその女がこのことに関わってる可能性はないかな？」

ボブは答えるまで長い間を取る。「残念ながら、彼女はどこかへ行ってしまった。行ってしまってもうずいぶんになる」

アンダースン警部補はボブに疑わしげな眼を向ける。

「この男を殺した者の心あたりもないんだね？」

「いや」とボブは答える。「それならわかる。通報してきた女が教えてくれてるじゃないか」

警部補の角張った顔がまるくなる。「よくわからないが」

　ボブは椅子のうしろの壁を顎で示す。「あんたも気づいたはずだけど」

　警部補は壁に眼をやる。窓からの明かりが完璧に三つに区切られた何もない空間まで達している。薄片がところどころ剝げ落ちた白い壁に、サイラスの血で書かれている――〝神は銃弾〟。

「ハイタワー、あんた、おれをからかってるのか？」と警部補は言う。

　ボブは壁に書かれた血のアフォリズムを見つめている。ヒンクリーの夜のことを思い出している。ケイスとはいった暗くみすぼらしいバーベキュー店で、ホーナディ社の弾丸《たま》を手に彼女が語った、真情の世界で完全な力を維持しているものに関する二分間の哲学を思い出している。

　警部補が繰り返し尋ねる。「あんたはおれをからかってるのか？」

　彼女の言ったことはたぶん正しかったのだろう。世界はたぶんよりきれいな道を歩んでいるのだろう。よりよい道を。そして、たぶんその道にピリオドを打っているのだろう。神は銃弾なのだろう、たぶん。完全な寓話とはたぶん、なめらかな被甲と先端に溝のある銃弾に込められ、語り継がれるものなのだろう。

　もちろん、彼女が自らコヨーテを演じた可能性も――殺人をカルトの仕業に見せかけた可能性もないではない。羊飼いたちを不毛の荒野に、剝き出しの砂漠に向かわせ、異常者を、第二のサイラスを、探させようと仕組んだのかもしれない。自分の足跡を消すくらい造作もないほど、彼女は賢いのかもしれない。それとも、さまざまな憶測に向けて、すべてをオープンにしようとしたのか。それとも……

　ボブは警部補に背を向け、ドアに向かおうとする。

警部補は彼を引き止めて言う。「ハイタワー……答えろよ」
ボブには答がない。警部補をあとに残し、彼は立ち去る。

聖杯と槍

70

アリゾナ州の中央部、モゴヨン高原のへりにあるトラック・サーヴィスエリア。夕食客で混み合う中、ケイスはひとりでコーヒーを飲んでいる。窓から外を——長い峰の偉大な線のさらに向こう、燃える夕陽の熊手で掻き集められた深い堤防状地形を眺めている。ときの原始的な工芸術で彫られた峡谷が赤く染まり、まるで大地が血を流しているように見える。ここはかつてスペインの探検家コロナードが〝デスポブラード〟——〝荒廃した地〟と呼んだところだ。

ヘッドライトが照らすミルクのような白さの手前で、沈黙の巨大な荒野にとらわれ、暗い真夜中のゆがみを突き抜け、空気を入れるために窓を開け、決してこない変化を待ちながら、彼女はラジオの声にサイラスを聞く——〝彼は車の中で恍惚となってしまった《ヒー・ブルー・ヒズ・マインド・アウト・イン・ア・カー》（ビートルズの『ア・デイ・イン・ザ・ライフ』の一節）〟。

何物も単独には残れない。悪も善も。それでも、彼女には自己喪失を超えることができそうにない。電話を見るたび、誘惑に駆られながらも、かけるのが怖い。彼女は自らの窮乏を大地に追いやる。そして、自分のことを百合のない棘、あるいは棘のない百合だと思う。

十月。マリブーからヴェントゥーラ・ヒルズにかけて火事がある。創造と変化の行為のために大地がまた燃える。その月の最後の日曜日、ボブはキッチンの階段に坐っている。空を見上げると、満月が空の静脈伝いにパートナーの地球に白い血を送ってきている。テキーラを飲み、煙草を吸う。電話が鳴る。が、彼は出ない。自らの暗部に深く歯を立てている。それでも、電話は鳴りやまない。

同じ過ちをそう何度も何度も犯すんじゃない、と彼は自分に言い聞かせる。手っ取り早いひとことを聞きたがっているレポーターに決まっている。さもなければ、殺人にしろ、銃にしろ、キリスト教にしろ、〈左手の小径〉にしろ、長々と話したがる気色の悪いフリークか。

番号を変えてもよかったのだが、彼はまだ、今夜の、明日の、来週の、来年の希望の中をさまよっている。

蜘蛛のように用心深い足取りで、キッチンを横切り、電話に向かう。受話器を取ると、一瞬、沈黙ができる。隙間のような静寂ができる。それでも、彼にはくぐもったハイウェイの音がはっきりと聞こえる。

深々と息をつく。火事を起こしたカリフォルニアの乾いた風が鼻を抜ける。「ケイス?」

数秒が費やされる。

「ハロー、コヨーテ」と彼女は答える。

冬。サムとサラの墓が汚される。稲妻に打ち抜かれた〝C〟の文字――サイラスの頭文字が墓石に描かれる。同じしるしが、今も空家のままアンテロープ・ハイウェイの崖の上に建っている、〈ヴィア・プリンセッサ〉の家のドアにも塀にも描かれる。

頭のいかれたパンクどもの仕業と言う者もいれば、カルトの警告と言う者もいる。

コメントをくすねようと、レポーターがボブの家に電話をかける。が、そこで番号がすでに変わっていることを教えられる。レポーターはボブの家まで車を飛ばす。そして、今ではそこに別な家族が住んでいることを知らされる。ボブとギャビの引越し先はそこではわからない。レポーターはアーサーとモーリーンに問い合わせる。が、ボブとギャビの行方はアーサーもモーリーンも知らなかった。


（了）

謝辞

本書は多くの命の総体の産物である。そのことを心と頭にとどめながら、本書の原稿ばかりか私という人間まで育て、仕込み、磨いてくれた人々に対する短い感謝のリストをつくってみたいと思う。

まず最初に、この体験の中心にしっかりと立ちつづけてくれたソニー・メータに。彼は出版に向けて本書を軌道に乗せ、その経験と才能を惜しみなく提供してくれ、すべてに深く関わってくれた。セアラ・マグラフに。彼女は分別ある編集者が仕事に費やす正当な時間が超過することもいとわず、本書の原稿を完成に導くのに奮闘してくれた。クノッフ社の重役、パトリシア・ジョンスン、ポール・ボガーズ、ポール・コズロウスキ、ビル・ロヴァードに。彼らは真摯で献身的な世話役を務めてくれた。ジェニー・ミントンに。彼女は正しい方向へ向けてありがたいひと押しをしてくれた。

個人的なリストとしては——デルドレー・ステファニーと偉大な故ブルタリアンに……デフ・エディに……G・GとL・Sに……今もまだ隠れているわが友に……フェリス・アンドル

ーズ・ポープに……フェリーマンに。彼は、常に形を変えるカリフォルニアの砂漠の辺境から、メキシコの忘れられた共同墓地まで、地図にないアメリカの暮らしを何マイルも何マイルも案内してくれた……そして、最後に、わが友にしてわがエージェント、デイヴィッド・ヘイル・スミスに。彼は自分がやると言った以上のことをやってくれ、やるときには常に、私の仕事に対して最大限の心配りを示してくれた。職業倫理意識の高い働き者にして、献身的な家庭人でもある彼には、最大の敬意と賛辞を送りたい。ここに改めて、彼とシェリー・ルイスとセス・ロバートスン、それにDHS・リテラリーの彼のスタッフに、特別の謝意を表しておきたい。デイヴィッドと出会えたことはアラーの意志を七倍強めた幸運だと、私はいつまでも思いつづけることだろう。

訳者あとがき

期待の大型新人、ボストン・テランの処女作をお届けする。

荒削りで、いささか才走りすぎているところは、いかにも処女作らしい処女作と言えるかもしれない。しかし、なんとパワフルな小説であることか。そして、なんとすばらしい小説であることか。

物語はいたって単純だ。カルト集団に先妻を惨殺され、一人娘を誘拐された警察官が更生した麻薬常習者の協力を得て、一人娘を取り戻すためカリフォルニアの荒野を転々とする。くたびれた中年警察官と元ジャンキーというミスマッチ・ペアが、当初はいがみ合いながらも少しずつ心をかよわせていき、最後には力を合わせてカルトの教祖と対決する。そんなふうにあらすじを語ると、ただそれだけの話、むしろありがちな話、と思う読者もおられるかもしれない。しかし、本書を読んで、ただそれだけの話、ありがちな話と思う読者はひとりもいまい。とにもかくにも読ませられる。いや、そういう言い方すらもどかしい。本書を読む読者は誰もみな小説という異空間の只中に否応なしに引きずり込まれ、その異空間固有の波動に身も心も乱暴なまでに揺さぶられる、とでも言えばいいだろうか。それほどの力がある。そして、その力の源に作者の怒りがある。

腐敗と愚直が同居し、機能不全に陥っている警察組織、クリスチャン・モラルはただの看板で、実は偽善に満ちた白い中産階級、金になるのぞき見を報道の自由と唱えて自ら省みるところのないマスメディアなどなど、怒りをぶつける相手には事欠かず、エンターテインメントの枠からはみ出しそうなほどこの作者の怒りは烈しい。が、その一方で、サイラスという邪悪と倒錯の王の人物像と、ケイスとボブの関係——男と女の交情という普遍のサスペンス——だけはむしろやさしく、きわめて繊細に描かれ、本書の結末にはとびきりのカタルシスが用意されている。

　ドラッグとセックスと猟奇殺人の世界——暴力そのもの——を露悪趣味すれすれのところで描きながら、本書の読後感にえも言われぬ不思議な清爽感があるのは、このカタルシスに拠るところが少なくない。が、もうひとつ大きな理由は、やはり怒りが作者の嘘偽りのない真情だからで、本書が机の上を資料でいっぱいにし、取材係《レッグマン》を何人も使っている類いの小説ではないからだろう。小説とは所詮つくり話である。だから、作者の肉体が作品のリアリティを保証するものでもなければ、保証しなければならないものでもない。生まれてこの方喧嘩ひとつしなくても暴力を描くことはできる。それでも、人はしゃべれば多かれ少なかれお里が知れるものだ。この作者はこれまで相当授業料を払ってきているにちがいなく、暴力の必然を語ることばに説得力がある。少なくとも、訳者は大いに納得させられた。『神は銃弾（*GOD IS A BULLET*）』というタイトルも最初はちょっと詩的なしゃれたタイトルぐらいにしか思っていなかったのだが、本書を訳しおえたときには、ほんとうに神（聖なるもの）は銃弾（暴力）の中におわしますのではないか、と思えてきた。ちなみに作者によれば、このタイトルは作者がタイを旅して、安酒場で麻薬中毒者の友人と酒を飲んでいたときのこと、その友人がこれまた麻薬中毒者の仏僧のことばとして壁に書きなぐった落書きの冒頭で、全文は次のようなものだそうだ。〝神は頭にまっすぐに向かう銃弾である。死ねば、その瞬間から人は楽になる〟。

さて。最後に何より言いたかったことを言っておきたい。本書のヒロイン、ケイス・ハーディン。なんとかっこいいヒロインなんだろう！　読者の中には、何もかもが過激な本書のスタイルをいかにも若書き、シュールなメタファーのオンパレードをひとりよがり、と受け取る方もあるいはおられるかもしれない。しかし、そういう向きもこのケイス・ハーディンの魅力にだけは逆らえまい。たとえ本書にどんな瑕疵《かし》があろうと、こんなにかっこいいヒロインを現出させただけでも、本書は凡百の小説に大きく水をあけている。

作者、ボストン・テランについて触れておくと、ニューヨークはサウス・ブロンクスで生まれ育ち、現在はカリフォルニア在住。本書を書くまではさまざまな職業に就き、その中には合法的なものもあれば非合法のものもあったというのが本人の弁。イタリア系で、これまた本人の弁ながら、親戚にはギャンブラーや詐欺師や麻薬の密売人や泥棒がうじゃうじゃいて、そういう男たちを御《ぎょ》していた（子供の頃の記憶に残る）逞しい女たち、それが希代のヒロイン、ケイス・ハーディンのモデルになっているという。そう言われてみると、彼女の新しくて懐かしいところ、そのわけがなんとなくわかるような気がする。

なお、本書はＭＷＡ（アメリカ探偵作家クラブ）とＣＷＡ（イギリス推理作家協会）両方の昨年度の新人賞候補になり、ＭＷＡのほうはエリオット・パティスンの『頭蓋骨のマントラ』（三川基好訳　ハヤカワ文庫）に持っていかれたが、ＣＷＡの金的は見事射止めた。『頭蓋骨のマントラ』も新人離れした秀作だが、手前味噌ながら、昨年度に関してはＣＷＡの選考者の鑑識眼に軍配を上げたい。

最後に楽屋話をちょっと――正直なところ、本書ほど訳出に難渋した作品もない。原文がエンターテインメントとはおよそ思えないほど難解なのである。私の語学力ではとても歯が立たず、イギリス人翻訳家、ユワン・コフーンにまたまた世話になり、あとで数えたら、百数十個所も尋ねていた。一冊でわからない個所がこんなにあったのは私としても初めてだ。ユワンにもわからなかったところは、著者本人に尋ねた。最近はあちらの作家もずいぶんと親切になり、訊けばたいてい親切に答えてくれるが、テラン氏も例外ではなく、返事はすぐ返ってきた。ただ、それが手書きで、字が解読不能なほど汚い。おまけにこっちの質問によっては、わざと答をはぐらかしているのか、真面目に答える意思がないのか、そんな節さえ見受けられる返答もある。普通なら腹が立つところだ。が、この作者にかぎっては妙に赦《ゆる》せた。愛想のいい作家が多い中、なんだかやけにつっぱっているように見えるところが、本書のやんちゃぶりと相俟《あいま》って、かえって好もしく思われた。

ユワンのほかにもうひとり、編集部の永嶋俊一郎氏にも大いに世話になった。氏には拙訳の誤りを精細に正してもらったばかりか、拙稿そのものを格段にブラッシュアップしてもらった。ユワンと永嶋さん、このふたりがいなければ、私は本書を途中で投げ出していたかもしれない。心から感謝する。

二〇〇一年盛夏

解説

池上冬樹

いきなり結論を述べてしまうなら、本書はまぎれもない傑作であり、あなたが手にしているのは将来巨匠になるだろう作家の輝かしいデビュー作であり、おそらく年間ベストテンをにぎわすことは間違いないだろう。だが、たとえそうなったとしても（いや、そうならなくても）、この作品にベストテン云々は関係がない。ベストテンはその年その年の流行に左右されやすく、いくら騒がれても数年もたてば顧みられず消えていく作品があるし、残っても急速に古びる作品もあるからで、重要なのは、ベストテンに入らなくても、ずっと折にふれて語られ、読まれ、いつの時代でも愛される作品である。本書は必ずやそういう作品のひとつになるだろう。

訳者あとがきにあるように、本書は、アメリカと英国の伝統あるミステリ賞、アメリカ探偵作家クラブ賞と英国推理作家協会賞の新人賞にノミネートされ、前者ではおしくもエリオット・パティスンの『頭蓋骨のマントラ』（ハヤカワ文庫）に賞をさらわれたけれど、後者では新人賞のジョン・クリーシー賞を受賞している。『スコッチに涙を託して』（角川文庫）で知られるデニス・レヘインが、テランの第二作 *Never Count Out the Dead* の書評で、ジム・トンプスンと比較したうえで、〝パルプ・フィクションの新しい声〟と評しているように、おそらくジャンル的にはノワールとして位置づけるのがもっとも適当なのかもしれないが、僕はそうしたくない。もっと幅が広いからである。

僕は、本書を読みながら、『さらば甘き口づけ』（ハヤカワ文庫）のジェイムズ・クラムリー、『最終法廷』（同）のマイクル・マローン、『奇妙な人生』（扶桑社ミステリー）のスティーヴン・ドビンズ、『殺人容疑』（講談社文庫）のデイヴィッド・グターソン、『記憶なき殺人』（同）のロバート・クラークなどを思い出した。いずれも文芸色の強いミステリである。クラムリーの作品は後に純文学の叢書に入ったし、ドビンズは純文学作家でありながら趣味でミステリを書き、グターソンは純文学畑、マローンもクラークも普通小説の作家といえるだろう。いずれもみな純文学的なミステリともいえるし、ミステリ的な純文学ともいえる。

事実、インターネット書店アマゾンコムの読者の書評を読むと、そのサブカルチャーの掘りさげ方が、『リブラ　時の秤』（文藝春秋）で知られる現代アメリカ文学の巨匠のドン・デリーロと似ているという読者もいるし（これはパブリッシャーズ・ウィークリーの評でも同じ）、あるいは、まったくの新人でありながら、デリーロやトマス・ピンチョンなどの大作家の作品を抑えて全米図書賞を受賞した『コールドマウンテン』（新潮社）のチャールズ・フレイジャーを引き合いにだして、フレイジャーとテラン、いったいどちらが傑出した新人なのか？　と問いかける人もいるし、かわったところでは、本書のスタイルを〝トマス・ハリスというチェイサーがついた、サイケデリック調のチャンドラーに尻をがぶりとやられたブコウスキー〟ともってまわった表現をする人もいる。とにかく、ある新聞が書いていることだけれど、テランが文芸スリラーの価値を一気にひきあげた作家であることは確かだろう。

というと、やや七面倒な小説の印象を与え、いささか純文学に関心のない人は腰がひけるかもしれないが、そうではなくて、その文章の豊かさ、表現力の確かさ、テーマの深さを言いたいのである。本書の帯に引用されているように、原書には錚々たる作家の推薦文がついているが、いずれもミステリ作家たちで、すなわち『フーリガン』（角川書店）のウィリアム・ディール、『スリーパーズ』（徳間文庫）のロレンゾ・カルカテラ、『生への帰還』（ハヤカワ文庫）のジョージ・P・ペレケーノス、そして『カムバック・ヒーロー』（同）でおなじみのハーラン・コーベン。つまりボストン・テランは、骨太のハードボイルド／冒険小説のディールの、現代の病巣を見極めるカルカテラの、物語の厚みを感じさせる年代記作家のペレケーノスの、軽妙洒脱なコーベンのお眼鏡にかなった作家なのである。

具体的にいうなら（それぞれの賛辞を引くと）、それらの作家の個性、すなわちディールのように骨太のハードボイルド精神が横溢しているし（〝すべてが完璧だ。ストーリーは驚きにみちているし、キャラクターは脳裏にやきつくし、現在形の文体は蠱惑的で、会話のひとつひとつはまるで花崗岩から切り出したかのように重くて鮮やかだ〟）、カルカテラのように現代社会の病巣をしっかりと見据えているし（〝テランの手さばきはあまりに巧みで、あまりに重く、そしてあまりに切々としていて無視などとてもできない〟）、人物たちが織りなす物語はペレケーノスのようにドラマティックで（〝息をつめ心を震わせながら読みおえた。本書は深く彫り込まれたコクのあるキャラクターたちが織りなす仮借のないスリラーだ〟）、それでいてコーベンのようにユーモアと心地よい昂奮とカタルシスがある（〝すべての頁に新鮮な興奮があり、悪夢のような衝撃がある。読了後もテランの言葉はずっと心に残るだろう〟）。

本のカヴァーの推薦文などは、出版社や作家との付き合いから生まれたおざなりのお世辞が多いけれど、四人の賛辞にはおざなりの雰囲気がない。心から熱く語っているところがある。なぜ新人の第一作にベテラン作家たちがかくも熱くなったのか、かくも賛辞を述べたくなったのか、それは読めばわかるだろう（すでに読了した者なら充分に感得されているはずだ）。

さて、本書のストーリーだが、これは単純である。残酷無比なカルト教の教主サイラスに拉致された娘を求めて、父親の警官のボブが、元教徒で麻薬中毒の女ケイスを案内役にして追跡する物語であり、人物の配置も至ってシンプルで、誰が悪いやつで誰がいいやつなのかもすぐにわかるし、事件に関する謎も早い段階で割れる。それではいったい何が魅力なのか？　と思われるかもしれないが、これがひとくちではとてもいえない。いくつもある。

まず、ひとつはボブとケイスが飛び込む世界だろう。ケイスの言葉を借りるなら〝ドラッグと血と精液と愛液〟がすさまじく混じり合った悪の世界、普通の人たちを殺すことで〝オーガズムを覚えるような連中〟がわがもの顔でのし歩く世界である。そんな彼らの世界に二人は戦いを挑み、絶対にしたくなかったことをし、自らの人生と価値観を根底から問いなおす。痛みと恐怖のありかを知り、神の存在を考え、贖罪の方法に思いをはせる。悪党のサイラスが言うように、この世における本当の〝武器〟とは、自分が何者であるかを痛切に教えてくれる〝苦しみと死〟であり、ボブとケイスはそれらに何度も直面することになるのである。

この無秩序で残酷な世界で権力を握ろうとする、悪の権化ともいうべきサイラスの存在感が圧倒的であるが（アマゾンコムの書評に〝トマス・ハリス〟が何度も出てくるのだが、サイラスがレクター博士のパンク青年版に感じられるからだろう）、それ以上に読者の心を激しく揺さぶるのは、ケイスだろう。卑語だらけの台詞を吐くこのジャンキーは、不躾で勇ましく、ほれぼれするほど鮮やかに拳銃を扱う。一見颯爽としているけれど、実際は、ドラッグの誘惑から逃れるべく、その日その日を何とかやりすごしているにすぎず、ドラッグだけでなくアルコールもいっさい口にできず、己の欲望を抑制するのが精一杯（〝くそ、（酒の）においを嗅いだだけで、濡れてきちゃう〞）。そんな過酷な毎日を送る彼女は、厳しい現実認識をもち、それを容赦なく他者にも示すし、逆に自分が残酷で悲惨な目にあわされてもうろたえない（男たちに襲われたとき、彼女はさらりとこういう――〝あたしの体を得ることはできても、残りは永遠に得られない〞）。

どこまでも勝ち気で強気のタフな女。しかし彼女の勇ましい言葉や行動にはたえず痛みがあり、いつまでも癒えぬ傷を抱えた者の叫びがあり、もはや決して幸福を味わえない者の絶望感が滲んでいる。それでいながら、けっして暗くはなく、明るく、人の心を見守る温かさがある（ボブが殺人をおかした夜の場面を見よ！）。

そんな彼女を前にすれば、男も女も、それぞれの意味合いで救ってあげたいと思うのだが、おそらく彼女を前にしたら、誰もが自分の鈍感さを目の当たりにすることになる。どんなに気を使っても、彼女の繊細で傷つきやすい心を癒せないとわかるからだ。にもかかわらず、彼女のやわらかい部分に触れたい、心からの笑顔をみてみたいと読者は渇望してしまうのだが、僕らは容易に望みを手にすることができない。血を流している彼女の姿を、その静かな叫びを心に刻むしかない。読者の願望に簡単に添うような安直な物語ではないのである。

そんなケイスといっしょに行動をするボブもまた忘れがたい。〝どんな魂の働きにも意味がある〃と考える古くさい男が、不本意ながらも刺青をいれ、不可避的に殺人をおかし、神と罪の問題を深く考え、己の〃罪〃に軀をふるわせて泣く。そんな彼に、神など存在しない、存在するとしたら、銃弾こそ社会と政治と宗教の境界を超える〃神〃だとケイスは言うのだが、ボブは従来の価値観、愛と信仰の力を静かに訴える。時代遅れの愚直な男と〃スパルタ式現実対処法〃をとるジャンキーの心の触れ合い、これが後半の物語の展開で重要な位置を占める。

この〃物語〃もまた、本書の魅力のひとつだろう。繰り返しになるが、本書はレヘインがいうようにパルプ・フィクションである。タランティーノの同名の映画のように、いかれたキャラクターが何人も出てきて、どぎつい暴力と殺人が展開するノワールである。ジム・トンプスンや馳星周、あるいは今年出た『転落の道標』（扶桑社ミステリー）のケント・ハリントンや『1974　ジョーカー』（ハヤカワ文庫）のデイヴィッド・ピースの主人公と同じく、本書のボブとケイスも切迫した状況に追いつめられるけれど、しかしほかの小説が人物のエモーションで物語（ひいては読者）を牽引していくのに、本書はいささか趣を異にしている。逼迫した状況の人物に感情移入して読むのではなく、あくまでも人物同士の空間、人物たちが出会い、語り合い、ぶつかりあいながら認識されていく空間にひかれながら読んでいく。テランは、異なる価値観をもつ者同士が遭遇し、それぞれが世界観をめぐって語り合い、戦い、何かを見いだすまでを（つまり人物同士の心理的距離が近づくまでを）主人公たちの心理を通して描いているのだ（このあたりは優れた心理小説として興趣に富む）。

もちろんテンポのいいアクション小説としての側面もあり、銃撃戦や追跡・逃亡などの面白さもあるけれど、それ以上に人物同士の心理、相手の台詞によって刻々とかわる心の動き、喜びや哀しみといった感情の生成、世界観の分析などに心が奪われていくのだ。だから、ときどき挿入される太字体の回想が、単に過去の場面ではなくてより深層意識に近いものをあらわし、彼らが目にする風景が心象風景になり、流れる雲や吹きつける風が詩情を帯びることになる。そして僕らは立ち止まり、過去をふりかえり、遠くへと思いをはせることになる。

そう、この詩情こそ、本書の大きな魅力のひとつだと思う。僕がクラムリーを思い出し、アメリカの読者がチャンドラーやブコウスキーを想起するのは、何気ない場面がリリカルに、ときにシンボリックに捉えられているからである。単にストーリーで引っ張るだけの小説ではなく、ひとつひとつの場面造形が読者の感受性に訴える小説。いや、小説というより長い散文詩というべきか。これほど詩情にあふれ、絶望と諦念にみちた小説はそうあるものではない。

そして、いささか唐突に聞こえるかもしれないが、物語に触れながら僕はクラムリーとともに花村萬月のことも思い出した。アナーキーな世界で神の存在を問いかけるからで、読みながらずっと、クラムリーを思いきり詩人にしたら、あるいは花村萬月を思いきり老成させせたら、たぶんボストン・テランになるのではないかと思ったりした。クラムリーはしばしば探偵ミロの嘆きを綿密に書き込みすぎるし、花村萬月はやや執拗に思索をめぐらしすぎるところがあるが、テランは主人公の嘆きを行間に込め、神の存在をめぐる思索は〝銃弾〟に託して程のいいところで切り上げる。それでいてクラムリーのように場面は情感豊かで胸にしみ入り、花村萬月のように物語は暴力的で破壊的だが、確立された新たな倫理のなかでもう一度強く〈生〉を攫みとることができる。

ともかく本書『神は銃弾』は、詩情豊かで新鮮な驚きにみちたノワール／文芸スリラーの傑作である。繰り返しになるが、おそらく将来大作家になるだろう新人の衝撃的デビュー作といえるのではないか。ミステリファンのみならず広く純文学ファンにもお薦めしたい。

（文芸評論家）

文春文庫

神《かみ》は銃《じゅう》弾《だん》

定価はカバーに
表示してあります

2001年9月10日　第1刷
2017年10月25日　第11刷

著　者　ボストン・テラン
訳　者　田《た》口《ぐち》俊《とし》樹《き》

発行者　飯窪成幸
発行所　株式会社 文藝春秋

東京都千代田区紀尾井町 3-23　〒102-8008
TEL 03・3265・1211
文藝春秋ホームページ　http://www.bunshun.co.jp

落丁、乱丁本は、お手数ですが小社製作部宛お送り下さい。送料小社負担でお取替致します。

印刷・凸版印刷　製本・加藤製本　Printed in Japan
ISBN978-4-16-752785-3